Joe Hill

O TELEFONE PRETO

& OUTRAS HISTÓRIAS

Joe Hill

O TELEFONE PRETO
& OUTRAS HISTÓRIAS

Tradução
Ulisses Teixeira

Rio de Janeiro, 2022

Copyright © 2007 por Joe Hill. All rights reserved.
Copyright da tradução © 2022 por Casa dos Livros Editora LTDA.
Título original: *20th Century Ghosts*

Todos os direitos desta publicação são reservados à Casa dos Livros Editora LTDA.

Nenhuma parte desta obra pode ser apropriada e estocada em sistema de banco de dados ou processo similar, em qualquer forma ou meio, seja eletrônico, de fotocópia, gravação etc., sem a permissão do detentor do copyright.

Diretora editorial: *Raquel Cozer*

Gerente editorial: *Alice Mello*

Editores: *Lara Berruezo e Victor Almeida*

Assistência editorial: *Anna Clara Gonçalves e Camila Carneiro*

Copidesque: *Rowena Esteves*

Revisão: *Mel Ribeiro*

Diagramação: *Abreu's System*

Ilustração e design de capa: *Giovanna Cianelli*

Projeto gráfico: *Bruno Miguell Mesquita, Gabriela Heberle e Paula Hentges*

CIP-Brasil. Catalogação na Publicação
Sindicato Nacional dos Editores de Livros, RJ

Hill, Joe
  O telefone preto e outras histórias / Joe Hill; tradução Ulisses Teixeira. – Rio de Janeiro: HarperCollins Brasil, 2022.

  Tradução de: 20th century ghosts
  ISBN 978-65-5511-304-4

  1. Contos de terror 2. Contos norte-americanos I. Título.

22-103789   CDD – 813

Cibele Maria Dias – Bibliotecária CRB-8/9427

Os pontos de vista desta obra são de responsabilidade de seu autor, não refletindo necessariamente a posição da HarperCollins Brasil, da HarperCollins Publishers ou de sua equipe editorial.

HarperCollins Brasil é uma marca licenciada à Casa dos Livros Editora LTDA.
Todos os direitos reservados à Casa dos Livros Editora LTDA.
Rua da Quitanda, 86, sala 218 — Centro
Rio de Janeiro, RJ — CEP 20091-005
Tel.: (21) 3175-1030
www.harpercollins.com.br

SUMÁRIO

Introdução	7
Melhor estreia de terror	11
Fantasma do século XX	34
Pop Art	54
Você ouvirá o canto do gafanhoto	77
Os filhos de Abraham	98
Melhor que lá em casa	119
O telefone preto	140
Entre as bases	161
A capa	178
Último suspiro	200
Natureza morta	210
O café da manhã da viúva	212
Bobby Conroy volta dos mortos	223
A máscara do meu pai	244
Internação voluntária	267
Agradecimentos	316

INTRODUÇÃO

O TERROR MODERNO QUASE nunca é sutil. A maioria daqueles que praticam essa inquietante arte costuma ir direto na jugular, esquecendo que os melhores predadores são furtivos. Não há nada de errado em mirar na jugular, claro, mas escritores de habilidade e talento verdadeiros têm mais de uma carta na manga.

Nem todos os contos de *O telefone preto e outras histórias* são de terror, por sinal. Alguns são melancólicos e sobrenaturais, outros são de ficção convencional, perturbadoramente sombria, e um não tem nem mesmo um traço de maldade, sendo, na verdade, bem doce. Mas eles são sutis. Joe Hill é um filho da puta sutil. Mesmo o conto que tem um garoto que vira um inseto gigante é sutil e, falando sério, com que frequência dá para afirmarmos isso?

Conheci Joe Hill como um nome na lista de autores de uma coletânea chamada *The Many Faces of Van Helsing* [*As muitas faces de Van Helsing*, em tradução livre], editada por Jeanne Cavelos. Embora eu também tenha uma história naquele livro, confesso que não havia lido nenhuma delas até um pequeno evento de autógrafos na Pandemonium, uma livraria em Cambridge, Massachusetts. Joe Hill estava lá, além de Tom Monteleone, Jeanne e eu.

Até aquele momento, eu não havia lido uma palavra do que Joe escrevera, mas, conforme o dia foi passando, fiquei cada vez mais curioso sobre ele. Para mim, o mais interessante que surgiu das nossas conversas era que, embora Joe amasse histórias de terror, elas não eram, nem de longe, seu único amor. Ele publicou histórias convencionais em revistas "literárias" (e, acredite em mim, uso esse termo de forma tão livre, que é capaz dele sair correndo e nunca mais voltar) e ganhou prêmios por elas. Ainda assim, Joe sempre voltava ao horror e à fantasia macabra.

Fique feliz por isso. Se não estiver agora, logo vai estar.

Em algum momento, eu acabei lendo *The Many Faces of Van Helsing*, mas graças, em grande parte, ao meu encontro com Joe, coloquei-o no topo da lista de leitura. O conto dele nesse livro, "Os filhos de Abraham", era uma análise arrepiante e detalhada de crianças que começam a perceber — como todas fazem — que o pai não é perfeito. A história me fez lembrar, da melhor maneira possível, o profundamente perturbador filme independente *A mão do diabo*. "Os filhos de Abraham" é um conto excelente que aparece mais ou menos na metade do livro que você tem em mãos, bom o suficiente para me fazer procurar outros trabalhos de Joe Hill. Mas ele só tinha publicado contos, e a maioria deles estava em lugares que eu não esbarraria sem querer. Coloquei um alerta no fundo do meu cérebro para procurar pelo nome de Joe no futuro.

Quando Peter Crowther me perguntou se eu estaria disposto a ler *O telefone preto e outras histórias* e escrever a Introdução, eu sabia que não devia concordar. Não tenho tempo para fazer muita coisa além de escrever e estar com a família, mas a verdade é que eu queria ler o livro. Queria satisfazer a minha curiosidade, descobrir se Joe Hill era mesmo tão bom quanto "Os filhos de Abraham" indicava.

Ele não era.

Era bem, bem melhor.

Em "Você ouvirá o canto do gafanhoto", o autor combina seu amor e conhecimento sobre a ficção científica e os filmes de monstros dos anos 1950 com os mesmos medos atômicos que geraram essas obras. O efeito é, ao mesmo tempo, sombriamente humorístico e comovente.

Há uma elegância e uma sensibilidade aqui que nos faz lembrar de outra época, de Joan Aiken e Ambrose Bierce, de Beaumont, Matheson e Rod Serling.

Na sua melhor forma, Hill chama o leitor para completar a cena, convida-o a fornecer a resposta emocional necessária para a história ser completamente bem-sucedida. E suscita essa resposta de forma maestral. Estes são contos colaborativos que parecem existir apenas quando o leitor os descobre. Eles precisam da cumplicidade dele para cumprir seus objetivos. No primeiro, "Melhor estreia de terror", é impossível não reconhecer certa familiaridade e perceber para onde a história está caminhando, mas isso não é um fracasso, e, sim, um grande feito. Sem a sensação quase exausta de expectativa, a narrativa não funcionaria.

Joe Hill atrai o leitor para a intimidade de "Fantasma do século XX" e o desespero de "O telefone preto" de maneira que ele passa a fazer parte do conto, compartilhando os acontecimentos com os personagens principais.

Um número exagerado de escritores parece achar que não há lugar no horror para sentimentos verdadeiros, substituindo isso por respostas emocionais pré-prontas sem maiores significados que as instruções de direção em um roteiro. Não é assim com Joe Hill. Por mais estranho que pareça, um dos melhores exemplos disso é "Bobby Conroy volta dos mortos", que não tem nem um pingo de terror, embora se passe no estúdio de filmagem de *O despertar dos mortos*, o clássico filme de George Romero.

Gostaria de falar com você sobre cada história desta coletânea, mas um dos perigos de escrever algo que vai entrar nas primeiras páginas de um livro é entregar coisa demais. Posso dizer que, se fosse possível extrair da minha mente a memória de ter lido esses contos, eu o faria de bom grado, apenas para ter o prazer de lê-los pela primeira vez novamente.

"Melhor que lá em casa" e "Natureza morta" são simplesmente lindos. "O café da manhã da viúva" é um retrato comovente de outro tempo e de um homem que se perdeu no caminho.

"Fantasma do século XX" fala ao coração nostálgico como diversos dos meus episódios favoritos de *Além da imaginação*. "Você ouvirá o canto do gafanhoto" é o filho de um *ménage à trois* entre William Burroughs, Kafka e o filme *O mundo em perigo*. "Último suspiro" tem um toque de Bradbury. Todos esses contos são incríveis, alguns incrivelmente bons. "A máscara do meu pai" é tão estranho e perturbador, que me deixou zonzo.

"Internação voluntária", o texto que encerra a obra, está entre os melhores que já li e demonstra a maturidade alcançada por Joe Hill como contador de histórias. É raríssimo que um escritor surja completamente formado como ele. E quando isso acontece... bem, confesso que sou vítima de uma turbulência interior, dividido entre ficar eufórico e arrebentar a cara dele. "Comprometimento voluntário" é bom *nesse nível*.

"Pop Art", no entanto... "Pop Art" é transcendental. O melhor conto que li em anos, juntando todas as habilidades de Joe Hill em poucas páginas — a esquisitice, a ternura, a cumplicidade.

Com o surgimento do trabalho de um novo autor, tanto fãs quanto críticos têm o hábito de falar sobre o que ele promete. Seu potencial.

As histórias de *O telefone preto e outras histórias* são promessas cumpridas.

– Christopher Golden
Bradford, Massachusetts
15 de janeiro de 2005
Revisado em 21 de março de 2007

MELHOR ESTREIA DE TERROR

FALTANDO UM MÊS PARA o prazo final, Eddie Carroll abriu um envelope pardo e uma revista chamada *True North Literary Review* deslizou em suas mãos. Carroll estava acostumado a receber coisas desse tipo pelo correio, embora a maioria das publicações tivesse títulos como *Dança macabra* e fosse especializada em histórias de terror. As pessoas também mandavam seus livros para ele, que acabavam empilhados pela casa em Brookline: uma pilha no sofá do escritório, mais alguns reunidos ao lado da cafeteira. Sempre livros de terror.

Ninguém teria tempo de ler todos, embora uma vez — quando tinha seus trinta e poucos anos, logo depois de assumir o cargo de editor da *America's Best New Horror* — ele realmente tenha se esforçado para isso. Carroll levara dezesseis volumes da *Best New Horror* às prateleiras, tendo trabalhado nessa série por mais de um terço da sua vida até o momento. Somadas, eram milhares de horas lendo, revisando e escrevendo cartas, milhares de horas que ele jamais recuperaria.

Acima de tudo, ele detestava as revistas. A maioria usava a impressão mais barata possível, e Carroll aprendera a odiar como a tinta ficava nos dedos, seu cheiro forte.

Ele nem mesmo terminava de ler a maioria das histórias, não conseguia suportar. Sentia o corpo mole ao pensar em ler mais um conto sobre vampiros transando com vampiros. Tentava relevar os pastiches de Lovecraft, mas à primeira menção penosamente solene aos Deuses Anciões, uma parte importante de si ficava dormente, como um pé ou uma mão ficam quando a circulação é cortada. Temia que a parte dele que ficava dormente fosse a alma.

Em algum momento após o divórcio, seu trabalho como editor da *Best New Horror* se tornou uma tarefa cansativa e infeliz. Às vezes, com uma pontada de esperança, Carroll pensava em pedir demissão, mas logo tirava a ideia da cabeça. Eram doze mil dólares por ano na conta, a base de uma colcha de retalhos de lucros vindos das outras coletâneas, das palestras e das aulas. Sem aqueles doze mil, não teria como escapar de seu pior pesadelo: teria que arranjar um emprego de verdade.

Carroll não conhecia a *True North Literary Review*, um periódico literário com capa de papel grosso que exibia uma xilogravura de pinheiros tortos. Um selo na quarta capa informava que a revista era publicada pela Katahdin University, no norte do estado de Nova York. Quando Carroll a abriu, duas folhas caíram: a carta do editor, um professor de inglês chamado Harold Noonan.

No último inverno, Noonan fora abordado por um homem que trabalhava meio período no campus, um tal de Peter Kilrue. Peter ouvira a notícia de que Noonan havia sido nomeado editor da *True North* e que estava aceitando manuscritos, então pediu a ele que desse uma olhada em um conto. Noonan prometeu que faria isso, mais por educação que qualquer outra coisa. No entanto, quando enfim leu "Buttonboy: uma história de amor", foi pego de surpresa tanto pela grande agilidade da prosa quanto pela natureza espantosa do tema. Noonan estava começando no cargo, substituindo o recém-aposentado editor Frank McDane, que ocupara o posto por vinte anos, e queria levar a revista em uma nova direção, publicar ficção que pudesse "irritar algumas pessoas".

"E parece que fui bem-sucedido demais nesse sentido", escreveu ele. Logo depois da publicação de "Buttonboy", o chefe do departamento de Inglês se reuniu com Noonan para repreendê-lo por ter usado a *True North* como vitrine para "piadas literárias juvenis". Quase cinquenta pessoas cancelaram a assinatura — algo sério para um periódico com uma tiragem de poucos milhares de exemplares — e a ex-aluna que fornecia a maior parte dos fundos da *True North* ficou tão ultrajada que cancelou o apoio financeiro. O próprio Noonan foi demitido, e Frank McDane concordou em supervisionar a revista mesmo aposentado, em resposta ao apelo popular que clamava por seu retorno.

A carta de Noonan terminava assim:

Mantenho a opinião de que (quaisquer que sejam suas falhas) "Buttonboy" é um conto notável, genuinamente angustiante, e espero que o senhor dê uma chance a ele. Admito que me sentiria vingado se decidisse incluí-lo em sua próxima coletânea de melhores histórias de terror do ano.

Diria para o senhor aproveitar o conto, mas não tenho certeza que essa seja a palavra certa.

Cordialmente,
Harold Noonan

Eddie Carroll tinha acabado de entrar em casa e leu a carta no vestíbulo. Folheou a revista até o início da história. Permaneceu de pé, lendo, por quase cinco minutos até perceber que estava sentindo muito calor. Pendurou seu casaco e foi até a cozinha.

Por um tempo, ficou sentado na escada que levava ao segundo andar, virando as páginas. E então estava esticado no sofá do escritório, a cabeça repousada em uma das pilhas de livros, lendo à luz inclinada do fim de outubro, sem se lembrar de como chegara ali.

Terminou rapidamente e então se levantou, dominado por uma estranha e vinculativa exuberância. Pensou que devia ser a coisa mais brutal e terrível que já tinha lido, o que, no caso de Carroll, não era pouca coisa. O editor perambulara pelo brutal e pelo terrível durante a maior parte da sua vida profissional, e, naqueles pântanos literários asquerosos e doentios, descobrira flores de beleza inexplicável, e sabia que tinha encontrado outra. Era cruel e perversa, e Carroll precisava dela. Voltou ao início e começou a ler de novo.

ERA SOBRE UMA GAROTA chamada Cate — uma adolescente introvertida que, no início do conto, tem dezessete anos — que um dia é jogada dentro de um carro por um gigante de olhos amarelados e aparelho nos dentes. O gigante amarra as mãos de Cate e a empurra para o banco traseiro da sua perua… onde a moça encontra um rapaz mais ou menos da mesma idade, que, a princípio, ela pensava estar morto e que sofreu um desfiguramento terrível. Seus olhos estão cobertos por um par de bótons redondos e amarelos com uma carinha sorridente. Eles foram alfinetados diretamente nas pálpebras — que também haviam sido costuradas com arame — e nos olhos.

Quando o carro começa a se mexer, o menino faz o mesmo. Ele toca o quadril de Cate, e, assustada, ela morde a língua para não soltar um grito. O rapaz move a mão por todo o corpo da garota, tocando o rosto por último. Sussurrando, diz que se chama Jim e que está viajando com o gigante havia uma semana, desde que aquele homem enorme matou seus pais.

— Ele furou os meus olhos e disse que viu a minha alma escapando. Falou que fazia o mesmo som de quando sopramos em uma garrafa vazia de Coca-Cola, muito bonito. Então, colocou essas coisas em cima deles para manter a minha vida presa. — Enquanto falava, Jim tocou os bótons de carinha sorridente. — Ele quer ver quanto tempo posso viver sem alma.

O gigante os leva a uma área de acampamento abandonada em um parque estadual próximo, onde força Cate e Jim a trocarem carícias sexuais. Considerando que Cate não está beijando Jim com paixão suficiente, o homem bate na cara da moça e arranca a sua língua. No caos que se segue — Jim gritando de medo, cambaleando ao redor às cegas, sangue para todo lado —, Cate consegue escapar pelas árvores. Três horas depois, aparece mancando em uma autoestrada coberta de sangue.

Seu sequestrador nunca foi preso. Ele e Jim desapareceram do parque e do mundo. Os investigadores não conseguem encontrar uma única informação útil sobre os dois. Não sabem quem Jim é e de onde veio, e têm ainda menos informações sobre o gigante.

Duas semanas depois de receber alta do hospital, uma pista surge na caixa de correio. Cate recebe um envelope com um par de bótons de carinha sorridente — as agulhas de aço sujas de sangue seco — e uma polaroide exibindo uma ponte no Kentucky. Na manhã seguinte, um motorista encontra um rapaz no rio debaixo da ponte, horrivelmente decomposto, com peixes entrando e saindo das órbitas oculares vazias.

Cate, que antes era atraente e querida por todos, se torna alvo da pena e do horror daqueles que a conhecem. Ela entende como as pessoas se sentem. Também fica com repulsa ao encarar o próprio rosto no espelho. Ela começa a frequentar uma escola especial e aprende a língua de sinais, mas não permanece lá por muito tempo. Os outros aleijados — o surdo, o manco, o desfigurado — a enojam com a carência, a dependência.

Cate tenta, sem sorte, voltar a uma vida normal. Ela não tem amigos próximos, não tem habilidades práticas úteis para um emprego e tem vergonha da sua aparência, da sua inabilidade de falar. Em um momento particularmente doloroso, ela bebe até ganhar coragem para paquerar um homem no bar, apenas para ser ridicularizada por ele e os amigos.

Seu sono é regularmente perturbado por pesadelos, nos quais Cate revive variações improváveis e terríveis do seu sequestro. Em algumas delas, Jim não é vítima, e sim cúmplice, estuprando-a com veemência. Os bótons presos nos olhos são discos espelhados que mostram uma imagem distorcida do rosto de Cate gritando, que, na lógica perfeita dos sonhos, foi entalhado em uma máscara grotesca. É raro, mas às vezes esses sonhos a deixam excitada. Seu terapeuta diz que isso é comum. Cate demite o terapeuta após descobrir que ele fez uma caricatura horrorosa dela no bloco de notas.

Cate tenta coisas diferentes para ajudar a dormir: gim, analgésicos, heroína. Ela precisa de dinheiro para as drogas, então procura um pouco na cômoda do pai, que a pega em flagrante e a expulsa de casa. Naquela noite, a mãe de Cate telefona para dizer que o pai está no hospital — ele teve um pequeno AVC — e pede para ela, por favor, não ir visitá-lo. Pouco tempo depois, em uma creche para crianças especiais onde Cate trabalha meio período, uma criança enfia um lápis no olho de outra, cegando-a. O acidente não é culpa dela, mas, como resultado, seus vários vícios vêm a público. Ela é demitida e, mesmo depois de se livrar das drogas, é quase impossível encontrar um novo emprego.

Então, em um dia frio de outono, ela sai de um supermercado e passa por uma viatura estacionada aos fundos. O capô está erguido. Um policial com óculos escuros espelhados analisa um radiador superaquecido. Cate olha de relance para o banco de trás — e ali, com as mãos algemadas às costas, está o seu gigante, dez anos mais velho e 25 quilos mais gordo.

Vê-lo é um choque maior do que ela consegue aguentar, e aquilo acaba com a sua discrição usual. Ela cambaleia na direção do policial que faz reparos debaixo do capô gritando para ele, o tipo de balido choroso que estava sempre produzindo nos primeiros dias após ter tido a língua arrancada, antes que pudesse se acostumar a não ser mais capaz de falar.

Cate odeia aqueles sons, mas, por alguns momentos, não consegue se acalmar. Escreve bilhetes rápidos em garranchos praticamente ilegíveis, tentando explicar quem é o gigante e o que ele fez quando ela tinha dezessete anos. A caneta não acompanha a velocidade dos seus pensamentos, e ela sabe que nada do que escreve faz sentido. No entanto, o policial parece entender o ponto principal quase de imediato e mal olha para as mensagens rabiscadas. Ele lhe diz que vai ficar tudo bem. Diz para ela não ter medo.

O homem no banco de trás havia sido preso por tentar roubar silver tape e uma faca de caça em uma loja de ferragens na Pleasant Street. Essa informação faz o corpo inteiro de Cate tremer. Ela conhece a loja. Fica bem na esquina da rua do seu apartamento.

O policial diz que, se o homem fez outras coisas, coisas com ela, Cate deveria acompanhá-lo até a delegacia. Ao falar isso, ele a leva até a porta do passageiro. A ideia de entrar no mesmo carro que o seu sequestrador deixa a cabeça da mulher zonza de medo, mas o policial a lembra de que o gigante está algemado e que não vai machucá-la.

Por fim, Cate se senta no banco do passageiro. Aos seus pés, há um casaco pesado. O policial informa que o casaco é dele e que ela deveria vesti-lo, que vai mantê-la aquecida e ajudar com o tremor. Cate olha para ele e se prepara para escrever um agradecimento no bloco de papéis — e então congela e se vê incapaz de escrever. Algo no reflexo distorcido do seu rosto nas lentes espelhadas dos óculos escuros a deixou petrificada.

O policial fecha a porta e vai até a frente do carro para abaixar o capô. Com os dedos dormentes, ela se inclina para pegar o casaco. Presos na frente, em cada um dos peitos, estão dois bótons de carinhas sorridentes. Ela sabe quem é o policial, mas o pensamento é atordoante demais para aceitar, e Cate tenta se convencer de que aquilo é loucura. Buttonboy era cego, e o policial leu as suas anotações, e é impossível que eles sejam o mesmo indivíduo, não, de jeito nenhum. Mas o policial não leu as anotações. Ele nunca olhou para elas. Cate percebe isso naquele momento.

Ela pega a maçaneta, mas a porta não abre. O vidro da janela não desce. O capô faz um estrondo ao ser fechado. O homem de óculos escuros que não é policial sorri de maneira horrorosa. Buttonboy continua a dar a volta pela lateral do carro, passa pela porta do motorista e deixa o gigante sair do banco traseiro. Afinal, olhos são necessários para dirigir.

Em uma floresta cheia de árvores, é fácil se perder e andar em círculos. Pela primeira vez, Cate percebe que foi isso que lhe aconteceu. Ela escapou de Buttonboy e do gigante ao correr em direção às árvores, mas nunca saiu de lá — não de verdade — e tem rastejado na escuridão do bosque desde então, fazendo um grande círculo de volta a eles. Ela enfim chegara ao local no qual era esperada, e esse pensamento não é aterrorizante; na verdade, é estranhamente tranquilizador. Para Cate, parece que seu lugar sempre foi ao lado deles, e há uma espécie de alívio nisso, em pertencer a um lugar. Ela relaxa no assento, fechando sem pensar o casaco de Buttonboy para se proteger do frio.

EDDIE CARROLL NÃO SE surpreendeu por Noonan ter sofrido críticas severas pela publicação de "Buttonboy". A história se demorava nas imagens de degradação feminina e a heroína fora escrita como uma espécie de cúmplice disposta aos maus tratos emocionais, sexuais e espirituais que iria sofrer. Isso era ruim... mas Joyce Carol Oates escreveu histórias como aquela para publicações semelhantes à *True North Review* e ganhou prêmios. O pecado literário realmente imperdoável era o fim chocante.

Carroll sabia como a história acabaria — depois de ler quase dez mil contos de terror e sobrenatural, era difícil pegá-lo de surpresa —, mas tinha gostado mesmo assim. Entre os intelectuais da literatura, no entanto, um fim surpreendente (não importa quão bem executado) era a marca da ficção comercial pueril e da televisão ruim. Os leitores da *True North Review* eram, ele imaginava, acadêmicos de meia-idade, pessoas que davam aulas sobre Grendel e Ezra Pound com sonhos, de partir o coração, de um dia vender um poema para a *New Yorker*. Para eles, ler um fim chocante em um conto era como uma bailarina soltar um peido em uma apresentação de *O lago dos cisnes* — uma gafe tão terrível que quase chegava a ser hilariante. Ou o professor Harold Noonan morava há pouco tempo na torre de marfim ou tinha um desejo inconsciente de ser demitido.

Embora o fim fosse mais John Carpenter do que John Updike, Carroll não havia encontrado nada parecido em nenhuma daquelas revistas de terror, não nos últimos tempos. Era, por 25 páginas, a história quase completamente naturalista de uma mulher sendo destruída pouco a pouco pelo desgaste constante da síndrome do sobrevivente. Falava sobre relações familiares tortuosas, empregos de merda, a luta pelo dinheiro. Carroll esquecera como era encontrar o ganha-pão do dia a dia em um conto. A maioria das ficções de terror só se preocupava com carne malpassada sangrando.

Ele começou a andar de um lado para o outro no escritório, animado demais para se sentar, com "Buttonboy" aberto em uma das mãos. Viu de relance seu reflexo na janela atrás do sofá e percebeu que sorria de maneira quase indecente, como se tivesse escutado uma piada obscena particularmente boa.

Ele tinha onze anos quando assistiu *Desafio do além* no Oregon Theater, acompanhado dos primos. Assim que as luzes se apagaram, porém, seus companheiros foram engolidos pela escuridão e ele ficou essencialmente sozinho, apertado dentro do próprio armário de sombras. Às vezes, precisava de toda a sua força de vontade para não afastar os olhos, embora as entranhas se agitassem com um arrepio nervoso de prazer. Quando as luzes enfim se acenderam, suas terminações nervosas vibravam, como se Carroll tivesse segurado um fio de cobre ligado na corrente elétrica por um momento. Era uma sensação pela qual desenvolvera uma compulsão.

Depois, quando se tornou um profissional e aquele passou a ser seu trabalho, os sentimentos ficaram mais silenciosos — não mudos, mas como se experimentados à distância, mais como a memória de uma emoção do que a coisa em si. E, nos últimos tempos, até a memória desaparecera, sendo substituída por uma amnésia entorpecente, um desinteresse dormente quando ele encarava as pilhas de revista na sua mesa de centro. Ou não — ele era dominado pelo pavor, mas o tipo errado de pavor.

Entretanto, aquilo ali no seu escritório, recém-saído das depredações de "Buttonboy"... era a maneira mais autêntica de corrigir aquilo. Ele fizera badalar seu sino interior e o deixara vibrando. Carroll não conseguia se acalmar, não estava acostumado à exuberância. Tentou pensar qual fora a última vez que publicou, se é que já tinha publicado, uma história da qual gostara tanto quanto "Buttonboy". Foi até a estante e pegou o primeiro volume de *Best New Horror* (que ainda era o melhor de todos), curioso para ver o que o deixara animado na época. No entanto, ao buscar pelo sumário, abriu na página da Dedicatória, que era para sua então esposa, Elizabeth. "Aquela que me ajuda a encontrar o caminho na escuridão", escrevera em uma vertiginosa demonstração de afeto. Olhar para aquilo causava arrepios nos seus braços.

Elizabeth deixara Carroll após ele descobrir que a esposa dormia com seu gerente de investimentos havia mais de um ano. Ela foi morar com a mãe e levou Tracy.

— De certa forma, fico quase feliz por você ter pegado a gente — disse ela, conversando com Carroll pelo telefone, algumas semanas depois de sair de sua vida. — Para acabar com tudo aquilo.

— Com o caso? — perguntou ele, imaginando se Elizabeth estava prestes a dizer que tinha terminado com o amante.

— Não — respondeu Lizzie. — Quis dizer toda aquela merda de terror e todas aquelas pessoas que sempre apareciam para falar com você, o pessoal do terror. Os porcos suados que ficam de pau duro com cadáveres. É a melhor parte disso tudo. Pensar que talvez Tracy possa ter uma infância normal. Pensar que eu finalmente vou conseguir conviver com adultos saudáveis e normais.

Já era bem ruim ela ter deitado e rolado por aí, mas jogar Tracy assim na cara dele o fazia perder o fôlego de ódio até hoje. Colocou a publicação de qualquer jeito na prateleira e se arrastou até a cozinha para almoçar, sua animação inquieta enfim extinta. Ele estava procurando uma maneira de usar toda aquela energia distrativa inútil. A boa e velha Lizzie — ainda fazendo favores a ele, mesmo a sessenta quilômetros de distância e na cama de outro homem.

DE TARDE, CARROLL MANDOU um e-mail para Harold Noonan pedindo o contato de Kilrue. Noonan respondeu menos de uma hora depois, bastante satisfeito por Carroll estar interessado em "Buttonboy". Ele não sabia o e-mail de Peter Kilrue, mas tinha um endereço e um telefone.

No entanto, a carta que Carroll escreveu para ele retornou com o carimbo MUDOU-SE, e, quando ligou para o número de telefone, ouviu uma gravação que dizia *Esta linha foi desconectada*. O editor telefonou para Harold Noonan na Katahdin University.

— Não posso dizer que fico surpreso — falou Noonan, a voz rápida e baixa, retraída pela timidez. — Tenho a impressão de que ele é mais como um itinerante. Acho que pula de um trabalho de meio período para outro a fim de pagar as contas. Provavelmente, o melhor seria ligar para Morton Boyd, da zeladoria da universidade. Imagino que tenham as informações de Peter lá.

— Quando foi a última vez que você o viu?

— Eu o visitei em março. Passei no apartamento dele depois da publicação de "Buttonboy", quando a resposta negativa do público estava a todo vapor. Pessoas dizendo que a história era um discurso de ódio misógino, que devíamos publicar um pedido de desculpas e besteiras do tipo. Eu queria que ele soubesse o que estava acontecendo. Acho que esperava que Peter lutasse de alguma maneira, escrevesse um texto defendendo a história para o jornal da faculdade ou coisa assim... mas não. Alegou que não teria força. Na verdade, foi uma visita estranha. Ele é um sujeito estranho. Não são apenas as histórias. É ele.

— O que quer dizer?

Noonan riu.

— Não sei bem. O que tenho na cabeça? Sabe quando você está com febre e olha para uma coisa totalmente normal, como a luminária da escrivaninha, e aquilo parece esquisito de alguma forma? Como se estivesse derretendo ou se preparando para ir embora? Encontrar-se com Peter Kilrue pode ser mais ou menos assim. Não sei por quê. Talvez seja porque ele é muito intenso sobre coisas bem preocupantes.

Carroll nem o tinha conhecido, mas já gostava de Peter Kilrue.

— Que coisas?

— Quando fui visitá-lo, seu irmão mais velho atendeu a porta. Seminu. Acho que o sujeito estava morando com Peter na época. Era... não quero soar insensível... mas diria que ele era perturbadoramente gordo. E tatuado. Perturbadoramente tatuado. Na barriga havia um moinho com cadáveres podres dependurados. Nas costas, um feto com... os olhos riscados. E um bisturi em uma das mãos. E presas.

Carroll riu, mas não sabia se era engraçado.

— Mas ele era bacana — falou Noonan. — Amigável como todo mundo que é extrovertido. Ele me convidou para entrar, me ofereceu um refrigerante e nós nos sentamos no sofá em frente à televisão. E... isso é bem estranho... enquanto conversávamos e eu falava sobre a reação do público, o irmão mais velho se sentou no chão e Peter fez um piercing caseiro nele.

— Ele fez o quê?

— Ah, Deus, sim. Bem no meio da conversa, ele enfiou uma agulha quente na parte de cima da orelha do irmão. Você não acreditaria na quantidade de sangue. Quando o sujeito gordo se levantou, parecia que tinha levado um tiro na lateral da cabeça, que não parava de jorrar sangue. Era como o final de *Carrie*, como se ele tivesse se banhando naquilo, e aí ele me perguntou se eu queria outra Coca.

Dessa vez, os dois riram juntos e, por um momento, um silêncio amigável se passou entre eles.

— Além disso, eles estavam assistindo a alguma coisa sobre Jonestown — falou Noonan de repente, como se tivesse deixado aquilo escapar, na verdade.

— Hã?

— Na televisão. Sem som. Enquanto estávamos conversando e Peter fazia buracos no irmão. De certa forma, aquilo era a verdadeira questão, o toque final bizarro que fazia tudo parecer tão irreal. Era uma gravação dos corpos na Guiana Francesa. Depois de eles terem bebido o refresco. As ruas cheias de cadáveres e todos aqueles pássaros, você sabe… bicando eles. — Noonan engoliu em seco. — Acho que era um vídeo em loop, porque parecia que eles viram a mesma gravação mais de uma vez. Eles assistiam como se… como se estivessem em transe.

Outro silêncio se passou entre os dois. Para Noonan, parecia ser do tipo desconfortável. *Pesquisa*, pensou Carroll — com certo grau de aprovação.

— Você não achou "Buttonboy" um exemplo notável de ficção americana? — perguntou Noonan.

— Achei. Acho.

— Não sei como ele vai se sentir sobre participar da sua coletânea, mas, da minha parte, fico bastante satisfeito. E espero não tê-lo deixado assustado sobre Peter.

Carroll sorriu.

— Não me assusto tão fácil.

BOYD, DA ZELADORIA DA universidade, também não sabia onde Peter estava.

— Ele me disse que tinha um irmão que trabalhava no departamento de obras públicas de Poughkeepsie. Ou era Poughkeepsie ou Newburgh. Ele queria entrar nessa. Esses trabalhos dão uma boa grana, e a melhor coisa é que, depois que você entra, não podem te demitir, não importa se você é um maníaco homicida.

A menção a Poughkeepsie chamou a atenção de Carroll. Haveria uma pequena convenção de fãs de fantasia lá no fim do mês — Maldi-con, Assombra-con ou qualquer coisa do tipo. Masturba-con. Ele fora convidado, mas, nos últimos tempos, vinha ignorando as mensagens da organização, não se importava mais com as cons menores. Além disso, o momento não era bom, tão perto do seu prazo final.

Ele ia ao World Fantasy Awards todo ano, no entanto, e ao Camp NeCon, e a algumas poucas outras convenções mais interessantes. As convenções eram uma das funções do trabalho que ele ainda não odiava por completo. Seus amigos estavam lá. E, além disso, parte dele ainda gostava *da coisa* e das memórias que a coisa às vezes despertava.

Como daquela vez em que encontrara um vendedor de livros oferecendo a primeira edição de *I Love Galesburg in the Springtime*. Carroll não via um exemplar de *Galesburg*, ou mesmo pensava no livro, havia anos, mas, ao folhear suas páginas amarronzadas e frágeis, com um glorioso cheiro de poeira e sótão, uma vertiginosa onda de lembrança o envolveu. Tinha lido *Galesburg* aos treze anos, e o livro o dominou por duas semanas. Chegara a subir no teto de casa, saindo pela janela do quarto, para ler; era o único lugar em que conseguia escapar do som dos pais brigando. Ele se lembrou da áspera textura das telhas, do cheiro de borracha que saía delas ao queimarem no sol, do barulho distante de um cortador de grama e, acima de tudo, da própria sensação de deslumbramento conforme lia sobre a impossível moeda de dez centavos de Woodrow Wilson criada por Jack Finney.

Carroll telefonou para o departamento de obras públicas de Poughkeepsie e foi transferido para o RH.

— Kilrue? Arnold Kilrue? Foi demitido há seis meses — informou um homem com a voz fina e chiada. — Sabe como é difícil ser demitido de um emprego nas obras públicas? É a primeira pessoa que demito em anos. Mentiu sobre não ter ficha na polícia.

— Não, não Arnold Kilrue. Peter. Arnold talvez seja irmão dele. Ele era obeso e tinha um monte de tatuagens?

— Nem um pouco. Magro. Forte. Só uma mão. A mão esquerda foi engolida por uma enfardadeira, segundo ele.

— Ah — disse Carroll, pensando que essa pessoa parecia ser parente de Peter Kilrue. — Qual foi o crime que ele cometeu?

— Violou uma medida protetiva.

— *Ah* — falou Carroll. — Foi uma disputa matrimonial? — O editor tinha simpatia por homens que sofreram na mão dos advogados de suas esposas.

— Porra nenhuma — respondeu o sujeito. — Com a própria mãe. O que acha disso, caralho?

— Você sabe se ele tem alguma relação com Peter Kilrue e como posso entrar em contato com ele?

— Não sou o secretário dele, meu amigo. Já acabamos por aqui?

Eles tinham acabado.

CARROLL TENTOU O SERVIÇO de informações e ligou para qualquer pessoa na área de Poughkeepsie com o nome Kilrue, mas ninguém com quem falou conhecia um Peter, e ele, por fim, desistiu. Enfurecido, começou a limpar o escritório jogando papéis na lata de lixo sem sequer dar uma olhada neles, pegando montes de livros de um lugar e os colocando em outro, sem ideias ou paciência.

No fim da tarde, atirou-se no sofá para pensar e acabou tirando uma soneca nervosa. Mesmo sonhando, Carroll estava com raiva, perseguindo um garotinho que roubara as chaves do carro dele em um cinema vazio. O menino era preto e branco e brilhava como um fantasma ou um personagem de filme antigo, e estava se divertindo bastante, balançando o molho no ar e rindo histericamente. Carroll acordou com um susto, sentindo um toque de calor febril nas têmporas, pensando *Poughkeepsie*.

Peter Kilrue morava em algum lugar naquela parte do estado de Nova York, e no sábado com certeza estaria na DestruiCon em Poughkeepsie, não conseguiria resistir a um evento como esse. Alguém lá o conheceria. Alguém o identificaria para ele. Tudo que Carroll precisava fazer era estar lá, e os dois se encontrariam.

CARROLL NÃO PASSARIA A noite na cidade — era uma viagem de só quatro horas, ele podia ir e voltar no mesmo dia —, e, às seis da manhã, estava a 120 quilômetros por hora na pista esquerda da I-90. O sol nascia atrás dele, enchendo o retrovisor com uma luz cegante. Era bom pisar fundo no acelerador, sentir o carro indo para o oeste, perseguindo a longa linha fina que era a própria sombra. Então, Carroll pensou que sua filhinha deveria estar ali com ele, diminuiu um pouco a velocidade, a animação pela estrada desaparecendo aos poucos.

Como qualquer criança, Tracy amava convenções. Elas forneciam o espetáculo de adultos fazendo papel de bobos, usando fantasias do Pinhead ou da Elvira. E que criança resistiria à inevitável área de vendas, aquele grande labirinto de mesas exibindo objetos macabros, o lugar em que uma menina podia comprar uma mão de borracha sangrenta por um dólar? Certa vez, Tracy passara uma hora jogando pinball com Neil Gaiman na World Fantasy Convention em Washington. Eles ainda escreviam um para o outro.

Passava pouco do meio-dia quando ele entrou no Mid-Hudson Civic Center. A área de vendas fora enfiada em uma das salas de show e o lugar estava densamente povoado, as paredes de concreto ecoando as risadas e o ribombo constante de conversas se sobrepondo umas às outras. Ele não tinha avisado a ninguém que ia, mas não fez diferença, pois uma das organizadoras o reconheceu, uma mulher gordinha com cabelo ruivo cheio de frizz usando um fraque de risca de giz.

— Eu não fazia ideia... — disse ela, e: — Você não respondeu nossas cartas! — E aí: — Quer beber alguma coisa?

De repente, ele tinha uma Cuba Libre em uma das mãos e um pequeno grupo de curiosos ao redor falando sobre filmes, escritores e a *Best New Horror*, e Carroll se perguntou por que raios tinha considerado não vir. Um palestrante do painel das 13h30, sobre como andava a cena dos contos de terror, faltara. Não seria maravilhoso se...?

— Ah, seria — disse ele.

Carroll foi levado para o salão da convenção, com fileiras de cadeiras dobráveis e uma mesa longa nos fundos com uma jarra de água gelada em cima. Sentou-se com os outros palestrantes: um professor que escrevera um livro sobre Poe, um editor de uma revista de terror on-line e um escritor local de livros infantis de fantasia. A ruiva os apresentou às duas dezenas de pessoas, ou mais ou menos isso, que ocupavam a sala, e então todos tiveram a chance de fazer um discurso de abertura. Carroll foi a último.

Em primeiro lugar, disse que todo o mundo fictício era um trabalho de fantasia, e que, quando escritores introduzem uma ameaça ou um conflito nas histórias, eles criam a possibilidade do terror. Ele fora atraído pela ficção de horror porque ela pegava os elementos mais básicos da literatura e os levava ao limite. Toda ficção era um faz de conta, o que tornava a fantasia mais válida (e honesta) do que o realismo.

Falou que a maioria do horror e da fantasia ia além do ruim: imitações cansativas e sem criatividade daquilo que já era uma merda, para início de conversa. Disse que, às vezes, passava meses sem encontrar uma única ideia nova, um único personagem memorável, uma única frase digna de nota.

Então, informou ao público que as coisas sempre foram dessa maneira. Provavelmente, era justo afirmar que qualquer campo — artístico ou não — dependia de um monte de gente criando um monte de coisas ruins para produzir alguns poucos sucessos. Todos eram bem-vindos para tentar, errar, aprender com seus erros e tentar de novo. E sempre haveria pedras preciosas para serem garimpadas no meio disso tudo. Falou de Clive Barker, de Kelly Link, de Stephen Gallagher e de Peter Kilrue, falou para a plateia sobre "Buttonboy". Disse que, pelo menos na opinião dele, nada era melhor que o barato de descobrir algo emocionante e novo, que ele sempre amaria aquilo, aquele horrível choque de alegria. Conforme discursava, Carroll percebeu que era verdade. Quando terminou, algumas pessoas da última fileira começaram a aplaudir, o som foi se espalhando feito uma onda em uma piscina e, à medida que o barulho dominava o salão, as pessoas começaram a se levantar.

Carroll suava quando saiu de trás da mesa para trocar alguns apertos de mão depois que o painel terminou. Tirou os óculos para limpar o rosto com a bainha da camisa e, antes de colocá-los de volta, apertou a mão de alguém, uma figura magra e pequena. Ao recolocar os óculos, viu que apertava a mão de um homem que não estava de todo feliz em reconhecer, um sujeito magricela com a boca cheia de dentes tortos e manchados por nicotina e um bigode tão pequeno e arrumadinho que parecia ter sido desenhado.

Seu nome era Matthew Graham e ele editava um fanzine de horror odioso chamado *Rancid Fantasies*. Carroll ouvira falar que Graham tinha sido preso por molestar a enteada menor de idade, embora, pelo visto, o caso não tivesse chegado aos tribunais. Ele tentava não ter preconceito com os autores que Graham publicava, mas também nunca encontrara nada no *Rancid Fantasies* remotamente digno de ser republicado na *Best New Horror*. Histórias sobre agentes funerários drogados que estupravam cadáveres sob sua responsabilidade, caipiras imbecis que davam à luz demônios de cocô em casinhas localizadas sobre antigos cemitérios indígenas, trabalhos pontuados por erros ortográficos e graves ofensas gramaticais.

— Aquele Peter Kilrue é mesmo incrível, não é? — perguntou Graham. — Eu publiquei a primeira história dele. Você não leu? Mandei uma cópia para você, meu querido.

— Acho que deixei passar essa — respondeu Carroll. Ele não se dava ao trabalho de ler o *Rancid Fantasies* há mais de um ano, embora recentemente tenha usado um exemplar como calço para a caixa de areia do gato.

— Você ia gostar dele — disse Graham, mostrando outra vez os poucos dentes. — Ele é um de nós.

Carroll tentou não demonstrar o arrepio que passou pelo seu corpo.

— Você já falou com ele?

— Se falei? Tomei umas cervejas com ele no almoço. Peter esteve aqui de manhã. Por pouco você não encontra ele. — Graham abriu a boca em um sorriso enorme. Seu bafo fedia. — Se quiser, posso passar o endereço dele. Ele não mora longe, sabe?

DURANTE UM BREVE ALMOÇO tardio, Carroll leu o primeiro conto de Peter Kilrue em um exemplar do *Rancid Fantasies* que Matthew Graham conseguira arranjar. O título era "Porcos" e falava sobre uma mulher perturbada que dava à luz uma ninhada de leitões. Os porcos aprendem a falar, caminham com as pernas traseiras e usam roupas, como os suínos de *A revolução dos bichos*. No fim da história, no entanto, eles voltam à selvageria, usando suas presas para destruir a mãe em pedacinhos. Conforme o conto se aproxima do final, eles começam um combate mortal para ver quem vai comer as partes mais gostosas do cadáver dela.

Era uma história furiosa e cáustica, e, embora fosse a melhor coisa que o *Rancid Fantasies* já tivesse publicado — escrita com cuidado e realismo psicológico —, Carroll não gostou muito. Uma passagem na qual os porcos lutam para mamar nas tetas da mãe parecia um trabalho pornográfico excepcionalmente horrível e grotesco.

Matthew Graham tinha dobrado e colocado uma folha de papel branca no fim do fanzine com um mapa tosco até a casa de Kilrue, pouco mais de trinta quilômetros ao norte de Poughkeepsie, em uma cidadezinha chamada Piecliff. Ficava no caminho de volta de Carroll, passando por uma belíssima estrada, a Taconic, que o levaria de volta à I-90. Não havia telefone. Graham mencionara que Kilrue enfrentava problemas financeiros e que a companhia telefônica havia cortado a linha.

Já estava escurecendo quando Carroll chegou na Taconic, a escuridão se reunindo embaixo dos grandes carvalhos e abetos altos que lotavam a lateral da estrada. Ele parecia ser a única pessoa na via, que seguia cada vez mais para as montanhas e a floresta. Às vezes, ele via famílias de cervos iluminadas pela luz dos faróis no acostamento, os olhos rosados no negrume, observando-o passar com uma mistura de medo e curiosidade.

Piecliff não era grandes coisas: algumas lojas, uma igreja, um cemitério, um posto de gasolina, um único sinal de trânsito com a luz amarela piscando. Carroll logo a atravessou e seguiu por uma rodovia estadual estreita que avançava por uma floresta de pinheiros. Àquela altura, a noite caíra por completo, e fazia frio suficiente para que ele precisasse ligar o aquecedor. Virou na Tarheel Road e seu carro sofreu para continuar por uma série de zigue-zagues, subindo uma colina tão íngreme que o motor não parava de reclamar. Fechou os olhos por um segundo e quase não fez uma curva fechada, teve que girar o volante para evitar bater nos arbustos e cair pela lateral da encosta.

Quase um quilômetro depois, o asfalto virou cascalho e ele seguiu procurando na escuridão, os pneus levantando uma nuvem luminescente de poeira. Seus faróis iluminaram um homem gordo com um gorro de tricô laranja berrante enfiando a mão em uma caixa de correio. Na lateral dela, letras adesivas que refletiam a luz informavam KIL U. Carroll desacelerou.

O homem gordo levantou a mão para proteger os olhos do farol e observou o carro. Então sorriu, indicou a direção da casa com a cabeça, um gesto de *siga-me*, como se Carroll fosse um visitante esperado. O homem seguiu pela entrada, e Carroll dirigiu atrás dele. Plantas se inclinavam sobre o apertado caminho de terra. Galhos batiam no para-brisa e se arrastavam nas laterais do seu Civic.

Por fim, o caminho se abriu até a frente de uma grande casa de fazenda amarela com um torreão e um alpendre meio caído que dava a volta na construção. Uma placa de compensado fora pregada em uma janela quebrada. Havia um vaso sanitário na grama. Ao ver o lugar, Carroll sentiu os pelos do braço se arrepiarem. *As jornadas terminam com o encontro dos amantes*, pensou, e sorriu com sua imaginação ansiosa. Estacionou ao lado de um trator antigo com pés silvestres de milho colorido crescendo no capô aberto.

Enfiou as chaves do carro no bolso do casaco e saiu, caminhando na direção do alpendre, onde o homem gordo estava esperando. Durante o percurso, passou por um galpão bastante iluminado. As portas duplas estavam fechadas, mas Carroll ouviu o barulho de uma serra lá dentro. Olhou de novo para a casa e viu uma silhueta escura, iluminada por trás, de uma figura que o observava de uma das janelas do segundo andar.

Eddie Carroll disse que procurava Peter Kilrue. O homem gordo inclinou a cabeça para a porta, o mesmo gesto de *siga-me* usado para convidá-lo a entrar na propriedade. Então, ele deu meia-volta e abriu a porta para Carroll.

As luzes do vestíbulo eram fracas, as paredes, pontuadas por fotos emolduradas tortas. Uma escada estreita levava ao segundo andar. Havia um odor no ar, um aroma úmido e estranhamente masculino... como suor, mas também como massa de panqueca. De imediato, Carroll identificou o que era e, quase ao mesmo tempo, decidiu fingir que não tinha notado nada.

— Este lugar está cheio de merda — falou o homem gordo. — Deixa eu pendurar o seu casaco. Senão nunca mais vai ser encontrado. — Sua voz era animada e sibilante. Conforme Carroll lhe entregava o casaco, o homem gordo se virou e berrou na direção da escada: — *Pete! Tem gente aqui!* — A mudança súbita de uma voz de bate-papo para um grito furioso fez Carroll pular de susto.

O piso de madeira rangeu acima deles, e então um homem magro, com uma jaqueta de veludo cotelê e óculos de armação preta e quadrada apareceu no topo da escada.

— O que posso fazer por você? — perguntou ele.

— Meu nome é Edward Carroll. Sou editor de uma série de livros, a *America's Best New Horror*. — Ele procurou por algum tipo de reação no rosto do homem magro, mas Kilrue permaneceu impassível. — Li uma das suas histórias, "Buttonboy", na *True North*, e gostei bastante. Queria colocá-la na coletânea deste ano. — Ele parou, e então acrescentou: — Não foi fácil encontrar você.

— Sobe aqui — disse Kilrue, se afastando do topo da escada.

Carroll começou a subir os degraus. Lá embaixo, o irmão gordo andou pelo vestíbulo, o casaco de Carroll em uma das mãos, a correspondência da família Kilrue na outra. Então, de repente, o homem gordo parou, olhou para cima, até a escada, e balançou um envelope pardo.

— Ei, Pete! O cheque da aposentadoria da mamãe chegou! — A voz estava vacilante de prazer.

Quando Carroll chegou ao segundo andar, Peter Kilrue já se adiantava pelo corredor, na direção de uma porta aberta. De alguma forma, o próprio corredor parecia torto. Os pés de Carroll sentiam o piso tão inclinado que o homem precisou encostar na parede para se equilibrar. Havia tábuas faltando. Um candelabro pendurado com pingentes de cristal flutuava sobre a escada coberto de sujeira e teias de aranha. Em algum canto distante e ecoante no cérebro de Carroll, um corcunda tocava as primeiras notas do tema de *A família Addams* em um xilofone.

O pequeno quarto de Kilrue tinha o teto anguloso, localizado bem embaixo de uma das águas do telhado. Encostada na parede, havia uma mesinha quadrada com um tampo lascado e uma máquina de escrever elétrica que zumbia, além de uma folha de papel enrolada na guia.

— Estava trabalhando? — perguntou Carroll.

— Não consigo parar — disse Kilrue.

— Que bom.

Kilrue se sentou na cama de montar. Carroll deu um passo para dentro do cômodo e não conseguiu avançar mais sem abaixar a cabeça. Peter Kilrue tinha estranhos olhos descoloridos, as pálpebras com as bordas vermelhas, como se estivessem irritadas, e encarava Carroll sem piscar.

O editor falou para ele sobre a coletânea. Disse que podia pagar duzentos dólares e uma porcentagem de direitos autorais compartilhados.

Kilrue anuiu, sem parecer surpreso ou curioso sobre os detalhes. Seu tom de voz era ofegante e feminino. Ele agradeceu.

— O que achou do meu final? — questionou Kilrue de supetão.

— De "Buttonboy"? Eu gostei. Se não tivesse gostado, não ia querer publicá-lo.

— O pessoal da Katahdin University odiou. Todas aquelas universitárias com saias godê e papais ricos. Detestaram muita coisa na minha história, mas acima de tudo o final.

Carroll assentiu.

— É porque não esperavam por aquilo. É provável que algumas delas tenham ficado desagradavelmente surpresas. O final chocante está fora de moda na maior parte da literatura.

— Na primeira versão da história, o gigante está estrangulando Cate e, no momento em que ela começa a perder os sentidos, sente o outro usando os bótons para fechar a boceta dela. Mas fiquei com medo e cortei. Não acho que Noonan teria publicado assim.

— No terror, o que costuma dar poder à história é o que deixamos de fora — disse Carroll, mas estava falando apenas por falar. Ele sentiu um suor frio surgindo em sua testa. — Vou pegar os documentos no carro. — Também não sabia por qual motivo dissera aquilo. Não havia documento nenhum no carro, ele só sentiu uma vontade súbita e intensa de respirar um pouco de ar fresco.

Abaixou-se para sair do quarto e voltar para o vestíbulo. Percebeu que precisava se segurar para não caminhar mais depressa.

No primeiro andar, Carroll hesitou, imaginando onde o irmão mais velho e obeso de Kilrue deixara seu casaco. Caminhou pelo corredor, que ficava cada vez mais escuro conforme avançava.

Havia uma portinha debaixo da escada, mas, quando puxou a maçaneta de bronze, ela não abriu. Carroll continuou pelo corredor, procurando um armário. De algum lugar próximo, ouviu gordura chiando na panela, sentiu cheiro de cebola e escutou uma faca batendo. Empurrou a porta à direita e deu de cara com uma sala de jantar formal, com cabeças de animais penduradas nas paredes. Um fraco e comprido feixe de luz iluminava a mesa. A toalha sobre ela era vermelha e tinha uma suástica no centro.

Fechou a porta com cuidado. Outra, à esquerda, logo depois do vestíbulo, estava aberta, proporcionando uma visão da cozinha. O homem gordo encontrava-se atrás de um balcão, com o peito nu e tatuado, cortando o que parecia ser um fígado com um cutelo. Ele tinha anéis de ferro nos mamilos. Carroll estava prestes a chamá-lo quando o Kilrue gordo deu a volta no balcão e caminhou até o fogão, para mexer no que quer que estivesse dentro da frigideira. Usava apenas uma cueca coquilha, e sua bunda surpreendentemente magra e pálida tremia a cada passo. Carroll se deslocou de volta para a escuridão do vestíbulo e, depois de um momento, continuou avançando em silêncio.

O corredor era ainda mais torto do que o do andar de cima, visivelmente inclinado, como se a casa tivesse sido sacudida por algum evento sísmico e a frente não estivesse mais alinhada com os fundos. Ele não sabia por que não dava meia-volta. Não fazia sentido ficar explorando cada vez mais uma casa estranha. Ainda assim, seus pés seguiam em frente.

Carroll abriu uma porta à esquerda, perto do fim do corredor. Recuou com o fedor e o zumbido furioso das moscas. Um desagradável calor escapou pela porta e o envolveu. Aquele era o cômodo mais escuro de todos, um quarto extra, e ele estava prestes a sair dali quando escutou alguma coisa se mexendo sob os lençóis na cama. Cobriu a boca e o nariz com uma das mãos e se obrigou a dar um passo e a esperar seus olhos se acostumarem com o negrume.

Uma velha franzina estava deitada com o lençol embolado na cintura. Ela estava nua, e Carroll pensou que a tinha pego no momento em que se espreguiçava, os braços esqueléticos levantados acima da cabeça.

— Sinto muito — murmurou ele, olhando para o outro lado. — Sinto muitíssimo.

Carroll começou a fechar a porta e então parou, observando outra vez o quarto. Debaixo dos lençóis, a velha senhora voltou a se agitar. Os braços ainda estavam levantados. Foi o cheiro, aquele fedor humano, que o fez parar e olhar para ela de novo.

Quando seus olhos se acostumaram com a escuridão, o homem viu o arame em volta dos pulsos dela, prendendo seus braços na cabeceira. Os olhos estavam retalhados e a respiração era curta e barulhenta. Abaixo dos sacos enrugados que eram os seios, Carroll conseguia ver as costelas da mulher. As moscas zumbiam. A língua saiu da boca e se moveu pelos lábios secos, mas a velha não falou nada.

E então, ele estava indo em direção ao vestíbulo, andando rápido com as pernas duras. Ao passar pela cozinha, achou que o irmão gordo olhou para cima e o viu ali, mas não diminuiu a velocidade. De rabo de olho, percebeu Peter Kilrue parado no topo da escada, olhando para ele, a cabeça inclinada em um ângulo questionador.

— Volto já com aqueles documentos — falou para ele, sem parar de andar. Sua voz saiu de forma surpreendentemente casual.

Alcançou a porta da frente e passou por ela rapidamente. Não pulou a escada de uma vez; na verdade, pisou em cada degrau. Quando você está correndo de alguém, nunca deve pular a escada, é assim que acaba torcendo o pé. Ele já tinha visto isso acontecer em uma centena de filmes de terror. O ar estava tão gelado que queimou seus pulmões.

Uma das portas do galpão estava aberta. Enquanto passava, deu uma olhada lá dentro. Viu um chão liso e sujo, correntes e ganchos enferrujados dependurados nas vigas do teto, uma serra elétrica em uma das paredes. Atrás de uma mesa de serra, havia um homem alto e ossudo com apenas uma mão. A outra era um toco, a pele retorcida reluzindo com as cicatrizes. Ele observou Carroll sem falar nada, os olhos descoloridos julgadores e hostis. Carroll sorriu e acenou.

Abriu a porta do carro e soltou um suspiro de alívio atrás do volante... e, no segundo seguinte, sentiu uma pontada de pânico no peito. As chaves do carro estavam no casaco. O casaco estava na casa. Quase chorou com o horrível choque daquilo, mas, quando abriu a boca, o que saiu foi uma risada nervosa e soluçada. Ele também já vira aquilo em centenas de filmes de terror, lera aquele momento em trezentas histórias. Eles nunca tinham as chaves, ou o carro não pegava, ou...

O irmão maneta apareceu na porta do galpão e o encarou. Carroll deu um aceno. Com a outra mão, ele desconectou o celular do carregador. Olhou para o aparelho. Não havia sinal. De alguma forma, aquilo não o deixou surpreso. Riu de novo, um som engasgado, nervoso e estridente.

Quando levantou o olhar, viu que a porta da frente se abrira e que duas figuras estavam paradas ali, observando-o. Todos os irmãos olhavam para ele. Saiu do carro e começou a andar rápido pela trilha. Só correu depois de ouvir um deles gritar.

Quando chegou à estrada principal, ele não virou para seguir, mas a cruzou e se enfiou na mata, entre as árvores. Galhos finos como chicotes açoitaram seu rosto. Tropeçou e rasgou a calça nos joelhos, se levantou, seguiu em frente.

A noite estava clara e sem nuvens, a profundidade infinita do céu cheia de estrelas. Ele parou ao lado de um declive íngreme, agachado entre as pedras, para recuperar o fôlego, uma dor aguda na lateral do corpo. Ouviu vozes acima, galhos quebrando. Escutou alguém puxar a corda de um pequeno motor uma, duas vezes, e então o rugido alto de uma motosserra ganhando vida.

Ele se ergueu e correu, avançando colina abaixo, atravessando os galhos dos abetos, pulando raízes e pedregulhos sem conseguir vê-los. O morro ia ficando cada vez mais íngreme, até que a coisa toda era mais como cair. Estava indo rápido demais, e sabia que sua parada envolveria bater em algo e sentir uma dor imensa.

No entanto, conforme seguia, sempre ganhando velocidade até que cada salto parecesse cobrir vários metros de escuridão, Carroll sentiu uma emoção que o deixava zonzo, uma sensação que poderia ser pânico, mas parecia estranhamente com júbilo. Era como se, a qualquer momento, seus pés deixariam o chão e nunca mais voltariam. Ele conhecia aquela floresta, aquelas sombras, aquela noite. Sabia que suas chances não eram boas. Sabia o que estava atrás dele. Estivera atrás dele durante sua vida inteira. Sabia onde estava — em uma história prestes a revelar seu fim. Sabia melhor que ninguém como elas acabavam e, se havia alguém que podia encontrar uma maneira de sair daquela mata, era ele.

FANTASMA DO SÉCULO XX

O MELHOR MOMENTO PARA vê-la é quando a casa está quase cheia.

Tem uma história muito conhecida de um homem que chega para a última sessão e entra na sala de cinema de seiscentos lugares praticamente vazia. No meio do filme, ele olha ao redor e a vê sentada ao seu lado, em um assento que, poucos segundos antes, estava vago. Ele a observa. Ela se vira e o encara. Seu nariz está sangrando. Os olhos estão arregalados, aflitos. Minha cabeça dói, sussurra ela. Preciso sair por um instante. Pode me dizer depois o que perdi? É nesse momento que o homem percebe que ela é tão incorpórea quanto o inquieto raio de luz azulado lançado pelo projetor. É possível ver o assento através do seu corpo. Conforme se levanta, ela desaparece.

E também tem aquela história sobre um grupo de amigos que vai ao Rosebud em uma noite de quinta-feira. Um deles se senta ao lado de uma mulher desacompanhada, uma mulher trajando azul. Como o filme ainda não começou, o rapaz decide puxar papo. Que filme vai passar amanhã?, pergunta ele. Amanhã o cinema vai estar às escuras, sussurra ela. Hoje é a última sessão. Pouco depois do filme começar, ela desaparece. Dirigindo de volta para casa, o jovem que falou com ela morre em um acidente de carro.

Essas, assim como muitas outras lendas do Rosebud, são falsas... histórias fantasmagóricas de pessoas que assistiram a filmes de terror demais e que pensam saber exatamente como deve ser uma história de fantasmas.

Alec Sheldon, uma das primeiras pessoas a ver Imogene Gilchrist, é dono do Rosebud, e, aos 73 anos, ainda opera o projetor na maioria das noites. Ele sempre consegue perceber, após falar com alguém por apenas alguns segundos, se a pessoa realmente a viu ou não, mas mantém para si essa informação e nunca desmente a história de ninguém… isso seria péssimo para os negócios.

No entanto, ele sabe que qualquer um que diga que conseguiu enxergar através dela nunca a encontrou de fato. Os mais criativos falam do sangue que jorra do nariz, das orelhas, dos olhos; dizem que ela os encara com o olhar suplicante e pede para que encontrem alguém, que tragam ajuda. Mas ela não sangra dessa maneira, e, quando fala, não é para pedir por um médico. Um monte de fingidos começa suas histórias dizendo: Você não vai acreditar no que acabei de ver. E eles têm razão. Ele realmente não vai acreditar, mas ouve tudo que vão lhe dizer com um sorriso paciente, até encorajador.

Aqueles que a viram não vão procurar Alec para contar sobre o ocorrido. É mais comum que ele os encontre, atravesse o caminho desses indivíduos, que andam pelo saguão com as pernas tremendo. Eles passaram por um choque terrível, não se sentem bem. Precisam se sentar por um tempo. Jamais falam Você não vai acreditar no que acabei de ver. A experiência ainda é recente demais. A ideia de que alguém não vá acreditar neles só lhes ocorrerá mais tarde. Com frequência, estão em um estado que pode ser descrito apenas como subjugado, submisso. Quando Alec pensa no efeito que ela causa sobre aqueles que a encontram, lembra-se de Steven Greenberg saindo da sessão de *Os pássaros* em uma tarde fresca de domingo, em 1963. Steve tinha apenas doze anos, e ainda ia demorar outros doze para ficar famoso; na época, ele não era um astro em ascensão, era só um menino.

Alec fumava um cigarro no beco atrás do Rosebud quando ouviu a porta da saída de emergência abrir às suas costas. Virou-se e viu um garoto magricela apoiado no batente — parado lá, sem entrar nem sair. O menino apertou os olhos sob o sol forte e claro, com o olhar confuso e perplexo de uma criança pequena que foi acordada de repente de um sono profundo. Às costas dele, Alec viu uma escuridão preenchida pelos chiados esganiçados de mil pardais. Além disso, conseguiu ouvir também algumas poucas pessoas na plateia se mexendo, inquietas, começando a reclamar.

Ei, garoto, para fora ou para dentro?, disse Alec. Está deixando a luz entrar.

O menino — Alec ainda não sabia o nome dele — girou a cabeça e observou o cinema por um longo tempo, procurando. Então deu um passo para o beco, e a porta se fechou devagar atrás dele, devido às dobradiças pneumáticas. E mesmo assim ele continuou ali, sem dizer nada. O cinema estava exibindo Os pássaros *havia duas semanas, e embora Alec tivesse visto outros abandonarem o filme antes do fim da sessão, nenhuma dessas saídas antecipadas fora feita por meninos de doze anos. Era o tipo de filme que a maioria dos garotos esperava o ano todo para ver, mas, enfim, nunca se sabe. Talvez o estômago dele fosse fraco.*

Deixei a minha Coca lá dentro, *falou ele, a voz distante, quase monótona.* Ainda tinha um bocado.

Quer voltar para dar uma olhada?

Não. *O garoto ergueu os olhos e lançou uma clara expressão de susto. E então Alec soube.*

O homem terminou o cigarro e jogou a guimba fora.

Sentei ao lado de uma mulher morta, *falou o menino de repente.*

Alec assentiu.

Ela conversou comigo.

O que ela disse?

Alec observou o garoto de novo, e viu o menino encará-lo com olhos que agora estavam esbugalhados de descrença.

Ela disse que precisava conversar com alguém. Que quando fica animada com um filme, precisa conversar.

Alec sabe que, nos momentos em que ela aparece para alguém, só quer falar sobre os filmes. Em geral, se dirige apenas a homens, embora às vezes possa se sentar e conversar com uma mulher — especificamente, Lois Weisel. Alec estava desenvolvendo uma teoria sobre o que pode fazê-la surgir. Mantém as anotações em um bloco de folhas amarelas. Sua lista inclui as pessoas a quem ela se revelou, em que filme e o ano (Leland King, Ensina-me a viver, *1972; Joel Harlowe,* Eraserhead, *1977; Hal Lash,* Gosto de sangue, *1985; e vários outros). Com o tempo, ele desenvolveu ideias bem claras sobre as condições mais propensas a fazê-la aparecer, embora detalhes específicos de sua teoria sejam constantemente revistos.*

Durante a juventude de Alec, pensamentos sobre Imogene estavam sempre em sua mente ou fervilhando logo abaixo da superfície; ela foi a sua primeira e mais forte obsessão. Então, por um tempo, ele a deixou de lado — quando o cinema ia bem e ele era um empresário importante na comunidade, na câmara de comércio, no conselho de planejamento da cidade. Naquela época, Alec passava semanas sem pensar nela, mas então alguém a via, ou dizia que a tinha visto, e tudo recomeçava.

No entanto, após o divórcio — ela ficou com a casa, ele se mudou para a quitinete no porão do cinema — e logo depois da inauguração do multiplex de oito salas no outro lado da cidade, Alec voltou a ficar obcecado, menos por Imogene e mais pelo cinema em si (no entanto, existe alguma diferença? Na verdade, não, supõe ele, os pensamentos sobre um sempre levam a pensamentos sobre o outro). Ele nunca imaginou que ficaria tão velho e estaria devendo tanto dinheiro. Tinha dificuldade para dormir, a cabeça cheia de ideias — ideias loucas, desesperadas — sobre como manter o Rosebud aberto. Rendimentos, quadro de funcionários e coisas que podiam ser vendidas o mantinham acordado. E quando não conseguia mais pensar em dinheiro, tentava imaginar para onde iria se o cinema fechasse. Visualizava um asilo, os colchões cheirando a pomada analgésica, velhotes corcundas com as dentaduras de fora sentados em uma sala bolorenta assistindo a sitcoms na televisão; via um lugar em que desapareceria sem apresentar resistência, como um papel de parede que pega muita luz e vai perdendo a cor aos poucos.

Aquilo era ruim. Mas era ainda pior quando imaginava o que aconteceria com ela se o Rosebud fechasse. Ele via a sala com os assentos arrancados, um espaço vazio e ecoante, montinhos de poeira nos cantos, pedaços petrificados de chicletes grudados no concreto. Os adolescentes da vizinhança invadiriam o local para beber e trepar; ele via garrafas de bebida espalhadas pelo chão, pichações horríveis nas paredes, uma única e grotesca camisinha usada e descartada em frente à tela. Via o lugar solitário e violado em que ela desapareceria.

Ou não desapareceria... o pior pensamento de todos.

ALEC A VIU — falou com ela — pela primeira vez quando tinha quinze anos, seis dias depois de descobrir que o irmão mais velho morrera no sul do Pacífico. O presidente Truman enviara uma carta em que expressava suas condolências. O texto era padrão, mas a assinatura ao final era a letra dele mesmo. Alec ainda não chorara. Anos depois, entendeu que tinha passado aquela semana em choque, que havia perdido a pessoa que mais amava no mundo e que aquilo o traumatizara muito. Mas, em 1945, ninguém usava a palavra "trauma" para falar sobre suas emoções, apenas para falar dos traumas de guerra.

Toda manhã, ele dizia para a mãe que estava indo à escola. Ele não estava indo à escola. Ficava perambulando pelo centro da cidade procurando confusão. Roubou barras de chocolate de uma mercearia e as devorou na fábrica de sapatos vazia — o lugar tinha fechado, todos os homens estavam na França ou no Pacífico. Com o açúcar correndo pelas veias, jogou pedras nas janelas, tentando melhorar seus arremessos de bola rápida.

Passou pelo beco atrás do Rosebud e viu que a saída de emergência do cinema não estava completamente fechada. O lado da porta que dava para o beco era uma superfície de metal lisa, sem maçaneta, mas ele conseguiu abri-la com as unhas. Entrou na sessão das 15h30 e o lugar estava cheio, sobretudo de crianças com menos de dez anos, acompanhadas de suas mães. A saída de emergência ficava no meio da sala, em uma reentrância escura na parede. Ninguém o viu entrar. Ele subiu o corredor e encontrou um assento no fundo.

— Ouvi dizer que Jimmy Stewart foi para o Pacífico — disse seu irmão quando estava em casa de licença, antes de ser mandado para o exterior. Os dois jogavam bola no quintal. — Nesse instante, o sr. Smith deve estar bombardeando sem parar a porra de Tóquio. Que pensamento doido, não é? — O irmão de Alec, Ray, descrevia a si mesmo como louco por filmes. Ele e Alec foram ver todas as estreias daquele mês de licença: *A patrulha Bataan, Romance dos sete mares, O bom pastor*.

O filme em si ainda não tinha começado, e Alec esperou pelo fim de um dos episódios de uma série sobre as aventuras de um caubói cantor com cílios longos e uma boca tão escura que seus lábios pareciam pretos. Aquilo não prendeu a sua atenção. Tirou uma meleca e pensou em alguma maneira de conseguir uma Coca sem ter que pagar. Enfim, a atração principal começou.

No início, o garoto não conseguiu entender que diabo de filme era aquele, embora tivesse a impressão de que se tratasse de um musical. Primeiro, os membros de uma orquestra subiram em um palco com um fundo azul sem graça. Aí um sujeito engomadinho apareceu e explicou o tipo de entretenimento novinho em folha que o público estava prestes a assistir. Quando começou a tagarelar sobre Walt Disney e seus artistas, Alec foi escorregando na poltrona, a cabeça se afundando entre os ombros. A orquestra explodiu em grandes rajadas dramáticas de cordas e sopros. Pouco tempo depois, seus piores medos se concretizaram. Não era só um musical, era também um *desenho animado*. É claro que era um desenho animado, ele deveria ter percebido — o lugar lotado de criancinhas e mães, uma sessão das 15h30 no meio da semana que abria com um episódio de *O vaqueiro de batom*, o cantor maricas das Altas Planícies.

Depois de um tempo, ele levantou a cabeça, olhou para a tela através dos dedos e viu uma animação abstrata: gotas de chuva prateadas contra um fundo de fumaça rodopiante, raios de luz brilhante cintilando em um céu cinzento. Sentou-se direito para ver o filme em uma posição mais confortável. Não sabia ao certo o que sentia. Estava entediado, mas também interessado, quase um pouco encantado. Teria sido difícil não assistir àquilo. As imagens o atacavam de uma maneira rítmica e hipnótica: faixas de luz vermelha, estrelas giratórias, reinos de nuvens reluzindo na resplandecência carmesim de um sol poente.

As crianças estavam inquietas nas poltronas. Alec ouviu uma menina murmurar:

— Mãe, quando o Mickey vai aparecer? — Para elas, aquilo era como estar na escola.

Porém, quando o filme passou para o segmento seguinte, a orquestra mudando de Bach para Tchaikovsky, Alec estava esticadinho na poltrona, até mesmo um pouco inclinado para a frente, seus antebraços apoiados nos joelhos. Ele via fadas esvoaçando por uma floresta escura, tocando flores e teias de aranha com suas varinhas mágicas e espalhando gotas de orvalho luzidio e incandescente. Sentiu um tipo de admiração perplexa ao observá-las voando por aí, uma sensação curiosa de anseio. De repente, teve a sensação de que poderia ficar sentado ali assistindo àquele filme para sempre.

— Eu poderia ficar sentada neste cinema para sempre — sussurrou alguém ao lado dele, uma voz feminina. — Apenas sentada aqui, assistindo ao filme, e nunca mais ir embora.

Alec pensou que não havia uma pessoa sentada ao lado dele e deu um pulo ao ouvir uma voz tão próxima. Ele achava — não, tinha certeza — que, quando se sentara, as poltronas em ambos os lados estavam vagas. Ele se virou.

Ela era apenas alguns anos mais velha do que ele, não podia ter mais de vinte, e seu primeiro pensamento foi que a moça era bem bonitinha; seu coração bateu um pouco mais rápido por ter uma garota como aquela falando com ele. Alec já estava pensando: *Não estrague tudo*. Ela não o encarava. Observava a tela e sorria de uma maneira que parecia expressar tanto admiração quanto o espanto perplexo de uma criança. Alec queria falar algo inteligente, mas sua voz ficou entalada na garganta.

Ela se inclinou para ele sem tirar os olhos da tela, a mão esquerda tocando de leve a lateral do seu braço no apoio da poltrona.

— Desculpa ter incomodado você — sussurrou. — Quando fico animada com um filme, preciso conversar. Não consigo me segurar.

No instante seguinte, Alec ficou consciente de duas coisas quase ao mesmo tempo. A primeira era que a mão encostada no seu braço estava gelada. Mesmo com o casaco, ele sentia a frieza mortal dela, um frio tão palpável que o assustou um pouco. A segunda coisa que notou foi uma única gota de sangue no lábio superior dela, abaixo da narina esquerda.

— Seu nariz está sangrando — falou ele alto demais.

E, na mesma hora, se arrependeu do que disse. Só se tem uma oportunidade para impressionar uma garota como aquela. Devia ter pego algo para ela limpar o nariz, murmurando algo bem Sinatra: *Você está sangrando aqui.* Enfiou as mãos nos bolsos, procurando por qualquer coisa que pudesse ser usada para limpar o nariz. Não tinha nada.

Mas ela pareceu não ter ouvido, não parecia estar minimamente consciente de que Alec falara. Sem pensar, a moça passou as costas da mão debaixo do nariz, deixando uma mancha escura de sangue em cima da boca... e Alec congelou com as mãos nos bolsos, olhando para ela. Foi a primeira vez que percebeu que havia algo de errado com a garota sentada ao seu lado, algo um pouco *estranho* na cena que se desenrolava entre os dois. Como que por instinto, ele ajeitou as costas e se afastou alguns centímetros, sem nem perceber que fazia isso.

Ela riu de alguma coisa do filme, a voz baixa, sem fôlego. Então, se inclinou na direção dele e sussurrou:

— Isso não é para crianças. Harry Parcells adora este cinema, mas só passa os filmes errados... Harry Parcells, o dono deste lugar, sabe?

Havia sangue novo descendo da narina esquerda dela até os lábios, mas, àquela altura, a atenção de Alec tinha se voltado para outra coisa. Os dois estavam sentados bem embaixo do feixe luminoso do projetor, e havia mariposas e outros insetos rodopiando na coluna de luz azulada acima. Uma mariposa branca pousara no rosto dela. Estava andando na sua bochecha. Ela não notou, e Alec não mencionou nada. Não havia ar suficiente em seus pulmões para falar.

Ela murmurou:

— Harry acha que as crianças vão gostar só porque é um desenho. Engraçado como ele assiste a tantos filmes e sabe tão pouco sobre eles. Ele não vai ser dono disto aqui por muito mais tempo.

A garota olhou para ele e sorriu. Sangue manchava os seus dentes. Alec não conseguia se levantar. Uma segunda mariposa, branca como marfim, pousou dentro da delicada curva da orelha.

— Seu irmão Ray teria adorado esse — falou ela.

— Vá embora — murmurou Alec com a voz rouca.

— Você pertence a este lugar, Alec. Pertence a este lugar aqui, comigo.

O garoto enfim conseguiu se mexer, pulando para fora da poltrona. A primeira mariposa estava entrando no cabelo dela. Alec pensou ter ouvido o próprio gemido, bem de leve. Começou a se afastar. A garota continuava olhando para ele. Alec recuou alguns passos na fileira e bateu nas pernas de um menino, que soltou um grito. O jovem afastou o olhar dela por um instante para ver o menino gordo com uma camiseta listrada que o encarava: *Olha por onde anda, babaca.*

Alec voltou a observá-la. Agora, a moça estava afundada no assento, a cabeça tombada em cima do ombro esquerdo, as pernas obscenamente abertas. Havia linhas grossas de sangue seco e encrostado saindo das narinas e envolvendo os lábios finos. Os olhos estavam revirados. No colo, havia um saco de pipoca de cabeça para baixo.

Ele pensou que ia gritar. Não gritou. Ela estava perfeitamente parada. Então, Alec olhou dela para o menino em que quase tropeçou. O garoto gordo relanceou na direção da adolescente morta e não reagiu. Voltou a observar Alec com os olhos questionadores, um canto da boca levantando em um sorriso zombeteiro.

— Rapazinho — disse uma mulher, a mãe do menino gordo —, pode sair da frente, *por favor*? Estamos tentando ver o filme.

Alec lançou outro olhar na direção da garota morta, mas agora a poltrona que ela ocupara estava vazia, o assento levantado. Começou a recuar, batendo em joelhos, quase caindo uma vez, segurando em alguém para se apoiar. Então, de repente, a sala irrompeu em aplausos e comemorações. O coração de Alec parou. Ele berrou e observou loucamente em volta. Lá na tela, o Mickey usava um robe vermelho e grandão — o ratinho enfim havia aparecido.

Ele saiu da fileira de poltronas e empurrou as portas duplas de couro acolchoado que levavam até a entrada. A luz do fim da tarde o fez parar e apertar bem os olhos. Sentia-se enjoado. Então, de repente, alguém estava segurando o ombro dele, fazendo-o virar e caminhar pelo salão até a escada que levava ao mezanino. Alec se jogou no primeiro degrau.

— Descanse um pouco — disse a pessoa. — Não se levante. Recupere o fôlego. Acha que vai vomitar?

Alec balançou a cabeça.

— Porque se acha que vai vomitar, segure um pouco até eu conseguir trazer um saco para você. Não é fácil tirar manchas desse carpete. Além disso, quando sentem cheiro de vômito, as pessoas perdem a vontade de comer pipoca.

O indivíduo que falava com ele, quem quer que fosse, ficou ao seu lado por mais um instante e depois, sem dizer nada, virou-se e se afastou. Voltou mais ou menos um minuto depois.

— Aqui. Por conta da casa. Beba devagar. O gás vai melhorar o seu estômago.

Alec pegou um copo de papel que suava gotas de água fria, colocou o canudo na boca e bebeu um gole de Coca gelada borbulhante. Olhou para cima. O homem na frente dele era alto, com os ombros caídos e um pneuzinho na barriga. Seu cabelo escuro e arrepiado era curto, e seus olhos, atrás de óculos absurdamente grossos, eram pequenos, pálidos e inquietos.

Alec falou:

— Tem uma garota morta lá dentro. — Não reconheceu a própria voz.

A cor desapareceu do rosto do homem e ele lançou um olhar insatisfeito para as portas do cinema.

— Ela nunca tinha aparecido em uma matinê antes. Achei... achei que era só nas sessões noturnas... Meu Deus do céu, é um filme infantil. Ela está tentando me arruinar?

Alec abriu a boca sem saber o que dizer, alguma coisa sobre a garota morta, mas o que saiu foi:

— Na verdade, não é exatamente um filme infantil.

O homem grande olhou para ele de forma um pouco contrariada.

— Claro que é. É do Walt Disney.

Alec o encarou por um bom tempo, e então falou:

— Você deve ser Harry Parcells.

— Sim. Como sabe?

— Só um chute — respondeu Alec. — Obrigado pela Coca.

ALEC SEGUIU HARRY PARCELLS por trás do balcão e depois por uma porta até chegarem a um cômodo com uma escada. Harry abriu outra porta à direita, e os dois entraram em um escritório pequeno e bagunçado. Havia latas de filmes por todo o chão. Pôsteres desbotados cobriam as paredes, se sobrepondo uns aos outros em alguns lugares: *Com os braços abertos*, *David Copperfield*, ... *E o vento levou*.

— Desculpe por ela ter assustado você — falou Harry, se jogando na cadeira atrás da escrivaninha. — Tem certeza de que está bem? Parece meio pálido.

— Quem é ela?

— Alguma coisa estourou no cérebro dela — disse ele, apontando um dedo para a têmpora esquerda como se apontasse um arma para a própria cabeça. — Seis anos atrás. Durante *O mágico de Oz*. Na primeiríssima sessão. Foi uma coisa horrível. Ela vinha aqui o tempo todo. Era a minha cliente mais fiel. A gente conversava, brincava um com o outro... — A voz dele foi desaparecendo, confusa e distraída. O homem apertou as mãos sobre o tampo da mesa na frente dele e falou, por fim: — Agora, está querendo me levar à falência.

— Já se encontrou com ela. — Não era uma pergunta.

Harry assentiu.

— Alguns meses depois de ela morrer. Ela me disse que aqui não é o meu lugar. Não sei por que está tentando me assustar, a gente se dava tão bem. Ela mandou você sair de lá?

— Por que ela está aqui? — falou Alec.

Sua voz ainda estava rouca, e era uma pergunta estranhamente gentil para ser feita. Por um tempo, Harry apenas o observou através dos óculos grossos com o que parecia ser total incompreensão.

Então ele balançou a cabeça e respondeu:

— Ela está infeliz. Morreu antes do filme acabar e ainda se sente triste em relação a isso. Eu entendo. É um filme muito bom. Também teria me sentido roubado.

— Oi? — gritou alguém do saguão. — Tem alguém aí?

— Só um minuto! — berrou Harry em resposta. Ele encarou Alec com um olhar sofrido. — Minha balconista pediu demissão ontem. Sem nenhum aviso ou qualquer coisa do tipo.

— Foi a fantasma?

— Deus, não. Uma das unhas postiças dela caiu na comida de alguém, então falei que não podia mais usá-las. Ninguém quer morder uma unha no meio da pipoca. Ela me respondeu que um monte de amigos dela vinham aqui, e que se não pudesse usar as unhas, não ia mais trabalhar. Então, agora tenho que fazer tudo sozinho. — Enquanto falava, Harry deu a volta na escrivaninha. Tinha algo na mão, um recorte de jornal. — Aqui tem mais coisa sobre ela. — E então ele lançou um olhar a Alec. Não era uma reprimenda, mas havia um toque de advertência enfadonha ali. O homem acrescentou: — Não saia daqui. Ainda temos que conversar.

Ele deixou o escritório e Alec o observou, imaginando o significado daquele último e estranho olhar. Voltou sua atenção para o recorte de jornal. Era um obituário — o obituário dela. O papel estava dobrado, as pontas amassadas, a tinta esbranquiçada; parecia que já tinha passado por muitas mãos. O nome da moça era Imogene Gilchrist, tinha morrido aos dezenove anos, trabalhava na papelaria da Water Street. Deixou os pais, Colm e Mary. Os amigos e a família falaram sobre sua bela risada, seu senso de humor contagiante. E sobre como ela amava filmes. Assistia a todos na primeira sessão do dia de estreia. Conseguia recitar o elenco inteiro de praticamente qualquer produção que se mencionasse, quase uma brincadeira para impressionar os convidados de uma festa — ela se lembrava até dos nomes dos atores que tinham uma única fala. Era presidente do clube de teatro e atuava em todas as peças, preparava os cenários, fazia a iluminação. "Sempre achei que ela seria uma estrela de cinema", disse seu professor de teatro. "Era muito bonita e tinha aquela risada. Bastava alguém ter apontado uma câmera para ela que Imogene seria famosa."

Quando Alec terminou de ler, olhou ao redor. O escritório ainda estava vazio. Encarou outra vez o obituário, esfregando um canto do recorte com o dedão e o indicador. A injustiça daquilo o enjoava, e, por um segundo, sentiu uma pressão na parte de trás dos olhos, um formigamento, e teve o pensamento ridículo de que poderia começar a chorar. Era horrível perceber que vivia em um mundo em que uma garota de dezenove anos, cheia de vida e risadas, podia ser morta daquela maneira, sem nenhum motivo. Mas a intensidade do seu sentimento não fazia sentido, considerando que não conhecera Imogene quando estava viva; não fazia sentido até se lembrar de Ray, da carta de Harry Truman para sua mãe, das palavras *morreu com bravura, defendendo a liberdade, os Estados Unidos têm orgulho dele*. Pensou em como Ray o levara para assistir a *Romance dos sete mares* ali mesmo naquele cinema, e eles se sentaram juntos com os pés apoiados nas cadeiras da frente, os ombros se tocando.

— Olha só o John Wayne — falou Ray. — Deve ter um bombardeiro para levar ele e outro para levar os seus colhões.

O formigamento nos olhos de Alec estava tão forte que ele não conseguia mais aguentar, e seu peito doía ao respirar. Ele esfregou o nariz úmido e se esforçou para chorar o mais silenciosamente possível.

Limpou o rosto com a bainha da camisa, colocou o obituário sobre a escrivaninha de Harry Parcells e observou o entorno. Viu os pôsteres e as latas de aço empilhadas. Havia um pedaço curvado de película no canto da sala, mais ou menos oito frames — Alec se perguntou de que filme seria —, e o pegou para fazer uma inspeção mais próxima. Viu uma garota fechando os olhos e erguendo o rosto em uma série de pequenos movimentos para beijar o homem que a abraçava, entregando-se a ele. Alec queria ser beijado assim algum dia. Sentiu uma animação curiosa por estar segurando um pedaço de um filme. Por impulso, enfiou a película no bolso.

Saiu do escritório e voltou para o cômodo com a escada. Deu uma espiada no saguão. Esperava ver Harry atrás do balcão atendendo um cliente, mas não havia ninguém lá. O garoto titubeou, perguntando-se onde o homem fora parar. Enquanto pensava nisso, ouviu um zumbido baixinho vindo do topo da escada. Olhou para cima e então percebeu — o projetor. Harry estava trocando os carretéis de filme.

Alec subiu os degraus e entrou na saleta do projetor, um espaço pequeno e escuro com o pé-direito baixo. Um par de janelas quadradas dava para a sala de cinema lá embaixo. O próprio projetor estava apontado para uma delas, uma máquina enorme de aço inoxidável escovado com a palavra VITAPHONE estampada na lateral. Sentado ao seu lado, inclinado para a frente, Harry Parcells olhava através da mesma janela pela qual o projetor lançava seu raio de luz. Tinha ouvido Alec se aproximando e lançou um olhar rápido ao garoto. O menino pensou que seria enxotado, mas Harry não disse nada, apenas assentiu e voltou à sua vigília silenciosa do cinema.

Alec foi até o vitaphone, escolhendo com cuidado um caminho na escuridão. Havia uma janela à esquerda do projetor pela qual era possível ver o cinema. O garoto a encarou por um longo tempo, sem saber ao certo se seria audacioso o suficiente, e então colocou a cara perto do vidro e deu uma olhada na sala escura abaixo.

Estava iluminada por um azul-escuro profundo da imagem na tela: novamente, o maestro com a silhueta da orquestra. O apresentador introduzia o próximo segmento. Alec baixou os olhos e observou as fileiras de poltronas com atenção. Não foi difícil encontrar onde estivera sentado, um punhado de assentos vagos no fundo, à direita. De certa forma, esperava ver a garota lá, jogada na poltrona, o rosto apontando para o teto e sangue por toda parte — os olhos talvez voltados para *ele*. O pensamento de vê-la o encheu de medo e de um estranho júbilo nervoso, e quando percebeu que ela não estava lá, ficou um pouco surpreso com o próprio desapontamento.

A música começou: no início, o guincho oscilante dos violinos aumentando e diminuindo em ondas, e então uma série de explosões ameaçadoras dos instrumentos de sopro, sons de uma natureza quase militar. O olhar de Alec foi outra vez para a tela — e permaneceu lá. Ele sentiu um arrepio percorrer o corpo. Seus antebraços formigavam com um calafrio. Na tela, os mortos se levantavam dos túmulos, um exército de espectros brancos e diáfanos se lançando fora da terra para a noite acima. Um demônio de ombros largos, acocorado no topo de uma montanha, os chamava. As almas iam até ele, suas mortalhas claras e esfarrapadas flutuando em torno dos corpos esqueléticos, os rostos angustiados, miseráveis. Alec prendeu a respiração, assistindo àquilo com um sentimento crescente que misturava choque e admiração.

O demônio abriu uma fenda na montanha e revelou o Inferno. Chamas se ergueram, os Amaldiçoados pulando e dançando, e Alec soube que aquilo era sobre a guerra. Era sobre o seu irmão morto a troco de nada no sul do Pacífico, *os Estados Unidos têm orgulho dele*, sobre corpos danificados além de qualquer possibilidade de cura, cadáveres boiando de um lado para outro enquanto rolavam até a rebentação de uma praia em algum lugar do Extremo Oriente, encharcados, inchados. Era sobre Imogene Gilchrist, que amava filmes e morreu com as pernas abertas e o cérebro túrgido de sangue, ela tinha dezenove anos, seus pais eram Colm e Mary. Era sobre jovens, jovens corpos saudáveis, com um monte de buracos e a vida escapando deles em gotas arteriais, nem um único sonho realizado, nem uma única ambição alcançada. Era sobre jovens que amaram e foram amados, que se foram e não voltariam mais, e as patéticas lembranças que marcavam sua partida, *vocês estarão em minhas preces hoje, Harry Truman* e *Sempre achei que ela seria uma estrela de cinema.*

O sino de uma igreja tocou em algum lugar ao longe. Alec olhou para cima. Era o filme. Os mortos começaram a sumir. O demônio bronco e forte se cobriu com as vastas asas escuras afastando o rosto do sol que nascia. Uma fileira de homens usando hábitos se movia pela terra, carregando lanternas que brilhavam de leve. A música se movia em um pulsar suave. O céu era de um azul gelado e cintilante, a aurora se espalhava pelos galhos das bétulas e dos pinheiros. Alec assistiu ao filme com um sentimento de reverência religiosa até o fim.

— Gostei mais de *Dumbo* — falou Harry.

Ele apertou um interruptor na parede e uma lâmpada se acendeu, enchendo a sala do projetor com uma luz branca e forte. O final da película ziguezagueou pelo vitaphone e saiu do outro lado, onde foi coletado em um dos carretéis e a ponta ficou rodando sem parar, fazendo *slap, slap, slap*. Harry desligou o projetor, olhou para Alec por cima da máquina.

— Você parece melhor. Não está mais tão pálido.

— Sobre o que queria conversar? — Alec se lembrou da vaga repri- menda que Harry lançou a ele quando o mandou ficar no escritório e, naquele momento, lhe ocorreu que talvez o dono do cinema soubesse que o garoto tinha entrado sem comprar um ingresso, que talvez os dois estivessem prestes a começar uma discussão.

Mas o homem disse:

— Oferecer um reembolso ou dois ingressos de graça para as sessões que você quiser. É o melhor que posso fazer.

Alec o encarou. Passou-se um bom tempo antes que pudesse responder.

— Pelo quê?

— Pelo quê? Para não falar com ninguém sobre isso. Sabe o que aconteceria com esse lugar se um boato sobre ela se espalhasse? Acho que ninguém ia querer pagar para ficar sentado no escuro com uma garota morta e tagarela.

Alec balançou a cabeça. Ficou surpreso ao constatar que Harry pensava que as pessoas evitariam o Rosebud se a notícia sobre o cinema ser assombrado se espalhasse. O garoto achava que teria o efeito contrário. Muita gente pagaria, feliz da vida, pela oportunidade de passar um pouco de medo no escuro — se não fosse assim, não haveria filmes de terror. E então o menino se lembrou do que Imogene Gilchrist dissera a ele sobre Harry Parcells: *Ele não vai ser dono disso aqui por muito mais tempo.*

— O que vai ser? — perguntou Harry. — Os ingressos?

Alec balançou a cabeça.

— O reembolso, então.

— Não.

Harry congelou com a mão na carteira e lançou um olhar surpreso e hostil para Alec.

— O que vai querer?

— Que tal um emprego? Você precisa de alguém para vender pipoca. Prometo não usar unhas postiças no trabalho.

Harry o encarou por um bom tempo sem responder, e aí tirou a mão do bolso traseiro devagar.

— Pode trabalhar nos fins de semana? — indagou.

EM OUTUBRO, ALEC SOUBE *que Steven Greenberg tinha voltado a New Hamprshire para filmar as cenas externas do seu novo filme no terreno da Phillips Exeter Academy — alguma coisa com Tom Hanks e Haley Joel Osment, um professor incompreendido que inspirava crianças prodígio com problemas. Alec não precisa saber de mais nada para entender que Steven pode estar a caminho de ganhar outro Oscar. Ele, no entanto, prefere seus primeiros trabalhos, as fantasias e os thrillers de suspense.*

O homem pensa em ir até o local para dar uma olhada, imagina se conseguiria conversar com alguém para entrar no set — Ah, sim, conheci Steven quando ele era menino —, imagina se conseguiria falar com o próprio Steven. Mas logo descarta a ideia. Outras centenas de pessoas nessa parte da Nova Inglaterra poderiam dizer que conheceram Steven quando criança, e não é como se os dois fossem próximos. Na verdade, eles só tiveram aquela única conversa, no dia que Steven a viu. Nada antes, muito pouco depois.

Então, é surpreendente quando, em uma tarde de sexta-feira perto do fim do mês, Alec recebe uma ligação da assistente de Steven, uma mulher animada e eficiente chamada Marcia. Ela informa Alec que Steven gostaria de vê-lo e que, se ele pudesse passar no set — no domingo de manhã está bom? —, haveria uma credencial para ele no prédio principal da Phillips Exeter Academy. Estariam aguardando Alec mais ou menos às dez horas, diz ela com a voz viva e chilreante antes de desligar. Só bem depois da conversa ele percebe que não recebeu um convite, e, sim, uma intimação.

Um assistente com cavanhaque encontra Alec no prédio principal e o leva até o set de filmagem. Alec permanece com aproximadamente trinta pessoas e observa à distância Hanks e Osment atravessando um campo verdejante cheio de folhas caídas, Hanks anuindo de forma pensativa enquanto Osment fala e gesticula. Na frente deles, há um carrinho com dois homens e um equipamento cinematográfico, além de outros dois homens puxando. Steven e um pequeno grupo de pessoas ficam ao lado, com o diretor observando a tomada em um monitor. Alec nunca esteve em um set de filmagem antes, e assiste ao trabalho daqueles profissionais do faz de conta com muito prazer.

Depois de conseguir o que quer e de falar com Hanks por alguns minutos sobre a tomada, Steven se vira para a multidão em que Alec está. Há um olhar tímido e investigativo no rosto do ator. Então, ele vê Alec e abre a boca em um sorriso que revela o espaço entre os dentes, levanta uma das mãos para acenar, por um momento, ficando bem parecido com aquele menino magricela de novo. Steven pergunta a Alec se ele quer acompanhá-lo até o bufê para comer um chili dog e beber um refrigerante.

Steven parece ansioso durante a caminhada, mexendo nas moedas que tem no bolso e lançando olhares súbitos para Alec. O dono do cinema sabe que ele quer conversar sobre Imogene, mas não faz ideia de como abordar o assunto. Quando enfim começa a falar, é sobre suas lembranças do Rosebud. Fala sobre como adorava o lugar, sobre todos os grandes filmes que assistiu pela primeira vez lá. Alec sorri e assente, mas secretamente fica um pouco impressionado com quanto o rapaz enganou a si mesmo. Steven nunca mais voltou ao cinema depois de Os pássaros. Nunca assistiu no Rosebud todos os filmes que disse que viu.

Por fim, gaguejando, Steven pergunta O que vai acontecer com o cinema depois da sua aposentadoria? Não que deva se aposentar! Só quis dizer... acha que vai ficar à frente do negócio por muito tempo?

Não muito mais tempo, *responde Alec — é a verdade —, mas não acrescenta mais nada. Está preocupado em não se rebaixar ao pedir esmola — embora ache que aquele tenha sido o motivo da sua ida até lá. Desde que recebeu o convite de Steven para visitar o set, vinha fantasiando que os dois conversariam sobre o Rosebud e que Steven, que é tão rico e ama tanto a sétima arte, poderia ser persuadido a jogar uma boia salva-vidas para Alec.*

Os cinemas de rua são tesouros nacionais, *diz Steven.* Eu tenho alguns, acredite se quiser. Aproveito o efeito nostálgico deles. Adoraria fazer algo assim com o Rosebud algum dia. É um sonho meu, sabe?

Essa é a chance dele, a oportunidade que Alec esperava, mas que não estava disposto a admitir. No entanto, em vez de contar a ele que o Rosebud está em apuros, bem perto da falência, Alec muda de assunto... no fim, não tem estômago para fazer o que precisa ser feito.

Qual é o seu próximo projeto?, *pergunta Alec.*

Depois disso? Estou considerando fazer um remake, *responde Steven, lançando outro daqueles olhares de soslaio evasivos.* Você não vai acreditar. *Então, de repente, ele estica a mão e toca no braço de Alec.* Voltar a New Hampshire reacendeu algumas coisas dentro de mim. Tive um sonho com a nossa velha amiga, sabe?

Nossa velha..., *diz Alec, e então percebe sobre quem ele está falando.*

Sonhei que o cinema estava fechado. Tinha uma corrente nas portas dianteiras e tábuas cobrindo as janelas. Sonhei que ouvi uma garota chorando lá dentro, *fala Steven, sorrindo de nervoso.* Não é engraçado?

Alec dirige de volta para casa com suor frio no rosto, desconfortável. Não sabe por que não falou nada, por que não conseguiu falar; Greenberg estava praticamente implorando para dar algum dinheiro a ele. Amargo, pensa que se tornou um velho bastante tolo e inútil.

No cinema, há nove mensagens na secretária eletrônica. A primeira é de Lois Weisel, que não entrava em contato com Alec havia anos. Sua voz está frágil. Ela diz Oi, Alec, aqui é a Lois Weisel, da B.U. *Como se ele pudesse esquecê-la. Lois viu Imogene em* Perdidos na noite. *Agora é professora universitária, dando aulas de como produzir documentários. Alec sabe que essas duas coisas estão conectadas, assim como não foi acidente Steven*

Greenberg ter se tornado quem é. Pode me ligar? Queria falar com você sobre... Eu só... Pode me ligar? Então ela ri, um tipo de risada estranha e assustada, e diz: Isso é loucura. A mulher exala audivelmente. Só queria saber se tem alguma coisa acontecendo com o Rosebud. Algo ruim. Então... me liga.

O próximo recado é de Dana Llewellyn, que a viu em Meu ódio será tua herança. *A mensagem seguinte é de Shane Leonard, que viu Imogene em* Loucuras de verão. *Darren Campbell, que a viu em* Cães de aluguel. *Alguns mencionam o sonho, um sonho idêntico ao que Steven Greenberg descreveu, janelas fechadas com tábuas, corrente nas portas, garota chorando. Outros só dizem que querem conversar. Quando a fita da secretária eletrônica chega ao fim, Alec está sentado no chão do escritório, os punhos fechados — um velho chorando desamparadamente.*

Talvez vinte pessoas tenham visto Imogene nos últimos 25 anos, e quase metade delas deixou recado pedindo para Alec retornar a ligação. A outra metade entraria em contato com ele nos próximos dias para perguntar sobre o Rosebud, para falar do sonho. Alec vai conversar com quase todas as pessoas ainda vivas que a viram, todos com quem Imogene se sentiu compelida a falar: um professor de teatro, o gerente de uma locadora de vídeos, um financista aposentado que, durante sua juventude, escreveu críticas cinematográficas ferozes e hilariantes para o *Lansdowne Record* e outros jornais. Toda uma congregação de pessoas que se reunia no Rosebud em vez de na igreja aos domingos, cujas preces eram escritas por Paddy Chayefsky, cujos hinos eram compostos por John Williams e cuja intensidade de fé era um chamado irresistível para Imogene. E para o próprio Alec.

DEPOIS DA VENDA, O Rosebud permanece fechado por dois meses para renovações. Novas poltronas, sistema de som de primeira. Uma dúzia de artífices colocou andaimes e trabalhou com pequenos pincéis para restaurar o gesso rachado no teto. Steven coloca mais pessoas para cuidar das operações rotineiras. Embora o lugar agora pertença a ele, Alec concordou em ficar para cuidar das coisas por mais um tempo.

Lois Weisel vai lá três vezes por semana para filmar um documentário sobre a renovação, usando seus alunos em diversas funções: eletricistas, técnicos de som, carregadores. Steven quer dar um baile de gala na reinauguração para celebrar o passado do Rosebud. Quando Alec escuta os filmes que ele quer *exibir primeiro* — uma sessão dupla de O mágico de Oz e Os pássaros —, *sente seus antebraços se arrepiarem, mas não diz nada.*

Na noite da reinauguração, o lugar está lotado de uma forma que não se via desde Titanic. Os jornais locais estão lá para entrevistar as pessoas entrando no cinema com suas melhores roupas. Claro que Steven está presente, o motivo de tanta animação... embora Alec ache que teria conseguido vender todos os ingressos mesmo sem Steven, que as pessoas iriam ao cinema só para ver o resultado da renovação. Alec e Steven posam para fotos, os dois de smoking apertando as mãos debaixo da marquise. O smoking de Steven é um Armani, comprado especialmente para aquela ocasião. O smoking de Alec é o mesmo que foi usado no seu casamento.

Steven se inclina sobre ele, pressionando um ombro no seu peito. *O que vai fazer agora?*

Antes do dinheiro de Steven, Alec estaria sentado atrás da bilheteria vendendo ingressos e depois iria lá para cima ligar o projetor. Mas o astro contratara alguém para vender ingressos e ligar o projetor. Acho que vou me sentar e assistir aos filmes, *Alec responde.*

Guarde um lugar para mim, *pede Steven.* Pode ser que eu não consiga entrar antes de Os pássaros, no entanto. Tenho que falar com alguns jornalistas aqui fora.

Lois Weisel colocou uma câmera dentro da sala de cinema, com a lente virada para a plateia, e a carregou com filme de alta precisão para filmar no escuro. Ela liga a câmera em momentos diferentes, gravando as reações do público em O mágico de Oz. Aquela seria a conclusão do documentário — esse charmoso cinema antigo restaurado, lotado de gente apreciando um clássico do século XX —, mas o filme não terminaria da maneira planejada.

Nas primeiras tomadas do rolo de Lois é possível ver Alec sentado nos fundos, na área esquerda do cinema, o rosto encarando a tela, os óculos brilhando com a luz azul na escuridão. O assento à esquerda dele, no corredor, está vazio, o único assento vazio da casa. Às vezes, dá para vê-lo comendo pipoca. Outras vezes, ele está lá apenas assistindo, a boca um pouco aberta, um olhar quase de veneração no rosto.

Então, em uma das tomadas, ele está virado para o lado, observando o assento à sua esquerda. Uma mulher de azul se juntou a Alec. Ele se inclina sobre ela. Os dois com certeza estão se beijando. Ninguém ao redor presta atenção neles. O mágico de Oz está acabando. Sabemos disso porque é possível ouvir Judy Garland recitando sem parar as mesmas nove palavras com uma voz baixa e saudosa, falando... bem, você sabe o que ela está falando. São as nove palavras mais adoráveis já ditas em um filme.

Na tomada seguinte, as luzes do recinto estão ligadas e já há uma multidão de pessoas reunidas ao redor do corpo de Alec, caído na poltrona. Steven Greenberg está no corredor, gritando desesperadamente para alguém chamar um médico. Uma criança chora. O restante das pessoas gera um zum-zum-zum sussurrado com suas conversas inquietas. Mas esqueça essa tomada. As imagens antes dela são bem mais interessantes.

Elas só duram alguns segundos, as imagens de Alec e de sua companheira não identificada — poucas centenas de frames —, mas é a filmagem que tornará Lois Weisel famosa e rica. Ela vai aparecer em programas de televisão sobre fenômenos inexplicáveis, será assistida e reassistida em reuniões de grupos de pessoas fascinadas pelo sobrenatural. Ela será estudada, analisada, desacreditada, confirmada e celebrada. Vamos assisti-la mais uma vez.

Ele se inclina sobre ela. Ela ergue o rosto para encará-lo e fecha os olhos. Ela é jovem e está se entregando por completo a ele. Alec havia retirado os óculos. Está segurando de leve a cintura dela. É dessa maneira que as pessoas sonham em ser beijadas, um beijo de estrelas de cinema. Ao observá-los, quase desejamos que aquele momento dure para sempre. E, durante tudo isso, a voz baixa e corajosa de Dorothy enche o cinema mergulhado na escuridão. Ela fala algo sobre lar. Fala algo que todos nós sabemos.

POP ART

QUANDO EU TINHA DOZE anos, meu melhor amigo era inflável. O nome dele era Arthur Roth, o que o tornava um judeu inflável, embora não me lembre de ele assumir um ponto de vista particularmente judaico nas conversas que tínhamos de vez em quando sobre o pós-vida. Conversar era o que a gente mais fazia — por causa da condição dele, brigar estava fora de questão — e o assunto da morte e o que vinha depois dela surgia algumas vezes. Acho que Arthur sabia que teria a sorte de sobreviver ao ensino médio. Quando o conheci, ele já tinha quase morrido uma dúzia de vezes, uma para cada ano que viveu. O mundo vindouro, além da possibilidade de não haver um, não saía de seus pensamentos.

Quando digo que a gente conversava, quero dizer que a gente se comunicava, discutia, se criticava, se encorajava. Para me ater aos fatos, *eu* falava — porque o Art não podia. Não tinha boca. Quando queria dizer alguma coisa, escrevia. Sempre tinha um bloco de papel pendurado no pescoço por um barbante e carregava gizes de cera no bolso. Entregava os trabalhos escolares escritos com giz de cera, fazia provas com giz de cera. É possível imaginar o perigo que um lápis apontado representava para um garoto de 110 gramas feito de plástico e cheio de ar.

Talvez uma das razões de termos sido melhores amigos era porque ele era um excelente ouvinte. Eu precisava de alguém para me ouvir. Minha mãe havia se mandado e eu não conseguia conversar com o meu pai. Ela foi embora quando eu tinha três anos, enviou uma carta confusa e desconexa da Flórida, sobre manchas na pele causadas pelo sol, raios gama e a radiação emitida pelos cabos de energia elétrica, sobre como o sinal de nascença nas costas da mão esquerda dela avançara pelo braço até chegar no ombro. Depois disso, alguns cartões-postais e então mais nada.

Quanto ao meu pai, ele sofria de enxaqueca. Passava a tarde inteira vendo novela na sala de estar escura, infeliz e com os olhos úmidos. Odiava ser incomodado. Não dava para falar nada com ele. Era um erro tentar.

— Blá, blá, blá — diria ele, me cortando no meio de uma frase. — Minha cabeça está explodindo. Você me mata com o seu blá, blá, blá isso, blá, blá, blá aquilo.

Mas Art gostava de ouvir, e, em troca, eu o protegia. Os outros garotos tinham medo de mim. Minha reputação era horrível. Às vezes, eu levava o canivete para a escola e deixava todo mundo me ver com ele. Isso os mantinha afastados. Mas só enfiava o canivete em uma única coisa: a parede do meu quarto. Eu ficava deitado na cama e o jogava contra a parede coberta de cortiça para acertá-la com a lâmina, *thunk*!

Certo dia, durante uma visita de Art, ele viu as marcas na parede. Expliquei o que eram, uma coisa levou à outra, e, antes de eu perceber, ele estava me implorando para jogar o canivete.

— Tá maluco? — perguntei. — Sua cabeça é oca? Pode esquecer. De jeito nenhum.

E logo ele sacou um giz de cera marrom-escuro e escreveu:

Então deixa eu ver, pelo menos.

Abri o canivete para ele. Art o encarou com os olhos esbugalhados. Na verdade, meu amigo encarava tudo com os olhos esbugalhados. Seus olhos eram feitos de plástico transparente, presos na superfície da cara dele. O garoto não conseguia nem piscar. Mas aquele olhar era diferente do esbugalhado de sempre. Dava para ver que ele estava bem impressionado.

Art escreveu:

Eu vou tomar cuidado! Prometo, prometo, <u>por favor</u>!

Entreguei o canivete para Art. Ele empurrou a lâmina no chão para que ela voltasse para dentro. Então, apertou o botão para que ela saltasse. Meu amigo estremeceu, observando o canivete na mão. Então, sem falar nada, ele o arremessou na parede. Claro que a lâmina não a atingiu; isso requer alguma prática, coisa que ele não tinha, além de coordenação, que, falando francamente, é algo que Art nunca teria. O canivete quicou e voltou voando na direção do meu amigo, que saltou tão alto que parecia mais que eu estava vendo o fantasma dele abandonar o corpo. A faca aterrissou onde Art estivera um segundo antes e, fazendo um esporro danado, rolou para debaixo da minha cama.

Puxei Art do teto. Ele escreveu:

Você tinha razão, foi burrice. Eu sou um fracassado — um idiota.

— Sem dúvida — respondi.

Mas ele não era nem um fracassado, nem um idiota. Meu pai é um fracassado. Os garotos da escola são idiotas. Art era diferente. Ele era meigo. Só queria que alguém gostasse dele.

Além disso, posso afirmar, com toda a honestidade, que ele era a pessoa mais inofensiva que já conheci. Não só não machucaria uma mosca, como não *conseguia* machucar uma mosca. Se tentasse matar uma com um tapa, ela sairia voando sem problema nenhum depois de Art levantar a mão. Ele era como um santo de uma história da Bíblia, alguém capaz de curar feridas e infecções com o seu poder. Você sabe como são essas histórias bíblicas. Esse tipo de cara nunca dura muito tempo. Fracassados e idiotas meteriam pregos nele e deixariam o ar escapar.

HAVIA ALGO ESPECIAL EM Art, algo especial e invisível que simplesmente fazia com que as crianças quisessem enfiar a porrada nele. Art era novo na escola. Seus pais tinham acabado de se mudar para a cidade. Eles eram normais, cheios de sangue, não de ar. A condição da qual Art sofria é uma daquelas coisas genéticas que brinca de amarelinha entre as gerações, como Tay-Sachs (uma vez, ele me falou sobre um tio-avô que também era inflável e que foi levado pelo vento até um monte de folhas e explodiu na ponta de um ancinho enterrado).

No primeiro dia de aula, a sra. Gannon fez Art ir até a frente da sala e contou aos alunos tudo sobre ele, enquanto o garoto ficava de cabeça baixa, envergonhado.

Art era branco. Não caucasiano, *branco*, que nem um marshmallow ou o Gasparzinho. Uma costura corria pela cabeça e pelas laterais dele. E havia um bico de plástico em um dos sovacos, onde dava para bombear ar para dentro de dele.

A sra. Gannon falou que precisávamos tomar muito cuidado e não correr com tesouras ou canetas. Um furo provavelmente o mataria. Ele não podia falar, então todo mundo precisava se esforçar para compreendê-lo. Art gostava de astronautas, fotografia e dos livros de Bernard Malamud.

Antes da professora indicar a carteira dele, ela deu um apertãozinho encorajador no seu ombro. Conforme os dedos pressionavam Art, o garoto assobiou baixinho. Aquele era o único barulho que conseguia fazer. Ao flexionar o corpo, ele emitia pequenos guinchos e chiados. Quando outras pessoas o apertavam, Art soltava um silvo suave e musical.

Ele saiu balançando pela sala e ocupou a carteira ao meu lado. Billy Spears, que se sentava bem atrás de mim, jogou tachinhas na cabeça dele a manhã toda. Nas primeiras vezes, Art fingiu não notar. Aí, quando a sra. Gannon não estava olhando, ele escreveu um bilhete para Billy, que dizia:

<u>Para, por favor!</u> Não quero falar nada com a sra. Gannon, mas é perigoso jogar tachinhas em mim. Não estou brincando.

Billy escreveu em resposta:

Se caguetar, não vai sobrar o suficiente de você para remendar um pneu. Pensa nisso.

A partir daí, as coisas foram ladeira abaixo. No laboratório de biologia, Art foi colocado para fazer dupla com Cassius Delamitri, repetente do sexto ano. Cassius era um moleque gordo, sempre com a cara redonda fechada, que tinha uma sujeirinha de bigode preto sobre a infeliz boca contraída.

O projeto era destilar madeira, o que envolvia o uso de um bico de Bunsen — Cassius cuidava disso enquanto Art observava e escrevia bilhetes encorajadores.

> Não acredito que você tirou seis nesse trabalho no ano passado — você tá arrasando nisso!!

E:

> Meus pais me deram um kit de laboratório no meu aniversário. Quer ir lá em casa para a gente brincar de cientista louco algum dia?

Depois de três ou quatro bilhetes assim, Cassius já tinha lido o bastante e enfiou na cabeça que Art era algum tipo de homossexual... ainda mais com aquela história de ir na casa dele para brincar de médico ou coisa parecida. Enquanto o professor estava distraído ajudando outros alunos, Cassius prendeu Art embaixo da mesa, amarrando-o em um dos pés do móvel com um nó torto barulhento, cabeça, braços, corpo e tudo mais. Quando o sr. Milton perguntou onde ele estava, Cassius respondeu que achava que Art tinha ido ao banheiro.
— É mesmo? — falou o professor. — Que alívio. Eu nem sabia que aquele garoto *sentia vontade* de ir ao banheiro.
Em outra ocasião, John Erikson segurou Art durante o recreio e escreveu BOLSA DE CLOTOSMIA na barriga dele com caneta permanente. Aquilo só desapareceu na primavera.

> O pior foi que a minha mãe viu. Já é ruim ela saber que apanho todo dia. Mas ficou muito chateada com o erro ortográfico.

E acrescentou:

> Mas o que ela esperava? — Eu estou no sexto ano. Ela não se lembra do sexto ano? Me desculpe, mas falando sério, quais são as chances de alguém apanhar do campeão de soletrar da escola?

— Do jeito que está o seu ano até agora — falei —, acho que as chances são bem grandes.

* * *

FOI ASSIM QUE ART e eu nos tornamos amigos:

Durante o recreio, eu sempre ficava sozinho em cima do trepa-trepa, lendo revistas de esportes. Estava desenvolvendo minha reputação de delinquente e possível traficante. Para ajudar, vestia uma jaqueta jeans preta e não falava com ninguém ou fazia qualquer amizade.

Na parte de cima do trepa-trepa — uma construção em forma de domo no canto do terreno asfaltado atrás da escola —, eu ficava a uns bons três metros do chão e conseguia ver o pátio inteiro. Certo dia, vi Billy Spears aprontando com Cassius Delamitri e John Erikson. Billy tinha uma bola e um taco, e os três estavam tentando acertar a bola em uma janela aberta do segundo andar. Depois de quinze minutos errando feio, John Erikson deu sorte e acertou.

Cassius falou:

— Merda, lá se vai a bola. Precisamos de outra coisa para bater.

— Ei! — gritou Billy. — Olha o Art ali!

Eles foram atrás de Art, que tentava manter distância, e Billy começou a jogá-lo para cima, batendo nele com o taco para ver quão longe o garoto chegava. Toda vez que acertava Art, o taco fazia um *whap*, um som vazio de algo flexível. Art era lançado no ar, flutuava um pouco e voltava gentilmente ao chão. Assim que seus calcanhares tocavam a terra, ele começava a correr, mas velocidade não era uma das habilidades do meu amigo. John e Cassius se juntaram à brincadeira ao pegar Art e ver quem conseguia chutá-lo mais alto.

Aos poucos, os três foram esmurrando Art para o meu canto do pátio. Ele ficou livre por tempo suficiente para correr para debaixo do trepa-trepa. Billy o alcançou, acertou a bunda dele com o taco e o lançou bem alto.

Art flutuou até o topo do domo. Quando seu corpo encostou nas barras, ele ficou parado de cara para cima — eletricidade estática.

— Ei! — berrou Billy. — Joga ele para cá!

Até aquele momento, eu nunca tinha estado cara a cara com Art. Embora a gente frequentasse algumas aulas juntos e até se sentasse um do lado do outro na sala da sra. Gannon, não havíamos trocado uma única palavra. Ele me encarou com aqueles olhos enormes de plástico e o pálido rosto triste, e devolvi o olhar. O menino pegou o bloco de papel pendurado no pescoço, escreveu um bilhete com giz de cera verde-claro, arrancou e entregou para mim.

> Não me importo com eles, mas poderia ir embora?
> Odeio apanhar na frente dos outros.

— O que ele tá escrevendo aí? — gritou Billy.

Olhei o bilhete, depois para Art e em seguida para os garotos lá embaixo. Fiquei chocado ao perceber que conseguia sentir o *cheiro* deles, de todos os três, um odor úmido e *humano*, um fedor acre de suor. Aquilo revirou o meu estômago.

— Por que estão pentelhando ele? — perguntei.

Billy respondeu:

— A gente só tá brincando com ele.

— Estamos tentando ver quem consegue chutar mais alto — falou Cassius. — Quer tentar? Vamos jogar ele no telhado da escola!

— Eu tenho uma ideia bem mais divertida — falei. *Divertida* é uma ótima palavra para quando você quer dar a impressão de que é um retardado mental psicopata para outros moleques. — Que tal eu chutar o rabo gordo de vocês até o telhado da escola?

— Qual é o seu problema? — perguntou Billy. — Tá naqueles dias?

Peguei Art e desci do trepa-trepa. Cassius ficou branco. John Erikson deu uns passos para trás. Segurei Art debaixo do braço, seus pés apontados para os três garotos, a cabeça para o outro lado.

— Vocês são uns babacas — falei. Existem momentos que não são feitos para falas engraçadinhas.

E virei na direção contrária. Minha nuca formigou com o pensamento do meu crânio sendo atingido pelo taco de Billy, mas ele não fez nada, me deixou seguir adiante.

Fomos até o campo de beisebol e nos sentamos na pedra do arremessador. Art escreveu um bilhete de agradecimento, e outro em que dizia que eu não precisava ter feito o que fiz, e um terceiro que dizia que ele me devia uma. Enfiei todos os bilhetes no bolso depois de ler, sem entender por quê. Naquela noite, sozinho no meu quarto, tirei um maço de papel amassado do bolso, um bolo do tamanho de um limão, e desamarrotei cada bilhete em cima da cama, relendo tudo. Não havia motivo nenhum para guardá-los, mas foi o que fiz, e assim comecei uma coleção. Era como se parte de mim soubesse, mesmo naquela época, que eu gostaria de ter algo para me lembrar de Art depois que ele se fosse. Guardei centenas daqueles bilhetes durante o ano seguinte, alguns curtos, com poucas palavras, outros verdadeiros manifestos de seis páginas. Ainda tenho a maioria, desde o primeiro bilhete que ele me deu, o que começa com *Não me importo com eles*, até o último, que termina assim:

Quero saber se é verdade. Quero saber se o céu se abre do outro lado.

NO INÍCIO, MEU PAI não gostava de Art, mas, depois de conhecê-lo melhor, passou a odiar de verdade o garoto.

— Por que ele fica andando daquele jeito? — perguntou o meu pai. — Ele é bicha, por acaso?

— Não, pai. Ele é inflável.

— Bem, ele age que nem uma bicha. É melhor que vocês dois não estejam de boiolice no quarto.

Art tentava ser agradável — tentava criar um relacionamento com o meu pai. Mas as coisas que ele fazia e dizia geravam mal-entendidos. Certo dia, meu pai fez um comentário sobre um filme de que gostava. Art escreveu um bilhete dizendo que o livro era ainda melhor.

— Ele acha que somos analfabetos — falou assim que Art foi embora.

Outra vez, Art notou a quantidade de pneus gastos acumulados atrás da nossa garagem e mencionou um programa de reciclagem em que você levava os pneus velhos e ganhava vinte por cento de desconto em outros novinhos em folha.

— Ele acha que somos pobres — reclamou o meu pai, sem nem esperar o garoto se afastar muito. — Esnobezinho.

Em outra ocasião, Art e eu fomos para a minha casa depois da escola e, quando chegamos, meu pai estava de frente para a TV com um pit bull deitado aos seus pés. O bicho irrompeu do chão, latindo histericamente, e se jogou em cima de Art. As patas dele faziam um som escorregadio de arranhar enquanto deslizavam pelo peito de plástico do meu amigo. Art agarrou o meu ombro e se lançou no ar. Ele conseguia dar uns pulos impressionantes quando precisava. Então agarrou o ventilador de teto — desligado — e segurou uma das pás enquanto o pit bull ladrava e pulava embaixo dele.

— Que diabo é isso? — perguntei.

— Cachorro da família — respondeu o meu pai. — Como você sempre quis.

— Não um que vai comer os meus amigos.

— Sai do ventilador, Artie. Isso não foi feito para ficar pendurado.

— Essa coisa não é um cachorro — falei. — É um liquidificador peludo.

— Escuta, quer dar um nome para ele ou não? — questionou o meu pai.

Art e eu nos escondemos no meu quarto e pensamos em nomes.

— Floco de Neve — falei. — Doce de Coco. Raio de Sol.

Que tal Felizardo? Tem uma sonoridade legal, não acha?

A gente riu de tudo aquilo, mas o Felizardo não era brincadeira. Em apenas uma semana, Art teve três encontros quase mortais com o cachorro feioso da minha família.

Se ele me morder, é o meu fim. Vai me deixar cheio de buracos.

Mas era impossível ensinar qualquer coisa para o Felizardo, e ele deixava cocôs por toda a sala, camuflados no carpete marrom terroso. Meu pai acabou pisando em alguns dejetos frescos com os pés descalços, e aquilo o deixou meio louco. Ele perseguiu o Felizardo por toda a casa com uma marreta de croqué, fez um buraco na parede e arrebentou alguns pratos na cozinha com um golpe mal dado.

No dia seguinte, meu pai construiu um cercado com corrente no quintal. O Felizardo entrou e ficou lá.

Àquela altura, porém, Art tinha medo de ir lá em casa e preferia que a gente fosse na casa dele. Eu não via sentido naquilo. Era uma caminhada enorme até lá, enquanto a minha ficava bem ali depois da esquina.

— Por que está preocupado? — perguntei a ele. — O Felizardo fica no cercado agora. Não é como se ele pudesse aprender a abrir a porta, sabe?

Art sabia... mas ainda não gostava de ir lá em casa, e, quando ia, levava remendos de pneus de bicicleta para se resguardar de casualidades sombrias.

ASSIM QUE COMEÇAMOS A ir para a casa de Art diariamente, assim que isso se tornou um hábito, me perguntei por que eu queria que fôssemos para a minha casa em vez da dele. Eu me acostumei com a distância — caminhei até lá tantas vezes que parei de notar o quão longe era, quase sem fim. Até esperava ansiosamente pela caminhada, minha andança vespertina pelas ruas serpenteantes daquela parte da cidade, cheia de casas pintadas em tons pastel típicos da Disney: limão, marfim, tangerina. Conforme cobria a distância entre a minha casa e a de Art, parecia que estava me movendo através de zonas de serenidade e ordem, e o coração de toda essa paz era a casa do meu amigo.

Ele não conseguia correr, falar ou se aproximar de nada com uma ponta afiada, mas conseguíamos nos manter entretidos na casa dele. Assistíamos à televisão. Eu não era como os outros garotos e não sabia nada de televisão. Meu pai, como já mencionei, sofria de enxaquecas terríveis. Tinha se aposentado por invalidez e praticamente não saía da sala da casa, monopolizando a TV o dia inteiro, acompanhando cinco novelas diferentes. Eu tentava não incomodá-lo e quase nunca me sentava para assistir a alguma coisa com ele — sentia que a minha presença era uma distração em um momento em que o meu pai queria ficar concentrado.

Art assistiria a qualquer coisa que eu quisesse ver, mas eu não sabia mexer no controle remoto. Não podia tomar uma decisão, não sabia como. Perdera o hábito. Art era muito fã da NASA, e a gente via qualquer coisa que tivesse a ver com o espaço, nunca perdíamos o lançamento de um ônibus espacial. Ele escreveu:

> Quero ser astronauta. Eu me adaptaria bem à falta de gravidade.
> Praticamente <u>nem sinto</u> a gravidade.

Isso foi quando estavam montando a Estação Espacial Internacional, informando como era difícil para as pessoas passarem muito tempo no espaço sideral. Os músculos se atrofiavam. O coração ficava três vezes menor.

As vantagens de me mandar para o espaço continuam aumentando. Não tenho músculos, então eles não podem atrofiar. Não tenho coração, então ele não pode diminuir. Estou dizendo, sou o astronauta perfeito. <u>Pertenço</u> ao espaço.

— Conheço um cara que pode te ajudar a chegar lá. Deixa eu dar uma ligada para o Billy Spears. Ele tem um foguete que quer enfiar na sua bunda. Já ouvi Billy comentando sobre isso.

Art me encarou com o olhar severo e escreveu três palavras em resposta.

Mas ficar de bobeira na casa do Art em frente à TV não era sempre uma opção. O pai dele era professor de piano e dava aula para crianças pequenas na sala. Se tinha aula, a gente precisava encontrar outra coisa para fazer. Então íamos para o quarto de Art jogar no computador, mas depois de vinte minutos ao som de *brilha-brilha-estrelinha* vindo da parede — um som estridente e descoordenado —, nós dois nos encarávamos com olhares esbugalhados e saíamos pela janela, sem precisar falar nada.

Os pais de Art eram músicos. A mãe tocava violoncelo. Eles queriam que Art fosse músico também, mas desanimaram e se decepcionaram desde o início.

Não consigo nem tocar apito.

O piano, então, sem condições. Art não tinha dedos, apenas o polegar e uma almofadinha de plástico inflado no lugar dos dedos. Foram anos de trabalho com um tutor para que mãos como aquelas pudessem escrever de forma legível com um giz de cera. Por razões óbvias, instrumentos de sopro estavam fora de questão; Art não tinha pulmões e não respirava. Ele tentou aprender a tocar bateria, mas não conseguia acertar os tambores com força suficiente.

A mãe dele comprou uma câmera digital para o filho.

— Faça música com as cores — disse ela. — Crie melodias com a luz.

A sra. Roth estava sempre dizendo coisas assim. Ela falava sobre unicidade, sobre a inocuidade natural das plantas e que poucas pessoas se sentiam gratas pelo cheiro de grama cortada. Art me contou que, quando eu não estava por perto, ela fazia perguntas sobre mim. Estava preocupada por eu não ter uma maneira saudável de expressar a minha criatividade. Dizia que eu precisava de algo para alimentar o meu eu interior. Ela comprou um livro sobre origami para mim, e não era nem o meu aniversário.

— Não sabia que o meu eu interior estava com fome — falei para Art.

É porque ele já morreu de inanição.

Ela ficou preocupada ao descobrir que eu não seguia nenhuma religião. Meu pai não me levava para a igreja ou para a escola dominical. Ele dizia que religião era golpe. A sra. Roth era educada demais para tecer qualquer comentário sobre o meu pai na minha presença, mas dizia coisas sobre ele para Art, que me repassava tudo. Ela falou ao filho que se o meu pai negligenciasse o cuidado do meu corpo da mesma forma que negligenciava o cuidado com o meu espírito, ele estaria na cadeia e eu, em um orfanato. Ela também disse a Art que, se eu fosse colocado em um orfanato, ela me adotaria, e eu poderia ficar no quarto de hóspedes. Eu a amava, sentia o meu coração bater mais rápido sempre que ela me perguntava se eu queria um copo de limonada. Eu faria qualquer coisa que a sra. Roth me pedisse.

— Sua mãe é uma idiota — falei para Art. — Burra pra caralho. Espero que saiba disso. Não existe uma unicidade. É cada um por si. Qualquer um que pense que somos todos irmãos em espírito acaba sendo esmagado pelo rabo gordo do Cassius Delamitri durante o recreio, sentindo o cheiro da virilha dele.

A sra. Roth queria me levar na sinagoga — não para me converter, só como uma experiência com fins educacionais, uma demonstração de outras culturas e coisa e tal —, mas o pai de Art rechaçou a ideia, disse *sem chance, não é problema nosso, e você endoidou?* Ela tinha um adesivo no carro com uma estrela de davi e a palavra orgulho com um ponto de exclamação no final.

— Então, Art — falei, em outra situação. — Tenho uma pergunta judaica para você. Você e a sua família, vocês são uns judeus bem hardcore, não é?

Não sei se nos descreveríamos como <u>hardcore</u> exatamente.
Na verdade, somos bem relaxados. Mas vamos na sinagoga,
cumprimos os feriados — coisas assim.

— Achei que os judeus tinham que ter os peruzinhos cortados — falei, agarrando a minha virilha. — Pela fé. Me diz...
Mas Art já estava escrevendo.

Não, eu não. Escapei dessa. Meus pais conheciam um rabino progressista. Falaram com ele assim que nasci. Só para saber qual era a posição oficial.

— E o que ele disse?

Que a posição oficial é abrir uma exceção para qualquer pessoa que possa explodir durante a circuncisão. Acharam que ele estava brincando, mas depois a minha mãe pesquisou sobre o assunto. Pelo que encontrou, parece que estou liberado — talmudicamente falando. Minha mãe diz que o prepúcio precisa ser de <u>pele</u>. Se não for, não precisa ser cortado.

— Que engraçado — falei. — Sempre achei que a sua mãe não sabia nada de pau. Pelo visto, ela *conhece* o assunto. É especialista até. Para você ver. Bem, se ela quiser fazer um pouco mais de pesquisa, tenho um espécime incomum para ela analisar.

E Art escreveu que ela precisaria de um microscópio, e respondi que ela precisaria se afastar alguns metros quando eu abrisse o zíper, e ficamos um mandando de volta para o outro, você não precisa que eu conte, dá para imaginar o resto da conversa sozinho. Eu sacaneava Art sobre a mãe dele sempre que tinha chance, não conseguia evitar. Começava no instante em que ela saía do quarto, falando sobre como, para uma coroa, ela ainda dava um caldo, e o que Art acharia se o pai dele morresse e eu me casasse com ela. Art, por outro lado, nunca tirou sarro do meu pai. Quando o meu amigo queria tirar uma com a minha cara, falava sobre o fato de eu lamber os dedos depois de comer ou sobre como eu nem sempre usava meias iguais. É fácil entender por que Art nunca falou do meu pai da mesma forma que eu falava da mãe dele. Quando o seu melhor amigo é feio — quero dizer, feio de verdade, *deformado* —, você não faz piada sobre ele sair por aí quebrando espelhos. Em uma amizade, ainda mais uma amizade entre dois moleques, é permitido infligir certa dose de dor. É até esperado. Mas você não deve machucar de verdade, e nunca, sob nenhuma circunstância, deve deixar feridas que vão se tornar cicatrizes permanentes.

ERA TAMBÉM NA CASA de Arthur que costumávamos fazer o dever de casa. No início da noite, íamos até o quarto dele para estudar. Àquela altura, o sr. Roth já tinha dado suas aulas, por isso não havia nenhum *plinc-plinc* vindo pela parede para nos distrair. Eu gostava de estudar no quarto de Art, respondia bem ao silêncio e apreciava ficar cercado por livros. Art tinha prateleiras e prateleiras deles. Eu adorava o tempo que passávamos estudando, mas também não baixava a guarda. Era durante aqueles períodos — com a tranquilidade nos cercando — que era mais provável que Art falasse alguma coisa sobre a morte.

Quando a gente conversava, eu sempre tentava controlar o papo, mas Art era furtivo e conseguia enfiar a morte em qualquer coisa.

— Um árabe *inventou* a ideia do número zero — falei. — Não é doido? Alguém teve que bolar o zero.

Porque não é óbvio — que o nada pode ser alguma coisa. Que alguma coisa que não dá para ser medida ou vista ainda possa existir e ter significado. É a mesma coisa com a alma, se parar para pensar.

— Verdadeiro ou falso — falei em outra situação, quando estávamos estudando para um teste de ciências. — A energia nunca é destruída, só pode ser transformada de uma forma para a outra.

Tomara que seja verdade — seria um bom argumento de que você continua a existir depois de morrer, mesmo que transformado em algo completamente diferente do que foi antes.

Ele falava muito sobre a morte e o que poderia vir depois dela, mas o que mais me lembro era o que tinha a dizer sobre Marte. Estávamos preparando uma apresentação, e Art escolheu Marte como assunto, especificamente se o homem algum dia conseguiria chegar lá e colonizar o planeta. Art adorava a ideia de colonizar Marte, cidades sob tendas de plástico, mineração de água dos polos congelados. Art queria ir para Marte.

— É legal imaginar, talvez, legal pensar sobre o assunto — falei. — Mas a coisa mesmo ia ser uma bosta. Poeira. Frio de congelar. Tudo vermelho. Dá para ficar cego olhando para tanto vermelho. Você não ia querer fazer isso, deixar esse mundo para nunca mais voltar.

Art me encarou por um longo momento, então baixou a cabeça e escreveu um bilhete com um giz de cera azul-celeste.

Mas vou ter que fazer isso de qualquer forma. Todo mundo vai ter que fazer isso.

E então escreveu:

Você vira um astronauta quer goste ou não. Deixa tudo para trás e vai em direção a um mundo do qual não conhece nada. É assim que funciona.

DURANTE A PRIMAVERA, ART inventou um jogo chamado Satélite Espião. Tinha uma loja no centro da cidade, a Central da Festa, em que dava para comprar uma porrada de balões cheios de hélio por 25 centavos. Eu pegava um monte deles e os levava para Art, que estava com sua câmera digital.

Assim que lhe entregava os balões, ele se desprendia da terra e se erguia no ar. Conforme subia, o vento o empurrava para longe. Quando ficava satisfeito com a altura, meu amigo largava alguns balões para se estabilizar e começava a tirar fotos. E aí, quando estava pronto para descer, ele simplesmente largava mais balões. Eu o encontrava e nós dois íamos até a casa dele dar uma olhada nas fotografias no laptop. Imagens de pessoas nadando na piscina, de homens consertando telhados, fotos minhas de pé em ruas vazias, meu rosto um borrão marrom olhando para cima, meus traços distantes demais para serem discernidos, fotos que sempre tinham os tênis de Art dependurados na parte de baixo.

Algumas das suas melhores fotos foram sobre coisas de baixa altitude, coisas que ele fotografava quando estava a apenas alguns metros do chão.

Certa vez, ele pegou três balões e foi nadando pelo ar até o cercadinho do Felizardo, ao lado da minha casa. Felizardo passava o dia inteiro lá dentro, latindo sem parar para as mulheres passando com seus carrinhos de bebê, para a musiquinha do carro do sorvete, para os esquilos. Ele transformara toda a terra do seu apertado espaço em lama. Ao seu redor, havia dezenas de pilhas de cocô de cachorro. No meio dessa terrível terra de bosta ficava o próprio Felizardo. Em todas as fotos que Art tirou dele, o cachorro estava de pé, a boca aberta para mostrar o buraco rosado que havia lá dentro, os olhos fixos nos tênis oscilantes de Art.

    Fico com pena. Que lugar horrível para viver.

— Sai dessa — falei. — Se criaturas como o Felizardo pudessem andar livres por aí, fariam com que o mundo inteiro parecesse desse jeito. Ele não quer viver em lugar nenhum além desse. Cocô e lama: essa é a ideia que o Felizardo tem de um jardim.

    Discordo <u>veementemente</u>.

Foi o que Arthur escreveu, mas o tempo não mudou a minha opinião sobre o assunto. Acredito que, como regra geral, é mais fácil encontrar criaturas da estirpe do Felizardo — e estou pensando tanto em cães quanto em homens — soltos do que vivendo enjaulados, e que eles desejam um planeta de lama e fezes, um planeta sem Art ou qualquer pessoa como ele, um lugar em que ninguém fala de livros, ou de Deus, ou dos mundos além deste, um lugar em que a única comunicação é o latido histérico de cachorros famintos e cheios de ódio.

NUMA MANHÃ DE SÁBADO, no meio de abril, meu pai escancarou a porta do meu quarto e me acordou jogando os tênis na cama.

— Você tem dentista em meia hora. Pode levantar.

Fui caminhando — eram apenas alguns quarteirões —, e já estava sentado na sala de espera havia vinte minutos, morrendo de tédio, quando me lembrei de que tinha combinado com Art de ir na casa dele assim que acordasse. A secretária me deixou usar o telefone para ligar para ele.

Foi a sra. Roth quem atendeu.

— Ele acabou de sair para ver se você estava em casa — falou ela. Liguei para o meu pai.
— Ele não apareceu — disse ele. — Não o vi.
— Fica de olho.
— É, tá bom. Estou com enxaqueca. Art sabe usar a campainha.

Sentado na cadeira do dentista com a boca escancarada, sentindo gosto de sangue e menta, eu esperei, inquieto e impaciente, para aquilo acabar e eu poder ir embora. Talvez não achasse que o meu pai trataria Art de forma decente sem eu estar lá. A assistente do dentista ficava tocando no meu ombro toda hora, me dizendo para relaxar.

Quando tudo terminou e eu saí, o azul profundo e vívido do céu foi um pouco desorientador. O sol brilhava a ponto de me dar dor de cabeça, incomodava os meus olhos. Eu estava acordado havia duas horas, mas me sentia tonto e lento, como se ainda não tivesse despertado o suficiente. Corri até a minha casa.

A primeira coisa que vi quando cheguei foi o Felizardo solto. Ele nem latiu para mim. Estava deitado na grama, a cabeça entre as patas. Abriu os olhos sonolentos para mim quando me aproximei, e então os fechou de novo. No jardim, a porta do cercadinho estava escancarada.

Fiquei observando para ver se o cachorro estava deitado em cima de plástico arruinado quando ouvi o som de algo leve batendo. Virei-me e vi Art no banco traseiro da perua do meu pai, esmurrando as mãos no vidro da janela. Fui até lá e abri a porta. No mesmo instante, Felizardo emergiu da grama, dando um estrondo de tanto latir. Peguei Art com as duas mãos, girei o corpo e fugi. Os dentes do animal se fecharam em um pedaço da minha calça larga. Ouvi o barulho de algo rasgando, cambaleei e continuei em frente.

Corri até sentir uma dor na lateral do corpo e não ver mais nenhum cachorro — seis quarteirões, pelo menos. Desabei no jardim de alguém. A parte de trás da perna da minha calça estava rasgada do joelho ao tornozelo. E então, dei uma boa olhada em Art. Era uma visão chocante. Eu estava tão sem fôlego que só consegui produzir um guincho baixo de medo — o tipo de som que Art sempre fazia.

O corpo dele tinha perdido a brancura, escurecendo para um marrom--dourado, parecendo um marshmallow levemente tostado. Ele parecia ter desinflado para metade do tamanho normal. O queixo afundava no corpo. Art não conseguia manter a cabeça em pé.

Meu amigo estava cruzando o nosso jardim quando Felizardo saiu do seu esconderijo debaixo de uma das cercas. Naquele momento, Art viu que não conseguiria correr mais do que o cachorro. O único resultado possível daquilo seria ficar com a bunda cheia de furos mortais. Então, ele pulou para dentro da perua e fechou a porta.

As janelas eram automáticas — não havia como abaixá-las. Sempre que Art abria uma porta, Felizardo tentava enfiar o focinho por ela. Fazia 21°C do lado de fora, quase 40°C lá dentro. Ele observou, frustrado, o cachorro deitando na grama atrás da perua, esperando.

Art ficou lá. Felizardo não se mexeu. Cortadores de grama zumbiam à distância. A manhã se passou. Com o tempo, meu amigo foi murchando por causa do calor. Ele se sentiu enjoado e zonzo. A pele de plástico começou a colar no banco.

E aí você apareceu. Bem a tempo. Salvou a minha vida.

Mas os meus olhos ficaram marejados e lágrimas escorreram pelas minhas bochechas até o bilhete de Art. Eu não tinha chegado bem a tempo — nem um pouco.

Art nunca mais foi o mesmo. A pele dele continuou amarelada e translúcida, e ele desenvolveu um problema de desinflar. Os pais o enchiam e, por um tempo, Art ficava bem, o corpo preenchido de oxigênio, mas depois voltava a ficar flácido e mole. O médico deu uma olhada nele e disse para não adiarem a viagem para a Disney por mais um ano.

Também nunca mais fui o mesmo. Eu me sentia horrível — não conseguia comer, tinha dores de estômago inesperadas, vivia ansioso e mal-humorado.

— Pode melhorar essa cara — disse o meu pai uma vez durante o jantar. — A vida continua. Supera.

Tá certo, eu estava superando. Sabia que a porta do cercadinho não se abrira sozinha. Furei os pneus da perua e deixei o canivete pendurado em um deles, para que o meu pai soubesse quem tinha feito aquilo. Ele combinou com uns policiais de aparecerem na nossa casa para fingir me prender. Eles me colocaram na viatura e saíram dirigindo por aí, falando grosso comigo por um tempo, e então disseram que me levariam para casa "se eu me comportasse direitinho". No dia seguinte, tranquei Felizardo na perua e ele cagou no assento do motorista. Meu pai pegou todos os livros que Art me emprestou, os Bernard Malamud, os Ray Bradbury, os Isaac Bashevis Singer, e queimou todos na churrasqueira.

— O que acha disso, espertinho? — perguntou, enquanto esguichava fluido de isqueiro neles.

— Por mim, tudo bem — respondi. — Peguei todos no seu cartão da biblioteca.

Durante aquele verão, dormi muitas vezes na casa do Art.

Não fica nervoso. Não é culpa de ninguém.

— Acorda, Art — falei, mas depois não conseguia dizer mais nada, porque chorava sempre que olhava para ele.

NO FIM DE AGOSTO, Art deixou um bilhete para mim na caixa de correio, entre as contas. Era uma subida de mais de seis quilômetros até Scarswell Cove, onde ele queria que eu o encontrasse, mas os meses de andança até a casa dele depois da escola me prepararam para longas caminhadas. Levei um monte de balões comigo, exatamente como ele me pediu.

Scarswell Cove é uma praia de seixos com morros em volta, onde pessoas vão pescar no meio da água com seus macacões impermeáveis. Não havia ninguém lá além de alguns pescadores velhos e Art, sentado nas pedrinhas. Seu corpo estava molenga e flácido, e a cabeça, inclinada para a frente, não parava de se mexer sobre o pescoço inexistente. Eu me sentei ao lado dele. A quase um quilômetro de distância, as marolas azuladas formavam ondas ocas e geladas.

— O que foi? — perguntei.

Art parou para pensar um pouco. E então começou a escrever.

Ele colocou no papel:

> Você sabia que já teve gente que conseguiu chegar ao espaço sideral sem estar em um foguete? Chuck Yeager pilotou um avião a jato de alta performance tão alto que a aeronave começou a pender — mas a

pender <u>para cima</u>, não para baixo. Ele estava tão alto que a gravidade não conseguia mais segurá-lo. O avião subia na estratosfera. Toda a cor desapareceu do céu. Era como se o azul-celeste fosse um papel com um buraco se queimando no meio e, atrás dele, tudo fosse preto e cheio de estrelas. Imagine cair <u>para cima</u>.

Olhei para o bilhete e, então, de volta para o rosto do meu amigo. Art ainda estava escrevendo. A segunda mensagem era mais simples.

Para mim, já chega. Sério — estou cansado. Eu desinflo quinze ou dezesseis vezes por dia. Preciso que alguém bombeie o ar em mim praticamente toda hora. Me sinto mal o tempo inteiro e odeio essa situação. Isso não é jeito de viver.

— Ah, não — falei. Meus olhos ficaram úmidos. As lágrimas brotaram e transbordaram. — As coisas vão melhorar.

Não, acho que não. Não é mais sobre se vou morrer ou não. É sobre descobrir onde isso vai acontecer. E tomei minha decisão.
Vou tentar ver quão alto consigo chegar. Quero saber se é verdade. Quero saber se o céu se abre do outro lado.

Não sei mais o que disse para ele. Um monte de coisa, acho. Pedi para não fazer aquilo, para não me abandonar. Falei que não era justo. Que eu não tinha nenhum outro amigo. Que eu sempre fora solitário. Falei até tudo o que saía da minha boca serem soluços gaguejados, estrangulados e inúteis, e Art esticou os braços de plástico enrugado e me abraçou enquanto eu escondia o rosto no peito dele.

Ele pegou os balões e os amarrou em volta de um dos pulsos. Segurei a outra mão e caminhamos até a água. Uma onda arrebentou e molhou os meus tênis. O mar estava tão gelado que os ossos dos meus pés latejaram. Levantei Art e o abracei, apertando forte até ele soltar um guincho triste. Nosso abraço durou bastante tempo. E então abri os braços. Deixei-o ir. Torço para que, se existir mesmo um mundo vindouro, não sejamos julgados de forma tão severa em relação aos erros que cometemos neste mundo, que ao menos possamos ser perdoados pelos erros que cometemos por amor. Não tenho dúvida de que foi um tipo de pecado deixar uma pessoa como Art ir.

Ele subiu e o vento o girou, de forma que o meu amigo ficou olhando para mim conforme se movia sobre a praia, o braço esquerdo erguido bem acima da cabeça, os balões presos no pulso. A cabeça ficou inclinada em um ângulo pensativo, de forma que parecia que Art estava me analisando.

Sentei nos seixos e o observei indo cada vez mais longe. Fiquei lá até não conseguir mais diferenciar Art das gaivotas que voavam em círculos e mergulhavam na água a alguns quilômetros de distância. Ele era apenas outra manchinha à deriva no céu. Não me mexi. Não tinha certeza se conseguiria me levantar. Com o tempo, a paisagem se escureceu, o horizonte rosado e o céu azul acima se tornou preto. Deitei na praia e observei as estrelas surgirem na escuridão. Fiquei olhando até uma tontura me dominar e eu conseguir imaginar a mim mesmo me desprendendo do chão e caindo para cima, na direção da noite.

ACABEI DESENVOLVENDO DISTÚRBIOS MENTAIS. Quando a escola recomeçou, eu chorava sempre que via uma carteira vaga. Não conseguia responder a perguntas ou fazer o dever de casa. Acabei sendo reprovado e tive que repetir o sétimo ano.

Para piorar, ninguém mais me achava assustador. Era impossível ter medo de mim depois de me verem caindo no choro algumas vezes. Eu não tinha mais o canivete, meu pai o confiscou.

Um dia, depois da escola, Billy Spears me deu uma surra — arrebentou a minha boca e deixou um dente mole. John Erikson me segurou e escreveu BOLSA DE COLISTAMIA na minha testa com caneta permanente. Ainda estava tentando soletrar direito. Cassius Delamitri me emboscou, me derrubou e pulou em cima de mim, me esmagando com seu peso e expulsando todo o ar dos meus pulmões. Uma derrota após uma perda súbita de ar; Art teria entendido perfeitamente a situação.

Eu me mantinha longe da casa dos Roth. Tudo que queria era ver a mãe de Art, mas não fui lá. Tinha medo de que, se falasse com ela, aquilo acabaria saindo de mim, que eu estivera lá no final, que ficara na praia e deixara Art ir. Tinha medo do que poderia ver nos seus olhos, a raiva e a mágoa.

Menos de seis meses após o corpo desinflado de Art ter sido encontrado na praia de North Scarswell, havia uma placa de VENDE-SE na frente da casa dos Roth. Nunca mais vi nenhum dos dois. A sra. Roth às vezes me mandava cartas, perguntando como eu estava e o que andava fazendo, mas nunca escrevi de volta. Ela assinava as cartas com *amor*.

Comecei a fazer atletismo no ensino médio e fiquei muito bom em salto com vara. Meu técnico dizia que a lei da gravidade não se aplicava a mim. Ele não sabia de porra nenhuma sobre a gravidade. Não importa o quão alto eu chegasse por um momento, sempre descia no final, que nem todo mundo.

Consegui uma bolsa na faculdade por causa do salto com vara. Continuei na minha. Ninguém na faculdade me conhecia, e consegui recuperar a imagem perdida há muito tempo de psicopata. Não ia a festas. Não namorava. Não queria fazer nenhuma amizade.

Certa manhã, estava atravessando o campus quando vi uma moça caminhando na minha direção, com um cabelo preto tão escuro que tinha o brilho azulado do petróleo. Ela usava um suéter grande e uma saia longa e comportada, um visual nada sexy, mas, ao mesmo tempo, dava para ver que tinha uma silhueta fantástica, membros delgados, seios fartos. Seus olhos esbugalhados eram azuis-vítreo, sua pele era tão branca quanto a de Art. Era a primeira vez que eu via uma pessoa inflável desde que Art se fora com aqueles balões. Um garoto andando mais atrás assobiou para ela. Fui para o lado e, quando ele passou por mim, coloquei o pé na frente para fazê-lo tropeçar, os livros caindo para todo lado.

— Você é maluco? — gritou ele.

— Sim — respondi. — Exatamente.

O nome dela era Ruth Goldman. Ela tinha um remendo de borracha no calcanhar do pé que pisara em um caco de vidro quando era pequena e um remendo maior no ombro esquerdo, onde um galho afiado a acertara em um dia de muito vento. Pais obsessivamente protetores e aulas em casa a salvaram de outros danos. Nós dois estávamos cursando Inglês. O autor favorito dela era Kafka — porque ele entendia o absurdo. O meu autor favorito era Malamud — porque ele entendia a solidão.

Nós nos casamos no mesmo ano em que me formei. Embora ainda tenha minhas dúvidas sobre vida eterna, eu me converti sem problemas por ela, enfim me rendendo a uma vontade de ter conversas espirituais na vida. Será que dá mesmo para chamar aquilo de conversão? Sendo completamente honesto, não precisei mudar as minhas crenças. De qualquer forma, nosso casamento foi judaico, com o copo de vidro sob o tecido branco, amassado com o salto do sapato.

Certa tarde, contei a ela sobre Art.

<u>**Isso é tão triste. Sinto muito.**</u>

Ela agarrou a minha mão.

<u>**O que aconteceu? Acabou o ar dele?**</u>

— Acabou o céu — respondi.

VOCÊ OUVIRÁ O CANTO DO GAFANHOTO

1.

FRANCIS KAY DESPERTOU DE sonhos que não eram intranquilos, mas exultantes, e se viu transformado em um inseto. Não ficou surpreso, achava mesmo que aquilo poderia acontecer. Não achava: torcia, desejava, se não por essa coisa específica, então por algo parecido. Por um tempo, acreditou que aprenderia a controlar baratas com a mente, que comandaria uma horda delas, com suas costas amarronzadas e lustrosas, e as mandaria, rastejando em nome dele, para a batalha. Ou, como naquele filme com Vincent Price, apenas parte dele se transformaria, a cabeça se tornando a de uma mosca, com brotos obscenos de cabelo preto, os olhos esbugalhados e cheios de facetas refletindo milhares de rostos gritando de horror.

Ele ainda usava a antiga pele como um casaco, a pele de quem fora quando humano. Quatro das suas seis patas apareciam entre rasgões naquela cobertura de carne úmida, bege, fedorenta, cheia de espinhas e verrugas. Ao ver sua pele esfarrapada e descartada, sentiu um arrepiozinho de êxtase e pensou: *Já vai tarde!* Francis estava deitado de costas, e suas pernas — segmentadas e articuladas, de maneira que conseguiam se dobrar para trás — mexiam-se inúteis acima do corpo. Eram cobertas por uma armadura de placas curvadas de um verde metálico, tão reluzente que pareciam cromadas e polidas, e, com os raios de sol que entravam pela janela do quarto, clarões de uma iridescência repugnante se estendiam pela superfície delas. Os apêndices terminavam em ganchos de ágata preta e dura, decorada com mil fios de cabelos que mais pareciam lâminas.

Francis ainda não tinha acordado por completo. Temia o momento em que a cabeça iria clarear e tudo aquilo terminaria, seu casaco de pele humana novamente abotoado, sua forma de inseto desaparecida, nada mais que um sonho intenso que persistira por alguns minutos após o despertar. Pensou que se, no final, tudo fosse fruto da imaginação, a decepção acabaria com ele, grande demais para suportar. No mínimo, teria que faltar à escola.

Então se lembrou de que já estava pensando em matar aula de qualquer maneira. Huey Chester achou que Francis tinha olhado para ele feito uma bicha no vestiário depois da educação física, quando os dois trocavam de roupa. Com a ajuda de um taco de lacrosse, Huey conseguiu pescar um cocô da privada e o jogou em Francis, para ensiná-lo a não ficar olhando para outros caras, e achou aquilo tão divertido que mencionou que poderia ser um novo esporte. Huey e os outros garotos discutiram o nome que dariam a esse jogo. Merdobol era um dos favoritos. Lançamento de Bosta à Distância também. Naquele instante, Francis decidiu ficar longe de Huey Chester e da aula de educação física — e da escola em geral — por um ou dois dias.

No passado, Huey ia com a cara de Francis. Se não ia tão com a cara dele assim, pelo menos gostava de exibi-lo para os outros. Achava legal quando Francis comia insetos na frente dos seus amigos. Isso foi no quarto ano. Durante o verão anterior, Francis havia morado no trailer da sua tia-avó Reagan, em Tuba City. Ela mergulhava grilos em melaço e os servia com o chá da tarde. Era impressionante ver os insetos cozinhando. O garoto aproximava o rosto da panela borbulhante com aquele fedor enjoativo e aparência de alcatrão e entrava em um transe feliz, observando o esforço em câmera lenta dos grilos conforme se afogavam. Ele gostava de grilos doces, a crocância, o sabor gorduroso de mato no meio, e gostava de Reagan também, queria ficar com ela para sempre, mas é claro que o pai foi lá e o pegou de volta.

Então, um dia, na escola, Francis falou com Huey que comia grilos, e Huey queria ver, só que eles não tinham nem melaço, nem grilos, então Francis pegou uma barata e comeu ela viva. Era salgada e amarga, e deixava um gosto metálico ruim na boca, horrível, na verdade. Mas Huey riu, e Francis sentiu um orgulho tão intenso que não conseguiu respirar por um segundo; como os grilos se afogando no melaço, sentiu-se sufocado por doçura.

Depois disso, Huey reunia os amigos para o show de horror vespertino que acontecia no pátio da escola. Francis comia as baratas que eles levavam. Enfiou uma mariposa com asas verdes esplêndidas na boca e mastigou devagar. Os garotos perguntaram como ele estava se sentindo, qual era o gosto.

— Com fome — falou, respondendo à primeira pergunta. — De quintal — disse em resposta à segunda.

Ele atraía formigas com mel e, com a ajuda de um canudo, as sugava do fluido âmbar e brilhante. As formigas faziam *phut-phut-phut* enquanto passavam pelo tubo de plástico. A plateia soltava exclamações de nojo e ele sorria de tanta felicidade, intoxicado por ser uma celebridade recém-descoberta.

O problema é que Francis nunca tinha sido famoso e não sabia bem o que seus fãs achariam tolerável ou não. Em outra tarde, ele pegou moscas que voavam em torno de um punhado de bosta seca de cachorro e as ingeriu aos montes. Ficou mais uma vez encantando com os gemidos daqueles que se juntaram para ver. No entanto, moscas de bosta de cachorro eram, de alguma forma, diferentes de formigas cobertas por mel. Estas eram nojentamente cômicas; aquelas eram patologicamente perturbadoras. Depois daquela tarde, começaram a chamar Francis de comedor de merda e de besouro rola-bosta. Um dia, alguém colocou um rato morto na lancheira dele. Na aula de biologia, Huey e os amigos jogavam nele salamandras meio dissecadas quando o sr. Krause não estava na sala.

O olhar de Francis perambulava pelo teto. Faixas de papel pega-moscas, com as pontas curvadas por causa do calor, eram atingidas pela brisa que o velho e barulhento ventilador no canto do cômodo produzia. O garoto morava com o pai e a namorada dele nos fundos de um posto de gasolina. Pela janela do seu quarto, dava para ver, depois de um monte de mato, uma vala cheia de lixo, o finalzinho do aterro sanitário da cidade. No outro lado da vala havia uma pequena subida e, além dela, o deserto vermelho, onde, em algumas noites, eles ainda estouravam a Bomba. Ele a vira uma vez — a Bomba. Foi quando tinha oito anos. Acordou com o vento soprando forte, as ervas daninhas voando pelo ar. Ficou de pé na cama para espiar por uma das janelas mais altas e viu o sol nascer no oeste às duas da manhã, uma bola de gás vermelho-sangue neon brilhante subindo ao céu em uma fina coluna de fumaça. Francis observou até sentir dor na parte detrás dos olhos.

Ele se perguntou que horas deveriam ser. Não tinha relógio, não se preocupava mais em chegar aos lugares no horário. Os professores quase nunca notavam se ele ia à aula ou quando entrava em sala. Tentou escutar algum som do mundo exterior em seu quarto e ouviu a televisão, o que significava que Ella já estava acordada. Ella era a gigantesca namorada do pai, uma mulher com pernas gordas e cheias de varizes, que passava o dia inteiro sentada no sofá.

Ele estava com fome, teria que se levantar logo. Aí percebeu que ainda era um inseto, algo que o surpreendeu e o animou. Sua antiga pele havia escorregado dos braços e aquela massa que mais parecia borracha estava agora pendurada nos seus... o que eram aquelas coisas, seus ombros? Enfim, estava sobre ele como um cobertor enrugado de algum tipo de material sintético elástico. Ele queria se virar, cair no chão e dar uma olhada na antiga pele. Ficou imaginando se encontraria seu rosto no meio de tudo aquilo, uma máscara seca com buracos onde ficavam os olhos.

Tentou se inclinar na parede, pensando em usá-la para girar o corpo. Mas seus movimentos eram descoordenados, as pernas chutavam e se contorciam em todas as direções menos na que ele queria. Enquanto lutava com os próprios membros, sentiu uma pressão gasosa aumentando no abdômen. Tentou se dobrar e, no mesmo instante, a pressão foi liberada pela retaguarda, produzindo um som chiado, como quando todo o ar de um pneu sai de uma vez só: *piffff*. Sentiu uma quentura anormal nas patas traseiras e olhou a tempo de ver uma ondulação no ar, como o calor se erguendo em uma estrada distante e castigada pelo sol.

Aquilo foi engraçado. O peido de um inseto monstruoso, talvez até a evacuação de um inseto monstruoso. Não sabia ao certo, mas achou que havia sentido uma certa umidade lá embaixo. Caiu na risada, e pela primeira vez notou placas impossivelmente finas e rígidas entre as costas curvadas e os pedaços da sua antiga carne. Pensou no que poderiam ser. Faziam parte dele, e Francis teve a sensação de que poderia tentar movimentá-las como braços, mesmo que não fossem braços.

Ficou imaginando se alguém viria vê-lo, idealizou Ella batendo na porta e enfiando a cabeça no quarto... Como ela gritaria, a boca de tão escancarada formaria quatro queixos duplos, os olhos de porquinho brilhando de terror. Mas não, Ella não viria dar uma olhada nele. Seria trabalhoso demais se levantar do sofá. Por um tempo, sonhou em marchar para a sala sobre as seis patas e passar direto por ela, o escândalo que a mulher daria. Talvez até tivesse um ataque cardíaco e morresse? Imaginou seus gritos virando engasgos, a pele sob a maquiagem pesada ganhando um tom desagradável de cinza, os cílios tremendo e os olhos rolando para cima, deixando à mostra o branco luzidio.

Descobriu que conseguia se mexer ao dobrar o corpo inteiro para cima e para o lado, chegando aos poucos na beirada da cama. Conforme se aproximava, pensou no que faria *depois* de matar Ella de infarto. Imaginou-se saindo da casa para o clarão quente da manhã do Arizona, indo para o meio da estrada. Já conseguia ver: os carros dando guinadas para não bater nele, as buzinas estourando, o guincho estridente dos pneus, as pessoas batendo suas picapes nos postes, os caipiras gritando *Que porra é essa?* e correndo para pegar as espingardas em cima da lareira... Pensando bem, talvez fosse melhor evitar a estrada.

Ele queria ir até a casa de Eric Hickman, se enfiar no porão e esperar por ele lá. Eric era um garoto magrelo de dezessete anos com um problema de pele que deixava sua cara cheia de verrugas, a maioria delas com pelos púbicos compridos. Ele também tinha um bigodinho preto que engrossava nos cantos da boca, que nem os bigodes de um bagre. Por isso que o apelido dele na escola era Cabeça de Bagre. De vez em quando, Eric e Francis se encontravam para assistir filmes. Eles tinham visto juntos aquele com Vincent Price, *A mosca de cabeça branca*. E também *O mundo em perigo*, duas vezes. Eric adorava *O mundo em perigo*. O rapaz se mijaria todo quando visse o que tinha acontecido. Mas Eric era inteligente — já tinha lido todos os livros de Mickey Spillane —, e os dois conseguiriam bolar um plano sobre o que fazer em seguida. E talvez Eric pudesse dar alguma coisa para ele comer. Francis queria algo doce. Chocolate. Caramelo. Sua barriga grunhia.

No instante seguinte, Francis ouviu — não, *sentiu* — o pai entrando na sala. Cada passo de Buddy Kay mandava uma vibração sutil que Francis percebia na armação de metal da sua cama de montar e em um zumbido no ar quente em torno da sua cabeça. As paredes de reboco do posto de gasolina eram relativamente grossas e absorviam bem os sons. Ele nunca tinha conseguido ouvir com clareza uma conversa acontecendo no cômodo ao lado. Agora, no entanto, em vez de ouvir, *sentia* o que Ella falava e as respostas que o pai dava, sentia as vozes deles com uma série de reverberações baixas que agitava as antenas bastante sensíveis no topo da sua testa. Os tons estavam distorcidos e mais graves do que o normal — como se a conversa estivesse acontecendo debaixo d'água —, mas era perfeitamente possível entender.

— Sabe que ele não foi para a escola, né? — disse ela.
— Como é? — perguntou Buddy.
— Ele não foi para a escola. Não saiu do quarto até agora.
— Tá acordado?
— Sei lá.
— Não foi lá ver?
— Você sabe que não gosto de colocar peso em cima da minha perna.
— Vaca preguiçosa — falou o pai, e começou a andar na direção do quarto do filho, cada passo causando uma onda de prazer e alarme pelas antenas de Francis.

Àquela altura, Francis já tinha alcançado a beirada da cama. Mas a pele do seu antigo corpo não veio com ele, tornando-se uma bagunça amarrotada no meio do colchão, uma canoa sem ossos e cheia de sangue. Francis se equilibrou na lateral de ferro da cama. Tentou se arrastar mais um pouco para o lado, ainda sem saber como descer, e girou. A pele velha prendia os seus membros, puxando-o de volta. Ele escutou o salto das botas do pai vibrando do outro lado da porta, então se jogou com tudo, preocupado de ser encontrado indefeso de costas. O pai poderia não reconhecê-lo e correr para pegar a arma — que ficava pendurada em uma parede da sala, a apenas alguns passos de distância — para atirar no seu abdômen segmentado, fazendo jorrar suas entranhas branco--esverdeadas de inseto.

Quando Francis se jogou da beirada da cama, os retalhos da sua antiga carne se partiram com um som de um lençol rasgando. Caiu e girou ao mesmo tempo, aterrissando com leveza sobre suas seis patas, uma leveza que ele não tinha nos seus dias como humano.

Estava de costas para a porta. Não havia tempo para pensar, e talvez tenha sido por isso que as pernas dele simplesmente fizeram o que deveriam fazer. Deu meia-volta, as patas traseiras indo para a direita enquanto as da frente se embaralhavam ao ir para a esquerda, rodando o corpo baixo e estreito de um metro e meio. Sentiu as placas, ou os escudos ultrafinos, nas suas costas vibrarem de uma maneira estranha, mas só teve um segundo para pensar no que aquilo poderia ser, pois seu pai já estava esbravejando.

— Cacete, tá fazendo o quê em casa, moleque? Vai logo para a escola...

A porta se escancarou. Francis foi para trás, erguendo as duas patas dianteiras do chão. Suas mandíbulas fizeram um som rápido de batidas, como se um datilógrafo estivesse torturando uma máquina de escrever. Buddy ficou parado no batente, uma das mãos ainda na maçaneta. Seu olhar recaiu sobre a figura encolhida que era o filho transformado. A cor desapareceu do seu rosto magro e barbado até ele parecer um boneco de cera.

Então, o homem gritou, um som penetrante que mandou um ruído de puro estímulo pelas antenas de Francis. Ele também berrou, mas o que saiu da sua boca não lembrava nem de perto um grito de gente. Era o som de alguém balançando uma folha fina de papel-alumínio, um chilro ondulante e inumano.

Francis procurou uma maneira de sair dali. Havia janelas no alto da parede acima da cama, mas não eram grandes o suficiente, apenas uma fileira de aberturas largas com pouco menos de trinta centímetros. Olhou para o lado por um segundo assustador. Percebeu que, durante a noite, tinha se descoberto e jogado o lençol até a ponta da cama. Agora estava coberto de uma espécie de substância branca que o *dissolvia*... o tecido havia derretido e escurecido ao mesmo tempo, tornando-se uma maçaroca de lodo borbulhante.

A cama tinha arqueado bastante. As sobras do seu cobertor de carne estavam lá, uma fantasia de menino rasgada ao meio. Ele não conseguiu achar o rosto, mas viu uma das mãos, uma luva enrugada vazia com os dedos se dobrando para dentro. A espuma que derretera o lençol estava chegando na sua antiga pele agora, produzindo bolhas e fumaça em tudo o que tocava. Francis se lembrou do peido e da sensação líquida entre as patas. De alguma forma, *ele* tinha feito aquilo.

O ar tremeu com o som de uma queda bruta. Voltou o olhar e viu seu pai no chão, os dedos do pé apontando para o teto. Além dele, na sala, Ella estava com dificuldades para se levantar do sofá. Em vez de perder a cor e apertar o peito, a mulher congelou ao vê-lo, a expressão fixa e vazia. Com uma Coca na mão — não eram nem dez da manhã ainda —, ela permaneceu sentada com a garrafa a meio caminho dos lábios.

— Meu Deus — falou, com um tom de voz aturdido, mas relativamente normal. — Olha só para você.

A Coca começou a se derramar em cima dos peitos dela, que nem notou.

Ele precisava sair dali e só tinha um jeito. Correu para a frente, de uma maneira um pouco errática no início — ziguezagueou forte demais para a direita na direção da porta e bateu com a lateral do corpo, embora mal tenha sentido —, e passou por cima do pai inconsciente. Então continuou, apertando-se entre o sofá e a mesa de centro, mirando na porta de tela. Com cuidado, Ella colocou os pés em cima do sofá para Francis passar. Ela sussurrava algo para si mesma, tão baixinho que até uma pessoa do lado dela poderia não perceber o que estava dizendo. Mas Francis captou todas as palavras, as antenas tremendo a cada sílaba.

— E então, da fumaça, saíram gafanhotos sobre a terra, e foi-lhes dado o poder, como o poder dos escorpiões que cobriam a terra, e foi-lhes ordenado que não ferissem a grama da terra nem nenhuma coisa verde, nem nenhuma árvore...

Francis estava na porta agora, mas parou para ouvir.

—... mas só aos homens que não têm o selo de Deus em suas testas; e foi-lhes designado que não os matassem, mas que os atormentassem por cinco meses; e o seu tormento era como o tormento do escorpião quando fere o homem. E naqueles dias os homens buscarão a morte, mas não a encontrarão; e desejarão morrer, e a morte fugirá deles.

Francis tremeu, embora não soubesse dizer por quê; aquelas palavras o deixaram agitado e nervoso. Então, levantou as patas dianteiras na direção da porta e a escancarou, saindo para o branco cegante e abafado do dia.

2.

O lixo da vala se estendia por quase um quilômetro, vindo de cinco cidades diferentes. Coleta de resíduos era a principal indústria de Calliphora. A cada cinco homens adultos da cidade, dois trabalhavam com lixo; um estava no departamento de radioatividade do Exército, no Quartel Calliphora, um quilômetro para o norte; e os outros dois ficavam em casa assistindo à televisão, gastando dinheiro com raspadinhas e comendo as porcarias congeladas que compravam com subsídios do governo. O pai de Francis era uma das poucas exceções, pois era dono do próprio negócio. Buddy gostava de dizer que era empresário. Ele tinha uma ideia que considerava que revolucionaria a indústria dos postos de gasolina. Chamava-se self-service. Consistia em deixar o cliente encher a porcaria do próprio tanque e cobrar dele a mesma coisa que um estabelecimento com frentistas.

No meio daquela vala, era difícil ver qualquer parte de Calliphora acima da margem rochosa. Quando Francis espiou além do declive íngreme, só conseguiu ver um único ponto identificável: o topo do grande mastro na frente do posto de gasolina do pai. A bandeira dele era a maior do estado, grande o suficiente para gerar sombra na cabine de um caminhão de nove eixos e pesada demais para tremular, mesmo com a ventania mais forte. Francis só a viu aberta uma vez — no vendaval que atingiu Calliphora depois que a Bomba foi estourada.

O pai ganhava um bom dinheiro com os militares. Sempre que precisava sair do escritório por algum motivo, como, por exemplo, dar uma olhada no motor superaquecido de um jipe, colocava a parte de cima da farda sobre a camiseta. A medalhas saltavam e brilhavam no lado esquerdo do peito. Nenhuma das medalhas era dele — Buddy as comprara na loja de penhor —, mas, ao menos, o homem conseguira o uniforme honestamente, na Segunda Guerra Mundial. O pai de Francis tinha gostado da guerra.

— Não tem boceta melhor do que a de um país que você acabou de devastar — disse ele certa noite, erguendo a lata de cerveja como se estivesse fazendo um brinde, os olhos marejados com as memórias queridas.

Francis se escondeu no lixo, enfiando-se em um buraco entre sacolas plásticas abarrotadas, e esperou, cheio de medo, pelas viaturas da polícia, prestando atenção ao barulho estrondoso e terrível dos helicópteros, as antenas erguidas se contorcendo. Mas as viaturas e os helicópteros não vieram. Uma picape passou uma ou duas vezes pela estrada de terra formada entre os montes de lixo e Francis recuou, desesperado, chafurdando tão fundo no lixo que apenas as antenas ficaram de fora. Mas foi só. Não havia muito tráfego nesse lado do aterro, que ficava a quase um quilômetro da usina de processamento de lixo, onde o trabalho de verdade era feito.

Depois, ele escalou um dos maiores montes ali para ter certeza de que não estavam fazendo um cerco em volta dele. Não havia nada parecido com isso, mas Francis não ficou a céu aberto por muito tempo. Não gostava da luz solar direta. Após um segundo debaixo do sol, começou a sentir um cansaço anestésico crescente, como se tivessem enchido o seu corpo de procaína. No fim do aterro, onde o lugar se estreitava, viu um trailer apoiado em blocos de concreto. Desceu da pilha de lixo e correu até lá. Ele pensara que o trailer parecia abandonado, e tinha razão. O espaço embaixo estava cheio de uma sombra fresca deliciosa. Entrar ali foi tão refrescante quanto mergulhar em um lago.

Francis descansou. Foi Eric Hickman que o acordou. Não que estivesse dormindo no sentido literal. Na verdade, Francis havia caído num estado de imobilidade profunda, desligado, mas, ainda assim, completamente alerta. Ouviu os passos arrastados de Eric a dez metros de distância e ergueu a cabeça. Mesmo com os óculos e com a luz da tarde, ele conseguia ver Eric apertando os olhos. O garoto estava sempre apertando os olhos — para ler coisas ou mesmo quando estava pensando muito em algo —, um hábito que sempre o deixava com uma careta meio simiesca. De tão feio que era, as pessoas tinham vontade de dar uma verdadeira razão para ele fechar a cara.

— Francis — murmurou Eric. Trazia um saco de papel manchado de gordura na mão, que devia ser o seu almoço. Ao ver aquilo, Francis sentiu uma pontada aguda de fome, mas não se mexeu. — Francis, você está aí? — De alguma forma sussurrando alto, antes de seguir em frente e desaparecer.

Francis queria se mexer, mas não podia. O que o impediu foi a ideia de que Eric estava tentando atraí-lo para céu aberto. Imaginou uma equipe de atiradores de elite deitados de bruços sobre as montanhas de lixo, observando a estrada através das lentes dos rifles, buscando algum sinal do gigantesco inseto assassino. Por isso continuou onde estava, encolhido e com medo, prestando atenção no lixo em busca de movimento. Prendeu a respiração. Uma lata caiu, fazendo barulho. Mas era só um corvo.

Francis teve que admitir que deixou a ansiedade levar a melhor sobre ele. Eric viera sozinho. No momento seguinte, compreendeu que não havia ninguém atrás dele porque ninguém ia acreditar no seu pai quando o homem falasse o que tinha visto. Se tentasse contar a alguém que vira um inseto enorme no quarto do filho, encolhido ao lado do corpo eviscerado do garoto, teria sorte se não acabasse no banco traseiro de uma viatura a caminho do manicômio de Tucson. Nem iam acreditar nele se dissesse que seu filho estava morto. Afinal, não havia corpo nem pele. O excremento leitoso que escapara pela retaguarda de Francis já devia ter derretido tudo.

Seu pai passou o último Dia das Bruxas alucinando por abstinência de álcool na cadeia da cidade, então nem seria considerado uma testemunha confiável. Ella poderia confirmar toda a história, mas a palavra dela valia tanto quanto a de Buddy, talvez menos até. Ela ligava para o escritório do *Calliphora Happenings* pelo menos uma vez por mês para anunciar que vira o rosto de Jesus nas nuvens. A mulher tinha um álbum completo com fotos de nuvens que dizia terem as feições do Salvador. Francis já tinha dado uma olhada, mas não conseguiu reconhecer nenhum dos famosos da Bíblia ali, embora estivesse disposto a admitir que uma nuvem parecia um sujeito gordo usando um chapéu turco.

A polícia da cidade estaria procurando por Francis, claro, mas ele não tinha muita certeza se procurariam com tanto afinco. Ele tinha dezoito anos — era livre para ir aonde quisesse — e com frequência matava aula sem dar explicação alguma. Só havia quatro policiais em Calliphora: o xerife George Walker e três homens que trabalhavam meio período. Portanto, a equipe de buscas seria bem limitada, e, além disso, havia outras coisas para fazer num dia bonito como aquele: pentelhar mexicanos, por exemplo, ou ficar parado com o radar de velocidade na mão enchendo o saco de adolescentes a caminho de Phoenix.

De qualquer maneira, era cada vez mais difícil se preocupar com uma possível perseguição a ele. Francis voltara a sonhar com doces. Não conseguia se lembrar da última vez que sentiu tanta fome.

Embora o céu estivesse claro, uma superfície esmaltada de azul, as sombras vespertinas foram ficando mais claras conforme o sol se escondia atrás do paredão de pedra vermelha a oeste. Ele saiu de debaixo do trailer e ficou mexendo no lixo, parando ao encontrar um saco aberto. Cutucou os resíduos com as antenas. Entre os papéis amassados, os copos de isopor destruídos e as fraldas usadas, encontrou um pirulito vermelho coberto de sujeira. Um pouco atrapalhado, Francis se agachou e enfiou o doce inteiro na boca, com o palito amassado e tudo, agarrando o pirulito com as mandíbulas, a baba respingando na poeira.

Por um instante, sua boca ficou cheia da poderosa explosão de doçura do açúcar, e ele sentiu o coração bater mais forte. Mas, no momento seguinte, sentiu pontadas incômodas no tórax, e a garganta pareceu fechar. O estômago se revirou. Enojado, cuspiu o pirulito. Sua reação não foi muito melhor com as asinhas de frango que descobriu depois. Os poucos pedaços de carne e gordura nos ossos tinham um gosto rançoso que fez Francis vomitar.

Moscas-varejeiras zumbiam avidamente em volta do lixo. Ele as observou com ressentimento e considerou a ideia de pegar algumas delas. Alguns insetos comiam outros, mas ele não sabia como poderia pegar as moscas sem as mãos (embora tivesse a sensação de que seria rápido o suficiente), e entendia que seu tormento não ia acabar com meia dúzia de moscas. Com dor de cabeça e zonzo de fome, pensou nos grilos doces e todos os insetos que tinha comido. Supôs que fora por causa deles que aquilo havia acontecido, e então seu cérebro se lembrou do sol nascendo às duas da manhã e da maneira que o vento atingiu o posto de gasolina com rajadas superaquecidas, batendo com tanta força no telhado que poeira caía do teto.

Certa vez, o pai de Huey Chester, Vern, atropelou um coelho na entrada da garagem. Mas quando saiu do carro, viu uma coisa com olhos — quatro deles — de um rosa anormal. Levou aquilo até a cidade para exibir, mas um biólogo, acompanhado de um cabo do Exército e dois soldados com metralhadoras, apareceu e tirou o bicho das mãos dele, dando quinhentos dólares para Vern assinar um documento em que dizia que nunca mais tocaria no assunto. Outra vez, uma semana após um dos testes no deserto, uma neblina densa e úmida com um cheiro horrível de bacon se espalhou por toda a cidade. Era tão grossa que as aulas foram canceladas e tiveram que fechar o supermercado e os correios. As corujas voaram de dia, e trovões ressoaram o dia inteiro, à distância, naquela escuridão turbulenta e úmida. Os cientistas estavam abrindo buracos no céu e na terra do deserto, talvez até no tecido do próprio universo. Colocaram fogo nas nuvens. Pela primeira vez, Francis entendeu que ele era algo contaminado, uma aberração para ser esmagada e escondida por um militar com um talão de cheques do governo e uma pasta cheia de acordos de confidencialidade. A princípio, não foi fácil reconhecer isso, talvez porque Francis *sempre* tivesse se sentido contaminado, algo que os outros não queriam ver.

Frustrado, ele se afastou do saco de lixo aberto, sem pensar no que estava fazendo. Suas pernas traseiras o lançaram no ar e as placas duras das costas bateram sem parar. Sua barriga gelou. O aterro cheio de lixo quente pelo sol balançava perigosamente abaixo dele. Francis pensou que ia cair, mas viu que continuava no alto, pousando um segundo depois em uma das maiores montanhas de lixo, um lugar que ainda era iluminado pelo sol. Soltou toda a respiração de uma vez; nem percebera que estava prendendo o fôlego.

Ficou um instante se equilibrando lá, dominado por uma sensação de choque que fazia a ponta das suas antenas formigarem. Ele tinha escalado, pulado, planado — não, Deus, ele tinha voado! — por dez metros no ar do Arizona. Não refletiu muito sobre o que havia acontecido, sentia medo de pensar demais no assunto. Resolveu se lançar no ar outra vez. As asas faziam um zumbido quase mecânico, e logo ele estava dando mergulhos pelo céu, sobre o mar de artigos descartados em decomposição. Por um instante, esqueceu que precisava comer. Esqueceu que, apenas alguns segundos atrás, estivera completamente desesperado. Encolheu as patas nas suas laterais segmentadas e, com o vento soprando na cara, observou o lixão de cima, a trinta metros de distância, encantado pela sua inconcebível sombra pulando de lá para cá.

3.

Depois do pôr do sol, enquanto ainda havia um pouco de luz no céu, Francis voltou para casa. Não podia ir a nenhum outro lugar e estava com fome. Havia a casa de Eric, claro, mas para chegar lá, seria necessário atravessar várias ruas e suas asas não conseguiriam levá-lo tão alto a ponto de não ser visto.

Ficou escondido no mato nos fundos do terreno do posto de gasolina por um bom tempo. As bombas estavam desligadas, assim como as luzes acima delas, e as persianas das janelas do escritório estavam abaixadas. Seu pai nunca tinha fechado o lugar tão cedo. Aquela parte da Estrella Avenue era sempre quieta e, com exceção de um ou outro caminhão atravessando a estrada, não havia sinal de vida em lugar algum. Francis se perguntou se o pai estava em casa, mas não conseguia imaginar outra possibilidade. Não havia onde Buddy Kay pudesse ter ido.

Zonzo, o garoto cambaleou pelo caminho de brita até a porta de tela. Apoiou-se nas patas traseiras e deu uma olhada na sala. O que viu ali foi tão diferente de tudo que já tinha visto que o deixou desorientado, e a fraqueza que sentiu repentinamente o fez perder o equilíbrio.

O pai estava esparramado no sofá, de lado, o rosto enfiado no peito de Ella. Os dois pareciam estar dormindo. Ella abraçava Buddy na altura dos ombros, os dedos rechonchudos e cheios de anéis estavam entrelaçados nas costas dele. Boa parte do corpo do pai não estava no sofá — não havia muito lugar para ele —, e o homem parecia prestes a sufocar com o rosto esmagado nas tetas da mulher. Francis não conseguia se lembrar da última vez em que viu Buddy e Ella se abraçando, e se esqueceu de como o pai parecia pequeno em comparação à robustez da namorada. Naquela posição, ele parecia um bebê que tinha chorado até dormir no seio da mãe. Eles eram tão velhos e solitários, com uma aparência tão arrasada mesmo no sono, que vê-los daquela maneira — duas pessoas unidas para se proteger de uma tempestade da vida — encheu Francis de um arrependimento profundo. No instante seguinte, pensou que sua vida com eles havia acabado. Se os dois acordassem e o vissem, haveria mais gritos e desmaios, armas e polícia.

Sem esperanças, Francis estava prestes a dar meia-volta e retornar para o lixão quando viu a tigela em cima da mesa, à direita da porta. Ella tinha feito salada de taco. Não dava para ver dentro da tigela, mas ele sabia o que era por causa do cheiro, conseguia sentir o odor de tudo, o aroma pungente de ferrugem na porta de tela, o fedor de mofo do carpete felpudo, era possível sentir o aroma de tortillas de milho salgadas, carne moída temperada com molho de taco, o quê a mais apimentado da salsa. Francis imaginou as folhas grandes de alface encharcadas com o molho e sua boca salivou.

Ele deu um passo à frente, esticando o pescoço para tentar ver dentro da tigela. Os ganchos serrilhados nas pontas das patas dianteiras já estavam em cima da porta de tela e, antes que pudesse perceber o que estava fazendo, o peso do corpo a entreabriu. Entrou na casa sem fazer barulho, dando uma olhada rápida no pai e em Ella. Nenhum deles se moveu.

A mola da porta estava velha e gasta. Depois de entrar, a porta não bateu atrás dele, mas fez um rangido seco ao voltar devagar para o batente. O barulho baixo que ela fez ao fechar foi alto o suficiente para o coração de Francis bater mais forte. Mas seu pai apenas pareceu mergulhar mais profundamente na pele enrugada entre os seios de Ella. Francis rastejou até a lateral da mesa e se inclinou sobre a tigela. Não havia sobrado quase nada, apenas uma sopa gordurosa de molho e algumas folhas de alface ensopadas grudadas no fundo da vasilha. Tentou pegar uma, mas suas mãos não eram mais mãos. A coisa parecida com uma espátula na ponta da pata raspou o interior da tigela, fazendo-a tombar e deslizar até a beirada da mesa. Ele tentou pegá-la, mas as patas em formato de gancho não conseguiram impedir a tigela de cair no chão e se espatifar em mil pedaços.

Francis se abaixou e ficou parado. Ella acordou, confusa. Logo depois, ele ouviu um estalo metálico. Olhou para trás. Seu pai estava de pé, a menos de um passo de distância. Na mesma hora, Francis percebeu que ele acordara antes mesmo da tigela cair, talvez tivesse fingido dormir desde o início. Buddy segurava a espingarda com uma das mãos, o cano apontando para baixo permitindo que a arma pudesse ser recarregada, a coronha presa na axila. Na outra mão, havia uma caixa de cartuchos. Ele estivera com a arma o tempo inteiro, escondida entre o seu corpo e o de Ella.

O lábio superior de Buddy se curvou em uma expressão de nojo e espanto. Faltavam alguns dentes, e os que sobraram estavam pretos ou apodrecendo.

— Sua coisa asquerosa — falou ele, abrindo a caixa de munição. — Acho que vão acreditar em mim agora.

Com dificuldade, Ella se mexeu e se virou para ver atrás do sofá, soltando um grito estrangulado.

— Ai, meu Deus. Meu Deus.

Francis tentou falar. Tentou falar para não machucarem ele, que ele não ia fazer nada de mal. Mas o que saiu foi um som semelhante a alguém agitando sem parar uma vara flexível de metal.

— Por que ele está fazendo esse barulho? — perguntou Ella. A mulher tentava se levantar, mas estava sentada muito fundo no sofá e não conseguia se suspender. — Sai de perto dele, Buddy!

O homem olhou de volta para ela.

— Sair de perto? Eu vou explodir essa porra! Vou mostrar para aquele merdinha do George Walker... ficou lá parado, rindo de mim. — O pai de Francis também riu, mas as mãos tremiam e os cartuchos caíam, produzindo uma chuva ruidosa no chão. — Vão colocar a minha foto na primeira página do jornal de amanhã.

Seus dedos enfim encontraram um cartucho e ele o enfiou no cano da arma. Francis desistiu de tentar falar com os dois e levantou as patas dianteiras na frente do pai, os ganchos serrados para o teto, em um gesto de rendição.

— Ele está se mexendo! — gritou Ella.

— Quer calar essa boca, sua porca barulhenta? — falou Buddy. — É só um inseto, não importa o tamanho. Ele nem sabe o que estou fazendo aqui.

Então, Buddy ergueu o punho e encaixou o cano da arma.

Francis deu um salto à frente com o intuito de afastar o pai e correr para a porta. Mas a pata direita da frente escorregou e a cimitarra esmeralda na ponta dela fez um corte vermelho por todo o rosto de Buddy. O talho começava na têmpora direita, passava por cima do olho, atravessava a ponte do nariz, pulava o outro olho e seguia por mais ou menos dez centímetros pela têmpora esquerda. O queixo de Buddy caiu, e ele parecia pasmo, um homem sem palavras após ser acusado de algo chocante. A arma disparou com uma explosão impressionante, enviando uma onda de dor pelas antenas sensíveis de Francis. Pedaços do projétil atingiram o ombro dele, mas a maior parte acertou a parede de gesso atrás. Francis berrou de dor e medo: outro som distorcido, de folhas de metal balançando, só que mais urgente e agudo. Sua outra pata com gancho desabou, uma lâmina brandida com todo o peso para baixo, e acertou o peito do pai. Francis sentiu o impacto até a primeira articulação da perna.

Francis tentou retirá-la, arrancar a pata do torso do pai. Em vez disso, ele o ergueu no ar. Ella gritava, cobrindo o rosto com as mãos. Francis balançou a perna, tentando livrar o pai da lâmina na ponta. Buddy parecia ter ficado sem ossos de repente, os membros inúteis se debatendo. O barulho do grito de Ella era tão doloroso que Francis pensou que fosse desmaiar. Bateu o pai na parede. Todo o posto de gasolina tremeu. Dessa vez, quando puxou a pata, Buddy se desprendeu sem problemas. Ele escorregou pela parede, as mãos sobre o ferimento profundo no peito, deixando uma mancha escura no reboco. Francis não sabia que fim a arma tinha levado. Ella estava ajoelhada no sofá, balançando para a frente e para trás, gritando e enfiando as unhas no rosto sem nem notar. Francis foi para cima dela, cortando a mulher com as patas afiadas. O som era parecido com uma equipe de homens dirigindo escavadeiras pela lama. Por vários minutos, o barulho de uma escavação fervorosa preencheu a sala.

4.

Francis permaneceu escondido debaixo da mesa por algum tempo, esperando alguém vir e dar um fim em tudo. Seu ombro latejava. Tinha a impressão de que o coração ia sair pela boca. Ninguém apareceu.

Mais tarde, correu para fora de onde estava e se agachou sobre o pai. Buddy escorregara pela parede de forma que apenas a cabeça estava encostada nela, o restante do corpo estatelado pelo chão. O pai sempre fora um homem franzino, subnutrido, mas naquela posição, com o queixo colado no peito, ele repentinamente parecia gordo e diferente, com uma papada e a mandíbula solta. Francis descobriu que podia segurar a cabeça dele com as pás curvadas e afiadas que agora eram suas mãos — as armas do crime. Não suportava ver o que tinha feito com Ella.

Seu estômago estava embrulhado. A pressão gasosa e aguda de manhã cedo retornara. Ele queria falar para alguém que sentia muito, que fora horrível, que não queria ter feito nada daquilo, mas não havia ninguém com quem falar e, mesmo que tivesse, ninguém conseguiria entender sua voz de gafanhoto. Queria chorar. Mas, em vez disso, peidou, e sua retaguarda fez jorrar a espuma branca ácida em algumas poucas explosões espasmódicas. Aquilo respingou no peito do pai, encharcando a camiseta dele, desfazendo-a com um crepitar sibilante. Francis moveu o rosto de Buddy de um lado para o outro vendo se o homem voltaria a se parecer consigo mesmo de um ângulo diferente, mas não importava o jeito como Francis o colocava, o pai era sempre um desconhecido, um estranho.

Um aroma, como de bacon queimado, chamou a atenção de Francis, e, quando ele olhou para baixo, viu que a barriga do pai havia sido aberta e tinha se transformado em uma tigela transbordante de um ensopado aguado rosa; os ossos vermelhos das costelas brilhavam, com pedacinhos parcialmente dissolvidos de carne pendurados neles. Francis sentiu o estômago apertar em uma dor penosa e desesperada. Inclinou-se para investigar aquela mistura com suas antenas, mas não conseguia esperar mais, se segurar mais. Engoliu as entranhas líquidas do pai em grandes goles, as mandíbulas molhadas clicando. Ele o comeu de fora para dentro, e então cambaleou — meio bêbado, os ouvidos estalando, o abdômen doendo de tão cheio — para debaixo da mesa e lá descansou.

Através da porta de tela, dava para ver parte da estrada. Naquele torpor digestivo, Francis observou os caminhões passando, correndo em direção ao deserto, com os faróis iluminando o asfalto passando por uma pequena elevação e depois indo à toda velocidade e sumindo de vista. A visão daqueles faróis deslizando inutilmente pela escuridão o lembrou da sensação de voar, de alcançar o céu com um grande pulo.

O pensamento de zumbir por aí lhe deu vontade de respirar um pouco de ar fresco. Com um golpe, Francis atravessou a porta de tela. Estava cheio demais para voar, sua barriga ainda doía. Caminhou até o meio do estacionamento de brita, esticou a cabeça para cima e observou a noite. A Via Láctea era um rio cheio de espuma cintilante. Dava para ouvir os gafanhotos no mato, a estranha música de teremim que eles produziam, um cantarolar melancólico que subia e descia, subia e descia. Eles sempre o chamaram, supôs Francis.

Caminhou sem medo pela estrada, esperando por algum caminhão, pelos faróis que o iluminariam... esperando pelo guincho dos freios e pelo grito rouco e assustado. Mas não havia tráfego nenhum. Francis ainda estava bem cheio e atravessou muito devagar. Não se preocupava com o que poderia lhe acontecer. Não sabia aonde ia e não se importava. Seu ombro doía, mas só um pouco. Os pedaços do projétil não conseguiram perfurar a sua armadura — é claro que não — e apenas machucaram de leve a carne embaixo dela.

Certa vez, ele e o pai foram até o lixão com a espingarda e ficaram revezando, atirando em latas, ratos, pássaros.

— Imagine que os malditos chucrutes estão vindo na sua direção — dissera o pai. Francis não sabia qual era a aparência dos soldados alemães, então fingiu atirar nos colegas de turma. A lembrança daquele dia no meio do lixo o deixou um pouco melancólico. Os dois tinham passado bons momentos juntos e, no fim, Buddy fora uma refeição decente. O que mais ele poderia querer de um pai?

Quando uma luz de tom rosado se espalhava feito sangue pelo leste, Francis viu que estava atrás da escola. Não percebera que tinha se encaminhado para lá, talvez a memória da tarde que passou atirando com o pai foi o que o atraíra até o local. Observou o longo prédio de tijolos com fileiras de janelinhas e pensou *que colmeiazinha horrível*. Até as vespas faziam coisa melhor, com suas casas nos galhos altos das árvores, onde, durante a primavera, ficavam escondidas no meio de montes de folhas com cheiro doce desabrochando, nada para perturbá-las, a não ser o sereno carregado pela brisa.

Um carro estacionou no acostamento, e Francis foi para junto da parede da escola e virou a esquina para não ser visto. Ouviu a porta do veículo bater. Continuou rastejando para trás, e aí olhou para baixo e para o lado vendo várias janelas, uma do lado da outra, que davam para o porão. Pressionou a cabeça por uma delas, que abriu de primeira com suas dobradiças de quarenta anos de idade, e, um segundo depois, entrou.

Francis esperou perfeitamente imóvel em um canto atrás de alguns canos enferrujados que pingavam água gelada, enquanto os raios de sol atravessavam a fileira de janelas no alto da parede. A princípio, a luz era fraca e cinzenta, depois assumiu um tom delicado de amarelo, iluminando aos poucos aquele mundo subterrâneo, revelando um cortador de grama, diversas cadeiras dobráveis de metal, pilhas de latas de tinta. Por um bom tempo, Francis descansou sem dormir, desligado, mas alerta, como fizera no dia anterior quando se refugiou debaixo do velho trailer no lixão. O sol brilhava nas janelas que davam para o leste quando ele ouviu portas de armários batendo, pés pisoteando o chão acima, vozes altas e vigorosas.

Seguiu adiante e subiu as escadas. No entanto, conforme se movia na direção do barulho, paradoxalmente ele pareceu mais distante, como se Francis estivesse entrando em um envelope sonoro. Pensou na Bomba, aquele sol vermelho fervente surgindo do chão do deserto às duas da manhã, o vento chicoteando o posto de gasolina, e então, da fumaça, vieram os gafanhotos que cobriram a terra. Conforme avançava nos degraus, sentiu uma exuberância crescendo dentro de si, um propósito repentino, intenso e eletrizante. A porta no fim da escada estava fechada, e ele não sabia como abri-la. Bateu um dos ganchos da pata nela. A porta se mexeu e fez barulho, mas não abriu. Ele aguardou.

Por fim, a porta se abriu, revelando Eric Hickman. Atrás dele, o corredor estava lotado de meninos e meninas guardando coisas nos armários e conversando aos gritos uns com os outros, mas era como assistir a um filme sem som. Algumas pessoas olharam para ele e pararam em posições rígidas e anormais ao lado dos armários. Uma garota com cabelo louro-escuro abriu a boca para dar um grito; ela segurava uma pilha de livros e, um a um, eles escorregaram e caíram no chão sem fazer barulho.

Eric o observou com os óculos fundo de garrafa engordurados. Ele se contorceu com o choque e deu um passo para trás, mas então sua boca se abriu num sorriso de quem não conseguia acreditar.

— Que incrível — disse Eric. Isso Francis ouviu com clareza.

Francis deu um salto e atacou o pescoço de Eric com as mandíbulas, usando-as como uma grande tesoura de jardinagem. Ele matou Eric primeiro — porque o amava. O garoto caiu com as pernas chutando, um espasmo final involuntário, e seu sangue salpicou na menina de cabelo louro-escuro, que não se mexeu, só ficou lá gritando. Todos os sons voltaram de repente, um estrondo de armários se fechando, pés correndo e preces divinas sendo feitas. Francis foi em frente, projetando-se com suas poderosas patas traseiras, derrubando pessoas de lado ou de cara no chão sem esforço algum. Encontrou Huey Chester no fim do corredor, tentando correr para a saída, e enfiou uma das garras afiadas na base da coluna dele, a garra saindo pelo outro lado. Ele a ergueu e Huey escorregou por ela fazendo sons de engasgo. Seus pés continuaram se movimentando de maneira cômica no ar, como se ainda estivesse tentando correr.

Francis refez o caminho na direção contrária, cortando e picando, embora tenha deixado em paz a garota de cabelo louro-escuro, que caíra de joelhos e rezava com as mãos em prece. Matou quatro pessoas no corredor antes de subir para o andar de cima. Lá, encontrou seis alunos escondidos embaixo das carteiras do laboratório de biologia e os matou também. Então, pensou em matar a garota de cabelo louro-escuro, afinal, mas, quando voltou, ela tinha desaparecido.

Francis estava retalhando e comendo pedaços de Huey Chester quando ouviu o eco distorcido de um megafone do lado de fora. Deu um pulo até a parede e subiu no teto, ficando de cabeça para baixo, até chegar a uma janela suja. Havia caminhões do Exército parados do outro lado da rua e soldados empilhando sacos de areia. Ele ouviu um estalo alto e metálico, e o engasgo estrondoso de um motor gigantesco, então deu uma olhada na Estrella Avenue. Eles tinham um tanque lá também. *Que bom*, pensou. Eles iam precisar.

Francis arrebentou a janela com uma das garras pontudas, e cacos de vidro rodopiaram pelo ar. Naquele dia claro com vento, os homens berravam. O tanque parou e a torre do canhão começou a girar. Alguém esbravejava ordens pelo megafone. Soldados se jogavam no chão. Francis saltou para fora e foi na direção do céu, as asas zumbindo com o som mecânico de uma serra elétrica mergulhando na madeira. Conforme ascendia sobre a escola, ele começou a cantar.

OS FILHOS DE ABRAHAM

MAXIMILIAN PROCUROU NA COCHEIRA e também no estábulo, foi até mesmo ao galpão, embora bastasse dar uma olhada no local para saber que não os encontraria ali. Rudy não se esconderia em um lugar como aquele, úmido e frio, com poucas janelas e, portanto, pouca luz, um lugar que cheirava a morcegos. Parecia demais com um porão. Se pudesse evitar, Rudy nunca ia ao porão em casa, tinha medo da porta fechar e ele ficar preso na escuridão sufocante.

Max foi ao celeiro por último, mas eles também não estavam escondidos lá, e, quando chegou perto da casa, viu, chocado, que o sol estava começando a se pôr. Nunca imaginaria que já era tão tarde.

— Chega de brincadeira! — gritou ele. — Rudolf! A gente tem que ir! — Quando falava *Rudolf*, porém, o som que saía da sua boca lembrava o espirro de um cavalo. Max odiava o tom da própria voz e invejava a segurança do irmão mais novo nas pronúncias americanas. Rudolf nascera ali, nunca tinha posto os pés em Amsterdã. Max vivera seus primeiros cinco anos na cidade, em um apartamento escuro que cheirava ao bolor das cortinas de veludo e ao fedor de latrina do canal abaixo.

Ele gritou até a garganta doer, mas, no fim, tudo aquilo fez surgir apenas a sra. Kutchner, que atravessou o alpendre com dificuldade, os braços cruzados sobre o busto para se aquecer, embora não fizesse frio. Quando chegou ao parapeito, agarrou a madeira com ambas as mãos e se inclinou para a frente, usando o peitoril como apoio.

Nessa mesma época, no último outono, a sra. Kutchner estava agradavelmente rechonchuda, com covinhas nas bochechas fartas, o rosto sempre avermelhado devido ao calor da cozinha. Agora, suas feições eram magras, a pele repuxada sobre o crânio, os olhos febris e penetrantes em órbitas ossudas. A filha dela, Arlene — que, naquele momento, estava escondida com Rudy em algum lugar —, dissera aos sussurros que a mãe mantinha um balde ao lado da cama e que, quando o pai ia esvaziá-lo na casinha de manhã, dava para sentir o fedor de sangue saindo dele.

— Pode ir se quiser, querido — falou ela. — Digo ao seu irmão para correr para casa quando sair de onde quer que esteja.

— Eu acordei a senhora? — perguntou ele. A mulher balançou a cabeça, mas a culpa do rapaz não diminuiu. — Desculpe por fazê-la levantar da cama. — E então, com um tom incerto: — Deveria estar de pé?

— Está me diagnosticando, Max van Helsing? Será que seu pai não faz isso o bastante? — questionou ela, um dos cantos da boca se levantando para formar um sorriso frágil.

— Não, senhora. Digo, sim, senhora.

Rudy teria dito algo engraçado que a faria gargalhar e bater palmas. O irmão nascera para o rádio, uma estrela infantil de algum programa de atrações. Max nunca sabia o que dizer e, de qualquer maneira, não era bom em comédia. Não apenas por causa de seu sotaque, embora isso o envergonhasse muito, mais uma razão para falar o mínimo possível. Era também questão de temperamento; muitas vezes, Max não conseguia superar seu jeito extremamente reservado.

— Ele é bastante rigoroso com vocês, garotos, estarem em casa antes do anoitecer, não é?

— Sim, senhora.

— Há muitos como ele, que trouxeram o velho país consigo. Mas não esperava que um médico fosse supersticioso. Tão estudado...

Max reprimiu um tremor de repulsa. Dizer que seu pai era supersticioso era um eufemismo de proporções grotescamente hilariantes.

— É de se espantar que ele fique preocupado com um menino como você. Não consigo imaginá-lo se metendo em problemas.

— Muito obrigado, senhora — respondeu Max, mas o que queria mesmo dizer era que desejava, mais do que qualquer outra coisa, que ela voltasse para dentro, se deitasse e descansasse. De vez em quando, Max pensava ser alérgico a se expressar. Nas situações em que queria falar muito alguma coisa, sentia a traqueia se fechando, deixando-o sem ar. Queria ajudar a mulher a entrar na casa, imaginou-se apoiando o cotovelo dela, inclinando-se o suficiente para cheirar seu cabelo. Queria dizer à sra. Kutchner que rezava por ela antes de dormir, ainda que não pudesse presumir que suas preces tivessem algum valor; Max também rezara pela mãe e não fizera diferença alguma. Não falou nada disso. *Muito obrigado, senhora* era o máximo que conseguia articular.

— Volte para casa. Diga ao seu pai que pedi a Rudy para ficar um pouco mais e me ajudar a limpar algo na cozinha. Aviso a ele para voltar logo para casa.

— Sim, senhora. Muito obrigado, senhora. Peça a ele para se apressar, por favor.

Na estrada, Max olhou para trás. A sra. Kutchner segurava um lenço à boca, mas o retirou na mesma hora e o balançou de leve, um gesto tão encantador que o garoto se sentiu enjoado. Ergueu a própria mão e deu meia-volta. O som das tosses secas e fortes o acompanhou por um tempo — um cão feroz e desacorrentado o perseguindo pelo caminho.

Quando chegou à frente de sua casa, o céu tinha um tom de azul bem próximo do preto, exceto por um leve lume a oeste, onde o sol acabara de desaparecer. O pai estava sentado no alpendre esperando com o açoite. Max parou diante da escada, olhando para ele. Os olhos do homem estavam ocultos, era impossível vê-los embaixo das sobrancelhas cheias de palha de aço.

Max esperou o pai falar alguma coisa. Ele permaneceu calado. Por fim, o menino desistiu e falou:

— Ainda há luz.

— O sol está posto.

— Estávamos na casa da Arlene. Não fica nem a dez minutos.

— Sim, a casa da sra. Kutchner é deveras segura. Uma fortaleza autêntica. Protegida por um fazendeiro raquítico que mal pode se inclinar para a frente porque o reumatismo não permite e uma camponesa ignorante cujos intestinos são corroídos pelo câncer.

— Ela não é ignorante — disse Max. Percebeu como soava assustado e, quando voltou a falar, foi em um tom modulado com bastante cautela para parecer sensato. — Eles não suportam a luz. O senhor mesmo afirmou. Se ainda não está escuro, não há o que temer. Veja como o céu está claro.

Seu pai assentiu, concordando com aquela observação, e então respondeu:

— E onde está Rudolf?

— Ele já está chegando.

O homem idoso esticou o pescoço fazendo um gesto exagerado de busca na estrada vazia às costas de Max.

— Quis dizer que está a caminho — falou Max. — Ficou para ajudar a sra. Kutchner a limpar alguma coisa.

— O quê?

— Um saco de farinha, acho, que se abriu e se espalhou todo. Ela ia limpar sozinha, mas Rudy disse que não, queria ajudá-la. Falei que seguiria na frente para que o senhor não se preocupasse. Ele chegará a qualquer instante.

Seu pai estava sentado perfeitamente imóvel, as costas retas, o rosto firme. Assim que Max pensou que a conversa havia terminado, no entanto, ele falou bem devagar:

— E você o deixou fazer isso?

Na mesma hora, Max percebeu, com uma sensação cada vez maior de desespero, a armadilha que armara para si; contudo, era tarde demais, não havia mais como sair dela.

— Sim, senhor.

— Voltar para casa sozinho? No escuro?

— Sim, senhor.

— Compreendo. Entre. Vá estudar.

Max subiu os degraus e foi na direção da porta entreaberta. Sentiu o corpo se encolher quando passou pela cadeira de balanço, esperando pelo açoite. Em vez disso, quando o pai se mexeu de súbito, foi para agarrar seu pulso, apertando tão forte que o filho fez uma careta de dor, sentiu os ossos se separando das juntas.

Seu pai inspirou, uma tomada de fôlego ruidosa, um som que frequentemente era o prelúdio de uma bofetada.

— Sabe quem são nossos inimigos? E ainda assim brinca com os amigos até o cair da noite?

Max tentou responder, mas não conseguiu, sentiu a traqueia se fechando, sentiu que estava sufocando outra vez com as coisas que queria, mas não tinha coragem de dizer.

— Eu não esperava que Rudolf entendesse. Ele é americano. Aqui acreditam que o filho deve ensinar ao pai. Percebo como olha para mim quando falo. Como tenta não rir. Ao menos quando Rudolf me desobedece, é deliberado, sinto que estou *envolvido* naquilo. Você me desobedece em estado de apatia, sem pensar, e então se pergunta por que mal consigo encará-lo. O sr. Barnum tem um cavalo que consegue fazer somas simples. O animal é uma das grandes atrações do circo. Se um dia você conseguir demonstrar a mínima compreensão das coisas que falo, seria um feito de igual tamanho. — Ele soltou o pulso de Max e o menino deu um passo para trás, o braço latejando. — Saia da minha frente. Deve estar querendo descansar. Esse zumbido desconfortável em sua cabeça é o ruído do pensamento. Sei que a sensação não deve ser familiar. — Ele bateu a ponta do dedo na própria têmpora para mostrar onde estavam os pensamentos.

— Sim, senhor — respondeu Max em um tom que, ele mesmo precisava admitir, soava estúpido e matuto. Por que o sotaque do pai o fazia parecer um homem erudito e viajado, enquanto o mesmo sotaque o fazia soar como um parvo fazendeiro holandês, alguém cujo único talento era tirar leite das vacas, e que arregalaria os olhos de temor e perplexidade diante de um livro? Max se virou para a casa sem olhar aonde estava indo e bateu com a cabeça nos ramos de alho dependurados acima da porta. O pai riu dele.

O menino se sentou na cozinha com um lampião aceso na ponta da mesa, nem de perto o suficiente para afastar a escuridão que crescia no cômodo. Ele esperou, ouvindo, a cabeça inclinada para conseguir ver o jardim pela janela. Tinha o livro de gramática diante de si, mas não olhava para ele, não conseguia encontrar forças para fazer qualquer coisa além de se sentar e esperar por Rudy. No entanto, em pouco tempo já estava escuro demais para ver a estrada ou qualquer um que viesse por ela. O topo dos pinheiros eram entalhes pretos pontuando um céu da cor do último brilho leve de carvões se apagando. E logo até isso desapareceu, e no negrume havia um punhado de estrelas com seus brilhos salpicados e espalhados. Max ouvia o pai na cadeira de balanço, o vaivém da madeira curva sobre as tábuas do alpendre. O garoto puxou o cabelo com as mãos, sussurrando para si *Venha logo, Rudy*, desejando mais do que tudo que aquela espera acabasse. Poderia ter se passado uma hora. Poderia ter se passado quinze minutos.

Então ele o ouviu, o som leve dos pés do irmão na lateral poeirenta da estrada. Rudy diminuiu a velocidade quando chegou ao jardim, mas Max suspeitava que ele correra até lá, hipótese confirmada assim que sua boca se abrira. Embora tentasse usar o costumeiro tom bem-humorado, ele estava sem fôlego e só conseguia falar pausadamente.

— Desculpe. Desculpe. A sra. Kutchner. Acidente. Pediu a minha ajuda. Eu sei. Atrasado.

A cadeira de balanço parou. As tábuas rangeram enquanto o pai ficava de pé.

— Foi o que Max disse. E a bagunça, conseguiu limpar?

— Ah. Sim. Arlene e eu. Arlene correu na cozinha. Sem ver para onde ia. A sra. Kutchner… a sra. Kutchner deixou cair uma pilha de pratos…

Max fechou os olhos e deixou a cabeça pender para a frente, puxando a raiz dos cabelos em desespero.

— A sra. Kutchner tem que descansar. Está doente. De fato, acho que mal consegue sair da cama.

— É o que… É o que eu acho. Também. — A voz de Rudy vinha de fora do alpendre. Começava a recuperar o fôlego. — Ainda não está completamente escuro, na verdade.

— Não? Ah. Na minha idade, a visão pode começar a falhar e o crepúsculo muitas vezes é confundido com a noite. Pensava eu que o sol tinha se posto há vinte minutos. Que horas…? — Max escutou o estalo metálico do relógio de bolso do pai sendo aberto. Suspirou. — Está escuro demais para ver os ponteiros. Bem. É admirável sua preocupação com a sra. Kutchner.

— Ah… não foi nada… — falou Rudy, colocando o pé no primeiro degrau.

— No entanto, deveria se preocupar mais com seu bem-estar, Rudolf — disse o pai com a voz calma, benevolente, no tom que Max imaginava que fosse o usado para falar com pacientes nos últimos estágios de uma doença fatal. Anoitecera e o médico chegara.

Rudy respondeu:

— Sinto muito, eu...

— Sente muito agora. Mas o arrependimento será bem mais palpável em um segundo.

O açoite desceu e encontrou a carne, e Rudy, que faria dez anos em duas semanas, berrou. Max rangeu os dentes, as mãos ainda enterradas no cabelo, os punhos pressionando as orelhas, tentando em vão bloquear o som dos gritos e do chicote atingindo músculos, gordura e ossos.

Com as orelhas ainda cobertas, o garoto não ouviu o pai entrando. Olhou para cima quando percebeu uma sombra sobre si. Abraham estava no vão da porta, o cabelo bagunçado, o colarinho torto, o açoite apontado para o chão. Max se preparou para apanhar também, mas nenhum golpe foi dado.

— Ajude seu irmão a entrar.

Instável, Max se colocou de pé. Não conseguiu aguentar o olhar do pai, então baixou o rosto e percebeu que encarava o açoite. As costas da mão do pai estavam sujas de sangue respingado. Max soltou um suspiro baixo e pesaroso.

— Vê o que faço por causa de vocês?

Ele não respondeu. Talvez nenhuma resposta fosse necessária ou esperada.

O pai permaneceu no lugar por mais um instante e então se virou e caminhou para os fundos da casa, até o escritório que sempre mantinha trancado, um cômodo onde os dois meninos eram proibidos de entrar sem sua permissão. Ele dormia muitas noites lá e era possível ouvi-lo gritando durante o sono, praguejando em holandês.

— **PARE DE CORRER** — bradou Max. — Em algum momento, vou alcançá-lo.

Rudolf saltou com graça pelo curral, agarrou a cerca e pulou por cima dela, disparando em direção à casa, deixando sua risada pelo caminho.

— Devolve — ordenou Max, passando por cima da cerca sem diminuir a velocidade e atingindo o chão sem perder o passo. Ele estava com raiva, muita raiva, e a fúria lhe dava uma agilidade improvável; improvável porque o menino puxara ao pai, com as proporções brutas de um búfalo que aprendera a andar nas patas traseiras.

Rudy, por outro lado, tinha a compleição delicada da mãe, que combinava com sua pele de porcelana. Ele era rápido, mas Max estava quase o alcançando. Rudy olhava por cima do ombro sem pensar aonde estava indo. O irmão mais novo se aproximava da lateral da casa. Quando chegasse lá, Max o prenderia contra a parede, impossibilitando com facilidade qualquer tentativa de fuga para a esquerda ou para a direita.

Rudy, porém, não foi para a esquerda ou para a direita. A janela do escritório do pai estava entreaberta, revelando a escuridão fria de uma biblioteca. Rudy alcançou o peitoril com uma das mãos — a carta de Max ainda estava na outra — e, com um olhar bobo para trás, adentrou as sombras.

A maneira como o pai se sentia em relação a eles chegarem em casa após o poente não era nada se comparada a como se sentiria ao descobrir que um deles invadira seu santuário. Mas Abraham não estava em casa, fora a algum lugar com o carro, e Max não parou para pensar no que aconteceria se o pai chegasse de repente. Saltou e agarrou o calcanhar do irmão, achando que poderia fazer o vermezinho voltar para a luz, mas Rudy gritou e girou o pé de forma a escapar da mão de Max. Ele mergulhou na escuridão, caindo nas tábuas com um estrondo, fazendo algo de vidro bater de leve em outra coisa de vidro dentro do escritório. Então Max alcançou o peitoril, se içou no ar...

— Vá com calma, Max, é uma... — falou Rudy.

E, com um impulso, passou pela janela.

— Boa queda — disse o irmão mais novo.

Max já estivera no escritório, claro (às vezes, Abraham os convidava para "conversar" ali, o que significava que o pai ia falar e os filhos iam ouvir), mas nunca tinha entrado no cômodo pela janela. Ele se impeliu para a frente, teve um vislumbre assustador do chão quase um metro abaixo e percebeu que estava prestes a dar de cara no piso. De rabo de olho, viu uma mesa de canto redonda ao lado de uma das poltronas do pai e tentou segurá-la para impedir a queda. A velocidade continuou a levá-lo adiante, no entanto, e o garoto bateu no chão. No último segundo, virou o rosto e a maior parte do peso foi para cima do ombro direito. A mobília tremeu. A mesa de canto despencou, derrubando tudo o que estava sobre ela. Max ouviu o estalido de vidro se quebrando, algo pior que a dor na cabeça ou no ombro.

Rudy estava sentado no chão a quase um metro de distância, ainda com um sorriso bobo. A carta, agora esquecida, continuava amassada em uma de suas mãos.

Felizmente, a mesa de canto não se quebrara, mas havia cacos reluzentes de um pote de nanquim vazio perto do joelho de Max. Uma pilha de livros se derramara pelo tapete persa. Algumas folhas rodopiavam sobre suas cabeças, descendo devagar até o chão com um som suave.

— Viu o que fiz por sua causa? — disse Max apontando o vidro de nanquim. Então, estremeceu, percebendo que o pai tinha dito algo parecido para ele algumas noites atrás; o garoto não gostava quando Abraham surgia nele, falava através dele, como se o menino fosse um fantoche, um garoto de madeira oco de cabeça vazia.

— Podemos jogar fora — falou Rudy.

— Ele sabe o lugar de tudo neste escritório. Vai dar falta.

— Até parece! Ele vem aqui para beber brandy, peidar e dormir. Já entrei várias vezes. Peguei o isqueiro para fumar no mês passado e ele ainda não notou.

— O quê? — perguntou Max, encarando o irmão mais novo com surpresa genuína e uma pontada de inveja. Era papel do filho mais velho fazer coisas arriscadas e depois mencioná-las de maneira casual.

— Para quem é a carta que estava escrevendo escondido? Fiquei observando acima do seu ombro. "Ainda me lembro de como a minha mão você segurava." — A voz dele era hesitante e trêmula, um deboche da paixão romântica.

Max tentou pegar a carta, mas foi lento demais, Rudy a abrira e lia o início. Seu sorriso começou a desaparecer, rugas marcaram a alta testa pálida e, então, Max conseguiu arrancar o papel das mãos dele.

— Para a mãe? — perguntou Rudy, completamente desconcertado.

— Era trabalho escolar. A professora perguntou para quem escreveríamos uma carta se pudéssemos escolher qualquer pessoa. A sra. Louden disse que poderia ser um indivíduo imaginário ou... ou uma figura histórica. Alguém que já tivesse morrido.

— Você entregaria esta carta? Deixaria a sra. Louden ler?

— Não sei. Não terminei ainda.

No entanto, assim que falou, Max percebeu que tinha cometido um erro, que se permitiu ser levado pelas fascinantes possibilidades da tarefa, o irresistível *E se...?* dela, e escrevera coisas pessoais demais para mostrar aos outros. Ele havia escrito que *você foi a única com quem sabia conversar e às vezes, me sinto tão sozinho*. Chegara a imaginar sua mãe lendo a carta de alguma forma, em algum lugar — talvez enquanto ele a escrevesse, alguma forma astral dela observando por cima de seu ombro, sorrindo conforme a pena arranhava o papel. Era uma fantasia absurda e piegas, e Max sentiu um constrangimento enorme ao pensar que havia cedido a ela de maneira tão completa.

Sua mãe já estava fraca e doente quando o escândalo expulsou a família de Amsterdã. Por um tempo, moraram na Inglaterra, mas os boatos sobre a coisa terrível que seu pai fizera (o que quer que fosse — Max duvidava que chegaria a saber algum dia) os seguiram. Então, foram para os Estados Unidos. O pai achava que havia conseguido um cargo de professor na Vassar College, tinha tanta certeza que desembolsara boa parte das economias na compra de uma bela fazenda nas imediações. Porém, em Nova York, o reitor os encontrou e disse a Abraham van Helsing que não poderia, em sã consciência, permitir que o médico trabalhasse sem supervisão com meninas que ainda não tinham alcançado a maioridade. Agora, Max sabia que o pai matara sua mãe de forma tão certeira quanto se tivesse a sufocado com um travesseiro no leito de morte. Não foi a viagem que a matou, embora tivesse sido bastante ruim, demais para uma mulher que estava grávida e enfraquecida por uma doença sanguínea crônica que lhe causava hematomas ao menor toque. Era a humilhação. Mina não sobrevivera à vergonha do que ele havia feito, daquilo que todos eles foram obrigados a fugir.

— Vamos limpar e sair daqui — disse Max.

Ele endireitou a mesa de canto e começou a reunir os livros, mas girou a cabeça quando Rudy lhe perguntou:

— Você acredita em vampiros, Max?

Rudy estava de joelhos diante de um banco do outro lado do escritório. O garoto havia se curvado para pegar algumas folhas de papel que tinham caído ali e então encontrou a surrada bolsa de médico enfiada debaixo do móvel. Rudy puxou o rosário enrolado nas alças.

— Não mexa nisso — ordenou Max. — Temos que limpar, não fazer mais bagunça.

— Acredita?

Max ficou em silêncio por um instante.

— A mãe foi atacada. O sangue dela nunca mais foi o mesmo. A doença.

— Mas *ela* disse que foi atacada? Ou foi ele?

— Ela morreu quando eu tinha seis anos. Algo assim ela não diria a uma criança.

— Mas... você acha que estamos em perigo? — A bolsa estava aberta agora. Rudy enfiara a mão para pegar um fardo cuidadosamente embrulhado com um tecido roxo-real. Era possível ouvir madeira batendo contra madeira no embrulho de veludo. — Que os vampiros estão por aí, esperando por uma chance para nos pegar? Assim que baixarmos a guarda?

— Eu não descartaria a possibilidade. Por mais improvável que seja.

— Por mais improvável que seja — repetiu o irmão, rindo de leve. Abrindo o embrulho de veludo, ele observou as estacas de vinte centímetros, espetos de madeira branca lustrosa, as empunhaduras reforçadas com couro tratado. — Bem, acho que tudo isso é bobagem. *Bobaaaagem* — disse Rudy, cantando um pouco.

O curso daquela discussão enervava Max. Por um instante, ele ficou tonto, como se de repente estivesse diante de um abismo. E talvez essa imagem não fosse tão distante, afinal. Sempre soube que os dois teriam aquela conversa algum dia, e temia até que ponto ela os levaria. Rudy adorava discutir e defender seus argumentos, mas suas dúvidas não chegavam a qualquer conclusão lógica. Ele poderia dizer que era tudo bobagem, mas não parava para pensar no que aquilo significava em relação ao pai deles, um homem que tinha pavor da noite da mesma forma que alguém que não sabe nadar treme ao ver o oceano. Para Max, era quase *necessário* que aquilo fosse verdade, que vampiros existissem, porque a outra possibilidade — a de que seu pai era, e sempre fora, dominado por uma fantasia psicótica — era horrível, avassaladora demais.

Max ainda pensava em como responder quando um porta-retratos que escorregara para baixo da poltrona chamou sua atenção. Estava virado para o chão, mas ele sabia o que veria quando o pegasse: um calótipo em sépia de sua mãe na biblioteca da casa deles em Amsterdã. Ela usava um chapéu branco de palha, o cabelo de ébano em cachos largos saindo debaixo dele. Uma de suas mãos, enluvada, erguia-se em um gesto enigmático, quase parecia que ela estava segurando um cigarro invisível. Os lábios estavam abertos. Ela dizia alguma coisa. Com frequência, Max se perguntava o quê. Por alguma razão, imaginava a si mesmo de pé fora do enquadramento, uma criança de quatro anos encarando-a solenemente. Sentia que a mãe levantara a mão para afastá-lo, para que ele não caminhasse para dentro da foto. Se estivesse certo, parecia razoável supor que ela fora registrada para sempre no momento em que falava o nome dele.

Max ouviu o tinido de cacos ao pegar e virar o porta-retratos. A placa de vidro rachara exatamente no centro. Começou a arrancar as pequenas presas reluzentes e colocá-las de lado, preocupado em não danificar o calótipo envernizado embaixo delas. Tirou um bom caco de uma das quinas superiores da moldura e a ponta da fotografia se soltou. Com o dedo, tentou colocá-la de volta no lugar... e então parou, franzindo a testa, sentindo, por um instante, que seus olhos se envesgaram e que estava vendo em dobro. Aparentemente, havia outra fotografia embaixo da primeira. Puxou a imagem de sua mãe do porta-retratos e então encarou a foto secreta sem compreender. Um torpor gelado se espalhou por seu peito, subindo até a garganta. Olhou em volta e ficou aliviado de ver Rudy ainda ajoelhado diante do banco, cantarolando e devolvendo as estacas ao seu manto de veludo.

Voltou os olhos para a fotografia secreta. A mulher nela estava morta. Estava nua da cintura para cima, a camisola rasgada e puxada até a curva do quadril. Além disso, fora registrada deitada em uma cama dossel — presa a ela, na verdade, por cordas enroladas no pescoço e nos pulsos. Era jovem e talvez tivesse sido bonita, mas era difícil dizer; um dos olhos estava fechado, o outro, apenas entreaberto, mostrando o olhar atroz por trás. Uma obscena bola branca disforme fora enfiada em sua boca, de maneira que a mulher não conseguia fechá-la. De fato, ela a mordia, o lábio superior repuxado para mostrar a fileira de dentes pequenos e iguais. A lateral do rosto estava roxa com ferimentos. Entre seus seios leitosos e curvados, havia uma estaca de madeira branca. O sangue cobria toda a costela esquerda.

Mesmo quando ouviu o carro chegando, ele não conseguiu se mover, não conseguiu afastar os olhos da fotografia. Rudy já estava de pé, puxando o ombro dele, dizendo que precisavam sair dali. Max pressionou a foto no peito para impedir o irmão de vê-la. Mandou Rudy ir na frente, que estaria logo atrás dele, e o menino soltou seu braço e foi em frente.

Max se atrapalhou com o porta-retratos, esforçando-se para recolocar o calótipo da mulher assassinada no lugar... e então viu outra coisa e congelou novamente. Até aquele instante, não havia notado uma pessoa à esquerda na imagem, um homem perto da cabeceira da cama. Ele estava de costas e tão distante do fotógrafo que sua figura vagamente rabínica não era nítida, um indivíduo usando um chapéu preto de abas largas e um sobretudo escuro. Não havia como saber quem era aquele homem, mas Max *sabia*, o reconhecera pela maneira como sua cabeça pendia, o jeito cuidadoso, quase tenso que ela se equilibrava sobre o pescoço grosso. Em uma das mãos, ele tinha uma machadinha; na outra, uma bolsa de médico.

O carro parou com um ronco enfisêmico e um ruído metálico. Max enfiou a fotografia da mulher morta na moldura e colocou o retrato de Mina em cima dela. Retornou o porta-retratos, sem o vidro, para cima da mesa de canto, encarou-o por um segundo e então percebeu, horrorizado, que deixara a mãe de cabeça para baixo. Quando ergueu as mãos para pegá-lo, Rudy falou:

— *Vamos, Max, por favor.* — O irmão já estava lá fora, olhando para dentro do escritório na ponta dos pés.

Max chutou os cacos de vidro para debaixo da poltrona, subiu na janela e soltou um grito. Ou ao menos tentou — não havia ar em seus pulmões para ser forçado pela garganta.

O pai estava atrás de Rudy, encarando o filho mais velho acima da cabeça do mais novo. Rudy ainda não tinha percebido, não sabia que ele estava lá, até o pai colocar as mãos em seus ombros. O menino não teve dificuldade alguma em gritar e deu um pulo, como se quisesse voltar para o escritório.

O homem encarou Max em silêncio. O filho o encarou de volta, metade da cabeça para fora da janela, as mãos no peitoril.

— Se for melhor — disse o pai —, posso abrir a porta para que saia pelo corredor. Não é dramático, mas é mais conveniente.

— Não — respondeu Max. — Não, agradeço. Agradeço. Eu... nós... isso foi... um erro. Desculpe.

— Não saber a capital de Portugal em um teste de geografia é um erro. Isso é outra coisa. — Ele parou, baixou a cabeça, a expressão dura. Então libertou Rudy e se virou, abrindo uma das mãos e apontando para o quintal, um gesto que parecia indicar *venha por aqui*. — Esse assunto discutiremos depois. Agora, se não for incômodo, peço para sair do meu escritório.

Max olhou para o pai. Ele nunca tinha adiado castigos antes — e invadir seu escritório merecia no mínimo uma bela açoitada —, e tentou imaginar o porquê daquilo. Abraham aguardou. Max saiu da janela e caiu no canteiro. Rudy o observava, os olhos desamparados, suplicantes, perguntando o que os dois deveriam fazer. Com a cabeça, Max indicou os estábulos — o escritório dos meninos — e começaram a caminhar devagar, mas de forma deliberada, para longe do pai. Seu irmão mais novo se emparelhou com ele, tremendo sem parar.

Antes que pudessem se afastar, contudo, a mão do pai apertou o ombro de Max.

— Minhas regras são feitas para protegê-lo, Maximilian — falou ele. — Talvez queira me dizer que não quer mais proteção? Quando era pequeno, eu cobria seus olhos no teatro quando os assassinos chegavam para matar Clarence em *Ricardo III*. Mas então, quando fomos assistir a *Macbeth*, você afastou minha mão. Você *queria* ver. Parece que a história se repete agora, não?

Max não respondeu. Por fim, seu pai o largou.

Eles não tinham dado dez passos quando o pai voltou a falar:

— Ah, quase esqueci. Não compartilhei os motivos ou aonde ia, e agora tenho uma notícia que deixará os dois tristes. Enquanto estavam na escola, o sr. Kutchner correu pela estrada gritando "doutor, doutor, venha rápido, minha esposa". Assim que a vi, queimando de febre, soube que ela precisava ir ao hospital do dr. Rosen, na cidade, mas, ai de mim, o fazendeiro veio tarde demais. Quando a estava levando até o carro, seus intestinos saíram para fora com um *slop*. — Ele deu um muxoxo, como se desaprovasse aquilo. — Vou mandar seus ternos para o tintureiro. O funeral será na sexta-feira.

ARLENE KUTCHNER NÃO FOI à escola no dia seguinte. Quando retornaram para a fazenda, os irmãos passaram pela casa dela, mas as cortinas pretas estavam fechadas e o lugar dava a sensação de estar silencioso demais, abandonado. O funeral seria na cidade na manhã seguinte, e talvez Arlene e seu pai já tivessem ido para lá esperar. Alguns parentes deles moravam lá. Quando os garotos pisaram no jardim, o carro estava estacionado ao lado da casa e as portas duplas e enviesadas do porão estavam abertas.

Rudy foi em direção ao estábulo — eles tinham apenas um cavalo, uma égua velha chamada Arroz, e era o dia do mais novo limpar a baia dela —, Max entrou em casa sozinho. Estava à mesa da cozinha quando ouviu as portas externas do porão se fecharem. Pouco depois, seu pai subiu a escada e surgiu no batente da porta interna do porão.

— Trabalhando em algo lá embaixo? — questionou Max.

Abraham analisou o filho, mas seus olhos não tinham expressão alguma.

— Mais tarde revelarei a você — respondeu, e Max o observou tirar uma chave prateada do colete e virá-la na fechadura da porta. A chave nunca havia sido usada antes e, até aquele momento, Max nem sabia que ela existia.

O garoto ficou ansioso pelo restante da tarde, olhava sem parar para a porta do porão, inquieto com a promessa do pai: *Mais tarde revelarei a você.* Não houve, claro, como falar com Rudy sobre aquilo durante o jantar, para especular exatamente *o que* seria revelado, e eles também não puderem conversar depois, pois continuaram à mesa da cozinha com seus livros escolares. Em geral, o pai se retirava cedo para ficar sozinho no escritório, e os meninos não o veriam até a manhã seguinte. Naquela noite, porém, o homem parecia agitado, saindo e entrando da cozinha sem parar, para lavar um copo, procurar seus óculos de leitura e, por fim, acender um lampião. Ajustando o pavio de forma a deixar uma pequena chama vermelha tremulante no fundo do vidro, ele colocou o objeto sobre a mesa, na frente de Max.

— Garotos — disse o pai, se virando para o porão e destrancando a fechadura. — Vão lá embaixo. Esperem por mim. Não encostem em nada.

Rudy olhou horrorizado para Max, o rosto ficou pálido no mesmo instante. Ele não suportava o porão, com o teto baixo e o fedor, os véus rendados formados pelas teias de aranha nos cantos. Se o pai mandasse Rudy fazer alguma coisa lá, o menino sempre implorava para o irmão acompanhá-lo. Max abriu a boca para questionar o pai, mas o homem já tinha saído da cozinha, desaparecendo no corredor que levava ao escritório.

Max olhou para Rudy. O irmão balançava a cabeça em recusa silenciosa.

— Vai ficar tudo bem — prometeu Max. — De você eu cuido.

Rudy levou o lampião e deixou Max descer as escadas na frente dele. A luz, de cor de ferrugem, produzia sombras que se inclinavam e saltavam, uma escuridão crescente que avançava sobre as paredes de ambos os lados da escada. Max chegou ao piso do porão e observou devagar em volta, incerto. À esquerda, havia uma mesa. Sobre ela, alguma coisa empilhada coberta por um pedaço de tecido branco encardido — montes de tijolos, talvez, ou roupas dobradas; naquela penumbra, era difícil saber sem se aproximar. Aos poucos, Max foi chegando mais perto, arrastando os pés até ter cruzado a maior parte do caminho, e então parou repentinamente, compreendendo o que o lençol escondia.

— Temos que sair daqui, Max — sussurrou Rudy às suas costas. Ele não percebera que o irmão estava tão perto, achava que Rudy tinha permanecido junto à escada. — Temos que sair daqui agora. — E Max sabia que ele não estava falando apenas do porão, mas daquela casa, correr para longe do lugar em que viveram por dez anos e nunca mais voltar.

No entanto, era tarde demais para fingir que eram Huckleberry e Jim e sair em disparada por aí. Os pés do pai batiam com força nas tábuas de madeira empoeiradas logo atrás. O filho mais velho olhou para ele na escada. Abraham trazia consigo sua bolsa de médico.

— Posso apenas deduzir que, com a invasão do meu escritório, vocês enfim demonstraram interesse por meu trabalho secreto e extremamente sacrificante — disse o pai. — Já matei seis mortos-vivos com as próprias mãos. A última foi a rameira mazelada na fotografia que mantenho es-

condida... imagino que os dois a viram. — Rudy olhou em pânico para Max, que apenas balançou a cabeça, *Não fale nada*. O pai continuou:
— Treinei outros na arte de destruir vampiros, incluindo o infeliz primeiro marido de sua mãe, Jonathan Harker, que Deus o tenha. Assim, sou indiretamente responsável pelo massacre de talvez cinquenta desses seres imundos e doentios. E acho que é hora de ensinar aos meus filhos como se faz. Como saber com certeza. Para que possam atacar aqueles que os atacarem.
— Eu não quero saber — disse Rudy.
— Ele não viu a fotografia — falou Max ao mesmo tempo.
Aparentemente, o pai não ouvira nenhum dos dois. Passou por eles no caminho até a mesa e aquela forma coberta por um pano. Pegou um dos cantos do lençol esfarrapado e olhou embaixo, fez um som de aprovação e puxou toda a coberta.
A sra. Kutchner estava nua e assustadoramente definhada, as bochechas magras, a boca escancarada. A barriga se estendia tão para baixo das costelas que parecia impossível, como se tudo dentro dela tivesse sido puxado por um vácuo. As costas eram de um violeta profundo devido ao sangue acumulado ali. Rudy gemeu e escondeu o rosto no braço de Max.
O pai colocou a bolsa ao lado do cadáver e a abriu.
— Ela não é, claro, uma morta-viva. Apenas uma morta. Vampiros de verdade são incomuns, e não seria conveniente ou aconselhável encontrar um para praticar. Mas, para propósitos de demonstração, ela servirá.
De dentro da bolsa, Abraham retirou o conjunto de estacas envolvidas em veludo.
— O que a sra. Kutchner está fazendo aqui? — perguntou Max. — Será enterrada amanhã.
— Mas hoje eu faço a autópsia, por razões de pesquisa pessoal. O sr. Kutchner compreende, está feliz em cooperar, se isso significar que um dia nenhuma outra mulher vai morrer dessa forma.
Ele segura uma estaca em uma das mãos e uma marreta na outra.
Rudy começa a chorar.
Max sentiu que estava tendo uma experiência extracorpórea. Seu corpo deu um passo adiante sem ele dentro enquanto, ao mesmo tempo, permaneceu ao lado de Rudy, o braço sobre os ombros trêmulos do irmão.
— *Por favor, quero voltar lá para cima* — dizia seu irmão.

Max observou a si mesmo caminhando, desajeitado, até o pai, que o encarava com uma expressão que era um misto de curiosidade e certa apreciação silenciosa.

Ele entregou a marreta para o filho, e aquilo o trouxe de volta. Max retornara para o próprio corpo, consciente do peso do objeto puxando seu pulso para baixo. O pai pegou a outra mão do filho e a levantou, levando-a até os seios magros da sra. Kutchner. Abraham pressionou os dedos do filho em um ponto entre duas costelas, e Max olhou para o rosto da mulher morta. Sua boca estava aberta, como se estivesse prestes a dizer *Está me diagnosticando, Max van Helsing?*

— Aqui — falou o pai, colocando a estaca na mão do filho. — Você enfia bem aqui. Até a empunhadura. Em um caso real, o primeiro golpe será seguido de gemidos, impropérios, uma tentativa desesperada de fugir. Os malditos nunca vão sem lutar. Aguente. Não desista até tê-la empalado e ela ter abandonado qualquer esforço contra você. Vai acabar logo.

Max ergueu a marreta. Olhou para o rosto da sra. Kutchner e desejou poder lhe dizer que sentia muito, que não queria fazer aquilo. Quando baixou a marreta, produzindo um som ecoante, ouviu um grito agudo e penetrante, e quase chegou a gritar também, achando, por um segundo, que fora ela, de alguma forma ainda viva; e então percebeu que havia sido Rudy. O corpo de Max era forte, com seu peito de búfalo e ombros de fazendeiro holandês. Com o primeiro golpe, afundara dois terços da estaca. Precisava de apenas outra pancada da marreta. O sangue que escorria ao redor da madeira era frio e tinha uma consistência pegajosa, viscosa.

Max tremeu, a cabeça tonta. O pai o pegou.

— *Goot* — sussurrou Abraham no ouvido de Max, os braços envolvendo o filho, apertando-o tão forte que suas costelas estalaram. O garoto sentiu um arrepio de prazer, uma reação automática à afeição intensa e inequívoca do abraço do pai, e ficou enojado. — Causar tamanha ofensa à casa do espírito humano, mesmo depois de seu habitante ter partido, não é tarefa fácil, eu sei.

Seu pai continuava o segurando. Max encarou a boca aberta da sra. Kutchner, a delicada fileira dos dentes superiores, e se lembrou da moça no calótipo, da bola de alho enfiada em sua boca.

115

— As presas dela onde estavam? — disse Max.

— *Hm?* De quem? O quê? — perguntou o pai.

— Na fotografia daquela que você matou — respondeu Max, virando o rosto para encarar o pai. — Não tinha presas.

O pai o observou de volta com os olhos vazios, sem compreender. Então falou:

— Elas desaparecem depois que o vampiro morre. *Puf.*

Abraham libertou o filho, e Max voltou a respirar normalmente.

— Ainda resta uma coisa — esclareceu o homem. — A cabeça deve ser removida e alho deve ser colocado na garganta. Rudolf!

Max virou o rosto devagar. O pai dera um passo. Segurava uma machadinha. Max não sabia de onde ela havia saído. Rudy estava na escada, a três degraus do piso, encostado na parede, o punho esquerdo tapando a boca para abafar os gritos. O menino balançava a cabeça para a frente e para trás sem parar.

Max pegou a machadinha, agarrou-a pelo cabo.

— Eu faço. — E ele faria, tinha certeza. Via agora que sempre tivera aquilo em si: a vontade brusca do pai de furar carne e trabalhar com sangue. Viu claramente e com uma espécie de desgosto.

— Não — respondeu o pai, puxando a machadinha e empurrando o filho. Max bateu na mesa e algumas estacas rolaram até o chão sujo. — Pegue-as.

Rudy correu, mas escorregou nos degraus, caindo de gatinhas e batendo com os joelhos no chão. O pai agarrou seu cabelo e o levou até a mesa, jogando-o de barriga no piso com um ruído seco. O filho rolou e, quando falou, sua voz estava irreconhecível:

— *Por favor!* — gritou. — *Por favor, não! Estou com medo. Por favor, pai, não me obrigue a fazer isso!*

Com a marreta em uma das mãos e meia dúzias de estacas na outra, Max deu um passo à frente, pensou em intervir, mas seu pai girou o corpo, agarrou o cotovelo dele e o empurrou até a escada.

— Levante. Agora. — E o empurrou outra vez enquanto falava.

Max caiu nos degraus, machucando uma das canelas.

O pai se dobrou para pegar Rudy, mas o filho mais novo escapou, se arrastando pela poeira até um canto distante do porão.

— Venha. Eu ajudo você — falou o pai. — É bem frágil, o pescoço dela. Não vai demorar muito.

Rudy balançou a cabeça, se afundando ainda mais no canto perto do monte de carvão.

O pai lançou a machadinha no chão.

— Então vai ficar aqui até chegar a um estado de espírito mais complacente.

Ele se virou, pegou o braço de Max e o puxou até o último degrau.

— *Não!* — esbravejou Rudy, se levantando e correndo até a escada.

No entanto, o cabo da machadinha ficou no caminho e Rudy tropeçou, caindo de joelhos. Conseguiu se levantar, mas, àquela altura, seu pai empurrou Max pela porta do porão, seguiu-o logo atrás e, por fim, fechou a passagem com força. Rudy chegou ao outro lado um segundo depois, quando o pai girava a chave prateada na fechadura.

— Por favor! — berrou Rudy. — Estou com medo! Com medo! Quero sair daqui!

Max estava na cozinha, os ouvidos zumbindo. Queria mandar o pai parar com aquilo, abrir a porta, mas não conseguia colocar as palavras para fora, sentiu sua garganta se fechando. Os braços continuavam dependurados, as mãos pesadas, como se feitas de chumbo. Não, não de chumbo. Estavam pesadas por causa dos objetos que seguravam. A marreta. As estacas.

O pai ofegava, a testa larga repousando na porta fechada. Quando enfim se afastou dela, o cabelo estava bagunçado, o colarinho se abrira.

— Vê o que faço por causa de vocês? — perguntou ele. — Sua mãe também era assim, teimosa e histérica, tão carente de instruções quanto os filhos. Eu tentei, eu...

O homem se virou para encará-lo, e Max o atingiu com a marreta. O pai tivera tempo de registrar o choque e até certo espanto. O garoto acertou seu maxilar, um golpe que produziu um som ósseo, com força suficiente para fazer o tremor da pancada alcançar o cotovelo. O pai cedeu e ficou sobre um joelho, e Max o atingiu outra vez para fazê-lo cair de costas.

As pálpebras de Abraham se fecharam conforme ele ficava inconsciente, mas se abriram quando Max se colocou em cima dele. O pai abriu a boca para falar alguma coisa, mas Max já tinha ouvido o suficiente, estava cansado de conversar, e, de qualquer forma, nunca fora muito bom naquilo. O que mais importava era o trabalho que havia diante de si, um trabalho para o qual ele tinha um talento natural, um trabalho que talvez nascera para fazer.

Colocou a ponta da estaca no local que o pai indicara e acertou a empunhadura com a marreta. Pelo visto, era tudo verdade o que o pai dissera para ele no porão. Houve gemidos, impropérios e uma tentativa desesperada de fugir, mas tudo acabou logo.

MELHOR QUE LÁ EM CASA

MEU PAI ESTÁ NA televisão, prestes a ser expulso do campo de novo. Dá para ver. Alguns dos torcedores no Tiger Stadium sabem disso e gritam coisas mal-educadas e piadinhas. Querem que ele seja expulso. Mal podem esperar por isso.

Sei que o meu pai vai ser expulso porque o árbitro da base principal está tentando se afastar dele, mas o meu pai o segue onde quer que vá. Os cinco dedos da mão direita agarram a frente da própria calça enquanto a mão esquerda faz gestos raivosos no ar. Os locutores tagarelam animadamente para informar a todo mundo que está assistindo em casa o que o meu pai está tentando dizer ao árbitro, e que o árbitro está se esforçando muito para não ouvir.

— Dava para ter uma ideia, do jeito que as coisas estavam, que os nervos iam aflorar mais cedo ou mais tarde — diz um deles.

Minha tia Mandy ri de nervoso.

— Jessica, venha ver. Ernie está bem nervoso.

Minha mãe vai até a porta da cozinha, vê o que está acontecendo na televisão e encosta no batente com os braços cruzados.

— Não consigo ver — diz Mandy. — Fico *tão* chateada.

A tia Mandy está em uma das pontas do sofá. Eu estou na outra, ajoelhado sobre a almofada, meus calcanhares pressionando a minha bunda. Estou balançando para a frente e para trás. Não consigo ficar parado. Alguma coisa dentro de mim precisa se balançar. Minha boca está aberta e fazendo o que sempre faz quando estou nervoso. Nem noto o que estou fazendo até sentir a baba quente e úmida escapando do canto da boca. Quando fico nervoso e a minha boca está aberta assim, a saliva escapa pelo canto e acaba escorrendo até o meu queixo. Quando estou com os nervos à flor da pele como agora, passo um bom tempo fazendo esses sons de chupar, chupando a baba de volta para dentro da minha cabeça.

O árbitro da terceira base, Comins, se coloca entre o meu pai e Welkie, o árbitro da base principal, dando a ele a chance de escapar. Meu pai podia simplesmente dar a volta em Comins, mas fica parado. Isso é inesperado e positivo, um sinal de que o pior ainda pode ser evitado. A boca dele abre e fecha sem parar, a mão esquerda continua gesticulando, e Comins escuta, sorrindo e assentindo de maneira afável e compreensiva, mas firme. Meu pai não está feliz. Nosso time está perdendo de quatro a um. O arremessador do Detroit é novato, um cara que nunca ganhou nenhum jogo da Major League na vida, um cara que, na verdade, perdeu todos os lançamentos de abertura até agora, mas, apesar da sua bem-estabelecida mediocridade, tem oito *strikeouts* em apenas cinco entradas. Meu pai não está feliz por causa do último, que aconteceu devido a um *swing* contido. Ele não está feliz porque Welkie apontou como *strike* sem nem confirmar com o árbitro da terceira base para ver se tinha sido um *swing* contido ou não. Era o que devia ter sido feito, mas não fez.

Só que Welkie não precisava confirmar com Comins na terceira base. Era óbvio que o rebatedor, Ramon Diego, deixou a ponta do taco atingir a bola em cima da base e depois tentou puxá-lo com um movimento dos pulsos, para fazer o árbitro pensar que não tinha rebatido, mas ele tinha rebatido, sim, todo mundo o viu rebatendo, todo mundo sabe que ele foi enganado por uma bola chumbada que quase quicou no chão em frente à base principal. Quer dizer, todo mundo menos o meu pai.

Por fim, o meu pai fala as últimas palavras para Comins, dá meia-volta e anda na direção do banco. No meio do caminho, quase totalmente liberado, ele gira e grita um adeusinho para o árbitro da base principal, Welkie. O árbitro está de costas para ele, agachado sobre a base, limpando-a com o pincel, as bandas da bunda larga bem separadas, o traseiro considerável apontado para o meu pai.

Independentemente do que meu pai gritou, isso fez Welkie se virar e se levantar daquele jeito meio cambaleante de homem gordo e apontar um dedo para o ar. Meu pai joga o boné no chão e corre de volta para a base principal.

A primeira coisa a perder o controle é o cabelo do meu pai. Ele passou seis entradas preso naquele boné. Quando escapa, está coberto de suor. As rajadas de vento de Detroit o atingem e o bagunçam por completo. Um lado fica baixo e o outro, lambido para cima, como se ele tivesse dormido com o cabelo molhado. Os fios ficam emplastrados na parte detrás do pescoço suado e queimado de sol. Cabelo saltando para tudo quanto é lado conforme ele grita.

— Ah, meu Deus. Olha só para ele — diz Mandy.

— É, estou vendo — fala a minha mãe. — Outra grande contribuição para os melhores momentos da vida de Ernie Feltz.

Welkie cruza os braços. Não tem mais nada a dizer e encara o meu pai com os olhos semicerrados. Meu pai chuta areia nos sapatos dele. Comins volta e tenta ficar entre os dois, mas o meu pai chuta areia nele também. Meu pai tira o casaco, o joga no chão e aí dá um chute na peça. Chuta o casaco até a linha da terceira base. Então, tenta arremessá-lo no campo, mas ele só alcança alguns centímetros de distância. Alguns jogadores do Tigers se juntaram na pedra do arremessador. O segunda base deles cobre a boca com a luva para o meu pai não ver seu sorriso. Ele vira o rosto para o grupo reunido ali, os ombros trêmulos.

Meu pai vai até o banco, que tem três torres de copos de Gatorade empilhados. Bate nelas com as mãos e as torres se desafazem na grama. Ele não encosta nos coolers de Gatorade, porque os caras vão querer beber depois, mas pega um capacete de rebatedor e o atira na grama, fazendo-o quicar e rolar até a terceira base. O doido varrido que é o meu pai grita mais algumas coisas para Welkie e Comins e, por fim, passa pelo banco, desce uma escadinha e desaparece. Só que não. De repente, ele ressurge como aquela coisa que usa máscara de hóquei em todos aqueles filmes, a criatura maldita que você sempre acha que foi destruída, que saiu de cena e foi para o beleléu, mas que, de alguma maneira, sempre acaba voltando para matar de novo, e pega um monte de tacos de uma das prateleiras, jogando tudo na grama. Então, fica lá parado, gritando, berrando, com perdigotos escapando da boca e os olhos injetados. Àquela altura, o gandula tinha recuperado o casaco do meu pai e o levado até a escadinha do banco, mas está com medo de se aproximar, de forma que o meu pai precisa subir os degraus e arrancar o casaco das mãos dele. Solta uma última rodada de palavras carinhosas, veste o casaco do avesso, com a etiqueta à mostra nas costas, e desaparece de verdade dessa vez. Deixo escapar um suspiro oscilante que não sabia que estava prendendo.

— Foi um espetáculo e tanto — diz a minha tia.

— Hora do banho, filho — fala a minha mãe, chegando por trás e passando os dedos no meu cabelo. — O melhor do jogo acabou.

No quarto, tiro a roupa até ficar de cueca. Caminho pelo corredor até o banheiro, mas, quando o telefone toca, desvio para o quarto dos meus pais, me jogo de barriga na cama e agarro o fone na mesa de cabeceira.

— Casa dos Feltz.

— Oi, Homer — diz o meu pai. — Tive um minuto de folga aqui. Pensei em ligar para te dar boa-noite. Está vendo o jogo?

— Sim — respondo, chupando um pouco da baba.

Não é uma coisa que quero que ele escute, mas ele escuta mesmo assim.

— Está tudo bem?

— É a minha boca. Está fazendo aquele negócio. Não consigo evitar.

— Você está com problemas?

— Não.

— Querido, com quem está falando? — grita a minha mãe.

— Com o papai!

— Você acha que ele rebateu a bola? — pergunta o meu pai de uma vez.

— Não deu para ter certeza no início, mas depois, no replay, deu para ver que sim.

— Merda — fala.

Então a minha mãe pega o telefone na cozinha e se junta à conversa.

— Oi — diz ela. — Aqui é do Jogo Limpo.

— Como você está? — pergunta o meu pai. — Tive um segundo livre aqui e pensei em ligar e dar boa-noite para o garoto.

— Pois me parece que você vai ter o resto da noite livre.

— Acho que tudo que fiz foi adequado.

— Inadequado, talvez — diz ela. — Mas com certeza foi inspirador. Um daqueles momentos especiais no beisebol que faz o espírito humano vibrar. Como ver alguém fazer um *home run* ou escutar a bola do último *strike* caindo na luva de um receptor. Simplesmente existe uma coisa mágica em ver Ernie Feltz chamando o árbitro de filho da puta lambedor de cu e sendo arrastado para fora do campo com uma camisa de força por homens de branco.

— Tá bom — fala ele. — Eu sei. Sei que pareceu bem ruim.

— Você precisa melhorar isso.

— Porra. Sinto muito. Estou falando sério. Sem brincadeira, sinto muito — responde ele. — Mas, ei, pode me dizer uma coisa?

— O quê?

— Você assistiu ao replay? Pareceu mesmo que ele rebateu?

A BABA QUE ESCAPA pelo canto da minha boca quando fico tenso não é a única dificuldade que enfrento na vida, é só uma das mais óbvias, e é por isso que tenho duas consultas por mês com o dr. Faber. Ele e eu nos encontramos para falar sobre como lidar com o que me deixa estressado. Tem um monte de coisas que me deixam estressado. Por exemplo, não posso nem olhar para papel-alumínio sem me sentir fraco e doente, e o som de alguém amassando papel-alumínio me causa uma dor que vai dos dentes até os ouvidos. Além disso, não suporto quando a fita no videocassete está rebobinando. Tenho que sair do cômodo por causa do barulho que o aparelho faz quando a fita está rodando pelas bobinas. E o cheiro de tinta fresca e de canetinha destampada... é melhor nem falar disso.

E ninguém gosta do fato de eu separar os componentes da minha comida para inspecioná-los. Na maioria das vezes, faço isso com hambúrgueres. Fiquei muito impressionado com um especial que vi na televisão, certa vez, sobre o que pode acontecer quando você come um hambúrguer estragado. Falaram de *E. coli*, falaram da vaca louca, até mostraram uma vaca louca, puxando a cabeça para o lado e dando voltas aos tropeções no curral, mugindo aos berros. Quando compramos hambúrgueres no Wendy's, meu pai tem que desembrulhá-los do papel-alumínio, e aí eu separo todas as partes e jogo fora qualquer vegetal que pareça suspeito e dou uma boa cheirada na carne para me certificar de que não está estragada. Duas vezes descobri que o hambúrguer estava podre e me recusei a comer. Em ambas as ocasiões, minha recusa deu início a uma batalha exclamatória entre minha mãe e eu sobre se a carne estava ruim de verdade, e claro que tais encontros de mentes só podem acabar de uma maneira: comigo fazendo a coisa dos chutes que de vez em quando faço, deitado no chão, gritando e acertando com as pernas qualquer um que tente encostar em mim. Esse é um dos meus comportamentos que o dr. Faber chama de compulsões histéricas. Atualmente, o que mais tenho feito é jogar a carne no lixo sem discutir e comer apenas o pão. Não é nem um pouco agradável, posso garantir, ter esses problemas dietéticos. Odeio o gosto de peixe. Não como porco porque porco tem vermezinhos brancos que saem da carne crua quando você joga álcool nela. Mas o que gosto de verdade é cereal. Se dependesse de mim, comeria cereal no café, almoço e janta. Também gosto de uma de salada de frutas em lata. Quando vou ao estádio, curto um saquinho de amendoins, embora não comeria um cachorro-quente de lá por todo o chá da China (o que eu não ia querer de qualquer forma, já que a cafeína me deixa hiperativo e causa sangramentos imprevisíveis no meu nariz).

O dr. Faber é legal. A gente se senta no chão do consultório, joga jogos de tabuleiro e conversa.

— Já ouvi coisas loucas antes, mas essa é demais — diz o meu psiquiatra. — Você acha que o McDonald's ia servir um hambúrguer podre? Eles perderiam até as cuecas! Seriam processados na certa! — Ele faz uma pausa para mexer uma peça, então olha para cima e fala: — Precisamos começar a discutir esses sentimentos ruins que aparecem sempre que você abocanha o seu almoço. Acho que está exagerando. Deixando que a sua imaginação o assuste. E digo mais: mesmo que recebesse uma comida estranha, o que, insisto, é muito difícil, porque o McDonald's tem um interesse imenso em não ser processado, *mesmo assim...* as pessoas conseguem comer coisas bem esquisitas sem, você sabe, *morrer*.

— Todd Dickey... O nosso terceira-base, eu acho... Ele comeu um esquilo uma vez — digo. — Por mil dólares. Na época, ainda jogava nos times menores. O ônibus esmagou o animal ao dar ré, e ele comeu. Falou que todo mundo comia esquilos lá de onde ele veio.

O dr. Faber me encara em silêncio na vez dele, o rosto simpático com uma expressão de nojo.

— De onde ele veio?

— De Minnesota. Quase todo mundo lá vive à base de esquilo. Foi o que Todd falou. Assim, ficam com mais dinheiro para gastar nas coisas importantes do supermercado, como cerveja e bilhetes de loteria.

— Ele comeu... cru?

— Ah, não. Ele fritou. Com chili em lata. Disse que foi o dinheiro mais fácil que já ganhou. Os mil dólares. É uma boa grana nos times menores. Dez caras tiveram que arranjar cem dólares cada. Segundo Todd, foi como receber mil dólares para comer um hamburguer.

— Certo — diz o dr. Faber. — O que nos traz de volta ao McDonald's. Se Todd Dickey pode comer um esquilo raspado do chão de um estacionamento... um prato que, como médico, eu nunca recomendaria... sem sofrer efeitos colaterais, então você pode aguentar um Big Mac.

— É.

E eu entendo o que ele quer dizer. De verdade. Ele quer dizer que Todd Dickey é um jovem atleta saudável que come coisas nojentas, tipo esquilos com chili e Big Macs que jorram gordura depois de você dar uma mordida, e *ele* não morre da doença da vaca louca. Depois de certo ponto, não adianta argumentar. Mas eu conheço Todd Dickey e aquele cara não bate muito bem da cabeça. Lá no fundo, tem alguma coisa errada com ele.

Quando Todd entra em campo e vai para a terceira base, ele faz um negócio em que pressiona a boca na luva e, aparentemente, começa a sussurrar. Ramon Diego, nosso interbases e um dos meus melhores amigos, diz que ele *está* sussurrando, que está olhando para o rebatedor correndo em direção à base e sussurrando: "Acabe com eles ou taque fogo neles. Eles se vão bem rápido. Acabe com eles ou taque fogo neles. Ou *ferre* com eles. Tanto faz. Tanto faz acabar com eles, tacar fogo neles ou ferrar com eles, ferre com eles, ferra com esse *fodido* da porra!". Segundo Ramon, Todd deixa a luva toda molhada de cuspe.

Além disso, quando o pessoal começa a falar sobre todas as fãs que já pegaram (eu não deveria escutar esse tipo de coisa, mas é impossível ficar perto de jogadores profissionais sem ouvir um negócio aqui e ali), Todd, que é um dos maiores jogadores em nome do nosso Senhor Jesus

Cristo!, escuta com um rosto que parece inchado e com um olhar intenso, e, às vezes, sem aviso, os músculos do lado esquerdo da cara dele começam a pular e ondular de uma maneira bizarra e *ele nem percebe que a cara dele está fazendo isso*.

Ramon Diego acha que ele é esquisito, e eu também. Sem esquilos de estacionamento para mim. Tem uma diferença entre ser um caipira bêbado e ser um tipo de psicopata assassino que vive sussurrando com uma condição nervosa degenerativa na cara.

MEU PAI LIDA MUITO bem com os meus problemas, como na vez em que ele me levou em uma viagem e a gente ficou no Four Seasons de Chicago para um *three-spot* com o White Sox.

Pegamos uma suíte com uma sala grande, a porta para o quarto dele de um lado e a porta para o meu quarto do outro. Ficamos acordados até meia-noite assistindo a um filme na TV a cabo. Pedimos cereal para o jantar (foi ideia do meu pai — eu nem tinha falado nada). Ele se sentou todo largado na poltrona, usando apenas a cueca samba-canção, os dedos da mão direita embaixo do elástico na cintura como sempre, menos quando a minha mãe está por perto, vendo televisão de um jeito meio sonolento e desligado. Não me lembro de ter caído no sono enquanto o filme estava passando, só de acordar quando o meu pai me pegou nos braços, me tirando do sofá de couro frio, para me levar até o meu quarto, meu rosto apoiado no peito dele, minha respiração capturando seu cheiro bom. Não dá para dizer exatamente como o cheiro é, só que tem grama e terra nele, e também suor e vestiários, além da doçura inerente de pele envelhecida. Aposto que os fazendeiros têm o mesmo cheiro.

Depois que ele saiu, fiquei sozinho no escuro, tão confortável quanto possível naquele ninho gelado formado pelos lençóis, quando, de repente, noto um ruído baixo e agudo, um barulho ruim, como quando alguém rebobina a fita do videocassete. Assim que o percebo, sinto a primeira onda doentia nos meus dentes de trás. Perco o sono — ter sido carregado já tinha me deixado meio acordado, e o choque dos lençóis frios terminou o serviço —, então me sento e abro os ouvidos no negrume à minha volta. Os carros correm lá fora e as buzinas berram a distância. Levo o rádio-relógio até a orelha, mas não é ele que faz o barulho. Eu me arrasto para fora da cama. Acendo a luz. Só pode ser o ar-condicionado. Na maioria dos hotéis, o ar-condicionado costuma ser uma caixa de metal na parede embaixo de uma janela, mas não no Four Seasons, que é bom demais para isso. O único componente do ar-condicionado que consigo encontrar é uma grade cinza enfiada no teto, e, parando abaixo dela, percebo que encontrei o culpado. Não consigo suportar aquele barulho. Meus tímpanos doem. Tiro um livro que estava lendo da minha bolsa e fico debaixo da grade de ventilação, jogando o livro para cima.

— Fica quieta! Cala a boca! Para! *Chega!*

Consigo acertar a grade algumas vezes com o livro — *pow!, clang!* — e um parafuso desatarraxa de um dos cantos, fazendo com que a grade caia de um lado, mas, que azar, não apenas o barulho continua, como, de vez em quando, um som delicado é produzido, como se uma peça de metal lá dentro tivesse se soltado e agora tremesse um pouco. Uma umidade gelada escapa pelo canto da minha boca. Chupo a baba e dou uma última olhada na grade, e então vou para a sala com os dedos enfiado nos ouvidos para me livrar do barulho, mas o ruído é ainda pior aqui. Não há como escapar, e os dedos nos ouvidos não estão ajudando.

O som me leva até o quarto do meu pai.

— Pai — falo, secando o queixo no ombro, minha mandíbula besuntada de saliva. — Pai, posso dormir com você?

— Hã? Tá legal. Mas estou com gases, hein? Toma cuidado.

Eu me enfio na cama e me cubro. Porém, é claro que no quarto dele também dá para ouvir o assovio agudo e penetrante.

— Está tudo bem? — pergunta ele.

— É o ar-condicionado. O ar-condicionado está fazendo um barulho que machuca os meus dentes. Não consegui descobrir como desligar.

— O interruptor fica na sala. Do lado da porta.

— Vou desligar, então — digo e salto para fora da cama.

— Olha — diz ele, pegando o meu braço —, melhor não. É Chicago no verão. Fez quase 40°C hoje. Vai ficar abafado demais. Estou falando sério, a gente vai morrer aqui dentro.

— Mas não aguento mais. Você está ouvindo? Está ouvindo o barulho que o ar-condicionado faz? Machuca os meus dentes. É que nem quando as pessoas amassam papel-alumínio, pai, tão ruim quanto.

— Certo — responde ele, e fica quieto por um bom tempo, parecendo estar ouvindo o ruído. Então fala: — Você tem razão. O ar-condicionado desse lugar é uma droga. Mas é um mal necessário. Sem ele, vamos sufocar que nem insetos presos em um pote.

Tem um efeito tranquilizante em mim, o som da voz dele. Além disso, embora os lençóis tenham aquela friúra característica de quarto de hotel, àquela altura eu já me esquentei e não estou mais tremendo tanto. Eu me sinto melhor, mesmo com as ondas regulares de dor se alastrando pelo meu maxilar, depois pelos meus ouvidos, depois pela minha cabeça. E tem os peidos do meu pai também, exatamente como ele falou, mas, de alguma forma, até o fedor deles, até aquilo é um pouco reconfortante.

— Beleza — diz ele. — Já sei o que podemos fazer. Vem comigo.

Ele sai da cama, e eu o sigo no escuro até o banheiro. Ele acende a luz e o lugar é uma vasta extensão de mármore bege, a pia tem torneiras douradas e, no canto, o boxe é de vidro jateado. Basicamente, é o banheiro de hotel dos sonhos. Sobre a pia, há uma porção de garrafinhas de xampu, condicionador, hidratante e caixas de sabonete, uma jarra de plástico com cotonetes e outra com bolinhas de algodão. Meu pai abre a de bolinhas de algodão e coloca uma em cada ouvido. Gargalho ao ver o meu pai parado com uma bolinha de algodão fofinha enfiada em cada uma das orelhas grandes e queimadas de sol.

— Aqui. Coloca você também.

Forço algumas bolas nos meus ouvidos. Com o algodão no lugar, o mundo se enche de um rugido profundo e reverberante. O *meu* rugido, um fluxo constante do meu som pessoal, um som que acho bem agradável.

Olho para o meu pai, que diz:

— Hoooomy voooe imma commshemm uvimm o arrr commmmdiciommm?

— O quê? — grito, feliz.

Ele assente e levanta o polegar e nós dois voltamos para a cama, e é isso que quero dizer quando digo que o meu pai lida muito bem com os meus problemas. Nós temos uma excelente noite de sono e, no dia seguinte, meu pai pede para o serviço de quarto trazer salada de fruta em lata e um abridor para o café da manhã.

* * *

NEM TODO MUNDO LIDA tão bem com os meus problemas, como é o caso da minha tia Mandy.

    A tia Mandy já tentou fazer um monte de coisas, mas nenhuma delas deu certo. A mamãe e o papai ajudaram ela a pagar pela escola de arte, porque ela achou que ia ser fotógrafa por um tempo. Depois de desistir, eles também ajudaram ela a abrir uma galeria de arte em Cape Cod, mas, como diz a tia Mandy, o negócio nunca *vingou*, não deu certo, não funcionou. Ela foi estudar cinema em Los Angeles, e a carreira como roteirista durou o tempo de um café — sem brincadeira. Ela se casou com um cara que achava que seria escritor de livros, mas ele acabou sendo apenas um professor de inglês e, para piorar, um bem infeliz, e a tia Mandy teve que pagar pensão para *ele* por um tempo, então até ser casada não funcionou tão bem.

    O que a tia Mandy diria sobre isso é que ela ainda está tentando entender o que deveria ser. O que o meu pai diria é que Mandy está enganada — ela já é a pessoa que sempre esteve destinada a se tornar. É que nem Brad McGuane, o campista direito na época que o meu pai virou treinador do time, que tinha uma média geral de .292, mas só conseguia mais ou menos .200 quando o outro time está com a vantagem, e nunca conseguiu acertar uma bola em uma final, apesar de ter sido chamado 25 vezes para rebater na última vez em que chegou a uma decisão de campeonato. É um caso de nervos, é o que o meu pai diz. McGuane pulou de time em time, e as pessoas continuam contratando ele por causa das suas médias boas e porque acham que alguém com uma rebatida tão boa só pode se *desenvolver*, mas o que não veem é que ele *já* se desenvolveu, e foi isso que se tornou. Ela já tinha vingado, e com certeza parece que não há muitas outras formas de vingar para aqueles pobres jovens que acabam caindo no beisebol; ou para mulheres de meia-idade que se casam com as pessoas erradas e nunca estão satisfeitas com o que fazem, mas que só conseguem pensar no que mais o mundo pode oferecer de melhor; ou, na verdade, para qualquer um de nós, o que acho que é o medo que sinto, já que, para mim, está bem claro que não estou melhorando muito, aliás, continuo praticamente do mesmo jeito que sempre fui, apesar do que o dr. Faber diz, o que todos nós podemos com certeza afirmar estar longe do ideal.

Desnecessário dizer, como você já deve ter imaginado a partir do desacordo nas filosofias e nos pontos de vista et al., a tia Mandy e o meu pai não gostam muito um do outro, embora eles finjam pela minha mãe.

Mandy e eu fomos a North Altamont sozinhos em um domingo, porque a mamãe achou que eu tinha passado muito tempo do verão no estádio. O que estava incomodando ela de verdade é que o time tinha perdido de cinco pontos e ela achou que eu estava ficando tenso com aquilo. Ela tinha razão. A sequência de derrotas me deixava nervoso. A baba nunca escapara tanto quanto durante aqueles últimos jogos em casa.

Sei lá por que North Altamont. Quando a tia Mandy conversa sobre o lugar, ela sempre fala em *"ver a Lincoln Street"*, como se a Lincoln Street de North Altamont fosse um daqueles locais famosos que todo mundo conhece e sempre quer *ver*, da mesma maneira que as pessoas, quando estão na Flórida, querem *ver* o Walt Disney World, ou, quando estão em Nova York, querem *ver* um show da Broadway. Mas a Lincoln Street é bonita daquele jeito de cidadezinha tranquila da Nova Inglaterra. É uma ladeira com pavimento de tijolos e não são permitidos carros, ainda que tenha algumas pessoas que andem a cavalo bem no meio dela, e de vez em quando a gente encontre montes de bosta seca e verde pelo caminho. Ou seja, é tudo bem *prosaico*.

Vamos a um monte de lojas mal iluminadas e com cheiro de patchouli. Vamos a uma que vende suéteres enormes feitos com lã de lhama criada em Vermont, com uma música tocando baixinho, uma coisa que junta flautas, alguns sons tênues de cravo e o canto fino dos pássaros. Em outra loja, examinamos o trabalho de artesãos locais — vacas brilhantes de cerâmica, suas tetas rosadas de cerâmica se balançando nas suas barrigas enquanto elas pulam luas de cerâmica — e, das caixas de som do lugar, sai o rock animado e agudo do Grateful Dead.

Depois de uma dúzia de lojas, fico cansado daquilo. Dormi mal a semana inteira — pesadelos, além de tremedeiras, e por aí vai —, e toda aquela andança me deixou exausto e mal-humorado. E não ajuda o fato de o último lugar onde fomos, um antiquário em um estábulo renovado, não ter música New Age ou hippie tocando, mas o pior som de todos: o jogo de domingo. Aqui não tem um sistema de som, só um aparelho de rádio no balcão. O proprietário, um homem velho de macacão, escuta o jogo mordendo o dedão e com um olhar atônito e desesperançoso.

Vou para perto dele para saber por que o homem parece tão miserável. É a nossa vez de rebater. O primeiro rebatedor manda a bola para a esquerda, o segundo, para a direita. Hap Diehl vai para a base principal planejando rebater e acumula dois strikes tão rápido, que mal dá para perceber.

— Nos últimos tempos, Hap Diehl está simplesmente *horrível* no taco — diz o locutor. — Está com uma média *excruciante* de .160 nos últimos oito dias, e aí você precisa começar a questionar a decisão de Ernie de deixá-lo lá, dia após dia, quando ele está sendo *massacrado* na base. Partridge se prepara e lança... caramba, Hap Diehl *rebateu uma péssima bola*, péssima *mesmo*, uma bola rápida que passou a um *quilômetro* da cabeça dele... espera, ele caiu, acho que deve ter se *machucado*...

Tia Mandy diz que vamos caminhar até o Wheelhouse Park para fazer um piquenique. Estou acostumado aos parques urbanos, áreas abertas e gramadas com caminhos de asfalto e garotas de patins vestindo calças legging. De alguma forma, o Wheelhouse Park é mais *escuro* que um parque urbano, cheio de abetos da Nova Inglaterra. Os caminhos são de pedrinhas azuis, impróprios para patins. Não tem lugar para brincar. Não tem quadras de tênis. *Não* tem campo de beisebol. Apenas aquela misteriosa escuridão de pinheiros — debaixo dos galhos entrecruzados das árvores de Natal não há luz do sol direta — e, às vezes, uma lufada gentil de vento. Não passamos por ninguém no caminho.

— Tem um lugar legal para sentarmos mais adiante — diz a minha tia. — Logo depois dessa ponte coberta linda.

Chegamos a uma clareira, mas mesmo aqui a luz é obscurecida e diminuta. O caminho irregular leva a uma ponte coberta, suspensa a quase um metro de um rio largo e de correnteza fraca. No outro lado, tem um gramado com alguns bancos.

Basta um olhar para perceber que não gostei dessa ponte coberta que, claro, entorta no meio. Uma vez, há muito tempo, a ponte foi vermelha como um caminhão de bombeiro, mas o apodrecimento e a chuva arrancaram boa parte da tinta e não houve nenhum retoque, e a madeira embaixo é seca, cheia de farpas e intrinsicamente indigna de confiança. Dentro do túnel, há alguns sacos de lixo espalhados, rasgados e despejando seu conteúdo. Hesito por um segundo e, nesse intervalo, a tia Mandy continua em frente. Vou me arrastando tão desanimado, que logo ela já cruzou a ponte e eu ainda nem cheguei lá.

Na entrada, paro outra vez. Cheiros doces enjoativos: odor de mofo e fungos. A área entre as pilhas de latas de lixo é apertada. Fico desconcertado pelo aroma e por aquele ambiente de esgoto, mas a tia Mandy já está do outro lado, na verdade, nem consigo mais vê-la, e o pensamento de que posso ficar para trás me deixa nervoso. Então, me apresso.

O que acontece depois, no entanto, é o seguinte: ando alguns metros, e aí respiro fundo e o cheiro que sinto me faz congelar no lugar, sem conseguir ir em frente. O que senti é cheiro de roedor, um cheiro de roedor quente e sujo, misturado com um pouco de amônia, um aroma que já senti antes em sótãos e porões, um fedor de *morcego*. De uma hora para outra, estou imaginando o teto cheio de morcegos. Imagino meu queixo se levantando e eu vendo uma colônia de milhares de morcegos marrons e peludos, os corpos envoltos nas asas finas como membranas. Imagino os guinchos baixos deles praticamente iguais aos guinchos quase inaudíveis dos ares-condicionados ruins e dos videocassetes rebobinando. Imagino morcegos, mas não consigo me obrigar a olhar para cima. O medo ia me matar, se eu visse um. Dou uns passos tensos e incertos e acabo pisando em um jornal velho que, infelizmente, amassa. Pulo para trás, o som fazendo o meu coração disparar no peito.

Meu pé aterrissa em alguma coisa, um tronco talvez, que rola sob o meu sapato. Cambaleio para trás, girando os braços para recuperar o equilíbrio, e por fim consigo ficar de pé sem cair. Viro para ver no que foi que pisei.

Não é um tronco, é a perna de um homem. Um homem caído de lado em um monte de folhas. Ele está usando um boné de beisebol imundo — um boné do nosso time, um boné que já foi azul-escuro, mas que agora está quase branco nas bordas, manchadas pelo sal seco deixado por suores antigos — e calça jeans e camisa xadrez de lenhador. Tem folhas na barba dele. E o observo, o primeiro arrepio de pânico correndo pelo meu corpo. Eu acabei de pisar nele — e o homem *não acordou*.

Encaro o rosto dele e estou tremendo apavorado, que nem nos gibis. Um movimento rápido chama a minha atenção. Vejo uma mosca andando no lábio superior do homem. O corpo da mosca lampeja como metal lubrificado. Ela para no canto da boca, então entra e desaparece, e *ele não acorda.*

Solto um grito, não tem como colocar de outra maneira. Dou meia-volta e corro para o meu lado da ponte, onde quase fico rouco de tanto chamar tia Mandy.

— Tia Mandy, volta aqui! Volta aqui *agora*!

Depois de um tempo, ela aparece na outra ponta.

— O que foi, por que está se esgoelando desse jeito?

— Tia Mandy, volta aqui, volta aqui, *por favor*! — Chupo um pouco de baba. Aí noto que todo o meu queixo está coberto de saliva.

Ela começa a atravessar a ponte, vindo na minha direção com a cabeça baixa, como se estivesse sendo castigada por um vento cortante.

— Pode parar de gritar nesse instante! Para com isso! Qual é o motivo para estar berrando tanto?

Eu aponto.

— Ele! *Ele!*

Ainda faltando muito para chegar ao meu lado, tia Mandy para e vê o homem velho e duro deitado no lixo, analisando-o por alguns segundos, e então diz:

— Ah. Ele. Então, ele vai ficar bem, Homer. Deixa esse cara cuidar da vida dele, que a gente cuida da nossa.

— Não, tia Mandy, a gente precisa sair daqui! Por favor, volta, por favor!

— Não quero ouvir essa bobagem nem por mais um segundo. Vem para cá!

— Não! — grito. — Não, *não vou!*

Giro e saio correndo, cada vez mais em pânico, completamente enjoado, enjoado do cheiro de lixo, e dos morcegos, e do homem morto, e do jornal velho amassado horrível, e do fedor de mijo de morcego, e de como Hap Diehl estava rebatendo feito um merda e o nosso time ia acabar na latrina que nem no ano passado, e corro vertendo lágrimas e esfregando, infeliz, a baba na minha cara, e percebendo que não importa quão fortes sejam os meus soluços, pois não consigo fazer o ar entrar nos pulmões.

— Para com isso! — berra a tia Mandy quando me alcança. Ela joga o saco com o nosso almoço longe para ficar com as mãos livres. — Para já com isso! Meu Deus, *cala essa boca*!

Ela me pega pela cintura. Me agito para todos os lados, gritando, sem querer que ela me levante, sem querer que ela me segure. Meu cotovelo vai para trás e atinge uma cavidade ocular ossuda. Mandy dá um berro e nós dois caímos, inquietos, no chão, ela em cima de mim. O queixo da minha tia bate na minha cabeça, e eu solto um gemido alto com aquele pulso agudo de dor. Os dentes de Mandy batem e ela perde o fôlego, tornando seu aperto mais fraco. Salto e quase me livro dela, mas a minha tia me segura com as duas mãos pelo elástico do meu short.

— Caramba, para com isso!

Meu rosto sua com aquele calor infernal.

— Não! Não, eu não vou voltar, não vou voltar, me larga!

Avanço para a frente de novo, saindo do chão como um rebatedor pulando em direção à base e, de repente, em um instante, saí de baixo dela e estou correndo a toda velocidade para a trilha, ouvindo os guinchos dela atrás de mim.

— Homer! — guincha ela. — Homer, volta aqui *agora mesmo*!

Estou quase chegando à Lincoln Street quando sinto um vento fresco entre as minhas pernas e olho para baixo e vejo, então, como escapei. Ela estava me segurando pelo short, e corri para fora dele — do short, da cueca de beisebol e tudo mais. Observo o meu equipamento masculino, rosa, liso e pequeno, balançando de coxa para coxa conforme corro. A visão de toda aquela nudez lá embaixo me enche de uma inesperada onda de euforia.

Mandy me pega de novo a meio caminho do carro estacionado na Lincoln Street. Uma multidão a observa quando ela me ergue pelo cabelo e nós brigamos no chão.

— Fica quieto, seu bizarrinho de merda! — grita ela. — Seu babaquinha!

— Vaca gorda! — grito de volta. — Parasita capitalista!

Bem, não isso. Mas algo semelhante.

NÃO SEI, MAS PODE ser que o que aconteceu no Wheelhouse Park tenha sido a gota d'água, porque duas semanas depois, quando o time está de folga, meus pais e eu vamos para Vermont conhecer um colégio interno chamado Biden Academy, que a minha mãe quer que a gente dê uma olhada. Ela me diz que é uma escola preparatória, mas eu vi o folheto, e ele tem um monte de palavras que são códigos para outras coisas — necessidades especiais, ambiente estável, normalização social —, então sei bem que tipo de escola vamos visitar.

Um cara usando uma camisa azul gasta, calça jeans e bota para fazer trilha encontra a gente nos degraus diante do prédio principal. Ele se apresenta como Archer Grace. É do departamento de matrículas. Vai nos mostrar o lugar. A Biden Academy fica nas Montanhas Brancas. A brisa que sopra pelos pinheiros é definitivamente gelada, então mesmo no fim do verão, a tarde tem aquele toque frio e animador da época da World Series. O sr. Grace nos leva para um passeio pelo campus. Damos uma olhada em alguns prédios de tijolos cobertos de heras. Damos uma olhada em salas de aula vazias. Caminhamos por um auditório com painéis de madeira escura e um monte de cortinas escarlates pesadas. Em uma das laterais do lugar, há um busto de Benjamin Franklin esculpido em mármore branco-amarelado. Na outra, um busto de Martin Luther King em algo semelhante a pedra ônix escura. O presidente está carrancudo, de olho no reverendo, que, por sua vez, parece que acabou de acordar e ainda está com o rosto inchado de sono.

— Sou só eu ou é abafado demais aqui dentro? — pergunta o meu pai. — Tipo, sufocante?

— Damos uma boa arejada no local antes do semestre começar — responde o sr. Grace. — Quase não tem ninguém aqui, apenas alguns poucos alunos do programa de verão.

Perambulamos juntos para o lado de fora e vamos até um bosque de árvores com troncos cinzentos enormes e que parecem bem escorregadios. Um dos lados do bosque tem um anfiteatro com uma concha acústica e bancos de concreto formando degraus. É lá que as formaturas são feitas e, de vez em quando, uma peça ou um espetáculo é apresentado para os alunos.

— Que cheiro é esse? — questiona o meu pai. — Esse lugar não tem um cheiro esquisito?

O interessante é que a minha mãe e o sr. Grace estão fingindo não escutá-lo. Minha mãe faz várias perguntas para o sr. Grace sobre as peças escolares. É como se o meu pai não estivesse ali.

— Que árvores lindas são essas? — indaga a minha mãe quando estamos saindo do bosque.

— Gingkos — responde o sr. Grace. — Sabia que não há árvores no mundo como essas? Elas são as únicas sobreviventes de uma família pré-histórica que foi completamente varrida da Terra.

Meu pai para ao lado de uma das árvores. Passa o polegar pelo tronco. Então cheira o dedo e faz cara de nojo.

— Então é *isso* que está fedendo — diz ele. — Sabe, nem sempre a extinção é um negócio ruim.

Damos uma olhada na piscina. O sr. Grace fala sobre fisioterapia. Ele nos mostra uma pista de corrida. Conversa sobre as Olimpíadas Especiais para os alunos mais novos. E nos mostra o campo de beisebol.

— Então vocês têm um time aqui — diz o meu pai. — Com partidas. É isso?

— Sim. Um time, alguns jogos. Mas o que fazemos aqui vai além de simplesmente jogar — fala o sr. Grace. — Na Biden, desafiamos as crianças a aprenderem algo em tudo que fazem. Até nos jogos. Este lugar também é uma sala de aula. Vemos este campo como um espaço para as crianças desenvolverem algumas das habilidades mais cruciais da vida, como negociação de conflitos e a construção de relações interpessoais, além da liberação do estresse por meio da atividade física. Sabe, é como diz aquele velho ditado: não importa se você ganha ou perde, mas, sim, o que assimila do jogo, o quanto aprende sobre si mesmo, sobre seu crescimento emocional.

O sr. Grace dá as costas e começa a caminhar.

— O que foi que ele disse? — fala o meu pai. — Achei que fosse outro idioma.

Minha mãe também começa a caminhar.

— Eu não entendi — diz o meu pai. — Mas acho que ele acabou de dizer que eles têm um daqueles times vergonhosos em que ninguém nunca sofre um *strike* no jogo.

Por último, o sr. Grace nos leva até a biblioteca, e lá encontramos alguns dos garotos do programa de verão. Entramos em um cômodo largo e circular com prateleiras de jacarandá cobrindo as paredes. À distância, um computador faz clique-clique. Um garoto mais ou menos da minha idade está deitado no chão. Uma mulher com vestido xadrez segura o braço direito dele. Acho que ela está tentando levantá-lo, mas tudo que consegue fazer é arrastá-lo em círculos.

— Jeremy? — diz ela. — Se não se levantar, não vai poder brincar no computador. Entendeu?

Jeremy não responde, e ela continua dando voltas com ele. Em uma das vezes que o menino está com o rosto virado para a gente, Jeremy olha para mim por um segundo com os olhos vazios. Ele também tem o vazamento — baba por todo o queixo.

— *Quero* — sussurra ele com a voz monótona. — *Querooo*.

— Acabamos de instalar quatro novos computadores na biblioteca — diz o sr. Grace. — Prontos para o uso de internet.

— Olha só esse mármore — fala a minha mãe.

Meu pai coloca a mão no meu ombro e aperta gentilmente.

NO PRIMEIRO DOMINGO DE setembro, vou até o estádio com o meu pai e é claro que chegamos lá cedo, tão cedo que o lugar está vazio, com apenas alguns novatos que estão lá desde o nascer do sol para impressionar o meu pai. Ele está sentado na arquibancada atrás do ponto do rebatedor, olhando sobre a base principal e conversando com Shaughnessy para a sessão de esportes do jornal, e, ao mesmo tempo, nós dois estamos em um jogo, chamado de jogo das coisas secretas, em que ele faz uma lista de objetos para eu procurar, sendo que cada item vale um número diferente de pontos, e tenho que tentar encontrá-los no estádio (mas não vale revirar o lixo, coisa que o meu pai deveria saber que eu não faria de qualquer jeito): uma caneta esferográfica, uma moeda de 25 centavos, uma luva feminina et cetera. Depois do pessoal da limpeza ter terminado o serviço, não é um jogo fácil.

Conforme encontro os objetos da lista, corro de volta para mostrar para ele, caneta esferográfica, doce de alcaçuz, botão de metal. Então, em uma das vezes que faço isso, não vejo mais Shaughnessy e o meu pai está apenas sentado lá com as mãos entrelaçadas atrás da cabeça, um saco de amendoins aberto no colo e os pés apoiados no assento em frente, e ele me pergunta:

— Não quer ficar aqui um pouco?

— Olha, encontrei uma caixa de fósforos. Quarenta pontos — falo e me sento no banco ao lado dele.

— Dá uma olhada nisso — diz o meu pai. — Veja como é bom quando não tem ninguém. Quando o lugar está calmo. Sabe do que mais gosto? Do jeito que está agora?

— Do que mais gosta?

— Você consegue pensar um pouco e comer amendoim ao mesmo tempo — responde ele abrindo uma casca de amendoim.

Está um dia fresco, o céu de um azul-branco ártico. Uma gaivota sobrevoa o campo externo com as asas abertas sem parecer se mover. Os novatos estão se alongando no campo e batendo papo. Um deles ri, uma risada forte, jovem e saudável.

— De qual você gosta mais? — pergunto. — Daqui ou da nossa casa?

— Aqui é melhor que lá em casa — diz ele. — É melhor para comer amendoim também, porque não dá para jogar as cascas no chão lá de casa. — Ele joga algumas cascas no chão. — A não ser que queira levar uma boa surra da mamãe.

Ficamos calados. Uma brisa suave sopra do campo externo para os nossos rostos. Ninguém conseguiria um *home run* hoje — não com aquele vento constante contra a nossa cara.

— Bem — falo, me levantando. — Quarenta pontos. Aqui está a caixa de fósforos. É melhor eu voltar para o jogo. Já encontrei quase tudo que estava procurando.

— Sortudo — diz ele.

— Esse jogo é legal. Aposto que a gente poderia jogar em casa. Você pode me mandar procurar algumas coisas, e eu posso dar uma olhada e encontrá-las. Por que a gente nunca fez isso? Por que nunca brincamos do jogo em que procuramos as coisas secretas em casa?

— Porque aqui é melhor — responde ele.

Àquela altura, corro para longe e vejo o que ainda tem na lista — um cadarço, um chaveiro de pé de coelho — e deixo o meu pai para trás, mas aquela conversa reaparece depois e meio que fica presa na minha cabeça, de forma que penso nela o tempo todo e, às vezes, me pergunto se é um daqueles momentos que você não deveria esquecer, quando acha que o seu pai está dizendo uma coisa, mas, na verdade, está dizendo outra, em que há um significado escondido em alguns comentários que pareciam bastante comuns. Gosto de pensar que sim. É uma boa lembrança do meu pai sentado com as mãos entrelaçadas atrás da cabeça e o céu azul invernal acima de nós dois. É uma boa lembrança com aquela velha gaivota sobrevoando o campo externo sem ir a lugar algum, apenas parada lá com as asas abertas, sem chegar mais perto de qualquer que seja o lugar para o qual estava indo. É uma boa lembrança para se ter na cabeça. Todo mundo deveria ter uma lembrança assim.

O TELEFONE PRETO

1.

O HOMEM GORDO DO outro lado da rua estava prestes a largar as compras. Levava um saco de papel em cada braço e não conseguia enfiar a chave na porta traseira da van. Finney estava sentado nos degraus em frente à Poole's Hardware, com uma garrafa de refrigerante de uva na mão, observando tudo. As compras do homem gordo iam cair assim que ele abrisse a porta. O saco do braço esquerdo já escorregava.

Ele não era qualquer tipo de gordo, era grotescamente gordo. A cabeça havia sido raspada até ficar polida à perfeição, e havia duas dobrinhas onde o pescoço encontrava a base do crânio. O homem usava uma camisa havaiana chamativa — tucanos aninhados em trepadeiras dependuradas —, embora fizesse frio demais para usar qualquer coisa de manga curta. O vento gélido e penetrante obrigava Finney a se curvar e virar o rosto em outra direção. Ele também não estava vestido de maneira apropriada para aquele clima. Seria mais sensato esperar pelo pai dentro da loja, mas John Finney não gostava da maneira que o velho Tremont Poole olhava para ele, de soslaio, como se esperasse que o garoto quebrasse ou roubasse alguma coisa. Finney só entrou para pegar um refrigerante de uva, coisa que ele tinha que fazer, era um vício.

A fechadura girou e a porta traseira da van foi escancarada. O que aconteceu a seguir foi um número tão perfeito de comédia-pastelão que poderia ter sido ensaiado — e depois ocorreu a Finney que provavelmente fora mesmo. A parte de trás do veículo continha um monte de balões e, assim que a porta se abrira, eles foram empurrando uns aos outros até saírem... se jogando em cima do homem gordo, que deu um salto para trás, como se não fizesse ideia de que estavam lá. O saco do braço esquerdo caiu no chão e se rasgou. Laranjas rolaram para todos os lados. O homem gordo perdeu o equilíbrio e seus óculos escuros escorregaram do rosto. Ele reagiu e pulou na ponta dos pés, se esticando na direção dos balões, mas era tarde demais, eles já tinham voado para longe, fora de alcance.

O homem gordo soltou um palavrão e mostrou o dedo do meio para os balões. Virou-se, analisou o chão e, então, se jogou de joelhos. Colocou o outro saco de compras na van e começou a tatear o pavimento, buscando os óculos. Ele se apoiou sobre um ovo, que se espatifou debaixo da palma. Então, fechou a cara e balançou a mão no ar. Fios reluzentes de clara de ovo voaram dela.

Àquela altura, Finney atravessava a rua devagar, deixando o refrigerante no meio-fio.

— Quer ajuda, senhor?

O homem gordo o observou com os olhos cansados que não pareciam de fato focados nele.

— Você viu tudo o que aconteceu?

Finney analisou a rua. Os balões já estavam a uns dez metros de altura, seguindo a linha dupla no meio do asfalto. Eram pretos... todos eles, tão pretos quanto pele de foca.

— Sim. Sim, eu... — falou Finney, e então a voz desapareceu e ele franziu as sobrancelhas, acompanhando os balões sumindo nas nuvens baixas e carregadas no céu. Aquela visão, de alguma forma, o deixou inquieto. Ninguém ia querer balões pretos; para que eles serviam, afinal? Para dar uma animada em funerais? Ele continuava olhando, por um segundo, hipnotizado, pensando em uvas envenenadas. Passou a língua nos lábios e, pela primeira vez, notou que seu amado refrigerante deixava um sabor desagradável de metal na boca, como se ele tivesse mascado um fio de cobre desencapado.

O homem gordo o tirou do transe:

— Viu meus óculos?

Finney colocou um dos joelhos no chão e se inclinou para olhar embaixo do carro. Os óculos do homem gordo estavam debaixo do para-choque.

— Peguei — disse ele, passando o braço além da perna do homem gordo para alcançá-los. — Para que eram aqueles balões?

— Sou palhaço nas horas vagas — respondeu o homem gordo. Ele estava pegando alguma coisa no carro, dentro da sacola que colocara lá.

— Pode me chamar de Al. Ei, quer ver um negócio engraçado?

Finney olhou para cima, teve tempo de ver Al segurando uma lata amarela e preta de metal com desenhos de vespas. Ele a agitava furiosamente. O garoto começou a sorrir com a ideia louca de que Al estava prestes a jogar serpentina na sua cara.

O palhaço nas horas vagas acertou uma rajada de espuma branca em seu rosto. Finney se movimentou para virar, mas foi lento demais para evitar que aquilo entrasse nos seus olhos. Ele gritou e um pouco de espuma entrou na sua boca. Tinha um gosto químico forte. Seus olhos eram como carvões em brasa nas órbitas. A garganta ardia; em toda a vida, ele nunca tinha sentido uma dor como aquela, um fervor gelado escaldante. O estômago se revirou e o refrigerante de uva voltou em um jato quente e doce.

Al o pegou pela nuca e começou a empurrá-lo para dentro da van. Os olhos de Finney estavam abertos, mas tudo o que conseguia ver eram pulsações alaranjadas e amarronzadas feito óleo que piscavam, aumentavam, se misturavam umas às outras e desapareciam. O homem gordo segurava o cabelo do garoto com uma das mãos enquanto a outra se meteu entre as pernas de Finney, levantando-o pela virilha. O braço de Al passou perto de sua bochecha e Finney abocanhou a gordura balançante, mordendo até sentir gosto de sangue.

O homem gordo uivou e o soltou, e, por um segundo, Finney voltou ao chão. Deu um passo para trás e a sola do sapato encontrou uma laranja. Torceu o pé. Perdeu o equilíbrio, quase caiu, e, então, o homem gordo agarrou seu pescoço de novo, empurrando-o para a frente. A cabeça do menino fez um som ressonante ao bater em uma das portas traseiras do carro, e toda a força das suas pernas se esvaiu.

Al o segurava pelo braço e o largou dentro da van. Só que não era mais uma van. Era uma mina de carvão, e Finney caiu com uma velocidade assustadora naquela escuridão.

2.

Uma porta se abriu. Seus pés e joelhos foram arrastados por linóleo. Ele não conseguia ver bem, foi puxado por aquele negrume até uma luz cinzenta fraca e tremeluzente que estava sempre dançando a alguma distância dele. Uma porta se fechou e ele foi levado por uma escada. Durante a descida, suas pernas bateram em todos os degraus.

Al falou:

— O meu braço, caralho. Eu devia quebrar o seu pescoço pelo que você fez com o meu braço.

Finney pensou em resistir. Mas eram pensamentos distantes, abstratos. Escutou um trinco se abrindo e foi puxado por uma última porta, sobre o cimento, e, por fim, até um colchão. Al o virou para deixá-lo ali, e o mundo deu uma volta devagar e enjoativa. Finney se deitou de costas e esperou aquela sensação passar.

O homem se sentou ao seu lado, ofegante.

— Deus, estou coberto de sangue. Parece que matei alguém. Olha só o meu braço — disse ele. E então começou a rir, uma risada rouca e incrédula. — Não que você consiga ver alguma coisa.

Nenhum deles falou, e um silêncio terrível se abateu pelo lugar. Finney tremia sem parar, já estava tremendo havia um bom tempo, mais ou menos desde quando recuperara a consciência.

Enfim, Al disse:

— Sei que está com medo de mim, mas não vou machucar você. O que falei sobre quebrar o seu pescoço... eu só fiquei nervoso. Você machucou mesmo o meu braço, mas não sou de guardar rancor. Acho que estamos quites. Mas não precisa ficar com medo, porque nada de ruim vai acontecer com você aqui. Prometo, Johnny.

Ao ouvir seu nome, Finney congelou, parando de tremer de repente. Não era só o fato de o homem gordo saber o seu nome... havia um toque de animação ao pronunciá-lo. *Johnny*. Finney começou a sentir um formigamento pelo escalpo e percebeu que Al estava mexendo no seu cabelo.

— Quer um refrigerante? Quer saber, vou pegar um refrigerante para você, e aí... espera! Está ouvindo um telefone? — De uma hora para a outra, a voz de Al ficou vacilante. — Está ouvindo um telefone tocando em algum lugar?

De uma distância indecifrável, Finney ouviu o toque baixo de um telefone.

— Merda — falou Al, soltando o fôlego. — É só o telefone da cozinha. É claro que é só o telefone da... certo. Vou ver quem é, pegar aquele refrigerante, voltar já para cá e explicar tudo.

Finney o ouviu se levantando do colchão com um suspiro pesado e seguiu a escaramuça das suas botas conforme Al se afastava. Uma porta bateu. Um trinco foi fechado. Se o telefone lá em cima tocou de novo, Finney não ouviu.

3.

Ele não sabia o que Al diria quando voltasse, mas o homem não precisava explicar nada. Finney já sabia de tudo.

A primeira criança a desaparecer havia sido levada dois anos atrás, assim que a última neve do inverno derreteu. A montanha atrás da St. Luke's se transformara em um declive irregular de lama grossa, tão escorregadia que a molecada estava descendo de trenó nela, morrendo de rir quando se arrebentavam no sopé. Um menino de nove anos chamado Loren correu até uma moita do outro lado da Mission Road para mijar e nunca mais voltou. Outro garoto desapareceu dois meses depois, no primeiro dia de junho. Os jornais começaram a chamar o sequestrador de Gatuno de Galesburg, um nome que Finney sentia ficar devendo para Jack, o Estripador. Ele pegou um terceiro menino no primeiro dia de outubro, quando o aroma das folhas mortas amassadas debaixo dos sapatos pairava no ar.

Naquela noite, John e sua irmã mais velha, Susannah, ficaram sentados na escada ouvindo os pais discutirem na cozinha. A mãe queria vender a casa e se mudar, e o pai respondeu que detestava quando ela ficava histérica. Alguma coisa caiu ou foi atirada. A mãe falou que não o aguentava mais, que estava enlouquecendo ao viver ali. O pai disse que ninguém a estava prendendo e ligou a TV.

Oito semanas depois, no finalzinho de novembro, o Gatuno de Galesburg pegou Bruce Yamada.

Finney não era amigo de Bruce Yamada, nunca nem conversara com ele — mas o conhecera. No verão antes do garoto desaparecer, os dois tinham jogado beisebol um contra o outro. Bruce Yamada foi talvez o melhor arremessador que os Galesburg Cardinals já haviam enfrentado até então, com certeza o mais difícil de rebater. A bola fazia um barulho diferente quando atingia a luva do receptor, um som diferente de quando os outros jogavam. Quando Bruce Yamada lançava, parecia o som de alguém abrindo champanhe.

O próprio Finney jogou bem, desistindo de apenas duas corridas, e só porque Jay McGinty não conseguiu pegar uma bola lenta rebatida para a esquerda que qualquer um teria pegado. Depois do jogo — o Galesburg perdeu de cinco a um —, os times formaram duas filas e marcharam um na direção do outro, batendo as luvas. Foi no momento em que Bruce e Finney se encontraram para bater luvas que eles trocaram palavras pela primeira e única vez na vida de Bruce.

— Você jogou sujo — disse ele.

Pego de surpresa, Finney ficou confuso, mas feliz. Abriu a boca para responder, mas tudo que saiu foi "Bom jogo", o mesmo que estava falando para todo mundo. Era uma fala automática, dita sem pensar, repetida vinte vezes, e saiu antes que ele pudesse impedir. Depois, no entanto, Finney desejou ter respondido com alguma coisa tão legal quanto *Você jogou sujo*, alguma coisa bem impactante.

Ele não esbarrou em Bruce pelo restante do verão, e quando enfim o viu — saindo do cinema, no outono —, eles não se falaram, só trocaram acenos. Poucas semanas depois, Bruce saiu do fliperama Space Port, falou para os amigos que ia voltar para casa a pé e nunca chegou lá. As pessoas que fizeram as buscas encontraram um dos tênis dele no bueiro da Circus Street. Finney ficou chocado ao pensar que um menino que ele conhecia fora sequestrado, sem deixar nada além de um sapato, e que nunca mais ia voltar. Que já estava morto em algum lugar, com sujeira no rosto, e insetos no cabelo, e olhos abertos encarando o nada.

Mas então um ano se passou, e mais um, e nenhum outro menino desapareceu, e Finney fez treze anos, uma idade segura — a pessoa que raptava as crianças não se preocupara em pegar ninguém com mais de doze anos. O povo começou a achar que o Gatuno de Galesburg havia se mudado, ou que tinha sido preso por outro crime, ou que morrera.

Certa vez, depois de ouvir dois adultos conversando sobre o paradeiro do Gatuno, Finney pensou que Bruce Yamada poderia tê-lo matado. Talvez Bruce Yamada tenha pego uma pedra enquanto estava sendo sequestrado e, mais tarde, teve a oportunidade de mostrar sua bola rápida ao Gatuno de Galesburg. Aquela era uma ideia e tanto.

Só que Bruce não matou o Gatuno, o Gatuno o tinha matado, como fizera com os outros três e como provavelmente ia fazer com Finney. Ele era um dos balões pretos agora. Não havia ninguém para puxá-lo, nenhuma forma de voltar. Estava sendo soprado para longe de tudo que conhecia, para um futuro que se escancarava à sua frente, tão vasto e estranho quanto um céu invernal.

4.

Finney arriscou abrir os olhos. O ar os machucava e era como ver através de uma garrafa de Coca-Cola, tudo distorcido e com um tom improvável de verde, embora aquilo fosse uma melhora em relação a não ver absolutamente nada. O garoto estava sobre um colchão em um cômodo com paredes de gesso brancas que pareciam se curvar no topo e na base, fechando o mundo como um par de parênteses claros. Ele presumiu — torceu — que aquilo fosse apenas uma ilusão criada por seus olhos envenenados.

Não conseguia ver o outro lado do cômodo, não conseguia enxergar a porta pela qual fora trazido. Podia muito bem estar debaixo d'água, observando as profundezas lodosas, um mergulhador na cabine de um transatlântico naufragado. À esquerda, havia um vaso sanitário sem assento. À direita, mais ou menos no meio do cômodo, havia uma caixa, ou um armário preto, presa à parede. No início, ele não conseguiu reconhecer o que era, não por causa da visão obstruída, mas porque era algo tão fora do comum, uma coisa que não deveria estar em uma cela de prisão.

Um telefone. Um telefone preto, grande e antigo, com o fone pendurado no gancho ao lado.

Al não o deixaria em um lugar com um telefone que não estivesse quebrado. Se funcionasse, um dos outros garotos teria usado. Finney tinha consciência disso, mas sentiu uma pontada de esperança mesmo assim, tão intensa que quase o fez chorar. Talvez ele tenha se recuperado mais rápido que os outros. Talvez, quando Al os matou, eles ainda não estivessem conseguindo enxergar por causa do veneno de vespa e nem chegaram a ver o telefone. Ele franziu o rosto, chocado com a força daquele desejo. Porém, ao tentar ir na direção do objeto, tropeçou na ponta do colchão e caiu no chão. Seu queixo acertou o cimento. Um flash de escuridão piscou na frente de seu cérebro, bem atrás dos olhos.

Ele se colocou de quatro, balançando a cabeça devagar de um lado para o outro, dormente por um instante, mas depois se recuperando. Começou a engatinhar. Atravessou uma área comprida sem parecer chegar mais perto do telefone. Era como se estivesse em uma esteira que o levava para trás mesmo quando avançava com as mãos e os pés. Às vezes, ao apertar os olhos para ver o telefone, o objeto parecia estar respirando, as laterais inchando e depois indo para dentro. Finney teve que parar uma vez para descansar a testa quente no chão gelado. Era a única forma de fazer o cômodo parar de girar.

Quando voltou a olhar, viu que o telefone estava logo acima dele. Finney se forçou a ficar de pé, agarrou o aparelho no instante em que ele ficou ao alcance e o usou para içar o corpo. O telefone não era exatamente uma antiguidade, mas com certeza era velho, com receptor e bucal, um par de campânulas prateadas, um martelinho entre elas, e um disco em vez de teclas. Finney pegou o fone e o colocou na orelha, esperando pelo sinal de chamada. Nada. Empurrou o gancho para baixo e deixou ele voltar sozinho ao lugar. O telefone preto continuou em silêncio. Ligou para a telefonista. O fone fez clique-clique-clique no ouvido dele, mas não houve chamada do outro lado, nenhuma conexão.

— Não funciona — disse Al. — Está quebrado desde que eu era garoto.

Finney começou a dar meia-volta, mas então parou. Por alguma razão, não queria girar a cabeça e fazer contato visual com seu captor, e se permitiu apenas lhe lançar um olhar de soslaio. A porta estava perto o suficiente para ser vista, e Al se encontrava sob o batente.

— Desligue — mandou ele, mas Finney continuou parado com o fone em uma das mãos. Depois de um instante, Al continuou: — Sei que está com medo e que quer ir para casa. Já vou levar você de volta para casa. Só que... fodeu tudo e preciso ficar lá em cima por um tempo. Aconteceu uma coisa.

— O quê?

— Não se preocupe.

Outra pontada de esperança horrível e inútil. Talvez fosse Poole — o velho sr. Poole vira Al o enfiando na van e chamara a polícia.

— Alguém viu algo? A polícia está vindo? Se me deixar ir, não vou contar para ninguém, não vou...

— Não — respondeu o homem gordo, e deu uma risada seca e infeliz. — Não é a polícia.

— Mas tem alguém, não é? Tem alguém vindo?

O sequestrador endireitou as costas, e os olhos próximos naquele rosto largo e feio ficaram preocupados e surpresos. Não falou nada, não precisava. A resposta que Finney queria estava naquele olhar, naquela linguagem corporal. Ou alguém estava a caminho... ou a pessoa já estava na casa, em algum lugar lá em cima.

— Eu vou gritar — disse Finney. — Se tem alguém na casa, a pessoa vai me ouvir.

— Não. Com a porta fechada, ele não vai escutar.

— Ele?

O rosto de Al ficou vermelho, o sangue correndo para as bochechas. Finney observou suas mãos se fechando em punhos, depois se abrindo devagar.

— Quando a porta está fechada, não dá para ouvir nada aqui embaixo. — Al assumiu um tom de calma forçada. — Eu mesmo fiz o isolamento acústico. Então grite à vontade, não vai incomodar ninguém.

— Foi você que matou aqueles outros garotos.

— Não. Eu não. Foi outra pessoa. Não vou obrigar você a fazer nada de que não vá gostar.

Alguma coisa na construção daquela frase — *Não vou obrigar você a fazer nada de que não vá gostar* — deixou o rosto de Finney quente e seu corpo frio, marcado pelos arrepios.

— Se tentar encostar em mim, vou arranhar a sua cara, e quem quer que esteja vindo para cá vai ver e perguntar o que aconteceu.

Al o encarou com o olhar vazio por um instante, absorvendo a frase, e então respondeu:

— Pode desligar o telefone agora.

Finney apoiou o fone de volta no gancho.

— Uma vez, eu estava aqui e ele tocou — disse Al. — Foi assustador. Acho que foi por causa da eletricidade estática. Tocou bem quando eu estava do lado dele, e eu atendi sem pensar, sabe, para ver se havia alguém na linha.

Finney não queria bater papo com uma pessoa que tinha a intenção de matá-lo na primeira oportunidade possível e foi pego de surpresa quando abriu a boca e ouviu a própria voz fazendo uma pergunta.

— E havia?

— Não. Está quebrado, eu não falei?

A porta foi aberta e fechada. No segundo em que ficou entreaberta, o enorme e desajeitado homem gordo saiu, pulando nos dedos dos pés — um hipopótamo dançando balé —, e desapareceu antes que Finney pudesse abrir a boca para gritar.

5.

Mesmo assim, ele gritou. Gritou e se jogou contra a porta, batendo nela com o corpo inteiro, sem acreditar de verdade que ela poderia ser arrombada, mas considerando que, se houvesse alguém lá em cima, a pessoa talvez ouvisse a porta chacoalhando no batente. Não gritou até perder a voz, no entanto; algumas poucas vezes foram suficientes para convencê-lo de que ninguém o ouviria.

Finney parou de berrar para dar uma olhada no seu compartimento submarino, tentando entender de onde vinha a luz. Havia duas janelinhas — retângulos compridos de vidro — no alto da parede, impossíveis de alcançar, que emitiam uma fraca luz esverdeada. Grades enferrujadas tinham sido colocadas nelas.

Finney analisou uma das janelas por um bom tempo, então correu na direção da parede, sem dar a oportunidade de pensar em como estava cansado e doente, enfiou um pé no gesso e saltou. Por um instante, agarrou a grade, mas os filetes de aço ficavam próximos demais um do outro, não dava para colocar o dedo ali, e ele caiu, primeiro de pé, depois de bunda, tremendo sem parar. Ainda assim, ficara lá em cima por tempo suficiente para ver através do vidro imundo. Era uma janela dupla no nível do chão, quase completamente escondida atrás da grama alta. Se ele conseguisse quebrar o vidro, talvez alguém o ouvisse gritar.

Todos eles pensaram nisso. E veja só como acabaram.

Deu outra volta no cômodo e, quando percebeu, estava de novo na frente do telefone. Analisando-o. Seu olhar seguiu um fio preto fino preso na parede. Ele subia por mais ou menos trinta centímetros e acabava em restos de filamentos puídos de cobre. Finney notou que segurava o fone de novo, o pegara sem pensar no que fazia, até o colocara perto da orelha... um ato inconsciente de enorme desespero, de um desejo terrível, que o fez encolher um pouco. Por que alguém colocaria um telefone no porão? Também havia o vaso sanitário, no entanto. Talvez, provavelmente — um pensamento horroroso — alguém já vivera naquele cômodo.

Então Finney estava deitado no colchão, encarando os tons escuros e esverdeados no teto. De repente, reparou que não tinha chorado e não achava que iria fazê-lo. De forma bastante deliberada, estava descansando, juntando energias para a próxima rodada de exploração e reflexão. Daria voltas no cômodo buscando uma oportunidade, algo que pudesse usar, até o retorno de Al. Finney poderia machucar o homem se tivesse alguma coisa, qualquer coisa, para usar como arma. Um pedaço de vidro quebrado, uma mola enferrujada. Aquele colchão era de molas? Quando tivesse forças para se mexer de novo, daria uma olhada.

Àquela altura, seus pais já deveriam saber que algo tinha acontecido. Deviam estar desesperados. Mas quando tentava imaginar a busca, não visualizava a mãe aos prantos respondendo às perguntas de um detetive na cozinha, e não via o pai na frente da Poole's Hardware afastando o rosto da visão de um policial colocando uma garrafa vazia de refrigerante de uva em um saco de evidências.

Em vez disso, imaginou Susannah, de pé sobre os pedais da sua bicicleta de dez marchas, deslizando pelo meio de uma larga avenida residencial depois da outra, o colarinho da jaqueta jeans levantado, os olhos meio fechados pelo vento congelante. Susannah era três anos mais velha que Finney, mas os dois tinham nascido no mesmo dia, 21 de junho, um fato que ela pensava ter uma importância mística. A mente de

Susannah era cheia de ideias de ocultismo: a garota tinha um baralho de tarô e lia livros sobre a conexão entre o Stonehenge e alienígenas. Quando eram mais novos, Susannah colocava seu estetoscópio de brinquedo na cabeça do irmão para tentar ouvir os pensamentos dele. Certa vez, Finney puxara cinco cartas aleatórias de um baralho e ela havia acertado todas, uma depois da outra, mantendo a ponta do estetoscópio no centro da testa de Finney — cinco de espadas, seis de paus, dez e valete de ouros e ás de copas —, mas nunca conseguira repetir o truque.

Finney via a irmã mais velha procurando por ele em ruas que estavam, na sua imaginação, desertas, sem pedestres ou carros. O vento açoitava as árvores, jogando os galhos nus para a frente e para trás, de forma que eles pareciam remexer inutilmente o céu nublado. Às vezes, Susannah apertava os olhos como se estivesse tentando se concentrar em algum som distante que a chamava. Ela estava buscando o som dele, seu choro silencioso, esperando para ser levada até o irmão por meio de alguma mágica telepática.

Ela virou à esquerda, depois à direita, movendo-se sem pensar, e descobriu uma rua que nunca vira antes, uma rua sem saída. Em ambos os lados, havia casas largas de um andar com os jardins descuidados e brinquedos abandonados nas entradas de garagem. Ao ver aquela rua, seu coração bateu mais rápido. Sentiu com toda a convicção que o sequestrador de Finney morava ali em algum lugar. Diminuiu a velocidade, virando a cabeça o tempo todo, fazendo uma inspeção apreensiva de cada casa pela qual passava. A rua inteira parecia tomada por um estado impossível de silêncio, como se todos os moradores tivessem saído de lá há semanas, levando seus animais de estimação, trancando todas as portas, desligando todas as luzes. *Nessa não*, pensou ela. *Nem nessa*. E foi adiante, até o final da rua sem saída, até a última casa.

Colocou um dos pés no chão e se firmou em cima da bicicleta. Ainda não tinha sentido desespero, mas, ao ficar parada ali, mordendo o lábio e olhando em volta, um pensamento começou a se formar, o pensamento de que não encontraria o irmão, de que ninguém ia conseguir encontrá-lo. Era uma rua horrorosa e o vento estava frio. Achou que podia sentir aquele frio dentro dela, cócegas geladas atrás do esterno.

No instante seguinte, ouviu um som, uma vibração baixa, que ecoava de maneira estranha. Observou ao redor, tentando localizar o ruído, e levantou o olhar para o último poste na rua. Um monte de balões pretos estavam presos ali, enrolados nos fios de telefone. O vento se esforçava para libertá-los, e eles balançavam e se remexiam, tentando escapar com todas as forças. Mas os fios os mantinham implacavelmente no lugar. Susannah se encolheu diante daquela visão. Eram assustadores — de alguma forma, eles eram assustadores. Pontos mortos no céu. O vento acertava os fios e os fazia oscilar.

Quando o telefone tocou, Finney abriu os olhos. Aquela historinha vívida que estivera contando para si mesmo sobre Susannah desaparecera. Era apenas uma história, não uma visão; uma história de fantasma, e ele era o fantasma, ou seria em breve. Levantou a cabeça do colchão, sobressaltado por estar quase na escuridão completa... e seu olhar recaiu sobre o telefone preto. Achou que o ar ainda vibrava de leve por causa daquele clangor de alarme de incêndio que o martelinho produzia nas campânulas enferrujadas.

Finney se levantou. Sabia que era impossível o telefone ter tocado — aquele barulho só podia ser um truque da sua mente adormecida —, mas meio que torcia para ele tocar de novo. Tinha sido idiotice deitar ali, sonhando à luz do dia. Ele precisava de uma vantagem, um parafuso torto, uma pedra para lançar. Em pouco tempo, não teria mais luz, e ele não conseguiria procurar nada pelo cômodo se não pudesse enxergar. Ficou de pé. Sentiu-se alheio, tonto e gelado; fazia frio no porão. Caminhou até o telefone e colocou o fone no ouvido.

— Alô? — perguntou.

Ouviu o vento cantar do lado de fora das janelas, não o sinal de chamada. Quando estava prestes a desligar, pensou ter escutado um clique do outro lado da linha.

— Alô? — perguntou.

6.

Quando a escuridão se reuniu e recaiu sobre ele, Finney se enrolou sobre o colchão com os joelhos perto do peito. Não dormiu. Quase não piscou. Esperou a porta ser aberta e o homem gordo entrar e fechá-la, quando os dois ficariam sozinhos no escuro, mas Al não veio. Finney não conseguia pensar em nada, toda a sua concentração estava voltada para a batida seca do seu coração e o vento distante que corria atrás das janelas altas. Não sentia medo. O que sentia era algo muito maior, um terror debilitante que o deixava completamente dormente, que tornava a ideia de se mexer impossível.

Não dormiu, mas não estava acordado. Os minutos não passavam, amontoando-se em horas. Não havia razão para pensar no tempo da forma antiga. Havia apenas um instante e então outro instante, uma sequência de instantes que se seguiam em uma procissão silenciosa e mortal. Só despertou daquela paralisia sem sono quando uma das janelas começou a aparecer, um retângulo com um tom cinza aguado flutuando alto na escuridão. Ele sabia, sem saber como poderia saber daquilo, que não deveria ter sobrevivido para ver a janela sendo pintada pela aurora. Aquela noção não lhe trouxe esperança, mas o inspirou a se movimentar e, após grande esforço, Finney se sentou.

Seus olhos tinham melhorado. Quando olhou para a janela reluzente, viu brilhos e reflexos nos cantos da visão... mas, pelo menos, conseguia ver claramente a janela. Seu estômago se contorceu de fome.

Finney fez força para se levantar e começou a patrulhar o cômodo outra vez, procurando por sua vantagem. Em um dos cantos, encontrou uma parte do chão de cimento que se esfarelara em grãos do tamanho de pipocas, com uma camada de areia grossa embaixo. Estava colocando um monte de pedaços escolhidos a dedo no bolso quando ouviu o trinco destrancar.

O homem gordo apareceu sob o batente. Os dois olharam um para o outro a uma distância de cinco metros. Al usava cuecas listradas e uma camiseta branca com manchas de suor na frente. Suas pernas gordas eram chocantemente pálidas.

— Quero comer alguma coisa — disse Finney. — Estou com fome.

— Como estão os seus olhos?

Finney não respondeu.

— O que está fazendo aí?

Finney se agachou no canto, encarando Al.

— Não posso trazer nada para você comer agora. Vai ter que esperar.

— Por quê? Tem alguém lá em cima que veria você trazendo a comida?

O rosto de Al voltou a ficar avermelhado e suas mãos se fecharam. Quando falou, no entanto, o tom não era nervoso, mas carrancudo e derrotado.

— Esquece isso.

Finney entendeu aquilo como um *sim*.

— Se não foi para me dar comida, por que veio até aqui? — questionou ele.

Al balançou a cabeça, encarando o garoto com uma espécie de ressentimento melancólico, como se aquela fosse outra pergunta injusta que ele não poderia esperar que Al respondesse. Mas então o homem deu de ombros e disse:

— Para ver você. Só queria ver você.

O lábio superior de Finney se arregalou em uma expressão irracional de nojo, e Al se encolheu visivelmente.

— Vou embora.

Quando abriu a porta, Finney se levantou em um pulo e começou a gritar por socorro. Na pressa para sair dali, Al tropeçou no batente e quase caiu, e então bateu a porta.

Finney ficou no meio do quarto, ofegante. Nunca tinha achado de verdade que conseguiria passar por Al e pela porta — era longe demais —, só queria testar o tempo de reação dele. O rolha de poço era ainda mais lento do que ele pensava. Era lerdo, e havia outra pessoa na casa, alguém lá em cima. Praticamente contra a própria vontade, Finney sentiu uma energia crescente, uma agitação nervosa que quase parecia esperança.

Pelo restante do dia e por toda a noite, Finney ficou sozinho.

7.

Quando as câimbras reapareceram, no fim do seu terceiro dia no porão, ele precisou se sentar no colchão listrado para esperar elas passarem. Era como se alguém tivesse enfiado um espeto pelo seu corpo e o girasse devagar. Cerrou os molares até sentir gosto de sangue.

Mais tarde, Finney bebeu a água da caixa de descarga do vaso sanitário e ficou lá, de joelhos, para analisar os parafusos e os canos. Não sabia por que não tinha pensado naquilo antes. Tentou desenroscar uma porca de ferro de quase oito centímetros de diâmetro até as mãos ficarem esfoladas, mas a peça estava coberta de ferrugem e ele não conseguiu movê-la.

Tinha acordado de supetão, a luz entrando pela janela do lado oeste do cômodo, um raio de sol brilhante e amarelado cheio do granulado cintilante da poeira. Ficou assustado por não conseguir se lembrar que tinha se deitado no colchão para descansar. Era difícil unir um pensamento no outro, raciocinar a sequência das coisas. Mesmo depois de ficar dez minutos acordado, sentia que havia acabado de despertar, tonto e desorientado.

Por um bom tempo, ele não conseguiu se levantar e ficou sentado com os braços em volta do peito enquanto a última luz do dia desaparecia e as sombras se erguiam ao seu redor. Às vezes, era acometido por um ataque de tremedeira, tão forte, que seus dentes batiam. Podia estar frio, mas seria pior à noite. Não achava que aguentaria outra madrugada tão gelada quanto a última. Talvez aquele fosse o plano de Al. Tirar sua chance de revidar com o frio e a fome. Ou pode ser que não houvesse plano nenhum, talvez o homem gordo tivesse tido um infarto fulminante, e era assim que Finney ia morrer, um minuto congelante por vez. O telefone voltara a respirar. Finney olhou para ele, observou suas laterais inflando, retornando e inflando de novo.

— Pare com isso — mandou o garoto.

Ele parou.

Finney caminhou. Precisava fazer isso para permanecer aquecido. A lua nasceu e, por um tempo, iluminou o telefone preto com sua luz esbranquiçada. O rosto de Finney queimava e sua respiração condensava, como se ele fosse mais demônio que menino.

Não conseguia sentir os pés. Estavam frios demais. Pisou forte, tentando trazê-los de volta à vida. Fechou as mãos. Os dedos estavam gelados, duros, e era doloroso movê-los. Ouviu um cantarolar desafinado e percebeu que era ele mesmo. O tempo e os pensamentos surgiam de repente, em ondas. Tropeçou em alguma coisa no chão e então voltou, tateando com as mãos, tentando entender o que o fizera cair, se era algo que poderia ser usado como arma. Não conseguiu encontrar nada e, por fim, admitiu que tropeçara no próprio pé. Repousou a cabeça no cimento e fechou os olhos.

Acordou ao som do telefone tocando de novo. Sentou-se e olhou para o aparelho, do outro lado do cômodo. A janela que dava para o leste exibia um pálido tom prateado de azul. Estava tentando decidir se ele tinha tocado de verdade ou se apenas sonhara com ele tocando, quando o telefone tocou pela segunda vez, um ruído alto e metálico.

Finney se levantou e esperou o chão parar de oscilar sob seus pés; era como andar em um colchão d'água. O telefone tocou pela terceira vez, o martelinho batendo nas campânulas. A realidade abrasiva daquele som teve o efeito de clarear sua mente, de fazê-lo voltar a si mesmo.

Ele pegou o fone e colocou no ouvido.

— Alô?

Ouviu o chiado, semelhante à neve caindo, da estática.

— John — disse o garoto do outro lado da linha. A conexão era tão fraca que a ligação poderia estar sendo feita do outro lado do mundo. — Escuta, John. Vai ser hoje.

— Quem está falando?

— Não lembro o meu nome — respondeu o garoto. — É a primeira coisa que você perde.

— A primeira coisa que você perde depois do quê?

— Você sabe do quê.

Mas Finney achou que reconhecia aquela voz, mesmo que eles tivessem se falado apenas uma única vez.

— Bruce? Bruce Yamada?

— Quem sabe? — falou o garoto. — Mas isso importa?

Finney ergueu o olhar para o fio preto que subia pela parede, observou o ponto em que ele terminava em fiapos de cobre. Decidiu que não, não importava.

— O que vai ser hoje? — perguntou.

— Estou ligando para dizer que ele deixou uma coisa que você pode usar para enfrentá-lo.

— Que coisa?

— Você está segurando ela.

Finney girou a cabeça e encarou o fone na mão. Do receptor, que não estava mais grudado no seu ouvido, ouviu o zumbido distante da estática e o som baixo do menino morto falando alguma coisa.

— Como é? — disse Finney, colocando o fone de volta na orelha.

— Areia — falou Bruce Yamada. — Deixe mais pesado. Não é pesado o bastante. Entendeu?

— O telefone tocou para um dos outros garotos?

— Não pergunte por quem o telefone toca — respondeu Bruce, com uma risadinha infantil. Então falou: — Nenhum de nós escutou. Ele tocou, mas nenhum de nós ouviu. Só você. A pessoa tem que ficar aqui por um tempo antes de aprender a ouvi-lo. Você foi o único que durou tanto. Ele matou os outros antes que pudessem se recuperar, mas não pode matar você, não pode nem descer aqui. O irmão dele fica a noite inteira na sala fazendo ligações. O irmão dele é um viciado em cocaína que nunca dorme. Albert odeia isso, mas não pode mandar o cara embora.

— Bruce? Você está aí mesmo ou estou ficando maluco?

— Albert também escuta o telefone — falou Bruce, como se Finney não tivesse dito nada. — Às vezes, quando ele está aqui no porão, a gente passa uns trotes nele.

— Eu me sinto fraco o tempo todo e não sei se consigo lutar assim.

— Você vai. Você joga sujo. Fico feliz por ser você. Sabe, ela encontrou mesmo os balões, John. Susannah.

— Encontrou?

— Pergunte a ela quando chegar em casa.

Então, um clique. Finney esperou pelo sinal de chamada, mas não havia nada.

8.

Uma luz cor de trigo começava a se derramar para dentro do cômodo quando Finney escutou o trinco. Estava de costas para a porta, ajoelhado no canto do porão, no lugar em que o cimento quebrara com a areia embaixo. Ainda sentia o gosto amargo de cobre antigo na boca, como o sabor que permanecia na língua depois de beber refrigerante de uva. Girou a cabeça, mas não se levantou, escondendo o que tinha nas mãos com o corpo.

Ficou assustado ao ver alguém que não era Albert, deu um grito e, de forma atrapalhada, se colocou de pé. O homem na soleira da porta era baixo e, embora seu rosto fosse redondo e rechonchudo, o restante do corpo era pequeno demais para as roupas que estava usando: um casaco militar amarrotado, um suéter de tricô largo. Seu cabelo despenteado começava a recuar da curvatura oval da testa. Um canto da boca se ergueu em um sorriso irônico e descrente.

— Puta merda — falou o irmão de Albert. — Sabia que tinha alguma coisa no porão que ele não queria que eu visse, mas puta merda.

Finney se arrastou na direção dele, as palavras saindo de forma incoerente, uma confusão desesperada que nem as falas das pessoas que ficavam presas a noite inteira no elevador quando enfim são libertadas.

— Por favor... minha mãe... ajuda... chame ajuda... chame a minha irmã...

— Não se preocupe. Ele não está aqui. Teve que correr até o trabalho — informou o irmão. — Meu nome é Frank. Mas fica calmo. Agora entendi por que ele teve um faniquito quando mandaram ele ir lá. Estava nervoso de eu descobrir enquanto não estivesse na casa.

Albert apareceu sob a luz atrás de Frank com uma machadinha e a ergueu, colocando-a sobre o ombro como um bastão de beisebol. O irmão de Albert falou:

— Ei, quer saber a história de como encontrei você aqui?

— Não — disse Finney. — Não, não, não.

Frank fechou a cara.

— Tá legal. Tanto faz. Depois eu conto, então. Mas está tudo bem agora.

Albert baixou a machadinha na nuca do irmão mais novo com um barulho forte e molhado. A força do impacto fez o sangue saltar para o rosto de Al. Frank foi caindo para a frente. O machado continuou na cabeça dele, e as mãos de Albert continuaram no cabo. Conforme Frank caía, puxava Al consigo.

Albert caiu de joelhos no chão do porão e soltou uma respiração aguda pelos dentes cerrados. O cabo da machadinha escorregou das suas mãos, e o irmão tombou de cara no chão com um estrondo pesado. Albert fez uma careta e deixou escapar um grito estrangulado ao ver o irmão com um machado enfiado na cabeça.

Finney se levantou a um metro de distância. Respirava devagar, segurando o fone com uma das mãos perto do peito. Na outra mão, havia um rolo de fio, o fio que conectava o fone ao telefone preto. O menino precisou arrancá-lo do aparelho com mordidas. O fio em si era reto, não em mola como o de um telefone moderno. A linha dava três voltas na sua mão direita.

— Viu só? — disse Albert com a voz embargada, irregular. Olhou para cima. — Viu o que me obrigou a fazer? — Então ele notou o que Finney segurava e franziu as sobrancelhas. — Porra, o que você fez com o telefone?

Finney deu um passo na direção dele e bateu com o fone na cara do homem, acertando o nariz de Al. O garoto tinha desatarraxado o bocal e enchido o fone praticamente oco de areia, recolocando o bocal para manter tudo lá. Atingiu o nariz de Al com um estalo frágil, como o de plástico quebrando, mas não era o plástico que havia se quebrado. O homem gordo soltou um chiado, um choro abafado, e sangue foi despejado pelas suas narinas. Ele levantou a mão. Finney baixou o fone e quebrou os dedos dele.

Albert deixou a mão destroçada despencar e olhou para cima, um rosnado animal surgindo da garganta. Finney o acertou outra vez para fazê-lo calar a boca, golpeando a curva sem cabelo do seu crânio. Aqueles golpes produziram barulhos satisfatórios, e um punhado de areia brilhante escapou, sendo lançado no raio de sol. Gritando, o homem gordo se levantou, cambaleando para a frente, mas Finney desviou — era bem mais rápido que Albert —, acertando-o na boca com força suficiente para fazê-lo virar o rosto, e depois no joelho, para obrigá-lo a cair, para obrigá-lo a parar.

Al foi derrubado, mas esticou os braços e pegou Finney pela cintura, jogando o garoto no chão e indo para cima das pernas dele. O menino se esforçou para escapar. O homem gordo ergueu o rosto, sangue pingando da boca, um gemido furioso saindo de algum lugar no fundo do peito. Finney ainda segurava o fone e três voltas do fio preto. Ficou sentado e pensou em acertar Albert mais uma vez, mas então suas mãos fizeram uma coisa completamente diferente. Ele colocou o fio ao redor da garganta do homem gordo e puxou com força, cruzando os punhos atrás do pescoço de Albert. O homem conseguiu colocar uma das mãos no rosto do menino e arranhar sua bochecha direita, Finney puxou o fio mais para cima, fazendo a língua de Albert sair da boca.

Do outro lado do cômodo, o telefone preto tocou. O homem gordo sufocava. Parou de arranhar o rosto de Finney e colocou os dedos abaixo do fio que enrolava a sua garganta. Só conseguia usar a mão esquerda, porque os dedos da direita estavam destruídos, dobrados de maneiras bizarras. O telefone tocou de novo. O homem gordo observou o aparelho rapidamente e, então, seu olhar voltou para o rosto de Finney. As pupilas de Albert estavam dilatadas, tão largas que os anéis dourados da íris encolheram até quase desaparecer. As pupilas eram um par de balões pretos na frente de sóis gêmeos. O telefone tocou e tocou. Finney puxou o fio. No rosto de Albert, tão escuro quanto um hematoma, havia uma pergunta horrorizada.

— É para você — informou Finney.

ENTRE AS BASES

NA TARDE DE QUINTA-FEIRA, Kensington apareceu para trabalhar com um piercing. Wyatt notou porque ela abaixava a cabeça sem parar e pressionava um lencinho de papel dobrado na boca aberta. O papel logo ficou manchado de vermelho. Ele se sentou em frente ao computador, à esquerda dela, e a observou com o rabo do olho enquanto registrava a devolução de uma pilha de fitas alugadas. Quando a garota levou o lenço à boca outra vez, Wyatt teve um vislumbre do pino de aço inoxidável que atravessava sua língua, também manchada de sangue. Aquela era uma evolução interessante na história de Sarah Kensington.

Ela estava virando punk, um passo de cada vez. Quando Wyatt começou a trabalhar na Best Video, Sarah era rechonchuda e sem graça, tinha o cabelo castanho bem curto e olhos pequenos e juntos; ela andava por aí com uma atitude agressiva e insolente de uma pessoa acostumada a não gostarem dela. Wyatt entendia um pouco daquilo e achou que os dois iam se dar bem, mas não. A garota nem olhava direito para ele e com frequência fingia não escutar a sua voz quando Wyatt se dirigia a ela. Com o tempo, ele teve a sensação de que conhecê-la daria muito trabalho. Era mais fácil detestá-la e evitá-la.

Um dia, um cara mais velho entrou na locadora, uma aberração de circo de quarenta anos com a cabeça raspada e uma coleira no pescoço, com guia e tudo. Ele queria uma fita de *Sid & Nancy — O amor mata*, pediu a ajuda de Kensington para encontrá-la, e os dois conversaram um pouco. Ela ria de qualquer coisa que o sujeito falasse, e, quando era a hora dela responder, as palavras saíam com uma pressa animada e barulhenta. Era um negócio horrível vê-la mudar completamente por causa de um cara. Então, quando Wyatt foi trabalhar na tarde do dia seguinte, os dois estavam encostados na parede lateral da locadora, a que não dava para ver da rua. A atração de show de horrores dava uns amassos na garota. Estavam de mãos dadas, os dedos entrelaçados, enquanto Sarah enfiava desesperadamente a língua na boca do careca. Então, alguns meses depois, o cabelo de Kensington estava com um tom bizarro e pálido de cobre, ela usava botas de motoqueiro e sombra escura nos olhos. O pino na língua, no entanto, era novinho em folha.

— Por que está sangrando? — perguntou Wyatt a ela.

— Porque acabei de colocar — respondeu Sarah, sem olhar para ele e com um tom de voz irritado. O amor não a tornara cordial e comunicativa, ela ainda o encarava de mau humor quando falava com ela, evitando-o como se o ar ao redor dele fosse venenoso, tratando-o com a repugnância de sempre, por razões que nunca foram e nunca seriam explicadas.

— Pensei que você tinha prendido a língua em um zíper ou coisa parecida — comentou ele. E então acrescentou: — Acho que é uma maneira de manter o cara interessado. Quer dizer, ele não fica contigo por causa da sua beleza, né?

Kensington era durona, e a reação dela pegou Wyatt de surpresa. Ela o encarou com os olhos tristes e alarmados, o queixo trêmulo. Com uma voz que Wyatt quase não conseguiu reconhecer, Sarah falou:

— Me deixa em paz.

Ele não gostou do sentimento súbito de pena em relação à colega de trabalho. Desejou não ter dito nada, dane-se que tivesse sido provocado. Ela deu meia-volta e se afastou, e Wyatt começou a estender a mão, pensou em pegar a manga da camisa de Kensington, mantê-la ali até encontrar uma maneira de se desculpar sem ter que dizer que sentia muito. Mas então a garota olhou para trás e o observou com os olhos marejados. Murmurou alguma coisa qualquer, e Wyatt só conseguiu ouvir parte — *retardado,* e depois algo sobre ele não saber ler —, mas era mais que suficiente. Sentiu uma sensação gelada repentina e quase dolorosa se espalhar pelo peito.

— Abre essa boca de novo e eu arranco esse pino da sua língua, piranha.

Os olhos dela se encheram de fúria. *Essa* era a Kensington que ele conhecia. Em segundos, a garota estava em movimento, suas pernas grossas e curtas dando a volta no balcão na direção da parede nos fundos da locadora. Uma sensação azeda de enjoo tomou conta dele, misturada com uma irritabilidade abrupta. Ela estava correndo até o escritório, até a sra. Badia, para dedurar ele.

Wyatt decidiu fazer um intervalo, pegou sua jaqueta militar e atravessou a porta dupla de acrílico. Acendeu um cigarro e se apoiou na parede de reboco do lado de fora com os ombros curvados. Fumou e ficou tremendo, observando a Miller's Hardware do outro lado da rua.

Viu a sra. Prezar entrar com sua perua no estacionamento da Miller's, os dois filhos no carro com ela. A sra. Prezar morava no fim da rua dele, em uma casa de cor milk-shake de morango. Ele tinha cortado a grama do quintal dela — não recentemente, mas alguns anos atrás, na época em que cortava a grama do quintal dos outros.

A sra. Prezar saiu do carro e foi logo para a porta da loja de materiais de construção. Deixou o motor ligado. Seu rosto era largo e a mulher usava maquiagem demais, mas não era feia. Havia algo a respeito de seus lábios — o lábio inferior era carnudo, sexy — que Wyatt sempre gostara. Sua expressão, conforme entrava na Miller's, era de um vazio robótico.

Um garoto ocupava o assento do carona e o outro filho estava no banco traseiro, na cadeirinha de bebê. O menino na frente — o nome dele era Baxter, Wyatt nem sabia por que se lembrava disso — era magrelo e alto, com um corpo esguio que deve ter puxado do pai. De onde Wyatt estava, não conseguia ver muito do neném na cadeirinha, apenas uma mecha de cabelo escuro e um par de mãos gordinhas que não paravam de se mexer.

Assim que a sra. Prezar entrou na loja, o garoto mais velho virou para encarar o menino mais novo. Baxter segurava uma tira de alcaçuz e a aproximou do bebê. No entanto, quando o caçula esticou a mão para pegá-la, o outro foi rápido e a tirou do seu alcance. Então, a aproximou de novo. Quando o irmãozinho se recusou a ser instigado de novo, Baxter deu batidinhas de leve com a tira no bebê. A brincadeira continuou mais ou menos assim por um tempo, até Baxter parar, tirar o alcaçuz do pacote e abocanhar o doce, sentindo o sabor. Ele usava um boné do

Twin City Pizza, o velho time de Wyatt, que considerou se o garoto já tinha idade suficiente para jogar na Liga Infantil. Aparentemente não, mas talvez agora deixassem meninos mais novos entrarem.

    Wyatt tinha boas lembranças da Liga Infantil. No último ano em que jogou no Twin City, quase quebrou o recorde de bases roubadas. Foi um dos poucos momentos da vida em que soube com certeza que era melhor em alguma coisa do que qualquer um da idade dele. No final da temporada, tinha nove bases roubadas e só fora pego uma vez. Um arremessador canhoto com o rosto pálido e flácido o viu saindo da primeira base antes de Wyatt ter a chance de chegar na base dele, e logo Wyatt estava correndo de lá para cá entre as bases, conforme o primeira-base e o segunda-base se aproximavam, jogando a bola um para o outro devagar. No fim, tentou disparar para a segunda base, torcendo para conseguir escorregar até ela... mas, assim que tomou a decisão, percebeu que cometera um erro, e uma sensação de desespero, de correr na direção do inescapável, o dominou. O segunda-base — um conhecido de Wyatt, Treat Rendell, o astro do outro time — estava plantado no caminho, esperando por ele com os pés afastados, e, pela primeira vez desde que conseguia se lembrar, pareceu a Wyatt que ele não conseguia se aproximar de onde queria, não importava a velocidade com que corresse. Não tinha memória da sua eliminação, apenas de correr e de como Treat Rendell estava no seu caminho, esperando por ele com os olhos apertados.

    Era quase o final da temporada, e Wyatt não conseguiu rebater nos dois últimos jogos, perdendo o recorde por duas bases. Nunca teve a chance de descobrir o que poderia fazer durante o ensino médio. Não entrou em um único jogo, estava sempre de recuperação ou suspenso. No meio do terceiro ano, foi diagnosticado com dificuldade de leitura — Wyatt tinha dificuldade em juntar todos os significados quando uma frase ia além de quatro ou cinco palavras, por anos achou complicado interpretar qualquer coisa maior que o título de um filme — e foi jogado em um programa de ajuda com um bando de deficientes mentais. O programa era chamado Superinteligentes, mas era conhecido por uma variedade de outros apelidos pela escola: São-tão-dementes, Supõe-que--aquilo-é-gente. Certa vez, Wyatt encontrara uma pichação no banheiro masculino que dizia *Sô Superinteligente cum muito orgulhu*.

Ele passou o último ano isolado, não olhava para as pessoas quando cruzava com elas no corredor, não fez nenhum teste para a equipe de beisebol. Treat Rendell, por outro lado, entrou no time do colégio no segundo ano, rebateu todas as bolas e levou a equipe a dois campeonatos regionais. Agora, era da policial estadual, dirigia um Crown Victoria envenenado e tinha se casado com Ellen Martin, uma loura de cabelo platinado, sem dúvida, a mais bonita entre as líderes de torcida que Treat supostamente comeu.

A sra. Prezar saiu da loja. Ela só tinha ficado lá por um minuto e não comprou nada. Com uma das mãos, mantinha o casaco fechado, talvez por causa do vento forte. Os olhos dela passaram por ele pela segunda vez sem dar sinal de tê-lo reconhecido ou mesmo de notar que Wyatt estava ali. Ela se jogou no banco do motorista, bateu a porta e deu ré tão rápido que os pneus chegaram a cantar.

Ela também não olhava para ele quando Wyatt cortava a grama do seu quintal. Ele se lembrava de uma situação, depois de ter terminado o serviço, em que entrou na sala da casa pela porta de correr de vidro. Tinha passado a manhã inteira cortando a grama dela — a mulher era rica, casada com um executivo de uma empresa de internet banda larga, e tinha o maior quintal da rua — e estava queimado de sol e suado, com grama grudada no rosto e nos braços. Ela conversava ao telefone. Wyatt ficou perto da porta esperando a sra. Prezar notar que estava parado ali.

Ela demorou. Estava sentada à uma mesinha, enrolando uma mecha do cabelo louro com o dedo, se mexendo na cadeira, rindo de vez em quando. Havia alguns cartões de crédito espalhados à sua frente e, sem pensar, ela os movia com o mindinho. E continuou sem olhar para ele mesmo depois de Wyatt ter pigarreado para chamar sua atenção. O garoto esperou por dez minutos, e então a sra. Prezar desligou o telefone e virou o rosto para ele, na mesma hora, toda séria. Falou que o observara trabalhando e que não pagava para ele ficar batendo papo com todo mundo que andava na calçada. Além disso, ouvira Wyatt passar com o cortador de grama por cima de uma pedra, e se uma das lâminas estivesse quebrada, ela ia obrigá-lo a pagar por um novo. O serviço custava 28 dólares. Ela deu trinta ao garoto e disse que ele tinha sorte de receber uma gorjeta. Quando Wyatt saiu, a mulher estava rindo ao telefone de novo, mexendo nos cartões, colocando-os no formato da letra P.

O cigarro de Wyatt estava quase acabando, e ele pensou que teria que voltar depois de fumar mais um, mas então a porta atrás dele se abriu. A sra. Badia saiu, usando o suéter preto e o colete branco com uma plaquinha que dizia *Pat Badia, Gerente*. Fechou a cara por causa do frio e cobriu o busto com os braços para se aquecer.

— Sarah me contou o que você disse — falou a sra. Badia.

Wyatt assentiu e esperou. Ele gostava da sra. Badia, achava ela ok. Às vezes, conseguia enganá-la.

— Por que não vai para casa, Wyatt?

Ele jogou a bituca no asfalto.

— Tá bom. Volto amanhã para compensar as minhas horas. Ela não vai estar trabalhando — respondeu ele, indicando a videolocadora com a cabeça.

— Não — disse a sra. Badia. — Não volte amanhã. Volte na terça que vem para pegar o seu último pagamento.

Por alguma razão, Wyatt demorou um pouco para entender aquilo. Então compreendeu, e sentiu o rosto esquentar.

A sra. Badia voltou a falar.

— Você não pode ameaçar seus colegas de trabalho, Wyatt. Já estou cansada de ouvir reclamações sobre você. Estou farta de ter um problema atrás do outro. — A mulher fez uma careta e olhou para a locadora. — Ela está passando por um momento difícil e você fica lá dizendo que vai arrancar a língua dela.

— Eu *não* falei... era o pino... quer saber o que ela disse para mim?

— Honestamente? Não. Mas o que foi?

Mas Wyatt não respondeu. Ele não podia contar à sra. Badia o que Kensington dissera porque não sabia, não ouvira tudo... e, mesmo se soubesse, talvez não contasse. O que quer que tenha saído da boca de Sarah, era alguma coisa sobre como ele não sabia ler. Wyatt sempre tentava evitar falar do seu problema com a gramática, com soletrar e com todo o resto, pois era um assunto que sempre trazia mais vergonha do que ele conseguia aguentar.

A sra. Badia o encarou, esperando a resposta. Como ele permaneceu calado, ela falou:

— Te dei o máximo de chances possível. Mas, depois de um certo ponto, não acho justo com seus colegas de trabalho, não acho justo pedir para eles aguentarem você. — Ela o observou por mais um tempo, mordendo pensativamente o lábio inferior. Então olha de relance seus pés e, enquanto dá meia-volta, diz: — Amarre esse sapato, Wyatt.

A sra. Badia voltou para dentro da loja e ele ficou parado lá, flexionando os dedos no ar frio. Caminhou devagar pela frente da locadora e virou a esquina, para a parede que não dá para ver da rua, então se inclinou e cuspiu no chão. Tirou outro cigarro do maço, acendeu e tragou a fumaça, esperando as pernas pararem de tremer.

Pensara que a sra. Badia gostava dele. Wyatt tinha ficado até tarde algumas vezes para ajudá-la a fechar a locadora — coisa que não era obrigado a fazer — só porque era fácil conversar com ela. Eles falavam sobre filmes, sobre os clientes esquisitos, e ela ouvia suas histórias e opiniões, parecendo interessada de verdade. Fora uma experiência estranha, se dar bem com uma chefe. Mas, no final, acabou sendo tudo a mesma merda de sempre. Alguém tinha um problema pessoal com ele por um motivo besta qualquer e pronto, não havia nenhuma tentativa de ouvir todos os lados e reunir todas as informações. Ela disse *Já estou cansada de ouvir reclamações sobre você*, mas não falou que pessoas ou que reclamações. Disse *Estou farta de ter um problema atrás do outro*, mas não tinha que julgar aquele problema isoladamente e fazer o mesmo com os outros supostos problemas?

Jogou o cigarro longe — que bateu no asfalto produzindo fagulhas vermelhas —, virou-se e começou a andar. Chegou rápido na esquina. A vitrine tinha um bocado de pôsteres de filmes grudados. Kensington encarava o estacionamento pelo espaço entre os pôsteres de *Eclipse mortal* e *Os outros*. Seus olhos estavam vermelhos, meio desfocados. Dava para ver, pela expressão sonhadora dela, que a garota achava que ele já tinha ido embora há muito tempo, e antes que conseguisse se conter, Wyatt bateu no vidro com o dedo do meio, bem onde estava a cara dela. Sarah foi para trás, o queixo caído formando um O.

Ele deu meia-volta e correu pelo estacionamento. Um carro apareceu de repente, e o motorista teve que pisar no freio para não atropelá-lo. O homem buzinou. Wyatt fez expressão de desdém e também lhe mostrou o dedo do meio. Então foi para o lado oposto do estacionamento, e se meteu no bosque de árvores raquíticas e espalhadas.

Seguiu por uma trilha fina; era assim que sempre voltava para casa quando não conseguia uma carona. Entre as árvores, haviam colchões podres encharcados, sacos de lixo estourando de tão cheios e eletrodomésticos enferrujados. Havia um riacho ali cuja nascente era o lava-jato, o Queen Bee Car Wash. Não dava para ver, mas ele conseguia ouvir a água passando debaixo da terra e, às vezes, os cheiros de cera de carro barata e limpador de estofado de cereja ficavam fortes demais. Ele andava mais devagar agora, a cabeça enfiada entre os ombros. Na penumbra crescente do fim da tarde, era difícil ver os galhos mais finos que se alongavam pelo caminho, e Wyatt não queria dar de cara em um deles.

A trilha acabava no fim de uma via erma que fazia uma curva em torno de um lago raso que todos sabiam ser poluído. Essa via levaria Wyatt até a 17K e, após seguir por uma curta distância, ele chegaria na rua que levava ao Ronald Reagan Park, onde morava com a mãe em uma casa de um único andar e sem porão — o pai já tinha dado no pé, vá com Deus. A via era cheia de mato e quase ninguém passava por ela. De vez em quando, no entanto, as pessoas estacionavam ali pelas razões que as pessoas costumam dirigir até lugares como aquele, e, conforme Wyatt avançava pelo restante do caminho, indo na direção da estrada, viu que havia um carro parado lá.

Àquela altura, as sombras sob as árvores haviam se unido em uma escuridão a apenas uma curta distância da noite propriamente dita — ainda que, quando Wyatt olhava direto para cima, ele conseguisse ver alguma cor no céu, um violeta pálido que se transformava em amarelo-damasco. O carro estava estacionado em uma ladeirinha, e o rapaz não o reconheceu até chegar perto. Era a perua da sra. Prezar. A porta do motorista estava aberta.

Wyatt parou a alguns metros de distância, o ar preso de uma maneira estranha em seus pulmões sem saber por quê. No início, pensou que o veículo estivesse vazio. Nenhum som saía dele, com exceção de alguns estalos do capô, o motor esfriando. Então, viu o menino de quatro anos no banco traseiro, ainda na cadeirinha de bebê. O queixo dele repousava sobre o peito, e os olhos estavam fechados. Ele parecia dormir.

Wyatt procurou pela sra. Prezar e por Baxter, observando as árvores e a margem do lago. Não conseguia imaginar por que alguém deixaria uma criança pequena dormindo ali. Porém, quando voltou a olhar para o automóvel, viu a sra. Prezar. Ela estava curvada no banco do motorista de forma que, de onde Wyatt estava, apenas o topo do seu cabelo louro e reluzente era visível acima do volante.

Por um segundo, ele não conseguiu se mover. Achou difícil seguir em frente, ficou bastante perturbado, sem conseguir identificar o motivo, pela cena adiante. O menino adormecido no banco traseiro o assustou. No crepúsculo, o rostinho parecia inchado e levemente tingido de azul.

Caminhou com cuidado até a lateral do carro e parou outra vez. O que viu o deixou sem ar. A sra. Prezar se balançava para a frente e para trás. Baxter estava deitado no colo dela, o rosto para cima, os olhos arregalados. O boné do Twin City Pizza se perdera em algum lugar, revelando uma cabeça raspada bem rente, até sobrar apenas fios de cabelo finos e sem cor. Os lábios eram tão vermelhos, que ele poderia estar usando batom. Na posição em que estava, o garoto parecia estar encarando Wyatt. O rapaz viu o corte na garganta do menino primeiro, uma linha preta brilhante mais ou menos no formato de um anzol. Havia outra ferida na bochecha, que quase parecia uma lesma enorme e escura descansando sobre o rosto bem pálido.

Os olhos da sra. Prezar também estavam esbugalhados, além de injetados por causa das lágrimas. Ainda assim, ela chorava sem fazer barulho. Havia quatro manchas longas de sangue na lateral do seu rosto, marcas deixadas pelos dedos de uma criança. Ela respirava com dificuldade, arquejando de forma trêmula.

— Meu Deus — sussurrava ela sempre que soltava o ar. — Ah, Baxter. Meu Deus.

Sem perceber, Wyatt deu um passo para trás e acabou pisando na tampa de plástico de um copo de refrigerante, ouviu-a se quebrando sob o sapato. Os ombros da mulher saltaram em reflexo e ela lançou um olhar nervoso para ele.

— Sra. Prezar — falou Wyatt com uma voz que mal reconhecia, apressada e rouca.

Esperava que ela fosse chorar e se lamentar, mas, quando a sra. Prezar falou, foi com um sussurro entorpecido.

— Me ajuda, por favor.

Naquele momento, Wyatt notou que a bolsa da mulher estava no chão, perto da porta do carro, com parte do conteúdo caído na lama.

— Vou pedir ajuda — respondeu ele, e já estava se preparando para dar meia-volta, a cintura quase girando para correr pela via. Chegaria à 17K em um minuto, poderia fazer um carro parar.

— Não — disse ela com um repentino tom apavorado de urgência. — Fique aqui. Estou com medo. Não sei aonde ele foi. Ainda pode estar por perto. Talvez tenha ido se limpar. — Ela olhou para o lago em pânico.

— Quem? — perguntou Wyatt, também observando o lago, a margem escorregadia, as árvores pequenas e juntas, com uma sensação fulminante de alarme.

Ela não respondeu, apenas disse:

— Eu tenho um celular. Não sei onde está. Ele pegou, mas acho que deixou cair perto do carro. Meu Deus, meu Deus. Pode procurar para mim? Meu Deus, por favor, não deixa ele voltar.

A boca de Wyatt estava seca e ele se sentia prestes a vomitar, mas o rapaz se moveu de forma automática analisando a área ao redor da bolsa caída. Ele se agachou, em parte para poder ver melhor o chão e em parte para não ficar visível para qualquer pessoa que estivesse se aproximando do carro pelo outro lado, o lado que dava para o lago. Algumas folhas de papel e um cachecol enroscado saíram da bolsa. Uma das pontas do cachecol — de seda, reluzindo vermelho e amarelo — flutuava dentro de uma poça.

— Na bolsa? — questionou ele, abrindo-a.

— Talvez. Não sei.

Ele continuou procurando e encontrou alguns papéis, batom, pó compacto, pincéis de maquiagem, mas nenhum celular. Largou a bolsa e procurou na lateral da perua, mas era difícil ver qualquer coisa naquela escuridão de fim de tarde.

— Ele foi na direção da água? — perguntou Wyatt, sentindo o pulso na garganta.

— Não sei. Ele apareceu no sinal. Quando estava fechado, na esquina da Union. Falou que não ia machucar a gente se fizéssemos o que ele mandasse. Meu Deus, Baxter. Me desculpa. Me desculpa por ele ter machucado você. Me desculpa por ele ter feito você chorar.

À menção do nome de Baxter, Wyatt ergueu o olhar, não pôde evitar, não conseguiu ouvir o nome do garoto sem sentir uma compulsão medonha de olhar para ele de novo. Ficou surpreso ao ver como o rosto do menino estava perto. A cabeça se dependurava na coxa da mãe, a menos de um metro. Wyatt encarava o rosto de Baxter de cabeça para baixo, um ferimento escuro na bochecha, os lábios de palhaço — vermelhos por causa do doce de alcaçuz, e não por causa do sangue, ele se lembrou de repente —, os olhos esbugalhados. Os olhos de Baxter estavam vidrados em um lugar atrás do ombro de Wyatt, e então aqueles olhos se mexeram de leve e se fixaram nele.

Wyatt gritou e quase caiu.

— Ele não... — falou o rapaz, ofegante, os pulmões puxando o ar com força. Era difícil reunir ar suficiente para falar. Engoliu em seco e tentou de novo: — Ele não... — E aí olhou para a sra. Prezar e parou outra vez.

Até aquele momento, ele não estivera perto o suficiente para ver a mão direita dela, que repousava sobre a perna de Baxter e segurava o cabo de uma faca.

Ele pensou ter reconhecido a faca. Havia algumas parecidas na Miller's Hardware, em um caixa à esquerda da porta, logo depois da arara de jaquetas camufladas. Wyatt se lembrou de uma em particular, com uma lâmina de 25 centímetros com um dos lados serrado, o aço tão polido que era quase um espelho. Wyatt já estivera lá procurando por uma faca daquelas. Talvez até tivesse pedido para dar uma olhada mais de perto. Era a primeira coisa que qualquer um notaria. E se lembrou da forma como a mulher saíra da Miller's, como um dos seus braços fechava o sobretudo, como não carregava bolsa alguma.

A sra. Prezar notou que Wyatt observava a faca. Tirou os olhos dele e, por um momento, encarou a lâmina com uma expressão confusa, como se não fizesse ideia de como aquela coisa fora parar na sua mão. Como se, talvez, nem soubesse para o que aquilo servia. Então, voltou a olhar para Wyatt.

— Ele deixou cair — informou ela, encarando-o com uma expressão quase suplicante. — As mãos estavam sujas de sangue e a faca ficou presa em Baxter. Quando ele tentou puxar, as mãos escorregaram. Ela caiu no chão, e aí eu peguei. Foi por isso que ele não tentou me matar. Porque eu estava com a faca. E então ele fugiu.

A mão fechada no cabo de teflon estava completamente manchada de sangue, que escurecia cada dobra das articulações e a cutícula ao redor do dedão. Gotas de sangue ainda escorriam da manga à prova d'água do casaco, pingando sobre o assento de couro.

— Vou chamar alguém para ajudar — disse Wyatt, mas não sabia ao certo se ela o ouvira. Ele falou tão baixo que mal conseguiu ouvir a si mesmo. Suas mãos estavam erguidas com as palmas na direção da mulher, um gesto defensivo. Não sabia há quanto tempo elas estavam assim.

A sra. Prezar colocou um pé no chão e começou a se levantar. O movimento repentino o assustou, e Wyatt foi para trás. Mas havia algo de errado com o seu pé direito. Ele tentava dar um passo para trás, mas, de alguma forma, o pé ficou grudado na terra, sem querer se mexer. Olhou para baixo a tempo de ver que o outro pé estava sobre o cadarço do tênis direito, e aí perdeu o equilíbrio e caiu de costas.

O impacto foi forte o suficiente para deixá-lo sem ar. Wyatt desabou sobre um tapete úmido de folhas caídas. Observou o céu, que agora era de um violeta-escuro, com uma ou outra das primeiras e mais brilhantes estrelas espalhadas por aí. Lágrimas surgiram nos seus olhos. Ele piscou e se levantou.

A sra. Prezar tinha saído do carro e estava a um metro dele. Segurava seu tênis em uma das mãos e a faca na outra. O calçado de Wyatt escapara do pé. Agora, o pé direito estava coberto apenas por uma meia cinza e congelava no solo frio.

— Ele deixou cair — disse ela. — O homem que atacou a gente. Eu nunca... Meus filhos. Eu nunca machucaria eles. Só peguei a faca.

Ele se levantou e deu um pulo para longe dela, pisando de leve com o pé direito para impedir que afundasse no amontoado de folhas. Queria pegar o sapato e correr. Olhou para o tênis — a mulher o segurava com o braço esticado na direção dele — e depois para a faca. A mão direita da sra. Prezar, que segurava a lâmina frouxamente, estava bem ao lado do corpo.

Mais uma vez, ela seguiu o olhar de Wyatt, encarou a faca e voltou a observá-lo. Balançou a cabeça devagar de um lado para o outro, em uma espécie de negação muda.

— Eu nunca faria isso — falou, largando a faca. Caminhou na direção dele segurando o sapato. — Aqui.

Ele deu um passo para ela, pegou o sapato e o puxou, mas, a princípio, ela não quis largar e, quando o fez, foi apenas para agarrar o braço dele.

Suas unhas se enterraram no pulso dele, ferindo a pele. Aquilo assustou Wyatt, a maneira súbita como ela o pegou, a força com que o segurou.

— Não fui eu — falou ela. Wyatt tentou libertar o braço. A outra mão da mulher segurava o suéter que o rapaz usava debaixo do casaco, manchando-o de sangue. — O que você vai dizer para as pessoas?

Em pânico, ele não sabia se a escutara direito e já não se importava mais. Queria que ela o deixasse ir. As unhas estavam cravadas na carne, mas, pior do que isso, ela estava sujando ele de sangue, a mão toda, o pulso, a roupa. Era pegajoso e desagradavelmente morno e, mais do que qualquer coisa, Wyatt não queria que a mulher sujasse sua pele de sangue. Segurou o pulso esquerdo da sra. Prezar e tentou fazer com que ela abrisse a mão, apertou até sentir os ossos se separando. Ela balbuciava, indo para cima dele. A mão direita se fechou no seu ombro, os dedos forçando a articulação, e ele afastou o braço da mulher, empurrando-a com pouca força, apenas o suficiente para obrigá-la a chegar para trás. Os olhos dela se arregalaram, e a sra. Prezar soltou um lamento engasgado horrível. A mão direita se ergueu e, de repente, a mulher arranhou o rosto de Wyatt. Ele sentiu as unhas abrindo a pele, o sangue quente que escorria das feridas abertas.

Ele agarrou a mão que machucava sua bochecha e empurrou os dedos para trás até quase tocarem as costas da mão. Então, Wyatt desferiu um golpe no esterno da sra. Prezar e ouviu a mulher perdendo o fôlego. Quando ela se dobrou para a frente, ele a acertou no rosto, um soco para baixo que feriu os nós dos dedos. Ela cambaleou adiante e agarrou o suéter dele, de forma que, quando caiu, a sra. Prezar levou Wyatt consigo. Ela ainda segurava seu pulso, as unhas cravadas. Mais do que nunca, ele precisava que a mulher o soltasse. Pegou o cabelo dela e puxou a cabeça para trás até o pescoço estar completamente esticado, até o máximo que a cabeça podia ser forçada a ir. Ela perdeu o fôlego, largou o pulso dele e tentou dar um tapa no rosto de Wyatt, que socou a garganta da mulher.

Ela engasgou. Ele largou seu cabelo e a cabeça da mulher foi para a frente. A sra. Prezar segurou o pescoço com ambas as mãos e permaneceu ajoelhada, os ombros curvados, o cabelo escondendo o rosto, respirando com dificuldade. Então, seu rosto se virou. Ela olhou para a faca no chão às suas costas. Largou o pescoço e tentou alcançá-la com a mão direita, mas foi lenta demais, Wyatt passou por ela e pegou a lâmina do chão, depois se virou e segurou a faca no ar para afastar a mulher.

Ele estava a uma curta distância dela, a própria respiração ofegante, observando-a. Ela devolveu o olhar. Havia cabelo no seu rosto, mas a sra. Prezer olhava para ele através das mechas frisadas manchadas de sangue. Tudo o que Wyatt conseguia ver era o branco dos seus olhos. A mulher respirava mais devagar agora. Eles encararam um ao outro por talvez cinco segundos.

— Socorro — disse ela, com a voz rouca. — Socorro.

Ele a observou.

Instável, a mulher ficou de pé.

— Socorro — falou ela pela terceira vez.

A lateral esquerda do seu rosto doía onde ela o arranhara. A dor era bem pior ao lado olho.

— Vou contar aos outros o que você fez — disse ele.

Ela o encarou por mais um instante, então deu meia-volta e começou a correr.

— Socorro — gritou a mulher. — Alguém me ajuda.

Ele pensou em ir atrás dela e obrigá-la a parar, mas não sabia como faria isso se a alcançasse, então deixou a mulher ir.

Deu alguns passos até o carro e colocou um dos braços sobre a porta aberta, apoiando-se ali. Estava zonzo. A sra. Prezer já havia avançado bastante pela via, uma silhueta escura na escuridão mais pálida da floresta.

Wyatt ficou lá por um tempo, recuperando o fôlego. Então, acabou baixando o olhar e percebeu Baxter o encarando, os olhos esbugalhados na face fina e de maçãs do rosto altas. Com uma nova onda de choque, Wyatt viu a língua do menino se movendo na boca aberta, como se quisesse falar algo.

O estômago de Wyatt revirou. Sentiu as pernas fracas ao olhar para o garoto de novo, para o corte em formato de anzol que atravessava seu pescoço, começando na orelha direita e fazendo uma curva por baixo do pomo de adão. Olhando direto para ele, Wyatt conseguiu ver que o sangue ainda jorrava do ferimento em pulsos grossos e lentos. O assento sob Baxter estava empoçado de sangue.

Ele deu a volta pela porta aberta e parou na frente do menino. Olhou para a ignição, para ver se as chaves do carro estavam ali, pensou que talvez pudesse dirigir até a 17K, e depois... mas não viu as chaves, e sabe-se lá onde estavam. O sangramento — a coisa mais importante para fazer em uma situação como aquela era parar o sangramento. Tinha visto isso no *Plantão médico*. Você pega uma toalha e a enrola, aplicando pressão na ferida até a ajuda chegar. Ele não tinha uma toalha, mas havia o cachecol no chão ao lado do carro. Ficou de joelhos perto da porta aberta e da bolsa caída e agarrou o cachecol. Uma das pontas estava encharcada e pingava lama. Wyatt hesitou, enjoado por um segundo, então pressionou o tecido sobre o ferimento no pescoço do menino. Dava para sentir o sangue pulsando no cachecol.

O cachecol era fino, quase transparente, já úmido por causa da poça, e logo ficou encharcado, o sangue escorrendo para as mãos, para os antebraços. Ele largou e deixou a tira de seda cair, limpando as mãos de forma desesperada na frente da blusa. Baxter o observava com olhos chocados e fascinados. Eram azuis como os da mãe.

Wyatt chorava. Não sabia que ia chorar até o momento em que começou. Não conseguia se lembrar de qual foi a última situação em que chorou abertamente. Pegou algumas das folhas de papel que caíram da bolsa da sra. Prezar e tentou pressioná-las na ferida, mas elas eram ainda piores que o cachecol. Eram papéis brancos nem um pouco absorventes, várias folhas grampeadas; na escuridão, Wyatt viu que segurava uma conta de cartão de crédito. No topo da primeira página, as palavras PAGAMENTO ATRASADO foram carimbadas em tinta vermelha.

Pensou em jogar o que sobrara dentro da bolsa no chão, procurando por outra coisa para usar como compressa, então tirou a jaqueta e o colete branco que usava no trabalho, enrolou o colete e o pressionou no ferimento. Apertou com as duas mãos, aplicando pressão com boa parte do corpo. Na escuridão, o colete era de um branco quase luminescente, mas, enquanto pressionava, viu uma mancha escura se espalhando por ele, encharcando o tecido. Tentou pensar no que poderia fazer agora, mas nenhuma ideia surgia. Sua memória foi para Kensington, limpando a língua com o lenço, a forma como cada bolinha de papel logo ficava ensopada de sangue. Teve uma ideia, algo estranho para ele, uma ideia que conectava Kensington, o pino prateado na língua e o corte pela garganta de Baxter; pensou em como os jovens são perfurados por amor, corpos inocentes dilacerados e destruídos sem nenhuma boa razão, a não ser quando aquilo era conveniente para algum dos seus entes queridos.

A mão esquerda de Baxter surgiu ao lado dele. Wyatt quase deu um grito quando a viu pelo rabo do olho, uma forma branca e fantasmagórica se erguendo no escuro. Os dedos do menino se mexeram na direção da garganta. Wyatt pensou em uma coisa. Pegou a mão de Baxter e a colocou sobre a compressa. Esticou o braço para dentro do carro, pegou a mão direita do garoto e colocou em cima da esquerda. Quando largou, as mãos de Baxter permaneceram no colete ensopado de sangue. Elas não pressionavam com muita força — mas continuaram no lugar.

— Só vou levar um minuto — disse Wyatt, tremendo violentamente. — Vou correr e trazer alguém. Vou até a estrada pedir ajuda e vamos te levar para o hospital. Vai ficar tudo bem. Só continue com a pressão no pescoço. Vai ficar tudo bem, prometo.

Baxter o encarou sem expressão. Wyatt não gostou da maneira como os olhos do menino estavam vidrados. O rapaz se levantou e disparou. Seguiu por alguns metros e então tirou, com um chute, o outro tênis que usava, e voltou a correr.

Deu uma arrancada rápida com passos largos, ofegante com o ar úmido e frio. O único som era o dos seus pés batendo com força na terra dura. No entanto, achou que já não estava tão rápido quanto antes, que, quando era jovem, correr requeria menos esforço. Não tinha avançado muito até começar a sentir uma câimbra aguda na lateral do corpo. E, embora respirasse fundo, não parecia conseguir puxar ar suficiente para os pulmões. Talvez fossem os cigarros. Baixou o rosto e continuou em frente, mordendo o lábio, tentando não pensar em como poderia estar indo bem mais rápido se metade do seu corpo não doesse. Olhou para trás e percebeu que só conseguira cobrir mais ou menos cem metros, o carro ainda à vista. Estava chorando de novo. Conforme corria, começou a rezar. As palavras irrompiam em sussurros cada vez que ele soltava o ar.

— Deus, por favor — murmurou para a escuridão de fevereiro. Ele correu e correu, mas não achava que estava se aproximando da estrada. Era como estar entre as bases de novo, a mesma sensação de desespero, de disparar na direção do inescapável. — Por favor, permita que eu seja rápido. Permita que eu seja rápido de novo. Permita que eu seja rápido como antes.

Na curva seguinte, a 17K apareceu, a menos de quatrocentos metros de distância. Havia um poste no fim da via e um carro parado embaixo dele. Era um Crown Victoria com sirenes desligadas no teto — *uma viatura da polícia estadual*, pensou Wyatt com alívio. Era engraçado ele ter se lembrado do campo de beisebol, talvez fosse Treat Rendell que estivesse ali. Um homem — apenas uma silhueta escura — saiu do veículo. Wyatt começou a gritar e agitar os braços, pedindo ajuda.

A CAPA

A GENTE ERA CRIANÇA.
Eu era o Raio Vermelho e subi no olmo morto no canto do quintal para escapar do meu irmão, que não era ninguém, só ele mesmo. Os amigos dele iam lá para casa e ele queria que eu não existisse, mas eu não podia fazer nada: eu existia.

Eu usava a máscara dele e falei que, quando os amigos chegassem, ia revelar a sua identidade secreta. Ele respondeu que ia arrebentar a minha cara e ficou lá embaixo, jogando pedras na minha direção, mas arremessava que nem uma garotinha, e eu logo consegui subir a ponto de ficar fora de alcance.

Ele estava velho demais para brincar de super-herói. Aquilo tinha acontecido de repente, sem aviso. Ele passara a semana antes do Dia das Bruxas vestido de Lava, que era tão rápido que derretia o chão quando corria. Então o Dia das Bruxas terminou, e ele não queria mais ser um super-herói. Mais do que isso, queria que todo mundo esquecesse que ele já tinha sido um super-herói, ele mesmo queria esquecer aquilo, só eu que não deixava, porque estava subindo em uma árvore com a máscara dele enquanto os amigos estavam indo lá para casa.

O olmo estava morto havia anos. Sempre que ventava, as lufadas arrancavam galhos e os sopravam pelo quintal. O tronco seco estalava e se quebrava debaixo da ponta dos meus tênis. Meu irmão não iria me seguir — estava abaixo da sua dignidade — e era maravilhoso escapar dele.

No início, escalei sem pensar em nada, chegando mais alto do que jamais havia conseguido. Entrei em uma espécie de transe de subida em árvore, me livrando da punição com a altitude e a minha agilidade de garoto de sete anos. Então ouvi meu irmão gritando que ia me ignorar (prova certeira de que não ia fazer aquilo) e me lembrei do que me fizera querer escalar o olmo. Fixei os olhos em um galho longo e horizontal, um lugar em que poderia me sentar, balançar os pés e provocar o meu irmão até ele ter um faniquito sem me preocupar com represálias. Ajustei a capa de volta sobre os ombros e continuei subindo com um propósito.

A capa iniciara sua vida como o meu cobertor da sorte e tem sido minha companheira desde que eu tinha dois anos. Com o passar do tempo, a cor mudara de um azul profundo e lustroso para um cinza opaco cor de pombo. Minha mãe cortara o tecido para ficar do tamanho de uma capa e costurara um raio vermelho de feltro no meio. Ela também cosera o emblema dos Fuzileiros Navais, um dos distintivos do meu pai, que mostrava o número 9 atravessado por um raio. O emblema viera do Vietnã, dentro do seu baú militar. Meu pai não veio junto. Minha mãe hasteou a bandeira preta dos prisioneiros de guerra no nosso alpendre dianteiro, mas, mesmo naquela época, eu sabia que ninguém estava mantendo ele preso.

Eu colocava a capa assim que chegava da escola, chupava a bainha de cetim enquanto assistia à TV, limpava a boca com ela durante a janta e, na maioria das noites, dormia enrolado nela. Odiava tirar a capa. Eu me sentia nu e vulnerável sem ela. Era bem comprida e, se eu não tomasse cuidado, podia ficar presa debaixo dos meus pés.

Cheguei ao galho lá no alto, passei a perna sobre ele e me acomodei. Se o meu irmão não estivesse lá para testemunhar o que aconteceria a seguir, eu mesmo não teria acreditado. Depois, diria a mim mesmo que havia sido uma fantasia desesperada, uma ilusão que me dominou em um momento de terror e choque.

Nicky estava lá embaixo, a quase cinco metros de distância, olhando para cima e falando sobre o que ia fazer comigo quando eu descesse. Levantei a máscara dele, uma coisa bem Zorro, preta e com buracos para os olhos, e a balancei.

— Vem aqui me pegar, Lava — falei.

— É melhor que esteja planejando morar aí em cima pelo resto da vida.

— Por que o seu nome é Lava se você nunca lava as suas cuecas?

— Tá legal. Agora você está morto — disse ele. Meu irmão dava respostas como lançava as pedras: mal.

— Lava, Lava, Lava — falei, porque o nome era insultante o suficiente.

Conforme gritava, fui rastejando pelo galho. Peguei a capa, que tinha escorregado do meu ombro, com a mão direita. Então, quando tentei me mexer, o tecido ficou preso e eu perdi o equilíbrio. Escutei o pano se rasgar. Fui de cara no galho, machucando o queixo, apertando bem os braços. O galho deu um mergulho, depois foi para cima e voltou para baixo... e ouvi um barulho, um estalo leve que ressoou nitidamente no fresco ar de novembro. Meu irmão ficou pálido.

— Eric — gritou ele. — Eric, se segura!

Por que ele mandou eu me segurar? O galho estava quebrando — eu precisava sair dali. Será que o choque do meu irmão era grande demais para ele perceber isso ou uma parte inconsciente dele queria me ver caindo? Congelei, meu cérebro se esforçando muito para pensar no que fazer, e, no momento em que hesitei, o galho se partiu.

Meu irmão de um pulo para trás. O galho quebrado, com seu um metro e meio, acertou o chão e se despedaçou, madeira e ramos voando para todas as direções. O céu girou acima de mim. Meu estômago deu um sobressalto de enjoo.

Levei um segundo para notar que eu não estava caindo. Que encarava o quintal como se ainda estivesse sentado no galho daquela árvore enorme.

Olhei, nervoso, para Nicky. Ele me olhou de volta — de boca aberta.

Meus joelhos estavam colados no peito. Meus braços estavam esticados, um para cada lado, como se eu estivesse me equilibrando. Eu flutuava no ar, nada me segurava lá em cima. Balancei para a direita. Rolei para a esquerda. Eu era um ovo que não queria cair.

— Eric? — falou o meu irmão, a voz fraca.

— Nicky? — respondi no mesmo tom. Uma brisa soprou pelos galhos nus do olmo, fazendo-os se debaterem uns contra os outros. A capa se mexeu nos meus ombros.

— Desce, Eric — disse o meu irmão. — Desce.

Reuni coragem e me forcei a observar o chão diretamente abaixo. Meu irmão estava de pé, os braços esticados e apontados para o céu, como se tivesse a intenção de agarrar os meus tornozelos e me puxar, embora estivesse longe demais de mim e afastado demais da árvore para ter qualquer chance disso.

Um brilho chamou a minha atenção e desviei o olhar. Antes, a capa estava presa ao redor do meu pescoço por um alfinete dourado que juntava as duas pontas do cobertor. Mas o alfinete tinha rasgado um dos pedaços e agora se dependurava inutilmente do outro. Lembrei-me, então, do som de pano se rasgando que tinha ouvido quando dei de cara no galho. Nada prendia a capa em mim.

O vento soprou outra vez. O olmo gemeu. A brisa passou pelo meu cabelo e arrancou a capa das minhas costas. Eu a vi dançar para longe, como se estivesse sendo puxada por fios invisíveis. E o meu apoio foi embora com ela. No segundo seguinte, rolei para a frente e o chão veio até mim a uma velocidade horrível, tão rápido, que nem tive tempo de gritar.

Atingi o solo, aterrissando em cima do galho despedaçado. Um espeto longo de madeira furou o meu peito, logo abaixo da clavícula. Depois de sarar, o ferimento deixou uma cicatriz brilhante no formato de lua crescente, minha característica mais interessante. Quebrei a fíbula, estourei a rótula do joelho esquerdo e fraturei o crânio em dois lugares. Sangrei pelo nariz, pela boca, pelos olhos.

Não me lembro da ambulância, embora tenham me dito que nunca fiquei inconsciente de verdade. Mas me lembro do rosto do meu irmão, branco e assustado, acima do meu no quintal. Minha capa estava segura em seus punhos. Sem perceber, ele a enrolava.

Se eu tivesse qualquer dúvida sobre o que havia realmente acontecido, ela se dissiparia dois dias depois. Eu ainda estava no hospital quando o meu irmão amarrou as pontas da capa em um nó em seu pescoço e pulou do alto da escada. Ele caiu direto, dezoito degraus, pousando com o rosto no último. O hospital conseguiu colocar a gente no mesmo quarto, mas não conversamos. Ele passava a maior parte do dia de costas para mim, encarando a parede. Não sei por que não queria olhar para a minha cara — talvez estivesse com raiva porque a capa não funcionou com ele, ou com raiva de si mesmo por pensar que funcionaria, ou só ficasse irritado ao pensar que os outros meninos sacaneariam ele quando soubessem que tinha estraçalhado o rosto tentando ser o Super-Homem —, mas, ao menos, podia entender por que ele não conversava. Sua mandíbula estava presa com fios de aço. Ele precisou de seis pinos e duas cirurgias plásticas para reconstruir a cara em algo parecido com sua antiga aparência.

Quando saímos do hospital, a capa não estava mais em casa. Minha mãe contou para a gente no carro. Ela a jogou no lixo e a mandou para o aterro sanitário para ser incinerada. Não haveria mais voos na residência dos Shooter.

Depois do acidente, eu me tornei uma criança diferente. Meu joelho latejava quando eu andava demais, ou quando chovia, ou quando fazia frio. Flashes de luz me davam enxaquecas explosivas. Tinha problemas em me concentrar por grandes períodos, achava difícil acompanhar uma aula do início ao fim, às vezes me perdia em devaneios no meio das provas. Não conseguia correr, então era horrível em esportes. Não conseguia pensar, então era pior ainda nos estudos.

Era uma tristeza tentar manter o mesmo passo dos outros garotos, então me trancava em casa depois da escola para ler gibis. Não sei qual era o meu herói favorito. Não me lembro de nenhuma história em particular. Lia quadrinhos compulsivamente, sem sentir nenhum prazer em especial ou ter uma opinião particular, lia apenas porque não conseguia resistir. Eu fica enfeitiçado pelo papel-jornal barato, pelas cores berrantes e pelas identidades secretas. As revistinhas tinham poder sobre mim como uma droga, com suas imagens de homens disparando pelo céu, furando as nuvens quando passavam por elas. Os gibis pareciam a vida. Todo o resto era um pouco fora de foco, o volume baixo demais, as cores sem brilho.

Não voei de novo por mais de dez anos.

EU NÃO ERA UM colecionador e, se não fosse pelo meu irmão, simplesmente largaria os gibis em qualquer canto. Mas Nick os lia da mesma forma compulsiva que eu, tinha o mesmo fascínio por eles. Durante anos, ele manteve as revistinhas em sacos plásticos para protegê-las, organizadas em ordem alfabética em caixas brancas e compridas.

Então, um dia, quando eu tinha quinze anos e Nick estava no último ano do colégio Passos High, ele apareceu com uma garota, um evento inédito. Meu irmão a deixou na sala comigo, disse que ia colocar a mochila no andar de cima, e aí correu até o nosso quarto e jogou os quadrinhos fora — todos, os dele e os meus, quase oitocentas HQs. Enfiou tudo em dois sacos de lixo e escapuliu pelos fundos.

Entendo por que fez isso. Namorar era difícil para Nick. Meu irmão não se sentia seguro em relação ao rosto reconstruído, que, na verdade, não era tão ruim assim. A mandíbula e o queixo talvez fossem quadrados demais, a pele um tanto repuxada, de forma que, às vezes, ele parecia a caricatura de algum super-herói melancólico. Mas estava longe de ser o Homem Elefante, embora houvesse um toque terrível nas suas sofríveis tentativas de sorriso, de forma que lhe parecia doloroso mover os lábios e mostrar os brancos, grandes e totalmente falsos dentes de Clark Kent. Nick não parava de se olhar no espelho, buscando algum sinal de desfiguramento, a falha que fazia com que os outros evitassem a sua companhia. Ele sempre ficava nervoso perto de garotas. Eu já estivera em mais relacionamentos, e era três anos mais novo. Com tudo isso jogando contra ele, Nick não podia arcar com ser um nerd também. Nossos gibis precisavam ir.

O nome dela era Angie. Ela tinha a minha idade e vinha de outra escola, novata demais para saber que o meu irmão era um bunda-mole. Ela cheirava a patchouli e usava uma boina tricotada a mão no vermelho, amarelo e verde da bandeira rastafári. Fazíamos literatura juntos e ela me reconheceu. No dia seguinte, haveria um teste sobre *Senhor das moscas*. Perguntei o que tinha achado do livro, e Angie respondeu que ainda não havia terminado, então falei que podia ajudá-la a estudar, se ela quisesse.

Quando Nick voltou, depois de jogar nossa coleção de quadrinhos fora, estávamos os dois deitados de bruços, lado a lado, assistindo a *Spring Break* da MTV. Peguei o livro e estava mostrando algumas partes que tinha sublinhado... uma coisa que, em geral, nunca fazia. Como mencionei, eu era um estudante ruim e desmotivado, mas fiquei empolgado com *Senhor das moscas*, que me distraiu por mais ou menos uma semana e me fez querer morar em uma ilha, descalço e pelado, com a minha própria tribo de meninos para dominar e comandar em rituais selvagens. Li e reli as partes em que Jack pinta o rosto, tomado por um desejo de espalhar lamas de cores diferentes na cara, de ser primitivo, irreconhecível, livre.

Nick se sentou do outro lado de Angie, emburrado, porque não queria dividi-la comigo. Meu irmão não podia conversar sobre o livro com a gente — nunca tinha lido. Ele sempre fez aulas avançadas de literatura, onde colocavam os alunos para ler Milton e Chaucer. Enquanto isso, eu era mediano em Aventuras na Literatura!, um curso para os futuros zeladores e técnicos de ar-condicionado. Éramos a molecada burra e sem futuro, e a nossa idiotice era premiada com livros realmente divertidos.

De vez em quando, Angie parava para ver o que estava passando na TV e fazia alguma pergunta provocativa: *Vocês acham que essa garota é uma gostosona? Seria humilhante apanhar de uma mulher em uma luta na lama ou é esse o ponto?* Nunca ficava claro com quem ela estava falando, e eu normalmente respondia primeiro, só para preencher o silêncio. Nick agia como se a mandíbula estivesse costurada de novo e dava seu sorriso terrível de raiva quando minhas respostas faziam Angie rir. Uma vez, durante uma gargalhada, ela colocou a mão no meu braço. Ele ficou com raiva daquilo também.

ANGIE E EU ÉRAMOS amigos havia dois anos, antes do nosso primeiro beijo dentro de um closet, nós dois bêbados em uma festa, com outras pessoas rindo e gritando os nossos nomes do outro lado da porta. Fizemos amor pela primeira vez três meses depois, no meu quarto, com as janelas abertas e uma brisa gelada com cheiro doce de pinheiro nos refrescando. Após a nossa primeira vez, ela me perguntou o que eu queria fazer quando crescesse. Falei que queria aprender a voar de asa-delta. Eu tinha dezoito anos, ela tinha dezoito anos. Essa resposta foi satisfatória para os dois.

Após algum tempo, pouco depois de ela ter terminado o curso de enfermagem e a gente ter ido morar junto em um apartamento no centro, ela me perguntou outra vez o que eu queria fazer. Tinha passado o verão trabalhando como pintor de casas, mas aquilo havia terminado. Ainda não encontrara nenhum trabalho para substituir o antigo, e Angie disse que eu deveria pensar um pouco no futuro.

Ela queria que eu voltasse para a faculdade. Falei que consideraria isso, e, enquanto estava considerando, perdi o prazo de matrícula para o semestre seguinte. Ela me perguntou por que eu não estudava para ser paramédico e passou vários dias juntando os documentos para eu preencher e entrar no curso: matrículas, questionários, formulários de financiamento estudantil. A pilha de folhas ficou perto da geladeira, acumulando manchas de café, até um de nós jogá-la no lixo. Não era a preguiça que me impedia. Só não suportava pensar em fazer aquilo. Meu irmão estava cursando medicina em Boston. Ele ia achar que, de uma maneira um tanto carente, eu tentava ser como ele, uma ideia que me fazia tremer de ódio.

Angie falou que deveria ter alguma coisa que eu quisesse fazer. Respondi que queria morar com ela em Barrow, no Alasca, às margens do Círculo Ártico, e criar os nossos filhos e malamutes, e ter um jardim em uma estufa: tomates, vagens, um pouco de maconha. Ganharíamos dinheiro levando turistas para andar de trenó puxado por cães. Abandonaríamos o mundo dos supermercados, da internet banda larga e da água encanada. Deixaríamos a TV para trás. No inverno, a aurora boreal pintaria o céu o dia inteiro. No verão, nossos filhos viveriam de forma quase selvagem, esquiando nos morros sem nome do interior, alimentando filhotes de foca brincalhões no cais atrás da nossa casa.

Nós tínhamos acabado de começar a empreitada de ser adulto e estávamos nos primeiros passos de viver a vida na companhia um do outro. Naqueles dias, quando eu mencionava nossos filhos alimentando focas, Angie me encarava de uma forma que me deixava, ao mesmo tempo, um pouco fraco e bastante confiante... confiante sobre mim mesmo e sobre quem eu poderia ser. A própria Angie tinha os olhos grandes de foca, castanhos com um anel dourado ao redor da pupila. Ela me encarava sem piscar, me ouvindo falar com a boca aberta, prestando tanta atenção quanto uma criança escutando sua história de ninar favorita.

Mas, depois de eu ter sido preso por dirigir bêbado, qualquer menção ao Alasca a deixava de mau humor. A prisão também custou o meu emprego — nenhuma grande perda, admito, já que na época eu entregava pizza —, e Angie estava desesperada para manter as contas pagas. Ela se preocupava, mas se preocupava sozinha, me evitando o máximo possível, o que não era fácil, já que dividíamos uma quitinete.

Ainda assim, eu mencionava o Alasca de vez em quando, tentando atraí-la de volta para mim, mas aquilo só deu a Angie um ponto onde concentrar sua raiva. Ela perguntou como seria o nosso chalé, já que eu não conseguia nem manter o nosso apartamento arrumado, mesmo sozinho em casa o dia inteiro. Ela imaginava filhos brincando entre montes de bosta de cachorro, o chão da varanda dianteira cedendo, motoneves enferrujadas e vira-latas loucos espalhados pelo quintal. Falou que tinha vontade de gritar quando eu falava sobre aquilo, era tão patético, tão distante da nossa vida. Disse que achava que eu tinha algum problema, alcoolismo, talvez, ou depressão. Queria que eu procurasse ajuda, como se tivéssemos dinheiro para isso.

Nada disso explicava por que ela me deixou — me abandonou sem aviso. Não foi o julgamento do meu caso, a bebida ou a minha falta de direção. A verdadeira razão da nossa separação era mais terrível, tão terrível que nunca conseguimos falar sobre ela. Se Angie a tivesse mencionado, eu a ridicularizaria. E eu mesmo não podia falar nada, porque a minha política era fingir que aquilo nunca tinha acontecido.

Eu estava preparando um café da manhã como jantar certa noite, bacon e ovos, quando Angie chegou do trabalho. Eu gostava de deixar tudo pronto para quando ela voltasse, parte do meu plano de mostrar a ela que eu podia estar mal, mas ainda não desistira. Mencionei algo sobre como teríamos porcos no Yukon, defumaríamos o nosso próprio bacon, mataríamos um leitão para a ceia de Natal. Ela disse que aquilo não tinha mais graça. Foi mais a forma como ela falou do que as palavras em si. Cantei a música de *Senhor das moscas* — *matem a porca, tirem seu sangue* — para tentar arrancar uma risada de uma coisa que nem fora engraçada em primeiro lugar, e ela falou *Para*, com a voz bem estridente, *para com isso*. Por acaso, nesse momento em particular, eu estava com uma faca na mão, que tinha usado para abrir o pacote de bacon, e a bunda de Angie estava encostada no balcão da cozinha a uma curta distância. Na minha cabeça, surgiu de repente uma imagem vívida em que eu me virava e atravessava o pescoço dela com a lâmina. Imaginei sua mão indo rápido para o pescoço, seus olhos de filhote de foca esbugalhados de espanto, vi sangue, o vermelho brilhante de suco de cranberry escorrendo pelo seu suéter de gola V.

Conforme o pensamento me ocorreu, olhei de relance para a garganta dela — e então para os seus olhos. Angie me encarava de volta e estava com medo. Ela colocou o copo de suco de laranja com muito cuidado na pia e disse que não estava com fome e que talvez precisasse se deitar um pouco. Quatro dias depois, fui comprar pão e leite e, quando voltei, ela tinha sumido. Angie me ligou da casa dos pais para avisar que precisava de um tempo.

Foi só algo que me passou pela cabeça. Quem não pensa coisas assim de vez em quando?

QUANDO ESTAVA COM DOIS meses de aluguel atrasados, e o meu senhorio falou que conseguiria uma ordem para me despejar, eu me mudei de volta para casa. Minha mãe estava fazendo uma reforma e falei que queria ajudar. E queria mesmo. Estava desesperado para ter alguma coisa para fazer. Não trabalhava havia quatro meses e o meu caso seria julgado em dezembro.

Minha mãe tinha derrubado as paredes do meu antigo quarto, tirado as janelas. Os buracos na parede estavam cobertos por plástico e o chão estava cheio de pedaços de gesso. Eu me acomodei no porão, em uma cama de montar, entre as máquinas de lavar e de secar. Coloquei a TV em cima de um engradado na ponta da cama. Não poderia deixá-la no apartamento, precisava dela para me fazer companhia.

Minha mãe não servia para isso. No primeiro dia que passei em casa, ela só se dirigiu a mim para dizer que eu não podia usar o carro. Se quisesse me embebedar e acabar com outro veículo, teria que comprar um. A maior parte da sua comunicação era não verbal. Ela me avisava que era hora de acordar pisando forte no andar de cima, logo acima da minha cabeça, os pés ribombando pelo teto do porão. Ela me dizia que se sentia enojada ao olhar para mim por sobre o pé de cabra, enquanto forçava as tábuas do chão do meu quarto, puxando-as com uma fúria silenciosa, como se quisesse arrancar à força todas as evidências da minha infância naquela casa.

O porão nunca fora finalizado, com seu piso de cimento esburacado e um labirinto de canos pendurados no teto. Pelo menos havia um banheiro, um banheiro inconvenientemente minúsculo com um chão florido de linóleo e um jarro de pot-pourri com aromas da floresta na caixa de descarga do vaso. Quando eu mijava lá, podia fechar os olhos, inalar aquele cheiro e imaginar o vento soprando por cima dos grandes pinheiros do norte do Alasca.

Certa noite, acordei na minha cela subterrânea por causa do frio, com a respiração condensando em tons de prata e azul na luz lançada pela TV, que eu deixara ligada. Tinha tomado algumas cervejas antes de ir para a cama e agora estava com tanta vontade de urinar, que chegava a doer.

Em geral, eu dormia sob uma grande colcha costurada à mão pela minha avó, mas deixei cair comida chinesa nela, então a enfiei na máquina de lavar e depois esqueci de colocar para secar. Para substituí-la, pilhei o armário de roupa de cama antes de me deitar, pegando um monte dos cobertores velhos da minha infância: um edredom azul decorado com os personagens de *O império contra-ataca*, uma manta vermelha com esquadrilhas de triplanos Fokker planando. Sozinho, nenhum deles era grande o suficiente para me cobrir, mas os espalhei por cima do meu corpo de forma a ficarem sobrepostos, um para os pés, outro para as pernas e a virilha, um terceiro para o peito.

Eles me mantiveram aquecido o suficiente para cair no sono, mas agora estavam desarrumados e me encolhi todo para me aquecer, os joelhos quase encostando no peito, os braços os envolvendo, os pés descalços e descobertos no frio. Não conseguia sentir os dedos, como se eles já tivessem sido congelados e amputados.

Minha cabeça estava grogue. Ainda não estava completamente desperto. Precisava mijar e me aquecer. Levantei e fui para o banheiro no escuro, o cobertor menor jogado sobre os ombros para manter o frio afastado. Por causa do sono, pensei que ainda estava todo enrolado para continuar quente, com os joelhos perto do peito, mesmo que estivesse me movendo para a frente. Foi apenas quando cheguei em frente ao vaso e me atrapalhei com a cueca que olhei para baixo e vi que os meus joelhos *estavam* encolhidos e que os meus pés não encostavam no chão. Eles se balançavam uns trinta centímetros acima do assento da privada.

O cômodo girou ao meu redor e fiquei zonzo por um segundo, não por choque, mas por uma espécie de deslumbre sonhador. Não havia choque algum, na verdade. Acho que parte de mim aguardara, por todo aquele tempo, voar de novo, quase à espera daquilo.

Não que aquilo pudesse ser descrito como voar. Era mais flutuar com controle. Eu era um ovo outra vez, inclinado e atrapalhado. Meus braços balançavam nervosos nas laterais. As pontas dos dedos de um rasparam na parede e consegui me estabilizar um pouco.

Senti um tecido passando pelos meus ombros e olhei para baixo com cuidado, como se um movimento repentino dos meus olhos pudesse me fazer rodar até o chão. Pela visão periférica, vi a bainha de cetim azul de um cobertor e parte de um emblema vermelho e amarelo. Outra onda de tontura passou por mim e me balançou no ar. O cobertor escorregou, exatamente como fizera naquele dia quatorze anos atrás, e caiu dos meus ombros. Desabei no mesmo instante, bati o joelho na lateral do vaso e uma das minhas mãos acabou indo parar dentro dele, mergulhando na água gelada.

SENTEI-ME COM A CAPA estendida sobre os joelhos, analisando-a conforme os primeiros raios prateados da aurora iluminavam as janelas altas nas paredes do porão.

A capa era ainda menor do que eu me lembrava, mais ou menos do tamanho de uma fronha grande. O raio de feltro vermelho ainda estava costurado no verso, embora alguns pontos tivessem se soltado e uma das extremidades do raio estivesse enrugada para cima. O emblema dos Marines do meu pai também continuava lá, foi ele que vi pelo rabo do olho: um raio atingindo um fundo da cor do fogo.

É claro que a minha mãe não tinha mandado a capa para ser incinerada no aterro sanitário. Ela nunca jogava nada fora, sob a teoria de que poderia encontrar algum uso para o objeto no futuro. Acumulação era a sua mania, não gastar dinheiro sua obsessão. Ela não entendia nem um pouco de obras, mas nunca passaria por sua cabeça pagar alguém para fazer esse serviço. As paredes do meu quarto seriam rasgadas, o cômodo ficaria à mercê das intempéries e eu continuaria dormindo no porão até ela começar a usar fraldas e eu ser o responsável por trocá-las. O que ela via como autoconfiança era, na verdade, uma teimosia típica dos brancos pobres, e não demorou muito para aquilo me irritar e eu parar de ajudar ela.

A borda de cetim da capa ainda era grande o suficiente para ser amarrada em volta do meu pescoço.

Fiquei sentado na ponta da cama por um bom tempo, com os pés para cima, empoleirado feito um pombo em uma marquise, o cobertor chegando até a base da minha coluna. O chão estava a quinze centímetros de distância, mas eu o encarava como se fosse uma queda de dez metros. Por fim, me joguei.

E continuei no lugar. Balancei, vacilante, para a frente e para trás, mas não caí. Meu fôlego ficou preso atrás do diafragma e levei vários instantes para forçar a respiração para fora, em um grande espirro equino.

Ignorei os sapatos de salto de madeira da minha mãe batendo acima da minha cabeça às nove da manhã. Ela tentou de novo às dez, dessa vez abrindo a porta para gritar *Não vai levantar, não?* Gritei de volta dizendo que já *tinha* levantado. Era verdade: eu tinha me levantado a sessenta centímetros do chão.

Àquela altura, já estava voando há horas... mas, novamente, descrever aquilo como voo fazia surgir a imagem errada. Você vê o Super-Homem. Imagine, em vez disso, um homem sentado em um tapete mágico com os joelhos bem junto do peito. Agora, tire o tapete, e você vai estar perto.

Eu só tinha uma velocidade, que chamaria de majestosa. Eu me movia na velocidade de um carro alegórico em um desfile. Tudo o que precisava fazer para seguir adiante era olhar para a frente. Era como se eu fosse impulsionado pela força de um gás poderoso e invisível, a flatulência dos deuses.

Por um tempo, tive dificuldade de fazer curvas, mas enfim aprendi a mudar de direção, da mesma maneira que uma pessoa conduz uma canoa. Conforme me movia pelo cômodo, esticava um dos braços e recolhia o outro. Assim, sem esforço, eu virava para a direita ou para a esquerda, dependendo de qual remo metafórico era colocado na água. Assim que consegui pegar o jeito, o ato de virar se tornou empolgante, a forma como eu acelerava nas curvas, uma aceleração súbita que produzia um friozinho na barriga.

Eu podia aumentar a distância do chão ao me inclinar para trás, como em uma poltrona reclinável. Quando tentei pela primeira vez, fui para cima tão rápido, que bati a cabeça em um cano de cobre, com força suficiente para ver pontos pretos rodopiando. Mas apenas ri e esfreguei o galo no meio da testa.

Parei mais ou menos ao meio-dia porque estava exausto, e me joguei na cama com os músculos da minha barriga tremendo, desamparados, pelo esforço necessário para manter os joelhos encolhidos durante tanto tempo. Esqueci de comer e fiquei zonzo com a queda de açúcar no sangue. Ainda assim, mesmo deitado debaixo das cobertas, no porão que ia esquentando aos poucos, senti que estava voando. Fechei os olhos e naveguei até os cantos mais distantes do sono.

* * *

NO FIM DA TARDE, tirei a capa e fui até a cozinha para preparar sanduíches de bacon. O telefone tocou e atendi de maneira automática. Era o meu irmão.

— A mãe disse que você não está ajudando ela — falou ele.

— Oi. Eu estou bem. E você?

— Ela também falou que você passa o dia inteiro assistindo à TV no porão.

— Eu não faço só isso — respondi. Soei mais na defensiva do que gostaria. — Se está tão preocupado, por que não vem aqui e banca o ajudante um fim de semana desses?

— No terceiro ano de medicina não dá para tirar folga sempre que tenho vontade. Preciso reservar até a hora de ir ao banheiro com antecedência. Na semana passada, passei dez horas no pronto-socorro. Já deveria ter saído, mas aí apareceu uma senhora com um sangramento vaginal forte... — Dei uma risadinha quando ele falou aquilo, uma reação que foi recebida por um longo momento de silêncio reprovador. Então Nick continuou: — Fiquei lá por mais uma hora para garantir que ela ficaria bem. É isso que quero para você. Que você faça algo que possa te elevar desse seu mundinho.

— Estou fazendo algumas coisas.

— Que coisas? O que você fez hoje, por exemplo?

— Hoje... hoje não foi um dia normal. Passei a noite em claro. Fiquei... meio que... flutuando de um lado para o outro. — Não consegui evitar e ri de novo.

Ele ficou em silêncio por um segundo. E aí falou:

— Eric, se você estivesse em queda livre, acha que conseguiria perceber?

SAÍ DA PONTA DO telhado como um nadador deslizando da beira da piscina para a água. Minhas tripas se agitaram e o meu escalpo formigou, tão gelado que chegava a queimar, meu corpo inteiro tenso esperando a queda. É o fim, pensei, e passou pela minha cabeça que toda aquela manhã voando no porão fora um delírio, uma fantasia esquizofrênica, e agora eu ia cair e me arrebentar, a gravidade se atendo à realidade. Em vez disso, caí um pouquinho e depois alcei voo. Minha capa da infância se agitou nos meus ombros.

Enquanto esperava a minha mãe ir para a cama, pintei o rosto. Me recolhi ao banheiro do porão e usei um dos batons dela para fazer uma máscara vermelha brilhante, um par de anéis interligados em volta dos olhos. Não queria ser visto enquanto estivesse voando e, se fosse, achei que os círculos vermelhos distrairiam qualquer testemunha em potencial dos meus traços. Além disso, eu me senti bem ao pintar o rosto, de uma forma esquisita, a sensação do batom firme e suave passando pela minha pele era excitante. Quando terminei, permaneci em frente ao espelho, admirando por um tempo. Eu gostava da minha máscara vermelha. Era simples, mas deixava o meu rosto estranho. Fiquei curioso sobre o novo sujeito que me encarava no reflexo. Sobre o que ele queria. O que podia fazer.

Depois da minha mãe se trancar no quarto para dormir, subi, passei pelo buraco na parede do meu quarto onde ficava a lucarna e cheguei ao telhado. Algumas telhas tinham desaparecido, outras estavam soltas e tortas. Outra coisa que a minha mãe tentaria consertar sozinha para economizar alguns centavos. Ela teria sorte de não escorregar do telhado e quebrar o pescoço. Qualquer coisa poderia acontecer ali, onde o mundo encontra o céu. Ninguém sabia disso melhor do que eu.

O frio machucou o meu rosto e deixou as minhas mãos dormentes. Permaneci sentado, flexionando os dedos por um bom tempo, juntando coragem para superar cem mil anos de evolução que gritavam comigo, dizendo que eu morreria se pulasse. Então pulei, e fiquei suspenso no ar límpido e gelado dez metros acima do quintal.

Você deve estar querendo ouvir agora que senti uma onda de animação, que comemorei com a emoção do voo. Não aconteceu nada disso. O que senti foi bem mais sutil. Minha pulsação acelerou. Prendi a respiração por um segundo. Uma tranquilidade foi se espalhando dentro de mim, como a tranquilidade do ar. Eu estava concentrado em mim mesmo, em me manter equilibrado sobre a bolha invisível embaixo de mim (o que talvez dê a impressão de que eu conseguia sentir algo sob a minha bunda, uma espécie de suporte que não dava para ver; eu não conseguia, e era por isso que estava sempre me contorcendo em busca de equilíbrio). Tanto por instinto quanto por hábito, juntei os joelhos ao peito e mantive os braços esticados.

A lua estava apenas um pouco maior que uma crescente, mas não clara o suficiente para produzir sombras escuras e angulosas no chão ou para fazer os quintais congelados abaixo brilharem como se a grama fosse cromada.

    Deslizei adiante. Fiz algumas curvas ao redor do topo de um bordo sem folhas. Já fazia muito tempo que o velho olmo não estava mais conosco, quase oito anos antes, ele acabara partindo em dois durante uma ventania. A parte de cima foi direto para a casa, e um galho longo despedaçou uma das janelas do meu quarto, como se estivesse atrás de mim, tentando me matar.

    Estava frio, e a temperatura caía conforme eu ganhava altitude. Não me importei. Queria ficar acima de tudo.

    A cidade fora construída nas encostas de um vale, uma cuia sombria e rudimentar, cintilando com as luzes. Ouvi uma buzina chorosa à minha orelha esquerda, e o meu coração deu um sobressalto. Procurei pelo céu preto como nanquim e vi um marreco, com a cabeça escura e um pescoço esmeralda, batendo as asas e me encarando com curiosidade. No entanto, ele não ficou ali por muito tempo e logo mergulhou, fez uma curva para o sul e desapareceu.

    Por um tempo, eu não sabia para onde estava indo. Fiquei nervoso por um segundo, enquanto não sabia bem como descer sem cair 250 metros. No entanto, quando eu não conseguia mais dobrar os dedos ou sentir o rosto, me inclinei para a frente e comecei a mergulhar em direção ao solo, descendo devagar, como tinha praticado por horas no porão.

    Soube para onde ia quando planei sobre a Powell Avenue. Flutuei por três quarteirões, subindo uma vez para não bater no fio que sustentava um sinal de trânsito, então virei para a esquerda e voei daquela forma sonhadora até a casa de Angie. Ela deveria estar saindo do hospital naquele instante.

    Só que chegou quase uma hora atrasada. Fiquei sentado no teto da garagem enquanto Angie parou na entrada com o velho Civic marrom que fora nosso, sem para-choque e com o capô amassado no lugar em que eu bati na caçamba de lixo na minha tentativa de escapar da polícia a baixa velocidade.

    Angie estava maquiada e usava a saia verde com estampa de flores tropicais, a saia que só era usada nas reuniões de equipe que aconteciam no fim do mês. Não era fim do mês. Permaneci sentado no telhado de zinco da garagem e a observei andando de salto alto, meio desequilibrada, até a porta da frente.

Em geral, ela tomava banho depois de voltar do trabalho. Eu não tinha mais nada para fazer.

Escorreguei pelo telhado da garagem, me encolhi e alcei voo como um balão preto até o terceiro andar da casa vitoriana alta e estreita dos pais dela. As luzes do quarto de Angie estavam apagadas. Eu me aproximei da janela, espiando lá dentro, olhando para a porta e esperando ela abrir. Mas Angie já estava lá e, no segundo seguinte, ligou um abajur bem à esquerda da janela, sobre uma cômoda baixa. Ela olhou para mim e eu a encarei de volta sem me mexer — não conseguia me mexer, estava chocado demais para fazer qualquer som. Angie me observou com o olhar cansado, sem demonstrar interesse ou surpresa. Ela não me viu, não conseguiu ver nada além do próprio reflexo. Eu me perguntei se alguma vez ela conseguira me ver.

Continuei flutuando enquanto ela tirava a saia por cima da cabeça e se remexia toda para se livrar de uma cinta. O quarto era uma suíte, e Angie teve a consideração de deixar a porta aberta. Eu a vi tomar banho através do vidro do boxe. O banho foi longo, e ela ergueu os braços para jogar os cabelos cor de mel para trás, a água quente batendo nos seios. Eu já a vira tomando banho antes, mas há muito tempo não era tão interessante. Queria que ela tivesse se masturbado com o chuveirinho, algo que Angie me disse que fazia na adolescência, mas não aconteceu.

Logo a janela ficou cheia de vapor e eu já não conseguia ver tão nitidamente. Observei a silhueta rosada se mover de lá para cá. Então ouvi sua voz. Angie estava no telefone. Perguntava para alguém por que a pessoa estava estudando em um sábado à noite. Falou que estava entediada, que queria brincar um pouco, suplicando com um tom de petulância erótica.

Conforme a condensação no quarto começou a se dissipar, um círculo claro surgiu no meio da janela, expandindo-se e revelando o cômodo aos poucos. Angie usava uma camisola branca e uma calcinha preta, e estava sentada a uma escrivaninha pequena, o cabelo enrolado na toalha. Tinha desligado o telefone e estava agora jogando cartas no computador, de vez em quando digitando no teclado para mandar uma mensagem. Havia uma taça de vinho branco ao seu lado. Eu a observei bebendo. Nos filmes, os voyeurs veem modelos rebolando de um lado para outro em lingerie sexy, mas o banal é excitante o suficiente, lábios em uma taça de vinho, uma calcinha esticada sobre uma bunda branca.

    Quando o jogo acabou, ela parecia feliz consigo mesma, mas ainda agitada. Deitou-se na cama, ligou a televisãozinha e zapeou pelos canais. Parou no canal de documentários da natureza para ver focas trepando. Uma subiu nas costas da outra e começou a ir para cima e para baixo, a banha se mexendo sem parar. Angie olhou para o computador com desejo.

    — Angie — falei.

Ela pareceu levar um instante para registrar que escutara alguma coisa. Então se sentou e se inclinou para a frente, ouvindo os barulhos da casa. Repeti o nome dela. Suas pálpebras piscaram de nervoso. De uma maneira quase relutante, ela virou o rosto para a janela, mas, de novo, não conseguiu ver além do seu reflexo... até eu bater no vidro.

    Por reflexo, seus ombros deram um salto. A boca se abriu em um grito, mas ela não emitiu nenhum som. Um segundo depois, ela saiu da cama e se aproximou da janela com passadas hesitantes. Olhou para o lado de fora. Eu acenei. Ela procurou por uma escada embaixo de mim, então ergueu o olhar para a minha cara. Aí, ficou tonta e colocou as mãos sobre a cômoda para se equilibrar.

    — Destranca a janela — falei.

Os dedos dela tiveram dificuldade para abrir o trinco. Por fim, ela conseguiu.

    — Meu Deus — disse ela. — Meu Deus. Meu Deus. Como você está fazendo isso?

    — Não sei. Posso entrar?

Me estiquei sobre o peitoril, rodando e mudando de posição, de forma que um dos braços entrou no quarto dela, mas as minhas pernas ficaram para fora.

    — Não — falou ela. — Não acredito.

    — É real.

    — Como?

    — Não sei. — Agarrei a ponta da capa. — Mas ela já fez isso antes. Há muito tempo. Sabe o meu joelho e a cicatriz no meu peito? Contei para você que tinha caído de uma árvore, lembra?

Um olhar surpreso, misturado com compreensão repentina, se espalhou pelo seu rosto.

— O galho se partiu e caiu. Mas você não. Não no início. Você continuou no ar. Estava usando a capa, e era como mágica, e você não caiu.

Ela já sabia. Ela já sabia, e eu não sabia como, porque nunca tinha contado para ela. Eu podia voar, e ela era médium.

— Nicky me contou — falou, vendo a minha confusão. — Ele disse que, quando o galho caiu, pensou ter visto você voando. Falou que tinha tanta certeza, que ele mesmo tentou voar, e foi isso que aconteceu com a cara dele. A gente estava conversando, e ele queria me explicar como acabou com dentes falsos. Nick disse que era maluco naquela época. Que vocês dois eram.

— Quando ele conversou com você sobre os dentes? — perguntei. Meu irmão nunca conseguiu superar a insegurança sobre o próprio rosto, ainda mais a boca, e não gostava de falar sobre os dentes.

Ela balançou a cabeça.

— Não lembro.

Eu me virei no peitoril e coloquei os pés em cima da cômoda.

— Quer ver como é voar?

Os olhos dela ficaram vidrados de descrença. A boca se abriu em um sorriso vazio e confuso. Então ela inclinou a cabeça e apertou os olhos.

— Como você está fazendo isso? — perguntou. — Sério.

— É alguma coisa com a capa. Não sei o quê. Magia, acho. Quando a coloco, consigo voar. É só isso.

Seus dedos encostaram no lado dos meus olhos, e me lembrei da máscara que tinha desenhado com batom.

— E essa coisa na sua cara? O que ela faz?

— Faz eu me sentir sexy.

— Puta merda, você é esquisito. E eu morei com você por dois anos.

— Mas Angie ria.

— Quer voar?

Escorreguei o restante do corpo para dentro do quarto, na direção dela, e apoiei as pernas na lateral da cômoda.

— Senta no meu colo. Vamos dar uma volta no quarto.

Ela olhou do meu colo para o meu rosto, agora com um sorriso pequeno e desconfiado. Uma brisa entrou pela janela atrás de mim, agitando a capa. Ela tremeu e se protegeu com os braços, e então olhou para si mesma, notando que estava de calcinha. Balançou a cabeça e se livrou da toalha que enrolava o cabelo ainda molhado.

— Me dá um minuto.

Foi até o closet e fechou a porta, procurando pelos casacos. Enquanto fazia isso, um gemido deplorável veio da televisão, e o meu olhar foi para a tela. Uma foca mordia furiosamente o pescoço de outra, que uivava. Um narrador informou que os machos dominantes usam todas as armas à disposição para expulsar rivais que podem desafiá-los ao se aproximar das fêmeas. O sangue parecia suco de cranberry derramado no gelo.

Angie pigarreou para chamar a minha atenção, e, quando olhei para ela, sua boca fez um bico por um segundo, os cantos para baixo e um olhar de irritação. Às vezes, bastava um momento para eu me perder em um programa de TV, mesmo que fosse algo que não me interessasse nem um pouco. Não conseguia evitar. É como se eu fosse o negativo e a televisão, o positivo. Nós dois juntos formamos um circuito, e nada além do circuito importa. Quando eu lia quadrinhos, era a mesma coisa. É uma fraqueza, admito, mas fiquei um pouco mal-humorado ao vê-la me julgando.

Ela passou uma mecha de cabelo molhado por trás da orelha e me lançou um sorriso rápido e charmoso, tentando fingir que não acabara de me dar o Olhar. Me inclinei para trás, e ela se sentou, envergonhada, nas minhas coxas.

— Por que acho que isso é uma brincadeira pervertida para me fazer sentar no seu colo? — perguntou ela. Virei para a frente e me preparei para decolar. Ela disse: — Vamos cair no...

Deslizei da lateral da cômoda para o ar. Oscilei para a frente, para trás e para a frente de novo, e ela apertou o meu pescoço com os braços e deu um grito, uma espécie de som feliz, risonho e assustado.

Não sou muito forte, mas não era como carregá-la... Na verdade, era como se Angie estivesse sentada no meu colo e estivéssemos juntos em uma cadeira de balanço invisível. Tudo que tinha mudado era o meu centro de gravidade, e agora eu me sentia bambo, uma canoa com gente demais dentro.

Flutuei com ela ao redor e depois por cima da cama. Angie gritou--riu-gritou de novo.

— Essa é a coisa mais doida que... — disse ela. — Meu Deus, ninguém vai acreditar. Você sabe que vai se tornar a pessoa mais famosa da história, né? — Então, ela apenas me encarou, os olhos brilhando como costumavam fazer quando eu mencionava o Alasca.

Fui até o meu poleiro na cômoda, mas, quando cheguei lá, continuei, abaixei a cabeça e passei direto pela janela.

— Não! O que está fazendo? Jesus Amado, está frio! — Ela apertava o meu pescoço tão forte que era difícil respirar.

Fui na direção da tripa de lua prateada.

— Fique com frio — falei. — Só por um minuto. Não vale a pena... para isso? Para voar desse jeito? Que nem nos sonhos?

— Sim — respondeu ela.

— Não é incrível?

— É.

Angie não parava de tremer, o que fazia os seios vibrarem de uma maneira interessante embaixo da camisa fina. Continuei ganhando altura até uma esquadrilha de nuvens com as bordas cor de mercúrio. Gostava do jeito como ela se agarrava em mim e também da maneira como tremia.

— Quero voltar — disse ela.

— Ainda não.

Minha camisa estava um pouco aberta, e ela enfiou o rosto no meu peito, o nariz gelado encostando na minha pele.

— Já faz um tempo que queria falar com você. Fiquei com vontade de te ligar esta noite. Estava pensando em você.

— E para quem ligou?

— Para ninguém — disse ela, percebendo de repente que eu estivera do lado de fora da janela, ouvindo. — Para Hannah. Sabe? Do trabalho.

— Ela está estudando ou coisa assim? Ouvi você perguntar por que ela estava estudando no sábado.

— Vamos voltar.

— Claro.

Ela enfiou o rosto no meu peito mais uma vez. O nariz raspou na minha cicatriz, um corte prateado como a lua. Eu ainda subia na direção do astro. Não parecia tão distante. Ela passou o dedo pela velha cicatriz.

— É inacreditável — sussurrou. — Olha como você teve sorte. Só mais uns centímetros para baixo e o galho poderia ter atravessado o seu coração.

— Quem disse que não atravessou? — falei, me inclinei para a frente e a soltei.

Angie segurou o meu pescoço, batendo os pés, e tive que arrancar cada um dos seus dedos antes dela cair.

QUANDO O MEU IRMÃO e eu brincávamos de super-heróis, ele sempre me fazia ser o vilão.

Alguém tem que ser o vilão.

ULTIMAMENTE, MEU IRMÃO TEM dito que eu deveria pegar um voo para Boston qualquer noite dessas, para a gente tomar uns drinques. Acho que ele quer me dar alguns conselhos de irmão mais velho, me dizer que preciso me reerguer, superar. Talvez queira compartilhar o luto. Tenho certeza de que ele está de luto também.

Qualquer noite dessas, acho que vou... pegar um voo para vê-lo. Mostrar a capa para ele. Ver se ele não quer experimentar. Ver se não quer tentar dar um pulo da janela do seu apartamento no quinquagésimo andar.

Talvez ele não queira, não depois do que aconteceu da última vez. Pode ser que precise de algum incentivo, um empurrãozinho do irmão mais novo.

E quem sabe? Talvez, se ele sair da janela usando a minha capa, possa acabar voando em vez de cair no abraço frio e quieto da noite.

Mas acho que não. Não funcionou quando a gente era criança. Por que funcionaria agora? Por que funcionaria, e ponto final?

A capa é minha.

ÚLTIMO SUSPIRO

UMA FAMÍLIA ENTROU PARA dar uma olhada, pouco antes do meio-dia: um homem, uma mulher e o filho. Eram os primeiros visitantes do dia — e, na opinião de Alinger, seriam os únicos, pois o museu nunca ficava cheio — e ele estava livre para acompanhá-los.

Alinger os encontrou na chapelaria. A mulher ainda estava com um dos pés na pequena escada do lado de fora, hesitante em seguir em frente. Ela observava o marido por cima da cabeça do filho, lançando um olhar incerto, preocupado, para ele. O marido franziu as sobrancelhas. Suas mãos estavam na lapela do sobretudo de pele de carneiro, mas ele não parecia ter certeza se devia retirá-lo ou não. Alinger vira aquilo centenas de vezes antes. Assim que as pessoas entravam e olhavam além do vestíbulo para o salão com sua escuridão típica de funerária, começavam a ficar em dúvida, consideravam se aquele era mesmo o lugar certo, alimentavam a ideia de dar meia-volta. Apenas o menininho parecia tranquilo, retirando o casaco e o pendurando em um dos ganchos baixos da parede.

Antes que pudessem escapar, Alinger pigarreou para chamar a atenção da família. Ninguém ia embora depois de ser visto; na batalha entre ansiedade e regras de etiqueta, as regras sempre ganham. Ele uniu as mãos e sorriu para os visitantes de uma forma que torcia para parecer reconfortante, familiar. O efeito, no entanto, foi justamente o contrário. Alinger era cadavérico, com dois metros de altura e as têmporas afundadas em concavidades escuras. Seus dentes (todos originais, mesmo aos oitenta anos) eram pequenos e cinzentos, e davam a impressão desagradável de terem passado por um processo de preenchimento. O pai se encolheu um pouco. Sem perceber, a mulher pegou a mão do filho.

— Bom dia. Sou o dr. Alinger. Entrem, por favor.

— Ah... olá — disse o pai. — Desculpe incomodá-lo.

— Incômodo algum. Estamos abertos.

— Sim. Que bom! — falou ele, com um entusiasmo que não convencia ninguém. — Então, o que nós... — Então sua voz foi desaparecendo e ele ficou quieto. Pode ser que tivesse se esquecido do que ia dizer, ou não sabia como colocar as palavras, ou não tinha coragem.

A esposa assumiu.

— Ouvimos falar que tem uma exibição aqui. É um tipo de museu científico?

Alinger sorriu daquele jeito novamente, e a pálpebra direita do pai começou a tremer sem parar.

— Ah. A senhora deve ter ouvido mal — informou Alinger. — Este não é um museu da ciência. Este é um museu do *silêncio*.

— Hã? — disse o pai.

A mãe fechou o rosto.

— Acho que ainda estou ouvindo mal.

— Vem, mãe — disse o menino, livrando sua mão do aperto da mulher. — Vem, pai. Quero dar uma olhada lá dentro. Vamos.

— Por favor — disse Alinger, dando um passo para trás e gesticulando para o saguão com a mão esquelética de dedos compridos. — Ficarei feliz em lhes oferecer uma visita guiada.

AS CORTINAS ESTAVAM FECHADAS, de forma que o cômodo, com seus painéis de mogno, estava escuro como um teatro no instante antes do espetáculo começar. Os exibidores, no entanto, eram iluminados de cima por spots de luz embutidos no teto. Nas mesas e nos pedestais havia o que pareciam ser vidros cilíndricos vazios polidos até ficarem brilhando, ampolas tão incandescentes que faziam a escuridão ao redor parecer muito mais sombria.

Cada um tinha o que parecia ser um estetoscópio ligado a ele, o diafragma preso ao pote, lacrado com um adesivo claro. As hastes auriculares aguardavam alguém para pegá-las e escutar. O garoto foi na frente, seguido pelos pais e, por fim, Alinger. Eles pararam no primeiro exibidor, um jarro sobre um pedestal de mármore, localizado logo depois da entrada do saguão.

— Não tem nada aqui dentro — disse o menino. Olhou ao redor, examinando o cômodo inteiro, os outros vidros selados. — Não tem nada dentro de nenhum deles. Estão todos vazios.

— Rá — falou o pai sem humor.

— Não exatamente — disse Alinger. — Os jarros são hermeticamente fechados. Em cada um há o último suspiro de uma pessoa. Tenho a maior coleção de últimos suspiros do mundo, mais de cem. Alguns desses recipientes contêm a expiração final de pessoas bem famosas.

Então a mulher começou a rir, a rir de verdade, não uma risada falsa. Colocou uma das mãos sobre a boca e tremeu, mas não conseguiu abafar o som por completo. Alinger sorriu. Já fazia anos que colocara a coleção em exposição. Estava acostumado a qualquer tipo de reação.

O menino, contudo, se voltara para o vidro bem à sua frente com os olhos absortos. Pegou as hastes auriculares do dispositivo que parecia, mas não era, um estetoscópio.

— O que é isso? — perguntou ele.

— É o mortetoscópio — informou Alinger. — Bastante sensível. Coloque-o e ouvirá o último suspiro de William R. Sied.

— Ele é famoso? — questionou o garoto.

Alinger assentiu.

— Por um tempo, foi uma celebridade... daquela maneira que criminosos se tornam celebridades. Uma fonte de ultraje e fascínio públicos. Quarenta e dois anos atrás, ele se acomodou na cadeira elétrica. Eu mesmo emiti o atestado de óbito. Ele ocupa lugar de honra no meu museu. Foi o primeiro último suspiro que capturei.

Àquela altura, a mulher já tinha se recuperado, embora mantivesse um lenço amassado junto aos lábios, como se precisasse se esforçar bastante para conter uma nova explosão de júbilo.

— O que ele fez? — perguntou o menino.

— Estrangulou crianças — respondeu Alinger. — Ele as mantinha dentro de um freezer e as tirava de vez em quando para dar uma olhada. É como sempre digo: as pessoas colecionam qualquer coisa. — Ele se agachou para ficar da mesma altura do garoto. — Vá em frente e escute, se quiser.

O menino colocou as hastes nos ouvidos com os olhos fixos, sem dar uma única piscada, no recipiente fúlgido. Escutou com atenção por um tempo, então suas sobrancelhas se juntaram e ele fez uma carranca.

— Não consigo ouvir nada. — Suas mãos começaram a ir na direção das hastes.

Alinger o impediu.

— Espere. Há muitos tipos diferentes de silêncio. O silêncio de uma concha. O silêncio após um tiro. O último suspiro dele ainda está aí. Sua audição precisa de algum tempo para se aclimatar. Logo você poderá ouvi-lo. O silêncio final e particular.

O menino inclinou a cabeça e fechou os olhos. Os adultos o observaram.

Então seus olhos se abriram e ele olhou para cima, o rosto redondo brilhando um pouco de entusiasmo.

— Escutou? — indagou Alinger.

O garoto retirou as hastes.

— É como um soluço, só que ao contrário! Sabe? Como... — Ele parou e puxou o ar, produzindo uma arfada pequena e sem som.

Alinger passou a mão nos cabelos e se aprumou.

A mãe limpou os olhos com o lenço.

— E o senhor é médico?

— Aposentado.

— Não acha isso pouco científico? Mesmo que conseguisse inventar alguma maneira de realmente capturar o pedacinho final de monóxido de carbono expirado por uma pessoa...

— Dióxido — disse ele.

— Isso não faria som. Não dá para engarrafar o som do último suspiro de alguém.

— Não — concordou Alinger. — Mas não é o som que foi guardado. É apenas um certo silêncio. Todos nós temos silêncios diferentes. Seu marido não tem um silêncio para quando está contente e outro para quando está nervoso com você, dona? Seus ouvidos conseguem diferenciar até entre tipos específicos de nada.

Ela não gostava de ser chamada de *dona*, então cerrou os olhos para ele e abriu a boca para dizer algo desagradável, mas o marido falou primeiro, dando um motivo para Alinger dar as costas a ela. O homem fora até um jarro sobre uma mesa encostada na parede, ao lado de uma poltrona acolchoada.

— Como você captura os suspiros?

— Com um aspirador. Uma bomba pequena que puxa as expirações de uma pessoa para um recipiente selado a vácuo. Mantenho-o na minha bolsa de médico o tempo todo, só por garantia. Eu mesmo o criei, embora aparelhos semelhantes existam desde o início do século XIX.

— Aqui diz Poe — falou o pai, apontando para o cartão branco em frente ao jarro.

— Sim — respondeu Alinger, tossindo com timidez. — As pessoas colecionam últimos suspiros desde a invenção do maquinário que tornou esse hobby possível. Admito que paguei doze mil dólares por esse. Quem me ofereceu foi o tataraneto do médico que o viu morrer.

A mulher começou a rir de novo.

Paciente, Alinger continuou:

— Pode parecer muito dinheiro, mas acreditem, foi uma pechincha. Scrimm, em Paris, recentemente pagou o triplo pelo último suspiro de Enrico Caruso.

O pai passou os dedos pelo mortetoscópio preso ao jarro etiquetado como Poe.

— Alguns silêncios parecem ressonar com um sentimento — informou Alinger. — É quase possível senti-los tentando articular uma ideia. Muitos dos que escutam o último suspiro de Poe começam, após um tempo, a ter uma noção de uma única palavra que não foi dita, a expressão de um desejo bastante específico. Escute e veja se consegue ter a mesma sensação.

O pai se curvou e colocou as hastes nos ouvidos.

— Isso é ridículo — disse a mulher.

O pai ouviu com atenção. O filho ficou do seu lado, apertando a perna dele.

— Posso escutar, pai? — pediu o garoto. — Posso?

— Shh — respondeu ele.

Ficaram todos em silêncio, menos a mulher, que sussurrava para si mesma num tom de perplexidade nervosa.

"Uísque" foi a palavra formada pelos lábios do pai, mas sem emitir som.

— Agora, vire o cartão — falou Alinger.

O homem girou o cartão branco que dizia POE. No verso, havia a palavra UÍSQUE.

Ele retirou as hastes auriculares com o rosto solene e os olhos encarando o jarro de forma respeitosa.

— É claro. O alcoolismo. Pobre homem. Sabe, decorei "O corvo" quando estava na sexta série — falou o pai. — E recitei o poema na frente da turma toda sem errar uma única vez.

— Ah, tá bom — disse a mulher. — É um truque. Provavelmente tem um alto-falante escondido debaixo do jarro e, quando vocês escutam, estão ouvindo uma gravação de alguém sussurrando *uísque*.

— Não ouvi um sussurro — falou o pai. — Foi apenas uma ideia... como a voz de outra pessoa na minha cabeça... bastante desapontada...

— O volume deve ser baixo — disse ela. — Então, tudo é muito subliminar. Como fazem nos cinemas drive-in.

O garoto colocou as hastes nos ouvidos para não ouvir a mesma coisa que o seu pai tinha não ouvido.

— *Todas* essas pessoas são famosas? — questionou o homem. Seu rosto estava pálido, embora houvessem pequenos pontos vermelhos no alto das bochechas, como se estivesse com febre.

— Ah, não — respondeu Alinger. — Engarrafei as expirações derradeiras de estudantes, burocratas, críticos literários... um sem-número de diversos zés-ninguém. Um dos silêncios mais extraordinários da minha coleção é o último suspiro de um zelador.

— Carrie Mayfield — falou a mulher, lendo o cartão diante de um jarro alto e empoeirado. — Outra zé-ninguém? Aposto que foi uma dona de casa.

— Não — respondeu Alinger. — Ainda não há donas de casa na minha coleção. Carrie Mayfield era uma jovem Miss Flórida, lindíssima, a caminho de Nova York com os pais e o noivo para posar para a capa de uma revista feminina. Sua grande chance. Mas o avião caiu nos Everglades. Diversas pessoas morreram, foi um desastre aéreo famoso.

Carrie, no entanto, sobreviveu. Por algum tempo. Um jato de combustível de avião foi lançado em sua direção enquanto escapava dos destroços e mais de oitenta por cento do corpo foi queimado. A moça perdeu a voz gritando por socorro. Durou pouco mais de uma semana na unidade intensiva. Na época, eu era professor e levei meus alunos para vê-la. Como curiosidade. Naquele tempo, era raro ver uma pessoa queimada daquela maneira tão ampla ainda viva. Partes do corpo dela se fundiram com outras, e assim por diante. Por sorte, meu aspirador estava comigo, já que ela morreu enquanto eu a examinava.

— Essa é a coisa mais horrível que já ouvi — falou a mulher. — O que aconteceu com os pais dela? E o noivo?

— Morreram no acidente. Queimaram na frente dela. Não sei se seus corpos chegaram a ser descobertos. Os jacarés...

— Não acredito em você. Em nem uma palavra. Não acredito em nada desse lugar. E posso dizer que considero essa uma maneira bem idiota de tirar dinheiro das pessoas.

— Querida, por favor... — falou o marido.

— A senhora com certeza vai se lembrar de que não cobrei entrada — disse Alinger. — A exposição é gratuita.

— Ah, pai, olha só! — falou o menino, do outro lado da sala, lendo o nome em um cartão. — É o homem que escreveu *James e o pêssego gigante*!

Alinger se virou para ele, pronto para apresentar o exibidor em questão, e então, pelo rabo do olho, percebeu a mulher se mexendo e se voltou para ela.

— Eu escutaria outros antes — avisou o médico. Ela já erguia as hastes para a cabeça. — Algumas pessoas não apreciam o que não conseguem escutar no jarro de Carrie Mayfield.

Ela o ignorou e colocou as hastes, ouvindo com os lábios franzidos. Alinger uniu as mãos e se inclinou na direção dela, observando sua expressão.

Então, sem aviso, ela deu um passo rápido para trás, ainda com as hastes nos ouvidos, e o movimento repentino puxou o jarro por uma curta distância na mesa, o que deixou Alinger apreensivo. Ele logo esticou a mão para impedir que o vidro se espatifasse no chão. A mulher arrancou as hastes auriculares, atrapalhando-se.

— Roald Dahl — falou o pai, colocando a mão no ombro do filho e admirando o jarro que o menino descobrira. — Veja só. Você foi mesmo atrás dos grandes nomes da literatura, hein?

— Não gosto deste lugar — avisou a mulher.

Seus olhos estavam sem foco. Ela encarava o jarro que continha o último suspiro de Carrie Mayfield, mas sem vê-lo de fato. Engoliu em seco fazendo barulho, uma das mãos na garganta.

— Querida? — falou o marido. Ele atravessou o salão até ela, as sobrancelhas franzidas, preocupado. — Já quer ir embora? Nós acabamos de chegar.

— Não me importo. Quero sair daqui.

— Ah, mãe — reclamou o menino.

— Gostaria que assinassem o meu livro de visitas — pediu Alinger. Ele os acompanhou até a chapelaria.

O pai foi atencioso, segurando o braço da esposa, encarando-a com olhos úmidos e preocupados.

— Poderia esperar no carro sozinha? Tom e eu queremos ficar mais um pouco.

— Quero ir embora agora — falou ela, sua voz monótona, distante.

— Todos nós.

O pai a ajudou a vestir o casaco. O menino enfiou as mãos no bolso e, emburrado, deu um chute em uma bolsa de médico velha e gasta que estava ao lado do porta-guarda-chuva. Então percebeu o que tinha chutado. Ele se agachou e, sem demonstrar um pingo de vergonha, abriu a bolsa e olhou para o aspirador.

A mulher calçou as luvas de couro fino com muito cuidado, ajustando-as bem aos dedos. Ela parecia perdida nos próprios pensamentos, então foi uma surpresa quando, de repente, despertou do devaneio, deu meia-volta e encarou Alinger.

— Você é uma pessoa horrível — falou. — Como uma espécie de ladrão de túmulos.

Alinger uniu as mãos à sua frente e lhe lançou um olhar simpático. Já fazia anos que expunha a coleção. Estava acostumado a qualquer tipo de reação.

— Ah, querida — falou o marido. — Tente compreender...

— Estou indo para o carro agora — disse ela, abaixando a cabeça e se afastando. — Venham.

— Espere — respondeu o pai. — Espere pela gente.

Ele ainda não vestira o casaco. Nem o garoto, que estava de joelhos, com a bolsa aberta, movendo as pontas dos dedos devagar pelo aspirador, um aparelho que parecia uma garrafa térmica cromada com tubos de borracha e uma máscara facial de plástico em uma das pontas.

Ela não ouviu o marido, apenas virou o corpo e se foi, deixando a porta aberta depois de passar. A mulher desceu os degraus altos de granito até à calçada, os olhos apontados para o chão por todo o caminho. Seu corpo se balançava enquanto atravessava a rua feito uma sonâmbula. Não ergueu o olhar, apenas encarava o carro no lado oposto.

Alinger se virava para pegar o livro de visitas — pensou que talvez o pai ainda o assinaria — quando ouviu o assobio de freios e um estalo metálico, como se um carro tivesse acelerado em direção a uma árvore, mas, antes mesmo de olhar, sabia que não fora uma árvore.

O pai gritou e gritou. Alinger deu meia-volta a tempo de vê-lo escorregar na escada. Um Cadillac preto estava parado em um ângulo improvável na rua, fumaça saindo pelas laterais do capô amassado. A porta do motorista estava aberta, e o próprio estava no meio da rua, um chapéu *pork pie* recuado na cabeça.

Mesmo com os ouvidos estalando, Alinger ouviu o motorista falar:

— Ela nem olhou. Se enfiou entre os carros. Jesus Cristo. O que eu poderia ter feito?

O pai não escutava. Ele estava na rua, ajoelhado, com a esposa nos braços. O menino permaneceu na chapelaria, com o casaco vestido pela metade, olhando para fora. Uma veia inchada pulsava na sua testa.

— Doutor! — gritou o pai. — Por favor! Doutor! — Ele olhava para Alinger.

Alinger parou para pegar o sobretudo em um gancho. Era março e ventava, e ele não queria ficar gripado. Não chegara aos oitenta anos sendo descuidado ou fazendo as coisas com pressa. Afagou a cabeça do garoto ao passar. Ainda estava a meio caminho de descer todos os degraus, quando o menino o chamou.

— Doutor — disse ele gaguejando, e Alinger olhou para trás.

O menino segurava a bolsa de médico e a entregava para ele, ainda aberta.

— Sua bolsa — falou o garoto. — Pode ser que precise de algo aí de dentro.

Alinger sorriu com afeição, voltou a subir os degraus e tirou a alça dos dedos frios do rapaz.

— Obrigado — disse ele. — Pode ser que eu precise.

NATUREZA MORTA

ALEGA-SE QUE ATÉ MESMO árvores podem voltar como fantasmas. Relatos de manifestações do tipo são comuns na literatura da parapsicologia. Havia um pinheiro famoso em West Belfry, no Maine. Ele foi cortado em 1842, uma árvore altaneira com um tronco claro e liso como ninguém nunca vira antes, e com galhos da cor do aço escovado. Uma pousada com uma casa de chá foi construída na colina onde ficava o pinheiro. Havia uma área fria no canto da sala de jantar amarela, uma zona de gelo penetrante, com o diâmetro exato do tronco da árvore. Acima da sala de jantar, ficava um pequeno quarto, mas nenhum hóspede passava a noite lá. Aqueles que tentavam diziam que o sono era perturbado pelo sopro lamentoso de um vento espectral, o baixo e suave som do ar nos galhos mais altos, e as lufadas espalhavam papéis pelo cômodo e baixavam as cortinas. Em março, as paredes sangravam seiva.

Certa vez, em 1959, toda uma floresta de árvores fantasmas apareceu em Cannanville, Pensilvânia, por um período de vinte minutos. Há fotos. Foi em um empreendimento urbano, uma vizinhança de ruas tortuosas e pequenos bangalôs modernos. Os residentes acordaram, em uma manhã de domingo, e perceberam que estavam dormindo sobre bétulas que pareciam crescer direto do chão dos quartos. Plantas aquáticas se agitavam e flutuam em piscinas nos quintais. O fenômeno se estendeu até um shopping nas cercanias. O chão de uma loja de departamentos ficou cheio de arbustos, saias com cinquenta por cento de desconto penduradas nos galhos de bordos, uma ninhada de pardais empoleirada junto ao balcão das joias, bicando pérolas e correntes de ouro.

    De alguma forma, é mais fácil imaginar o fantasma de uma árvore do que o fantasma de um homem. Pense em como uma árvore permanece de pé por cem anos, alimentando-se da luz do sol e sugando umidade da terra, puxando incansavelmente a vida do solo, como alguém que traz para si um balde de um poço sem fundo. As raízes de uma árvore cortada ainda beberão água por meses após sua morte, tão habituadas à vida que não conseguem desistir. É óbvio que não podemos esperar que algo saiba que está morto quando nem sabia que estava vivo, em primeiro lugar.

    Depois que você se foi — não de imediato, mas após um verão —, derrubei o amieiro embaixo do qual costumávamos ler, sentados juntos na manta de piquenique da sua mãe; o amieiro em que caímos no sono daquela vez, ouvindo o zumbido das abelhas. Era velho e estava podre, havia insetos, embora novas folhas ainda surgissem nos ramos durante a primavera. Eu me convenci de que não queria que ele caísse em cima da casa, mesmo que não estivesse inclinado na direção dela. Mas agora, quando estou lá fora às vezes, no descampado do quintal, uma rajada de vento forte e uivante balança as minhas roupas, e eu me pergunto o que mais uiva com ele.

O CAFÉ DA MANHÃ DA VIÚVA

KILLIAN DEIXOU O COBERTOR com Gage — não o queria mais — e abandonou Gage deitado na elevação acima da margem de um riacho em algum lugar do leste de Ohio. Depois disso, por quase todo o restante do mês, ele não parou, passou a maior parte do verão de 1935 pegando caronas em trens de carga para o norte e para o leste, como se ainda fosse encontrar o primo favorito de Gage em New Hampshire. Mas não. Killian nunca o encontraria. Não sabia para onde estava indo.

Passou algum tempo em New Haven, mas não ficou lá. Certa manhã, quando ainda estava escuro, foi até um local de que tinha ouvido falar, onde os trilhos faziam uma grande curva e, para passar, os trens precisavam desacelerar até quase pararem. Lá, ele esperou. Um garoto com um casaco sujo e grande demais se agachou ao seu lado, na base do lastro. Quando o norte-leste chegou, Killian ficou de pé em um salto e correu ao lado do trem, conseguindo, por fim, se enfiar no vagão carregado. O garoto entrou logo atrás.

Os dois ficaram juntos por um tempo, no escuro, os vagões sacudindo, as rodas batendo e estalando nos trilhos. Killian cochilou e acordou com o garoto puxando a fivela do seu cinto. O rapaz pediu um trocado, mas Killian não tinha nada. Mesmo se tivesse, não gastaria daquela maneira.

Ele pegou os braços do menino e afastou as suas mãos com certo esforço, enfiando as unhas na parte macia do pulso e o machucando de propósito. Killian disse para deixar ele em paz e o empurrou. Disse ao garoto que parecia um bom menino e perguntou por que ele estava agindo daquela forma. Disse ao garoto para acordá-lo quando o trem parasse em Westfield. O rapaz ficou sentado do outro lado do vagão, com um joelho contra o peito, os braços em volta dele, e não falou nada. Às vezes, uma nesga da luz cinzenta da manhã passava por uma fenda na parede do vagão e deslizava devagar pelo rosto do menino, iluminando os olhos nervosos e odiosos. Killian caiu no sono de novo com o garoto ainda olhando para ele.

Quando acordou, ele tinha desaparecido. Àquela altura, o dia já estava claro, mas ainda era muito cedo e estava muito frio, então, quando Killian parou diante da porta meio aberta do vagão, sua respiração se afastava em nuvens de vapor congelado. Ele segurou a lateral da porta com uma das mãos e os dedos do lado de fora logo ficaram queimados pelo vento gelado e cortante. A camisa estava descosturada na axila, e o frio entrava por ali também. Não sabia se passara por Westfield ou não, mas sentia que havia dormido por muito tempo — e provavelmente, a cidade ficara para trás. Provavelmente, foi lá que o menino saltou. Depois de Westfield não haveria outras paradas até o fim da linha, em Northampton, e Killian não queria ir para lá. Ficou parado na porta com o vento o castigando. Às vezes, pensava que tinha morrido com Gage e que agora perambulava por aí como um fantasma. Mas não era verdade. Aconteciam coisas que sempre o lembravam que aquilo não era verdade, como o pescoço duro e doído pela maneira como dormiu ou o ar frio que entrava pelos buracos da camisa.

Em uma área de triagem em Lima, um vigia encontrou Killian e Gage dormindo embaixo do cobertor que os dois compartilhavam, escondidos em um galpão. O homem os acordou com um chute e mandou eles sumirem de lá. Como não foram rápidos o bastante, o vigia acertou a cabeça de Gage com o bastão, fazendo com que ele caísse de joelhos.

Nos dias seguintes, quando Gage acordava de manhã, ele dizia para Killian que estava vendo tudo dobrado. Gage achava aquilo engraçado. Ficava sentado por um tempo exatamente onde tinha acordado, girando a cabeça para lá e para cá, rindo da visão do mundo multiplicado. Ele precisava piscar um monte de vezes e esfregar os olhos antes da visão clarear. Então, três dias depois do que aconteceu em Lima, Gage começou a desmaiar. Eles estavam andando e, de repente, Killian notava que estava caminhando sozinho. Olhava para trás e via Gage sentado no chão, o rosto pálido e assustado. Eles pararam em um lugar que não tinha nada por perto, para descansar por um dia, mas não deviam ter parado, Killian não devia ter deixado eles pararem. Deviam ter ido para um lugar com um médico. Killian sabia disso. Na manhã seguinte, Gage estava morto, com os olhos arregalados e surpresos, na margem do riacho.

Depois, Killian ouviu conversas nas fogueiras, escutou outros homens falando sobre um vigia de ferrovia chamado Lima Slim. Pelas descrições, achou que era o homem que tinha batido em Gage. Com frequência, Lima Slim atirava nos invasores; uma vez, tinha obrigado homens a pularem de um trem em movimento a oitenta quilômetros por hora sob a mira de uma arma. Lima Slim era famoso pelas coisas que havia feito. Famoso entre os mendigos, pelo menos.

Tinha um vigia na área de triagem de Northampton chamado Arnold Strongoli que alguns diziam que era tão ruim quanto Lima Slim, e era por isso que Killian não queria ir lá. Depois de um bom tempo parado à porta do vagão, ele sentiu o trem diminuir a velocidade. Killian não sabia por quê; até onde conseguia ver, não havia cidade à vista. Talvez estivessem se aproximando de um desvio. Ele se perguntou se o trem pararia por completo, mas ele não parou, e, depois de alguns segundos perdendo velocidade em uma série de sacudidas violentas, a locomotiva começou a acelerar de novo. Killian pulou. O trem não estava tão devagar assim. Ele aterrissou com força sobre o pé esquerdo e a brita escorregou debaixo do sapato dele. Acabou torcendo o pé, e uma dor aguda surgiu em seu tornozelo. Não gritou quando caiu de cara no mato molhado.

Era outubro, ou novembro talvez, Killian não sabia, e, na floresta do lado dos trilhos, havia um tapete de folhas mortas da cor de ferrugem e manteiga. Killian passou por elas mancando. As árvores não estavam completamente peladas. Aqui e ali havia um brilho vermelho, traços de âmbar e laranja. Uma neblina fria e clara cobria o chão entre os troncos de bétula e abeto. Em um toco úmido de árvore, Killian se sentou por um tempo, segurando o tornozelo com gentileza, enquanto o sol se erguia e a neblina da manhã evaporava. Os sapatos estavam arrebentados e se mantinham inteiros por tiras imundas de aniagem, e seus dedos estavam tão gelados que quase chegavam a ficar dormentes. Os sapatos de Gage eram melhores, mas Killian deixou eles para trás também, assim como tinha deixado o cobertor. Ele tinha tentado rezar em cima do corpo de

Gage, mas não conseguiu se lembrar de nada da Bíblia a não ser uma frase que começava com *Maria guardava todas essas coisas, ponderando-as em seu coração*, mas isso era sobre o nascimento de Jesus e não era algo para se dizer sobre a morte de um homem.

O dia seria quente, embora ainda estivesse frio debaixo das sombras dos pinheiros quando Killian se levantou. Seguiu os trilhos até seu tornozelo estar latejando demais para continuar andando e ele precisar se sentar no lastro para descansar de novo. Estava bem inchado agora e, quando colocava peso em cima daquele pé, sentia uma dor eletrizante e afiada se espalhar pelo osso. Sempre confiou em Gage para saber a melhor hora de pular. Ele confiava em Gage para tudo.

Havia um chalé branco ao longe, na floresta. Killian olhou de relance para ele e depois para o tornozelo, mas aí ergueu a cabeça e observou as árvores de novo. No tronco de um pinheiro próximo, alguém tinha arrancado um pedaço de madeira, entalhado um X e passado carvão na letra para ficar preta. Não existia um código secreto dos mendigos, como alguns diziam, ou, se existisse, Killian nunca conheceu as marcas e nem Gale. Um X daquele, no entanto, às vezes indicava um lugar em que dava para comer alguma coisa. Killian estava bastante consciente do vazio na sua barriga.

Ele caminhou sem firmeza pelas árvores até o quintal atrás do chalé e então hesitou no limite da floresta. A tinta estava descascando e as janelas eram obscurecidas por fuligem. Perto dos fundos da casa havia um canteiro, um longo retângulo de terra com mais ou menos as mesmas dimensões de uma cova. Nada crescia nele.

Killian estava parado olhando para a casa quando notou as garotas. A princípio, ele não tinha visto porque elas estavam muito paradas e quietas. Ele se aproximou do chalé por trás, mas a floresta seguia pelos lados e pela frente da casa, e as garotas estavam lá, ajoelhadas em cima de samambaias, de costas para ele. Ele não conseguia ver o que elas estavam fazendo, mas estavam quase perfeitamente paradas. Eram duas, ajoelhadas, usando suas roupas de domingo. Tinham cabelos platinados, longos, penteados e limpos, e cada uma tinha um conjunto de pequenas presilhas de bronze.

Ele ficou lá observando as meninas ajoelhadas e imóveis. Uma delas virou a cabeça e olhou para ele. Ela tinha um rosto no formato de coração e os olhos eram de um tom glacial de azul. Não fez expressão alguma quando o viu. No instante seguinte, a outra garota virou a cabeça para olhar para Killian também. Essa deu um sorrisinho. A que sorriu devia ter sete anos. A irmã inexpressiva talvez tivesse dez. Ele levantou a mão para acenar. A menina que não sorriu o observou por mais um tempo, e então virou a cabeça de novo. Ele não conseguia ver o que havia na frente delas, mas, o que quer que fosse, captava toda a atenção. A menina mais nova também não acenou, mas pareceu assentir para ele antes de voltar a observar a coisa que estava no chão na frente delas. O silêncio e a imobilidade das meninas deixaram Killian incomodado.

Cruzou o quintal até a porta dos fundos. A porta de tela estava enferrujada e se dobrava para dentro, sem encostar no batente em alguns pontos. Ele tirou o chapéu e estava prestes a subir os degraus para bater, mas a porta interna se abriu e uma mulher apareceu por trás da tela. Killian parou com o chapéu nas mãos e fez cara de coitado.

A mulher podia ter trinta, quarenta ou cinquenta anos. Seu rosto era tão magro que ela parecia faminta, e os lábios eram finos e sem cor. Um pano de prato estava pendurado no cós do avental que dava a volta pela cintura.

— Bom dia, senhora — disse Killian. — Estou com fome. Estava pensando se teria alguma coisa para eu comer. Um pouco de torrada, talvez.

— Você não tomou café da manhã em lugar nenhum?

— Não, senhora.

— Servem café na Sagrado Coração. Não sabia?

— Senhora, nem sei onde fica.

Ela anuiu brevemente.

— Vou fazer umas torradas. Pode comer ovos também, se quiser. Quer?

— Bem, acho que se a senhora preparar ovos, não irei desperdiçar.

Era isso que Gage sempre dizia quando ofereciam a ele mais do que tinha pedido. Aquilo fazia as donas de casa rirem, mas ela não riu, talvez porque ele não fosse Gage e não parecia a mesma coisa quando ele falava. Em vez disso, ela apenas assentiu e falou:

— Está bem. Limpe os pés no... — Ela deu uma olhada nos sapatos dele e parou de falar por um segundo. — Veja só esses sapatos. Quando entrar, simplesmente tire essas coisas e deixe aí na porta.

— Sim, senhora.

Ele voltou a olhar para as meninas antes de subir os degraus, mas elas estavam de costas para ele e não lhe deram atenção. Killian entrou, tirou os sapatos e caminhou pelo linóleo gelado com os pés nus e sujos. Sempre que dava um passo com o pé esquerdo, sentia uma sensação de picada estranha no tornozelo. Quando se sentou, já havia ovos crepitando na frigideira.

— Sei como você acabou aqui na minha porta dos fundos. Sei por que parou na minha casa. Pela mesma razão que outros homens param aqui — disse a mulher, e Killian pensou que ela ia falar alguma coisa sobre a árvore com um X, mas ela não mencionou nada disso. — É porque o trem vai um pouco mais devagar para pegar o desvio, a uns quatrocentos metros de distância, e todos vocês pulam para não ter que encontrar Arnold Strongoli em Northampton. Não é isso? Você não pulou no desvio?

— Sim, senhora.

— Por causa de Arnold Strongoli.

— Sim, senhora. Ouvi dizer que é bom evitar ele.

— Ele tem essa reputação porque seu sobrenome é quase "estrangula". Arnold Strongoli não representa perigo para ninguém. Ele é velho e gordo, e se um de vocês correr, é bem provável que o homem desmaie tentando ir atrás. Não que ele faria isso, claro. Talvez ele corresse se ouvisse dizer que algum lugar estivesse vendendo dois hambúrgueres por dez centavos — falou ela. — Agora escuta. O trem vai a cinquenta quilômetros por hora quando passa pelo desvio. Quase não diminui a velocidade. Pular dele é bem mais perigoso do que parar na área de triagem de Northampton.

— Sim, senhora — respondeu Killian, esfregando a perna esquerda.

— Uma garota grávida tentou saltar de lá no ano passado e caiu em uma árvore e quebrou o pescoço. Entendeu?

— Sim, senhora.

— Uma garota grávida. Viajando com o marido. Você precisa espalhar isso por aí. Deixar os outros sabendo que é melhor ficar no trem até ele parar de vez. Aqui estão os ovos. Quer geleia nas torradas?

— Se não for incômodo, senhora. Obrigado, senhora. Nem consigo dizer o quanto o cheiro está bom.

Ela encostou no balcão da cozinha segurando a espátula e o observou comer. Killian não falou nada e comeu rápido. Durante todo aquele tempo, a mulher ficou de olho nele e não falou nada.

— Bem — disse ela quando ele acabou. — Vou fritar mais uns para você.

— Não, tudo bem. Foi o suficiente.

— Você não quer?

Ele hesitou, sem saber como responder. Era uma pergunta difícil.

— Ah, quer — respondeu ela, quebrando dois ovos na panela.

— Tenho tanta cara de faminto assim?

— Faminto não é a palavra. Você parece mais um cachorro de rua prestes a derrubar latas de lixo para poder enfiar alguma coisa na barriga.

Quando ela colocou o prato na frente dele, Killian disse:

— Se tiver alguma coisa que eu possa fazer, senhora, é só falar.

— Obrigada. Mas não há nada.

— Gostaria que a senhora pensasse em alguma coisa. Fico grato por abrir a sua cozinha para mim dessa maneira. Não sou um imprestável. Não tenho medo de arregaçar as mangas.

— De onde você vem?

— Do Missouri.

— Achei que era do sul. Você fala de um jeito engraçado. Para onde está indo?

— Não sei — respondeu.

Ela não falou mais nada e encostou no balcão da cozinha, segurando a espátula e o observando comer. Então saiu da cozinha e o deixou sozinho.

Quando Killian terminou, permaneceu sentado à mesa sem saber o que fazer ou se deveria ir embora. Enquanto tentava se decidir, a mulher voltou, segurando um par de botinas pretas em uma das mãos e um par de meias pretas na outra.

— Calce isto aqui para ver se serve — disse ela.

— Não, senhora. Não posso aceitar.

— Pode e deve. Calce. Seus pés parecem ser do tamanho certo para essas botinas.

Ele colocou as meias e calçou as botinas, com cuidado especial no pé esquerdo, mas ainda assim, sentiu uma dor aguda no tornozelo. Deu um suspiro pesado.

— Tem uma coisa errada com o seu pé? — perguntou ela.

— Eu torci.

— Pulando do trem no desvio?

— Sim, senhora.

Ela balançou a cabeça para ele.

— Outros vão morrer. Tudo por medo de um gordo com apenas seis dentes na boca.

As botinas estavam um pouco largas, talvez fossem um número maior. Um zíper corria pela parte de dentro de cada pé. O couro era preto e limpo, com apenas algumas marcas na ponta. Não pareciam ter sido muito usadas.

— Como elas estão?

— Boas. Mas não posso ficar com elas. Estão novas.

— Elas não vão me servir para nada, e o meu marido não precisa delas. Ele morreu em julho.

— Sinto muito.

— Eu também — disse ela sem mudar de expressão. — Quer um café? Não te ofereci café.

Killian não respondeu, então ela serviu uma xícara para ele e depois outra para si mesma, e então se sentou à mesa.

— Ele morreu em um acidente de carro — falou. — Um caminhão da WPA que capotou. Não foi o único. Cinco outros homens morreram também. Talvez tenha lido sobre isso. Saiu em um monte de jornais.

Killian não disse nada. Não ouvira falar do acidente.

— Ele estava dirigindo, o meu marido. Alguns dizem que foi culpa dele, que foi descuidado. Fizeram uma investigação. Acho que talvez tenha sido culpa dele. — Ela ficou calada por um tempo e depois falou: — A única coisa boa sobre a morte dele é que ele não precisa ficar andando por aí carregando a culpa. Viver sabendo que foi o responsável. Isso teria acabado com ele.

Killian desejou ser Gage. Gage saberia o que dizer. Gage teria esticado o braço naquele momento e pegado a mão dela. Killian usava os sapatos do morto e se esforçava para pensar em alguma coisa. Por fim, desabafou:

— As piores coisas acontecem com as melhores pessoas. As mais gentis. Na maioria das vezes, não tem nem uma razão. É só azar. Se não sabe com certeza se foi culpa dele, por que enlouquecer pensando nisso? Já é bastante difícil perder alguém de quem você gosta sem tudo isso.

— Bem. Eu tento não pensar muito nisso — disse ela. — Mas sinto falta dele. Agradeço a Deus toda noite pelos doze anos que ficamos juntos. Agradeço a Deus pelas minhas filhas. Eu o vejo nos olhos delas.

— Sim — disse Killian.

— Elas não sabem o que fazer. Nunca ficaram tão confusas.

— Sim — disse Killian.

Os dois permaneceram sentados à mesa por mais um tempinho, então a mulher falou:

— Você parece ser do mesmo tamanho que ele. Posso te dar uma camisa e uma calça, além das botas.

— Não, senhora. Não me sentiria bem. Pegar coisas suas que não posso pagar.

— Pare com isso. Não vamos falar de pagamento. Só penso em cada pedacinho de bondade que pode sair de uma coisa tão ruim. Gostaria de dar essas roupas para você. Eu me sentiria melhor — disse, e sorriu. Ele achou que o cabelo dela era grisalho, enrolado em um coque na nuca, mas, do lugar onde a mulher estava sentada, iluminada por uma luz rala do sol, conseguiu ver pela primeira vez que o cabelo dela era platinado como o das meninas.

Ela se levantou e saiu de novo. Enquanto estava fora, Killian lavou a louça. A mulher logo voltou com calças cáqui e suspensórios, uma camisa xadrez pesada e uma camiseta. Ela indicou um quartinho nos fundos e o deixou sozinho para trocar de roupa. A camiseta era grande e larga, com um leve aroma masculino, não desagradável; também era o cheiro de fumo de cachimbo. Killian avistara um cachimbo de sabugo de milho em uma prateleira acima do fogão.

Ele saiu com as roupas sujas e rasgadas debaixo do braço, sentindo-se limpo, fresco e comum, com um peso agradável na barriga. A viúva estava sentada à mesa, segurando um dos seus sapatos antigos. Sorria de leve, desenrolando as tiras de aniagem sujas de lama.

— Esses sapatos merecem um descanso — falou Killian. — Quase tenho vergonha pela maneira como tratei eles.

Ela ergueu a cabeça e o observou em silêncio. Deu uma olhada nas calças. Ele tinha enrolado a bainha para cima dos tornozelos.

— Eu não sabia se ele era do seu tamanho ou não — disse ela. — Achei que poderia ser maior, mas não tinha certeza. Pensei que poderia ser a minha memória que tivesse tornado ele maior.

— Bom, ele era do tamanho que a senhora lembra.

— Pois parece ficar cada vez maior — disse ela. — Quanto mais eu me afasto dele.

Não havia nada que ele pudesse fazer para pagar pelas roupas e pela comida. Ela disse que Northampton ficava a cinco quilômetros de distância e que ele deveria sair agora, porque provavelmente já estaria com fome quando chegasse lá, e que um almoço era servido na Sagrado Coração de Virgem Maria, onde ele poderia comer uma tigela de feijões e uma fatia de pão. Disse que tinha uma favela no lado leste do rio Connecticut, mas que, se ele fosse para lá, ela o aconselhava a não ficar por muito tempo, porque com frequência o lugar sofria ataques e homens eram presos por invasão de terreno. Na porta, ela disse que era melhor ser preso na área de triagem dos trens do que tentar pular de um vagão de carga que estava indo rápido demais. Disse que não queria que ele pulasse mais de trens, exceto dos que estavam parados ou indo bem devagarinho, da próxima vez pode ser pior do que um pé torcido. Ele assentiu e perguntou outra vez se havia algo que poderia fazer. Ela respondeu que tinha acabado de dizer algo que ele poderia fazer por ela.

Killian queria pegar a sua mão. Gage teria pego a mão dela e teria prometido rezar por ela e pelo marido que perdera. Ele queria poder falar de Gage com ela. Killian percebeu, no entanto, que não conseguia esticar o braço para pegar a mão dela, ou esticar os braços de maneira nenhuma, e que não confiava na sua voz para falar. Em geral, ficava com o coração partido pela decência das outras pessoas que quase não tinham nada; às vezes, sentia a bondade delas de forma tão poderosa que pensava que aquilo destruiria alguma parte interna e delicada dele.

Conforme cruzava o quintal para voltar para a estrada, com a sua roupa nova, ele observou as árvores e viu as duas meninas. Elas estavam de pé, cada uma segurando um buquê de flores velhas e murchas, encarando o chão. Ele parou e ficou olhando para elas, pensando no que estavam fazendo, o que era a coisa que ele não conseguia ver na terra além das plantas. Enquanto estava parado lá, as duas viraram a cabeça — primeiro a mais velha e então a mais nova, exatamente como antes — e olharam de volta para ele.

Killian deu um sorriso incerto e foi mancando até elas. Atravessou as plantas úmidas para chegar lá. Logo atrás das meninas havia um pedaço de terra limpa, e, no chão, um saco de aniagem preto. Dentro dele, havia uma terceira garota, a mais nova de todas, usando um vestido branco com um laço no pescoço e nas mangas. Suas mãos, brancas como porcelana, estavam cruzadas sobre o peito, com um pequeno buquê sob elas. Os olhos estavam fechados. Os músculos da face tremiam pela força que fazia para não sorrir. Não poderia ter mais de cinco anos. Uma coroa de margaridas secas em torno do cabelo louro. Uma pilha de flores mortas e murchas aos seus pés. Uma Bíblia aberta ao lado.

— Nossa irmã Kate morreu — informou a garota mais velha.

— É aqui que estamos fazendo o velório dela — disse a filha do meio.

Kate estava imóvel sobre o saco. Os olhos continuaram fechados, mas ela teve que morder o lábio para não rir.

— Quer brincar? — perguntou a filha do meio. — Quer brincar com a gente? É só ficar deitado. Você poderia ser o morto, e a gente cobre você de flores, e lê a Bíblia, e murmura uma marcha fúnebre.

— Eu vou chorar — falou a menina mais velha. — Consigo chorar quando eu quiser.

Killian ficou parado. Ele olhou para a criança no chão e depois para as duas enlutadas. Por fim, disse:

— Não acho que esse é o meu tipo de brincadeira. Não quero ser uma pessoa morta.

A menina mais velha apertou os olhos para ele e então encarou o seu rosto.

— Por que não? — perguntou. — Está usando a roupa certa para isso.

BOBBY CONROY VOLTA DOS MORTOS

NO INÍCIO, BOBBY NÃO a reconhecera. Ela estava ferida, que nem ele. Os primeiros trinta que chegaram receberam feridas. Foi o próprio Tom Savini quem as colocou.

O rosto dela era de um azul reluzente, seus olhos fundos, em órbitas escuras, e, no lugar da orelha direita, havia um buraco com bordas irregulares, um espaço escancarado que revelava um pedaço de osso vermelho e úmido. Eles se sentaram a um metro de distância um do outro na parede de pedra ao redor do chafariz, que estava desligado. As páginas dela estavam sobre o joelho — três folhas ao todo, grampeadas — e ela dava uma olhada no texto, as sobrancelhas franzidas de concentração. Bobby já tinha lido as dele enquanto esperava na fila da maquiagem.

A calça jeans dela o fazia se lembrar de Harriet Rutherford. Havia remendos por toda parte, que pareciam feitos de bandanas, quadrados vermelhos e azul-escuros com estampas de caxemira. Harriet sempre usava jeans como aquele. Bobby ainda ficava animado quando via retalhos costurados na bunda de uma calça Levi's feminina.

Seu olhar seguiu pela perna dobrada até onde o jeans azul alargava no tornozelo e parou nos pés descalços. As sandálias foram retiradas com dois chutes e ela estava torcendo os dedos de um pé com os dedos do outro. Quando viu isso, Bobby sentiu o coração bater mais forte com uma espécie de choque doloroso de felicidade.

— Harriet? — perguntou. — Você é a Harriet Rutherford para quem eu costumava escrever poemas de amor no colégio?

Ela olhou de soslaio para ele, por sobre o ombro. Nem precisava responder, ele já sabia que era Harriet. Ela o encarou por um longo tempo e então os seus olhos se arregalaram levemente. Eram de um verde vívido como a pele de um zumbi, e por um instante ele os viu brilharem de reconhecimento e evidente animação. Mas ela virou o rosto e voltou a ler as páginas.

— Ninguém escrevia poemas de amor para mim no colégio — disse ela. — Eu me lembraria disso. Não conseguiria segurar a felicidade.

— Durante a detenção. Quando a gente pegou duas semanas de castigo depois da esquete do programa de culinária? Você apareceu com um pepino esculpido como um pau. Disse que precisava deixar de molho por uma hora e enfiou na calça. Foi o melhor momento da história do Coletivo de Comédia Morra de Rir.

— Não. Minha memória é boa e não me lembro dessa trupe de comédia. — Ela voltou a olhar para as folhas equilibradas sobre o joelho. — Você se lembra de algum detalhe desses supostos poemas?

— Como assim?

— Um verso. Talvez, se conseguir se lembrar de alguma coisa sobre um dos poemas, algumas palavras de um verso de partir o coração, eles possam voltar à minha mente.

A princípio, ele não sabia se conseguiria. Olhou para ela sem expressão, a língua pressionando o lábio inferior, tentando trazer à memória alguma coisa, mas com o cérebro teimosamente vazio.

Então, abriu a boca e começou a falar, lembrando-se enquanto proclamava:

— *Adoro ver você tomando banho. Espero que isso não pareça obsceno.*

— *Mas quando vejo o sabão nos seus peitos, meu pinto dá um aceno!* — gritou Harriet, se virando para ele. — Bobby Conroy, *caramba*, vem cá e me dá um abraço sem estragar a minha maquiagem.

Ele foi na direção dela e envolveu suas costas finas com os braços. Bobby fechou os olhos e a apertou, sentindo-se absurdamente feliz, talvez o máximo de felicidade que sentira desde que voltou a morar na casa dos pais. Não tinha passado um dia em Monroeville sem pensar em encontrar Harriet. Estava depressivo, sonhava acordado com ela, histórias que começavam exatamente daquele jeito — ou não exatamente *daquele* jeito, ele nunca imaginara os dois com maquiagem de pedaços de corpos em decomposição, mas parecido com aquilo.

Quando acordava toda manhã, no seu quarto em cima da garagem dos pais, sentia-se apático. Ficava deitado no colchão cheio de calombos e encarava a claraboia acima dele. A claraboia estava embaçada por causa da poeira, e através dela todo céu parecia igual, um branco sem forma e sem graça. Nada nele queria se levantar. Para piorar, ele ainda se lembrava de como era acordar no mesmo quarto com a sensação de possibilidades ilimitadas da adolescência, acordar cheio de entusiasmo para encarar o dia. Sonhar acordado em encontrar Harriet e recuperar a velha amizade — e quando esses devaneios da manhã às vezes se tornavam explicitamente sexuais, quando ele se lembrava de terem ficado no galpão do pai dela, as pernas magras de Harriet abertas, as meias ainda vestidas — pelo menos era algo que fazia o seu sangue correr, o animava um pouco. Todos os outros sonhos tinham espinhos. Mexer com eles sempre envolvia o risco de se furar de repente.

Eles ainda estavam abraçados quando um garoto por perto perguntou:

— Mãe, quem é ele?

Bobby Conroy abriu os olhos e virou o rosto para a direita. Um menininho morto com a cara azul e o cabelo preto e escorrido olhava para eles. Usava um casaco com capuz, que cobria a sua cabeça.

O aperto de Harriet ficou mais relaxado. Então, aos poucos, os braços dela libertaram Bobby, que encarou a criança por mais um instante — não podia ter mais de seis anos — e, então, baixou o olhar para a mão de Harriet, para a aliança no anelar.

Bobby voltou a observar o menino e forçou um sorriso. Ele fora a mais de setecentos testes durante o tempo que passou em Nova York e tinha um enorme catálogo de sorrisos falsos.

— E aí, cara — falou. — Meu nome é Bobby Conroy. Sua mãe e eu somos velhos amigos, da época em que os mastodontes caminhavam sobre a terra.

— Eu também me chamo Bobby — disse o menino. — Você entende de dinossauros? Gosto muito deles.

Bobby sentiu uma pontada de enjoo que parecia cortá-lo ao meio. Olhou para Harriet — não queria, mas não conseguiu evitar — e viu que ela o encarava de volta. Havia um sorriso ansioso em seu rosto.

— Foi o meu marido que escolheu — informou ela. Por alguma razão, Harriet deu tapinhas na perna de Bobby. — Em homenagem a um jogador dos Yankees. Ele é de Albany.

— Entendo de mastodontes — disse Bobby ao garoto, surpreso ao perceber que sua voz continuava soando da mesma forma. — Elefantes peludos e gigantescos do tamanho de ônibus escolares. No passado, eles habitaram todo o planalto da Pensilvânia e deixavam enormes montanhas de cocô de mastodonte por todo lado, e uma dessas montanhas depois se tornou Pittsburgh.

O menino riu e olhou rápido para a mãe, talvez para avaliar o que ela achara daquela referência repentina a cocô. Ela sorriu com indulgência.

Bobby viu a mão do garoto e recuou.

— Ugh! Caramba, essa é a melhor maquiagem que vi hoje. O que é, uma mão falsa?

Faltavam três dedos na mão esquerda do menino. Bobby a pegou e deu um puxão, esperando que ela fosse sair. Mas, sob a maquiagem azul, a mão era morna e carnuda, e o menino a tirou do alcance de Bobby.

— Não — falou ele. — É só a minha mão. Ela é assim mesmo.

Bobby corou tanto que as suas orelhas chegaram a arder, e ficou feliz por estar maquiado. Harriet tocou o pulso de Bobby.

— Ele não tem alguns dedos — disse ela.

Bobby olhou para Harriet se esforçando para articular um pedido de desculpas. O sorriso estava um pouco menor, agora, mas ela não estava parecendo visivelmente irritada com ele, e a mão no braço era um bom sinal.

— Prendi os dedos na serra, mas não me lembro porque era pequeno demais — explicou a criança.

— Dean é lenhador.

— Ele está por aqui? — perguntou Bobby, esticando o pescoço e olhando ao redor de forma exagerada, embora, é claro, não tivesse a mínima ideia de qual era a aparência de Dean. Os dois andares do espaço central do shopping estavam lotados de pessoas como eles, maquiadas para parecerem falecidas há pouco tempo. Elas estavam sentadas nos bancos ou em grupos batendo papo, rindo das feridas umas das outras ou lendo as páginas mimeografadas do roteiro que foram distribuídas. O shopping estava fechado — grades de aço baixadas na entrada das lojas — e o lugar estava vazio, exceto pela equipe de filmagem e pelos mortos-vivos.

— Não, ele deixou a gente aqui e foi trabalhar.

— No domingo?

— É um trabalho de corno.

Aquilo parecia o início de uma boa piada, e Bobby parou, buscando algum comentário engraçadinho para fazer... e então se tocou de que rir da escolha de profissão de Dean na frente da esposa de Dean e do filho de cinco anos de Dean poderia pegar mal, isso sem falar que Harriet e ele foram melhores amigos e o casal real do Coletivo de Comédia Morra de Rir no último ano do colégio. Então falou:

— É mesmo? Que pena.

— Gosto desse corte enorme e nojento na sua testa — disse o menininho apontando para o seu rosto. Bobby tinha um ferimento horrível no escalpo, a pele aberta até o osso. — Você não achou o homem que deixou a gente que nem morto muito maneiro?

Na verdade, Bobby ficara um pouco assustado com Tom Savini, que não parava de olhar para um livro de fotografias de autópsias enquanto aplicava maquiagem nele. As pessoas naquelas fotos, com a carne mutilada e as expressões tristes e fracas, estavam mortas de verdade e não iam se levantar depois para tomar um café na mesa montada pela produção. Savini estudava aquelas feridas com uma admiração silenciosa, a mesma que seria exibida por qualquer pintor analisando o tema da sua arte.

Mas Bobby entendia o que o garoto queria dizer sobre ele ser maneiro. Com jaqueta preta de couro, botas de motoqueiro, barba escura e sobrancelhas marcantes — grossas e pretas, formando um arco para cima, como as do sr. Spock ou de Bela Lugosi —, ele parecia um deus do death metal.

Alguém começou a bater palmas. Bobby olhou ao redor. O diretor, George Romero, estava perto das escadas rolantes, um homem que mais parecia um urso, com bem mais de um metro e oitenta de altura e uma barba castanha grossa. Bobby notara que muitos dos membros da equipe tinham barbas. E, além disso, vários também tinham cabelos que chegavam nos ombros e usavam roupas velhas do Exército e botas de motoqueiro como Savini, de forma que pareciam um bando de revolucionários da contracultura.

Bobby, Harriet e o pequeno Bob se juntaram aos outros figurantes para ouvir o que Romero tinha a dizer. Sua voz era poderosa e confiante, e quando ele sorria, surgiam covinhas nas bochechas, visíveis mesmo com a barba. Ele perguntou se havia alguém ali que entendia alguma coisa sobre fazer filmes. Um certo número de pessoas, Bobby entre elas, levantou a mão. Então Romero respondeu que graças a Deus tinha alguém ali que sabia fazer aquilo, e todo mundo riu. O diretor disse que queria dar as boas-vindas ao mundo do cinema multimilionário de Hollywood e todo mundo riu de novo, porque George Romero só fizera filmes na Pensilvânia e eles sabiam muito bem que *O despertar dos mortos* estava abaixo do baixo orçamento, apenas meio degrau acima do sem orçamento. O diretor avisou que se sentia grato por todos terem vindo e que, pelas dez horas de trabalho exaustivo, que testariam corpo e mente, seriam pagos *em dinheiro*, uma soma tão colossal que ele não se atreveria a dizer o número em voz alta, só conseguiria mostrá-la. Então ergueu uma nota de um dólar e houve mais risadas. Naquele momento, Tom Savini, no segundo andar, se debruçou sobre o parapeito e gritou:

— Não riam, é mais dinheiro que a maioria de nós está recebendo para trabalhar nesse troço.

— Muita gente nesse filme está trabalhando por amor à arte — disse George Romero. — Tom está aqui porque gosta de esguichar pus nas pessoas. — Alguns figurantes deram gemidos. — Pus falso! Pus falso! — falou Romero se corrigindo às pressas.

— Você *bem que queria* que fosse falso — entoou Savini de algum lugar lá em cima, mas já não era possível vê-lo, o homem tinha se afastado do parapeito.

Mais risadas. Bobby sabia uma coisa ou outra sobre esse tipo de conversa humorística e suspeitava que aquela parte do discurso fora ensaiada e apresentada exatamente daquela maneira mais de uma vez.

Romero falou um pouco sobre o enredo. Pessoas que tinham morrido recentemente estavam voltando à vida; elas gostavam de comer gente; no meio da crise, o governo havia entrado em colapso; quatro jovens heróis se abrigaram dentro daquele shopping. A atenção de Bobby se perdeu e ele percebeu que estava olhando para o outro Bobby, o filho de Harriet. O pequeno Bob tinha um rosto comprido e solene, olhos castanho-escuros e um monte de cabelo preto, escorrido e desgrenhado.

Na verdade, o menino se parecia um pouco com o próprio Bobby, que também tinha olhos castanhos, rosto magro e uma massa de cabelo preto e despenteado na cabeça.

Bobby ficou imaginando se Dean se parecia com ele. Aquele pensamento fez seu sangue disparar de maneira estranha. E se Dean aparecesse para ver como Harriet e o pequeno Bob estavam indo e o homem acabasse sendo uma cópia exata dele? Era uma consideração tão assustadora que se sentiu fraco por um instante — mas então se lembrou que estava maquiado de cadáver, o rosto azul, a testa machucada. Mesmo se fossem iguais, iam parecer completamente diferentes.

Romero deu as últimas instruções sobre como andar que nem um zumbi — fez uma demonstração com os olhos revirados e a boca mole — e prometeu que estariam prontos para começar a filmagem em poucos minutos.

Harriet se virou para encarar Bobby, a mão no quadril, as pálpebras piscando de forma teatral. Ele girou ao mesmo tempo e os dois quase bateram um no outro. A mulher abriu a boca para falar, mas nenhum som saiu. Estavam perto demais, e a proximidade física inesperada pareceu ter pegado Harriet de surpresa. Ele também não sabia o que dizer, qualquer pensamento fora repentinamente apagado do seu cérebro. Ela riu e balançou a cabeça, uma reação que lhe pareceu artificial, que demonstrava ansiedade, não alegria.

— Vamos arregaçar as mangas, parceiro — falou ela. Bobby se lembrou de que, quando um esquete não estava indo bem e Harriet ficava nervosa, às vezes ela fazia uma imitação exagerada e com a boca cheia de cuspe de John Wayne no palco, um hábito nervoso que ele odiava na época, mas que, naquele momento, achou encantador.

— Vamos ter alguma coisa para fazer logo? — perguntou o pequeno Bob.

— Daqui a pouco — respondeu a mãe. — Por que não pratica como ser um zumbi por um tempo? Vai em frente, dê uma caminhada meio arrastada por aí.

Bobby e Harriet voltaram a se sentar na beirada do chafariz. As mãos dela eram pequenas, punhos ossudos sobre as pernas. Ela encarou o próprio colo com o olhar vazio, voltado para dentro. Estava enrolando os dedos dos pés de novo.

Ele falou. Um deles precisava dizer alguma coisa.

— Não acredito que você se casou e teve um filho! — disse ele no mesmo tom de espanto alegre que usava com amigos que informavam que foram chamados para papéis para o qual ele fizera testes. — Adorei esse garoto andando a tiracolo com você. É muito bonitinho. Mas também, quem resiste a uma criança que parece meio apodrecida?

Ela pareceu retornar de onde estivera e sorriu para ele — quase com timidez.

Ele continuou:

— E é melhor estar preparada para me contar tudo sobre Dean.

— Ele vai aparecer mais tarde. Vai nos levar para almoçar. Você deveria vir com a gente.

— Pode ser legal! — exclamou ele, e pensou que talvez fosse melhor diminuir o grau de entusiasmo.

— Ele fica acanhado quando encontra alguém pela primeira vez, então não espere muita conversa.

Bobby fez um gesto com a mão no ar: *que nada.*

— Vai ser ótimo. Temos muito o que conversar. Eu sempre fui fascinado por madeira e... compensado.

Era um risco, brincar sobre o marido que ele não conhecia. Mas ela sorriu e respondeu:

— Tudo que você sempre quis saber sobre pau, mas teve medo de perguntar.

E, por um segundo, os dois sorriram, de forma um pouco boba, os joelhos quase se tocando. Eles nunca chegaram a entender como falar um com o outro. Era como se sempre estivessem atuando um pouco, tentando usar o que a outra pessoa tinha dito para fazer uma piada. Aquilo, pelo menos, não mudou.

— Meu Deus, não acredito que te encontrei aqui — falou ela. — Pensei muito em você.

— É?

— Achei que já seria famoso a essa altura.

— Somos dois — disse Bobby, dando uma piscadela. Na mesma hora, desejou poder voltar no tempo e não piscar. Era uma coisa falsa, e ele não queria ser falso com Harriet. Ele continuou, respondendo à pergunta que ela não tinha feito. — Estou me acertando. Voltei três meses atrás. Estou na casa dos meus pais por um tempo, meio que me readaptando a Monroeville.

Ela assentiu, ainda o encarando com uma seriedade que o deixou desconfortável.

— E como isso está indo?

— Estou vivendo — mentiu ele.

ENTRE AS GRAVAÇÕES, BOBBY, Harriet e o pequeno Bob contavam histórias sobre como tinham morrido.

— Eu era um comediante em Nova York — falou Bobby, passando os dedos pela ferida na cabeça. — Algo trágico aconteceu quando subi no palco.

— É — respondeu Harriet. — Você contou as suas piadas.

— Algo que nunca havia acontecido antes.

— O quê? As pessoas riram?

— Eu fui eu mesmo, brilhante como sempre. A plateia rolava pelo chão.

— Convulsões de agonia.

— E aí, quando eu estava fazendo a reverência final... um acidente horrível. Um contrarregra na coxia largou um saco de areia de vinte quilos na minha cabeça. Mas pelo menos morri ao som de aplausos.

— Os aplausos eram para o contrarregra — falou Harriet.

O menininho olhou sério para Bobby e pegou a mão dele.

— Sinto muito por sua cabeça ter sido acertada. — Seus lábios rasparam pelas juntas dos dedos de Bobby com um beijo seco.

Bobby olhou para ele. A pele formigava onde a boca do garoto encostara.

— Esse é o garoto mais beijoqueiro e pegajoso que você vai encontrar — disse Harriet. — Ele tem muito afeto acumulado. No menor sinal de fraqueza, está pronto para babar em cima de você. — Enquanto falava isso, ela bagunçou o cabelo do pequeno Bobby. — E o que te matou, pestinha?

Ele ergueu as mãos sacudindo.

— Meus dedos foram cortados na serra do papai e eu sangrei até a morte.

Harriet continuou sorrindo, mas os olhos pareceram ficar levemente mais úmidos. Ela meteu a mão nos bolsos e encontrou uma moeda.

— Vai comprar um chiclete, amigão.

Ele agarrou a moeda e correu.

— As pessoas devem achar que somos os pais mais relapsos do mundo — disse ela, encarando o filho de longe, sem demonstrar expressão.

— Mas não foi culpa de ninguém.

— Tenho certeza de que não.

— A serra estava desligada e ele não tinha nem dois anos. Nunca conectara nada na tomada antes. A gente nem sabia que ele conseguia fazer aquilo. Dean estava com ele. Foi tudo muito rápido. Sabe quantas coisas precisaram dar errado ao mesmo tempo para que isso acontecesse? Dean acha que o som da serra ligando deve ter dado um susto nele e Bobby ergueu a mão para fazer com que ela parasse. Ele pensou que estaria encrencado. — Ela ficou em silêncio por alguns segundos, vendo o filho comprar o chiclete na máquina, e então falou: — Eu sempre pensei o seguinte sobre o meu filho: essa é a coisa na minha vida que vou fazer direito. Não vou foder com tudo. Estava planejando como ele faria amor com a menina mais bonita da escola aos quinze anos. Como aprenderia a tocar cinco instrumentos e deixar todo mundo de queixo caído com o seu talento. Como seria o garoto engraçado que parece conhecer todos.

— Ela fez outra pausa, e aí acrescentou: — Agora, ele vai precisar ser o garoto engraçado. Sempre tem alguma coisa errada com o garoto engraçado. É por isso que ele é engraçado: para desviar a atenção das pessoas.

No silêncio que sucedeu essa declaração, Bobby pensou em várias coisas rapidamente. A primeira era que ele *fora* o garoto engraçado da escola; será que Harriet pensava que havia algo de errado *com ele* que precisava compensar? Então lembrou que os *dois* tinham sido engraçados e pensou: *O que havia de errado conosco?*

Tinha que haver alguma coisa; de outra forma, eles estariam juntos agora e o menino em frente à máquina de chiclete seria filho deles. O pensamento que passou pela sua cabeça a seguir foi que, se o pequeno Bobby fosse o pequeno Bobby *deles*, o menino ainda teria dez dedos. Sentiu uma antipatia borbulhante por Dean, o lenhador, um caipira ignorante cuja noção de passar tempo com o filho provavelmente significava levar o garoto até a feira do produtor rural para ver uma corrida de tratores.

Um assistente de direção começou a bater palmas e a chamar os mortos-vivos para assumirem os seus lugares. O pequeno Bob trotou de volta até eles.

— Mãe — falou ele, o chiclete na bochecha. — Você não contou como morreu. — Ele olhava para a orelha decepada dela.

— Eu sei como — disse Bobby. — Ela encontrou um velho amigo no shopping e os dois começaram a conversar, e quero dizer conversar *de verdade*. Horas de blá-blá-blá. No fim, o velho amigo disse: "Sabe, espero que as suas orelhas não caiam de tanto me ouvir". E sua mãe respondeu: "Ah, não se preocupe com isso…".

— Alguém me disse certa vez: "Não dê ouvidos a ele" — falou Harriet. Ela bateu com a palma da mão na testa. — Por que eu não escutei?

TIRANDO O CABELO ESCURO, Dean não se parecia em nada com ele. Dean era *baixinho*. Bobby não estava preparado para o tanto que ele era baixo. Era menor que Harriet, que não ia muito além de um metro e setenta. Quando se beijavam, Dean precisava esticar o pescoço. Ele era parrudo, o corpo forte, ombros largos, as costas um pouco curvadas, a cintura fina. Usava óculos de lentes grossas com uma armação cinzenta de plástico, os olhos da cor de estanho sujo. Era tímido — seu olhar encontrou o de Bobby quando Harriet o apresentou, desviou, retornou e desviou de novo —, isso sem falar que era velho, com uma teia de pés de galinha finos. Talvez fosse uma década mais velho que Harriet.

Os dois haviam acabado de se conhecer quando Dean falou de repente:

— Ah, você é *aquele* Bobby! O Bobby *engraçado*. Sabe, quase não demos o nome de Bobby para o nosso filho por sua causa. Mas eu tinha essa ideia fixa de que, se um dia te conhecesse, teria que garantir que o nome Bobby foi ideia minha. É por causa do Bobby Murcer. Desde que tenho idade suficiente para imaginar em ter filhos, sempre quis…

— Eu sou engraçado! — interrompeu o filho de Harriet.

Dean colocou as mãos debaixo das axilas dele e o jogou no ar.

— Claro que é!

Bobby não tinha certeza de que queria almoçar com eles, mas Harriet entrelaçou o braço no dele e marchou porta afora até o estacionamento, e o ombro dela — quente e nu — estava encostado no dele, então não havia escolha, na verdade.

Bobby não notou as outras pessoas no restaurante olhando para eles e esqueceu que estava de maquiagem até a garçonete se aproximar. Ela mal saíra da adolescência, com uma cabeleira loira frisada que balançava conforme andava.

— A gente morreu — anunciou o pequeno Bobby.

— Entendi — falou a garota, assentindo e apontando a caneta esferográfica para eles. — Imagino que estejam trabalhando no filme de terror ou que tenham comido o especial do dia. Qual das opções?

Dean riu, uma risada alta e seca. Bobby nunca vira alguém que ria com tanta facilidade. Dean gargalhava com praticamente qualquer coisa que Harriet dizia, e até quase tudo que Bobby falava. Às vezes, ele ria tão alto que as pessoas nas outras mesas levavam um susto. Assim que recuperava o controle, pedia desculpas sinceras, o rosto de um rosa delicado, os olhos cintilantes e úmidos. Foi aí que Bobby começou a ver pelo menos uma resposta possível para a pergunta que estivera na sua mente desde que vira que Harriet tinha se casado com Dean-que-trabalha-igual-a-um-corno: *Por que ele?* Bem... Dean era uma boa plateia, pelo menos.

— Eu achei que você trabalhasse como comediante em Nova York — disse Dean, finalmente. — O que o traz de volta?

— Fracasso — respondeu Bobby.

— Ah... sinto muito. O que está fazendo agora? Está apresentando algum número na cidade?

— Pode-se dizer que sim. Mas por aqui chamam de ser professor substituto.

— Ah! Você dá aulas! E está gostando?

— É muito bom. Meu plano sempre foi trabalhar ou em filmes e televisão, ou em colégios. E pensar que agora eu enfim vou ter a minha grande chance substituindo o professor de educação física do oitavo ano... é um sonho realizado.

Dean riu, e pedacinhos mastigados de filé de frango frito voaram da sua boca.

— Sinto muito. Isso é horrível — falou ele. — Comida para todo lugar. Você deve achar que sou um porco.

— Não, tudo bem. Quer que a garçonete traga alguma coisa? Um copo de água? Um bebedouro?

Dean se curvou tanto que a testa quase encostou no prato, a risada ofegante, asmática.

— Pare. Por favor.

Bobby parou, mas não porque Dean pediu. Pela primeira vez, notou que o joelho de Harriet estava batendo no dele embaixo da mesa. Ele se perguntou se aquilo era intencional, e, na primeira chance que teve, se encostou na cadeira e olhou. Não, não era intencional. Ela tinha tirado as sandálias e estava enrolando os dedos do pé uns nos outros, tão forte que, às vezes, seu joelho direito balançava e acertava o dele.

— Uau, eu ia adorar ter tido um professor como você. Alguém que consegue fazer as crianças rirem — falou Dean.

Bobby mastigou e mastigou, mas não sabia dizer o que estava comendo. Não sentia gosto algum.

Dean soltou um suspiro trêmulo e enxugou os cantos dos olhos novamente.

— Claro, eu não sou engraçado. Não consigo nem me lembrar de piadas bobas. Não sou bom para muita coisa além de trabalhar. E Harriet é *tão* engraçada. Às vezes, ela faz um show para mim e para o Bobby, com meias sujas nas mãos. A gente ri tanto que não dá nem para respirar. Ela chama de *Show dos Muppets da Roça*. Patrocinado por qualquer cervejinha de gosto duvidoso. — Ele começou a rir e a bater com o punho na mesa de novo. Harriet não tirou os olhos do próprio colo. Dean falou: — Eu adoraria vê-la fazendo isso no Carson. Seria... como vocês chamam, uma esquete? Seria uma esquete clássica.

— Com certeza, parece mesmo — falou Bobby. — Fico surpreso de Ed McMahon ainda não ter ligado para saber se ela está disponível.

QUANDO DEAN OS DEIXOU de volta no shopping e saiu para retornar para a serraria, o clima tinha mudado. Harriet parecia distante, era difícil envolvê-la em qualquer tipo de conversa — não que Bobby tenha tentado com afinco. Ele ficou irritadiço de repente. Toda a diversão de interpretar um morto por um dia havia desaparecido. Na maior parte do tempo, eles só esperavam — esperavam os assistentes de fotografia acertarem a luz nos mínimos detalhes, Tom Savini retocar um machucado que estava começando a parecer demais com látex e não com carne retalhada —, e Bobby se cansou daquilo. Ficava com raiva só de ver os outros se divertindo. Diversos zumbis se reuniram, fazendo embaixadinhas com um baço vermelho e molenga, rindo bastante. O objeto fazia um barulho molhado quando caía no chão. Bobby queria gritar com eles por estarem tão animados. Será que nunca tinham ouvido falar do método Stanislavski? Deviam estar todos separados, dando gemidos infelizes e acariciando as tripas. Ele *mesmo* deu um gemido infeliz, um som nervoso e frustrado, e o pequeno Bobby perguntou o que havia de errado. Ele respondeu que estava apenas treinando. O garoto foi assistir ao jogo de embaixadinhas.

Sem olhar para ele, Harriet falou:

— Foi um almoço legal, não achou?

— *Sen*-sacional — disse Bobby, pensando *Melhor tomar cuidado*. Ele estava inquieto, cheio de uma energia que não sabia como gastar. — Acho que me dei bem com Dean. Ele me lembrou do meu avô. Eu tinha um avô ótimo, que conseguia mexer as orelhas e achava que o meu nome era Evan. Ele me dava 25 centavos para estocar lenha para ele, cinquenta se eu trabalhasse sem camisa. Então, qual é a *idade* de Dean?

Eles estavam caminhando lado a lado, mas então Harriet ficou rígida e parou. Seu rosto se virou na direção dele, mas o cabelo estava na frente dos olhos, escondendo a expressão.

— Ele é nove anos mais velho do que eu. E daí?

— E daí nada. Só fico contente de você estar feliz.

— Eu *estou* feliz — falou ela, a voz meia oitava mais alta.

— Dean se ajoelhou quando te pediu em casamento?

Harriet assentiu, os lábios apertados, suspeitos.

— Você teve que ajudar ele a se levantar depois? — perguntou Bobby. Sua voz também estava um pouco esganiçada, e ele pensou *Pare com isso agora*. Era como um desenho animado, Bobby visualizou o Coiote preso na frente de uma locomotiva, dando passos rápidos no trilho, tentando ser mais rápido que o trem, a fumaça saindo dos pés, que inchavam e ficavam vermelhos.

— Seu babaca — falou ela.

— Desculpa! — Ele deu um sorriso e ergueu as mãos, com as palmas viradas para Harriet. — Brincadeira, brincadeira. Bobby bobão, sabe como é. Não consigo evitar. — Ela estava prestes a lhe dar as costas, mas hesitou, sem saber se deveria acreditar naquilo ou não. Bobby limpou a boca com a mão. — Então a gente sabe como você consegue fazer o Dean rir. Mas como ele faz você rir? Ah, claro, ele não é *engraçado*. Bem, o que ele faz para o seu coração bater mais rápido? Além de te dar um beijo sem a dentadura.

— Me deixa em paz, Bobby — respondeu ela. Harriet deu meia-volta, mas ele ficou na frente dela, impedindo-a de se afastar.

— Não.

— Para.

— Não posso — falou ele, percebendo de repente que estava com raiva dela. — Se ele não é engraçado, deve ser outra coisa. Preciso saber o quê.

— *Paciente* — respondeu ela.

— Paciente — repetiu Bobby. Ficou espantado simplesmente por saber que aquela era uma resposta possível.

— Comigo.

— Com você.

— Com Robert.

— Paciente — falou. Então, por um momento, não conseguiu falar mais nada, porque ficou sem fôlego. De uma hora para outra, sentiu que a maquiagem fazia o rosto dele coçar. Desejou que Harriet tivesse apenas se afastado dele ou mandado ele se foder, ou até dado um tapa na sua cara quando começou a pressioná-la, desejou por qualquer resposta que não fosse *paciente*. Engoliu em seco. — Não é o bastante. — Sabia que não conseguiria parar agora, o trem estava indo na direção do penhasco, e os olhos aterrorizados do Coiote se esbugalharam e pularam da cara dele. — Eu queria conhecer quem quer que fosse que estivesse com você e ficar enjoado de ciúme, mas só me sinto enjoado. Queria que você tivesse se apaixonado por um homem bonito, criativo e brilhante, um escritor, um dramaturgo, alguém com senso de humor e um pau de trinta centímetros. Não um sujeito com cabeça raspada que se mata de trabalhar e que acha que, para fazer uma massagem erótica, você precisa de um tubo de pomada Bengay.

Ela afastou as lágrimas que corriam pelo rosto com as costas das mãos.

— Sabia que você ia odiar ele, mas não que seria tão cruel.

— Não é que eu odeie ele. O que tem para odiar? Ele não está fazendo nada diferente do que qualquer outro sujeito no lugar dele faria. Se eu tivesse sessenta centímetros de altura e fosse geriátrico, *agarraria* a oportunidade de ficar com uma gostosa que nem você. Com certeza ele é paciente. É melhor que seja mesmo. Ele devia ficar de joelhos toda noite e lavar os seus pés com óleos sagrados por você ter passado mais um dia com ele.

— Você teve a sua chance — disse ela.

Harriet estava se esforçando para não deixar o choro sair de controle. Os músculos do rosto estremeciam, tornando a sua expressão fechada.

— Não é sobre as chances que eu tive. É sobre as chances que você teve.

Dessa vez, quando ela deu as costas a Bobby, ele a deixou ir. Ela cobriu o rosto com as mãos. Seus ombros se balançavam e, conforme se afastava, Harriet fazia sons de engasgo. Ele a observou caminhar até a fonte onde se encontraram mais cedo. Então se lembrou do menino e olhou ao redor, o coração martelando, pensando no que o pequeno Bobby pode ter visto ou ouvido. Mas o garoto estava correndo pelo saguão, chutando o baço, que agora tinha uma massa de poeira ao redor. Outras duas crianças tentavam roubar o objeto cenográfico dele.

Bobby os observou brincarem por um tempo. Um dos chutes foi forte demais, e o baço derrapou até ele. O homem, então, colocou o pé em cima do órgão para interromper o movimento. O baço foi achatado de maneira desagradável debaixo da sola do seu sapato. As crianças pararam a três metros de Bobby e ficaram lá, ofegantes, esperando por ele. Bobby pegou o baço.

— Vão lá para fora — falou, e arremessou o objeto para o pequeno Bobby, que o pegou de primeira e o levou consigo de cabeça baixa, as outras crianças o seguindo.

Quando se virou para Harriet, viu que ela o observava com as palmas da mão pressionadas com força nos joelhos. Esperou o olhar dela se desviar, o que não aconteceu, e, por fim, viu aquilo como um convite para se aproximar.

Foi até o chafariz e se sentou ao lado dela. Ainda estava pensando em como começar a pedir desculpas quando ela falou.

— Eu escrevi para você. Você que parou de me responder. — Os pés nus dela lutavam um contra o outro.

— Odeio como o seu pé direito é autoritário — disse ele. — Por que ele não dá um espaço para o esquerdo? — Mas ela não estava ouvindo.

— Não importa — falou a mulher. Sua voz estava anasalada e rouca. A maquiagem era à base de óleo, então, apesar das lágrimas, não tinha borrado. — Não fiquei chateada. Sabia que a gente não conseguiria ter um relacionamento nos encontrando apenas quando você voltasse para casa no Natal. — Ela engoliu em seco. — Achava mesmo que alguém ia te colocar em uma sitcom. Sempre que pensava nisso... em ver você na televisão e escutar os outros rindo quando falasse alguma coisa... ficava com um sorriso enorme e bobo na cara. Podia passar uma tarde inteira feliz com esse pensamento. Não entendo o que pode ter feito você voltar para Monroeville.

Mas ele já dissera o que o tinha feito retornar para a casa dos pais e o quarto em cima da garagem. Dean perguntara no restaurante, e Bobby respondera com sinceridade.

Em uma noite de quinta-feira, na primavera passada, ele fora mais cedo até um clube de comédia no Village. Apresentou o seu número de vinte minutos, recebeu as gargalhadas constantes-ainda-que-não--avassaladoras e um respingo de aplausos quando saiu do palco. Foi até o bar para ver as outras apresentações. Estava prestes a sair e voltar para casa quando Robin Williams apareceu. Ele estava na cidade, visitando os clubes e testando material. Bobby voltou a se sentar para escutar, sentindo o pulso batendo na garganta.

Não conseguiu explicar para Harriet o significado do que tinha visto. Bobby testemunhou um homem se segurando na quina da mesa com apenas uma das mãos, a outra na coxa da namorada, agarrando as duas com tanta força que as juntas dos dedos perderam a cor. Ele estava curvado com lágrimas escorrendo dos olhos, e sua risada era alta, estridente e convulsa, mais animal que humana, como o som feito por uma hiena ou coisa parecida. Ele balançava a cabeça de um lado para o outro e agitava a mão no ar. *Pare, por favor, não faça isso comigo.* Era tanto humor que chegava a ser aflitivo.

Robin Williams viu aquele homem desesperado, interrompeu um discurso que fazia sobre masturbação, apontou para ele e gritou:

— *Você!* É, você, seu homem-hiena frenético! Você pode entrar de graça em qualquer show que eu fizer pelo resto da porra da minha vida!

E então um som foi crescendo entre a plateia, mais do que risadas ou aplausos, embora incluísse os dois. Era um ruído baixo e poderoso de deleite incontido, um som tão imenso que era tanto sentido quanto escutado, algo que fez os ossos no peito de Bobby zumbirem.

Ele mesmo não tinha dado uma única risada e, quando saiu do clube, seu estômago se revirava. Seus passos estavam estranhos, duros na calçada, e, por um tempo, ele esqueceu o caminho de casa. Quando enfim chegou ao apartamento, sentou-se na beirada da cama, seus suspensórios arrancados e sua camisa desabotoada, e, pela primeira vez, achou que não havia esperança.

Viu algo brilhar na mão de Harriet. Ela estava contando moedas.

— Vai ligar para alguém? — perguntou Bobby.

— Dean — respondeu ela. — Para ele vir me buscar.

— Não.

— Não vou ficar. Não posso.

Observou os pés atormentados de Harriet, os dedos em uma peleja, e, por fim, cedeu. Eles se levantaram ao mesmo tempo. Mais uma vez, estavam desconfortavelmente pertos um do outro.

— Te vejo por aí, então — falou ela.

— É. — Bobby queria pegar a mão dela, mas não o fez; queria falar alguma coisa, mas não sabia o quê.

— Alguém aqui quer se voluntariar para tomar um tiro? — perguntou George Romero a menos de um metro de distância. — É um close-up garantido no filme.

Bobby e Harriet levantaram as mãos ao mesmo tempo.

— Eu — disse Bobby.

— Eu — falou Harriet, pisando no pé dele conforme se mexia para chamar a atenção do diretor. — Eu!

— **ESSE FILME VAI** ser ótimo, sr. Romero — falou Bobby. Estavam lado a lado, batendo papo, esperando Savini terminar de conectar o pequeno dispositivo, uma camisinha com um pouco de melaço e corante alimentar que explodiria de forma a parecer um tiro, em Harriet. Bobby já estava com o dispositivo ligado... em mais de um sentido. — Um dia, todo mundo em Pittsburgh vai falar que interpretou um zumbi nesse filme.

— Você puxa saco como um profissional — falou Romero. — Tem experiência no show business?

— Seis anos em peças off-Broadway. Além disso, eu me apresentava na maioria dos clubes de comédia.

— Ah, mas agora está na grande Pittsburgh. Esperto da sua parte, rapaz. Fique aqui por um tempo e logo, logo vai ser um astro.

Harriet foi até Bobby, o cabelo balançando.

— Vão atirar no meu peito!

— Magnífico — respondeu Bobby. — É por isso que as pessoas precisam persistir, porque nunca dá para saber quando algo maravilhoso assim vai acontecer.

George Romero os levou para os seus lugares e informou o que queria que fizessem. As luzes refletiam em guarda-chuvas prateados e brilhantes, lançando uma luminosidade uniforme e um calor seco sobre uma área de três metros no chão. Havia um colchão listrado e cheio de calombos sobre os azulejos, bem ao lado de uma coluna quadrada.

Harriet seria acertada primeiro. Ela deveria levar um ricochete e continuar em frente, com o mínimo de reação possível ao tiro. Bobby levaria a próxima bala na cabeça, o que o faria cair. O dispositivo estava escondido embaixo de uma dobra de látex da ferida no escalpo. Os fios que fariam a camisinha estourar estavam ocultos pelo cabelo.

— Você pode cair primeiro e aí escorregar para o lado — disse George Romero. — Fique de joelhos se quiser, e aí escorregue para fora de cena. Se estiver se sentindo um pouco mais acrobático, pode cair direto para trás. Apenas se certifique de acertar o colchão. Não queremos ninguém machucado.

Seriam apenas Bobby e Harriet na cena filmada em plano americano. Os outros figurantes encostaram nas paredes do corredor do shopping, observando os dois. Os olhares e os murmúrios constantes fizeram a adrenalina de Bobby explodir. Tom Savini se ajoelhou, quase dentro do enquadramento, com uma caixa de metal na mão, os fios estendidos no chão indo para Bobby e Harriet. O pequeno Bobby estava sentado ao lado do maquiador, as mãos perto do queixo apertando o baço, os olhos brilhando de expectativa. Savini contara ao pequeno Bob tudo o que ia acontecer, preparara a criança para o sangue que escorreria do peito da mãe dele, mas o menino não estava preocupado.

— Vi coisas nojentas o dia inteiro. Não fico assustado. Eu gosto.

Savini ia deixá-lo ficar com o baço como lembrança.

— Câmera — disse Romero.

Bobby se contorceu — espera, eles iam começar? Já? Os dois tinham acabado de chegar às suas marcações! Deus, Romero ainda estava em frente à câmera! — e, por um instante, Bobby agarrou a mão de Harriet. Ela apertou os dedos dele e largou. Romero saiu do enquadramento.

— Ação!

Bobby revirou tanto os olhos que não conseguia ver para onde estava indo. Deixou o queixo mole. Deu um passo arrastado.

— Atire na garota! — mandou o diretor.

Bobby não viu o dispositivo dela explodir porque estava um passo à frente. Mas ouviu um estalo alto e vibrante que ecoou pelo local e sentiu o cheiro, um odor pungente e repentino de pólvora. Harriet grunhiu baixinho.

— Eeee... agora no outro — falou Romero.

Foi como se um tiro tivesse disparado do lado da cabeça dele. O barulho da explosão foi tão alto que ensurdeceu os seus tímpanos na hora. Ele foi para trás e caiu de lado. Seu ombro bateu em alguma coisa na lateral, mas Bobby não viu o quê. Conseguiu olhar de soslaio para a coluna quadrada ao lado do colchão e, naquele instante, foi atingido por um raio de inspiração. Bateu a cabeça na coluna durante a queda e, enquanto saía do quadro, viu que tinha deixado uma mancha carmesim no gesso branco.

Acertou o colchão, as molas ainda boas o suficiente para fornecerem um pouco de amparo. Piscou. Os olhos lacrimejaram, criando uma distorção visual, uma deformação sutil na visão. O ar acima dele estava cheio de uma fumaça azul. O centro da cabeça doía. Seu rosto estava salpicado de um fluido gelado e pegajoso. Conforme o zumbido nos ouvidos diminuía, ele percebeu duas coisas simultaneamente. A primeira foi o som, um estrondo de aplausos constante e baixo, como se viesse de baixo da terra. O barulho o preencheu como ar. George Romero ia na direção dele, batendo palmas também, sorrindo daquela maneira que formava covinhas na barba. A segunda coisa que notou foi Harriet curvada sobre ele, a mão dela em cima do seu peito.

— Acertei você? — perguntou Bobby.

— Infelizmente, sim — respondeu.

— Sabia que era só questão de tempo para eu te levar para a cama — falou ele.

Harriet sorriu, um sorriso fácil e contido que ele não vira em momento algum durante o dia. Seu busto encharcado de sangue subia e descia.

O pequeno Bob correu até o colchão e pulou em cima deles. Harriet colocou o braço em volta do filho e o puxou para o espaço apertado entre ela e Bobby. O pequeno Bob sorriu e colocou o dedão na boca. O rosto de Bobby estava tão perto da cabeça do garoto que ele ficou subitamente consciente do xampu do menino, com aroma de melão.

Harriet observou Bobby por sobre a cabeça do filho sem desviar os olhos, ainda com o mesmo sorriso na boca. O olhar do homem foi para o teto, para a claraboia, para o límpido céu azul além dela. Ele não queria levantar dali por nada no mundo, queria pular os próximos segundos. Começou a imaginar o que Harriet fazia quando Dean estava no trabalho e o pequeno Bobby, na escola. Amanhã era segunda, e ele não sabia se daria aula ou teria o dia livre. Ele torcia para ser um dia livre. A semana de trabalho se estendia diante dele, sem responsabilidades ou preocupações, com possibilidades ilimitadas. Os três, Bobby, o garoto e Harriet, continuaram deitados no colchão, os corpos bem próximos e tendo apenas a respiração como movimento.

George Romero se voltou para eles balançando a cabeça.

— Aquilo foi ótimo, quando você acertou a coluna e deixou uma marca de sangue. Deveríamos fazer de novo, do mesmo jeito. Dessa vez, poderia deixar um pouco de massa cinzenta lá. O que me dizem? Quem quer tentar de novo?

— Eu — falou Bobby.

— Eu — respondeu Harriet. — Eu.

— Sim, por favor — disse o pequeno Bobby com o dedão na boca,

— Acho que é unânime — falou Bobby. — Todo mundo quer tentar de novo.

A MÁSCARA DO MEU PAI

DURANTE A VIAGEM ATÉ Big Cat Lake, a gente fez uma brincadeira. Foi ideia da minha mãe. Estava escuro quando chegamos na autoestrada, sem nenhuma luz no céu com exceção de um pingo reluzente, pálido e frio a oeste, e ela me disse que estavam atrás de mim.

— É o povo do baralho — falou ela. — Rainhas e reis. São tão finos que conseguem passar por debaixo da porta. Eles vão vir pela direção contrária. Procurando pela gente. Tentando cortar as nossas cabeças. Se esconda sempre que alguém se aproximar pela outra pista. Não podemos te proteger deles, não na estrada. Rápido, se abaixe. Tem um deles vindo agora.

Eu me deitei no banco traseiro e observei os faróis de um outro carro passarem pelo teto. Não sei bem se eu estava brincando ou apenas me acomodando no banco. Eu estava chateado. Passei o dia pensando que dormiria na casa do meu amigo Luke Redhill, jogando pingue-pongue e assistindo à TV até tarde com ele (e a irmã mais velha de pernas compridas dele, Jane, e a amiga dela de cabelos brilhantes, Melinda), mas, assim que cheguei da escola, vi malas na entrada da garagem enquanto meu pai colocava outras no carro. Aquela foi a primeira vez que soube que a gente ia passar a noite no chalé do meu avô, em Big Cat Lake. Não consegui ficar com raiva dos meus pais por não terem me avisado dos planos com antecedência porque provavelmente não tinham feito planos com antecedência. Era bastante possível que tivessem decidido ir para Big Cat Lake na hora do almoço. Os dois não planejavam as coisas.

Apenas tinham vontades e um filho de treze anos, e não viam por que ele deveria impedir suas ideias.

— Por que vocês não podem me proteger? — perguntei.

Minha mãe respondeu:

— Porque existem certas coisas que nem o amor de uma mãe ou a coragem de um pai conseguem vencer. Além disso, quem poderia lutar com eles? Você conhece o povo do baralho. Eles sempre andam com machadinhas douradas e espadas prateadas. Já notou como a maioria das mãos boas de pôquer tem muitas armas?

— Não é por acaso que o primeiro jogo que todo mundo aprende é Batalha — falou o meu pai dirigindo com um pulso pendurado no volante. — São sempre variações da mesma história. Reis metafóricos lutando pelo suprimento limitado de mulheres e dinheiro.

Do seu assento, minha mãe me lançou um olhar sério, os olhos brilhando na escuridão.

— Estamos com problemas, Jack — disse ela. — Problemas graves.

— Ok — respondi.

— A situação foi piorando com o tempo. No início, mantivemos segredo porque não queríamos que ficasse assustado. Mas você precisa saber. É a coisa certa a ser feita. Nós... veja bem... não temos mais dinheiro. É o povo do baralho. Eles estão contra nós, acabando com investimentos, fazendo os nossos ativos se perderam na burocracia. E também espalhando rumores horríveis sobre o seu pai no trabalho. Não vou contar os detalhes, não quero que fique triste. Estão ligando e nos ameaçando. Telefonam para mim no meio do dia e falam das coisas terríveis que vão fazer comigo. Com você. Com todos nós.

— Teve uma noite em que colocaram alguma coisa no molho de mexilhão, o que me deu uma caganeira ímpia — disse o meu pai. — Achei que ia morrer. Além disso, nossa roupa lavada a seco voltou com umas manchas brancas esquisitas. Foram eles também.

Minha mãe riu. Já ouvi falar que cachorros têm seis tipos de latidos, cada um com um significado específico: *intruso, vamos brincar, preciso fazer xixi*. Minha mãe tinha um certo número de risadas, cada uma com significado e identidade certeiros, todas maravilhosas. Essa risada, áspera e convulsiva, era a resposta dela para piadas pesadas e para acusações, ao ser pega aprontando alguma traquinagem.

Ri com ela, voltando a me sentar, o nó na minha barriga se desfazendo. Ela falara de um jeito tão solene, e os seus olhos estavam tão esbugalhados, que, por um momento, comecei a esquecer que ela tinha inventado tudo aquilo.

Ela se esticou até o meu pai e passou um dedo pelos lábios dele, como se estivesse fechando seus lábios com um zíper.

— Deixa que eu conto — falou ela. — Está proibido de falar mais.

— Se estamos com tantos apertos financeiros, eu poderia ir morar com o Luke por um tempo — falei. *E Jane*, pensei. — Não quero ser um fardo para a família.

Ela olhou para mim.

— Não é o dinheiro que me preocupa. Amanhã uma pessoa vai avaliar a mobília. Tem algumas antiguidades maravilhosas naquela casa, coisas que o seu avô deixou para a gente. Vamos ver se conseguimos vender algumas.

Meu avô, Upton, morrera no ano anterior de uma maneira que ninguém queria discutir, uma morte que não tinha lugar na vida dele, um fim de filme de terror misturado com uma comédia pastelão. Ele estava em Nova York, onde tinha um apartamento no quinto andar de um prédio geminado no Upper East Side, um dos seus vários imóveis. Chamou o elevador e, assim que as portas se abriram, deu um passo à frente — mas o elevador não estava lá, e ele caiu quatro andares. A queda não o matou. Ele viveu por mais um dia no fundo do fosso do elevador. O elevador era velho e lento, e reclamava sempre que precisava se mover, como a maioria dos moradores do prédio. Ninguém ouviu o meu avô gritar.

— Por que a gente não vende a casa em Big Cat Lake? — perguntei. — Aí estaríamos nadando em dinheiro.

— Ah, não podemos fazer isso. Não é nossa. Ela é dividida entre todos nós, eu, você, a tia Blake, os gêmeos Greenly. E mesmo que fosse só nossa, não poderíamos vendê-la. Ela sempre esteve na família.

Pela primeira vez desde que entrei no carro, pensei ter entendido o motivo *real* de estarmos indo para Big Cat Lake. Percebi, então, que os meus planos para o fim de semana haviam sido sacrificados no altar da decoração de interiores. Minha mãe adorava decorar. Adorava escolher cortinas, luminárias de vidro colorido, puxadores de ferro exclusivos para os armários da cozinha. Alguém a deixara responsável por redecorar o chalé em Big Cat Lake — ou, mais possivelmente, ela se considerara responsável —, e ela queria começar se livrando de toda a tralha.

Eu me senti um idiota por tê-la deixado me distrair do meu mau humor com uma das suas brincadeiras.

— Queria ter ido dormir na casa do Luke — falei.

Minha mãe me lançou um olhar sorrateiro através das pálpebras meio fechadas, e de repente senti uma coceira na cabeça de desconforto. Foi um olhar que me fez considerar o que ela sabia e se tinha adivinhado o verdadeiro motivo da minha amizade com Luke Redhill, um garoto tosco, mas de boa índole, que tirava meleca em público e que eu considerava inferior do ponto de vista intelectual.

— Não seria seguro lá. O povo do baralho teria conseguido pegar você — disse ela, o tom ao mesmo tempo animado e muito acanhado.

Revirei os olhos.

— Tá bom.

Continuamos a viagem em silêncio por algum tempo.

— Por que eles querem me pegar? — perguntei, mesmo que, àquela altura, eu já estivesse cansado daquilo, queria logo acabar com a brincadeira.

— Porque somos incrivelmente supersortudos. Ninguém deveria ter tanta sorte quanto a gente. Eles odeiam a ideia de que alguém esteja conseguindo coisas de graça por aí. Mas tudo ficaria equilibrado se conseguissem pegar você. Não importa o quanto somos sortudos, quando um filho é perdido, a bonança acabou.

Éramos sortudos, é claro, talvez até supersortudos, e não apenas no sentido de termos muito dinheiro, como todos da nossa família de vagabundos que se aproveitavam dos dividendos de fundos de pensão. Meu pai tinha mais tempo para passar comigo do que os outros pais tinham para os filhos. Ele ia trabalhar depois que eu saía para a escola e, em geral, chegava em casa antes que eu voltasse, e se eu não tivesse nada para fazer, a gente ia dar umas tacadas no campo de golfe. Minha mãe era linda, ainda jovem, apenas 35 anos, com um instinto natural para travessuras que fazia muito sucesso entre os meus amigos. Suspeitava que vários dos garotos com quem eu andava, inclusive Luke Redhill, já a tinha colocado nas suas fantasias masturbatórias e que, na verdade, a atração que eles sentiam por ela explicava por que gostavam de mim.

— E por que Big Cat Lake é seguro? — questionei.
— Quem disse que é?
— Então por que estamos indo para lá?
Ela virou o rosto para outra direção.
— Para que a gente possa acender a lareira, dormir tarde, comer omelete e passar a manhã de pijama. Mesmo com medo de morrer, não tem motivo para passar o fim de semana inteiro se lamentando.
Ela colocou a mão na nuca do meu pai e fez um cafuné. Então congelou, e as unhas afundaram no cabelo dele.
— Jack — disse ela para mim. Ela estava olhando para além do meu pai, pela janela do motorista, para alguma coisa na escuridão. — Se abaixa, Jack, se abaixa.
A gente estava na Rota 16, uma estrada longa e reta com um canteiro central fino entre as duas faixas. Um carro estava estacionado em um desvio entre as pistas, e quando a gente passou por ele, seus faróis se acenderam. Virei a cabeça e os encarei por um segundo antes de me abaixar e me esconder. O carro — um Jaguar prateado elegante — entrou na estrada e acelerou na nossa direção.
— Eu falei para não deixar eles verem você — disse a minha mãe. — Acelera, Henry. Fica longe deles.
Nosso carro ganhou velocidade, avançando pelo negrume. Apertei os dedos no banco, ajoelhado para poder dar uma olhada na janela traseira. Não importava o quão rápido fôssemos, o outro carro continuava exatamente à mesma distância da gente, fazendo as curvas com uma segurança calma e ameaçadora. Às vezes, minha respiração ficava presa na garganta por alguns instantes até eu me lembrar de expirar. As placas de sinalização passavam ligeiras, rápidas demais para serem lidas.
O Jaguar nos seguiu por cinco quilômetros antes de entrar no estacionamento de um restaurante à beira de estrada. Quando me virei para a frente, minha mãe estava acendendo um cigarro no anel laranja pulsante da tomada de isqueiro do painel. Meu pai cantarolava baixinho para si mesmo, diminuindo a velocidade. Balançava a cabeça de um lado para o outro, mantendo o ritmo de uma melodia que não consegui reconhecer.

* * *

CORRI PELA ESCURIDÃO E pelo vento cortante com a cabeça abaixada, sem saber para onde ia. Minha mãe estava bem atrás de mim, nós dois caminhávamos rápido até o alpendre. Não havia iluminação na porta do chalé em frente ao lago. Meu pai tinha desligado o motor e os faróis e a casa ficava no meio do bosque, no final de uma estrada de terra esburacada sem postes de luz. Tive um vislumbre do lago logo além da casa, um buraco no mundo preenchido por uma escuridão profunda.

Minha mãe abriu a porta e foi acendendo as lâmpadas da casa. O chalé fora construído em volta de uma sala grande com teto de madeira, as vigas à mostra, e paredes de troncos com a casca vermelha aparecendo. À esquerda da porta da frente ficava um armário com um espelho no fundo escondido por um par de véus pretos. Com as mãos dentro do bolso do casaco por causa do frio, fui até lá. Através das cortinas semitransparentes, vi uma silhueta sombria e sem muita definição, meu próprio reflexo obscuro, vindo me encontrar no espelho. Senti uma pontada de desconforto com o meu eu refletido, uma sombra sem traços escondida atrás da seda escura, alguém que eu não conhecia. Puxei as cortinas, mas vi apenas a mim mesmo, as bochechas vermelhas por causa do vento.

Estava prestes a me afastar quando notei as máscaras. O espelho era sustentado por dois pilares delicados e algumas máscaras se penduravam no topo de cada um deles, eram daquele tipo que cobre apenas os olhos e um pouco do nariz, como a do Zorro. Uma tinha bigodes de animal e purpurina, e faria a pessoa parecer um rato feito de joias. Outra era de um veludo preto rico e teria sido uma vestimenta apropriada para uma cortesã a caminho de um baile de máscaras eduardiano.

Todo o chalé fora habilmente decorado com máscaras. Elas ficavam em maçanetas e nas costas de cadeiras. Uma máscara furiosa grande e carmesim nos observava de cima da lareira, um demônio surreal feito de papel machê envernizado, com uma barba que fazia uma curva e penas ao redor dos olhos — a máscara perfeita para ser usada para interpretar a Morte Rubra em um novo filme inspirado em Edgar Allan Poe.

A mais perturbadora de todas estava pendurada no trinco de uma das janelas. Era feita de um plástico claro, mas distorcido, e parecia o rosto de um homem moldado a partir de uma camada de gelo impossivelmente fina. Era difícil notá-la, pendente diante do vidro, e me contorci de nervoso quando a vi de soslaio. Por um instante, pensei que fosse um homem, espectral e quase inexistente, pairando no alpendre, boquiaberto e olhando para mim.

A porta da frente se escancarou, e o meu pai entrou carregando as malas. Na mesma hora, a voz da minha mãe surgiu atrás de mim.

— Quando éramos jovens, crianças, na verdade, seu pai e eu costumávamos vir aqui para escapar de todo mundo. *Espera*. Espera, já sei. Vamos fazer uma brincadeira. Você tem até a hora da gente ir para adivinhar em que quarto foi concebido.

Minha mãe gostava de me enojar de vez em quando com revelações íntimas e não solicitadas sobre ela e o meu pai. Franzi as sobrancelhas e a encarei com o que esperava ser desaprovação, e ela riu de novo, e ficamos os dois satisfeitos, executando os nossos papéis à perfeição.

— Por que tem cobertas em todos os espelhos?

— Sei lá — respondeu ela. — Talvez a última pessoa que tenha dado uma passada aqui as colocou em homenagem ao seu avô. Na tradição judaica, quando uma pessoa morre, os enlutados cobrem os espelhos para afastarem a vaidade.

— Mas não somos judeus — falei.

— Mesmo assim, é uma boa tradição. Poderíamos passar menos tempo pensando em nós mesmos.

— E as máscaras?

— Quaisquer férias em família têm que ter umas máscaras de bobeira por aí. E se você quiser tirar umas férias da própria cara? Eu fico exausta de ser a mesma pessoa todo dia. O que acha dessa aí? Gostou?

Distraído, eu estava passando os dedos na máscara clara e sem traços pendurada na janela. Quando ela chamou a minha atenção para o que eu estava fazendo, puxei a mão. Um arrepio correu pela carne dos meus antebraços.

— Você deveria colocá-la — disse ela, a voz ofegante e ávida. — Deveria ver como fica.

— É horrível — argumentei.

— Vai ficar bem dormindo no seu quarto? Pode dormir na cama com a gente. Foi o que fez da última vez que viemos aqui. Mas você era bem mais novo, na época.

— Não, tudo bem. Não ia querer atrapalhar, no caso de estarem com vontade de conceber outra pessoa.

— Cuidado com o que deseja — disse ela. — A história se repete.

AS ÚNICAS MOBÍLIAS NO quartinho eram uma cama de montar coberta por lençóis que cheiravam a naftalina e um guarda-roupa encostado na parede, com cortinas de caxemira fechadas sobre o espelho no fundo. Uma máscara que cobria metade do rosto estava pendurada na haste da cortina. Era feita de folhas de seda verde costuradas e ornamentadas com lantejoulas cor de esmeralda, e gostei dela até a hora em que apaguei a luz. No escuro, as folhas pareciam escamas que formavam chifres de alguma coisa com cara de lagarto, e o lugar onde os olhos deveriam estar era vazio e sombrio. Voltei a acender a luz e consegui me esticar o suficiente para deixar a máscara encarando a parede.

Havia árvores ao redor do chalé e, de vez em quando, um galho acertava a lateral, produzindo um som que sempre me despertava com a ideia de que havia alguém à porta do quarto. Acordei, adormeci e acordei de novo. O vento fazia um zumbido agudo, e, do lado de fora, vinha um barulho metálico constante, ping-ping-ping, como uma roda girando em um vendaval. Fui até a janela para dar uma olhada, mas não esperava ver nada. Mas a lua estava clara e, conforme as árvores se mexiam com o vento, o luar percorria o chão, passando pelas sombras como cardumes daqueles peixinhos prateados que vivem no fundo do mar e brilham no escuro.

Uma bicicleta estava encostada em uma das árvores, uma antiguidade com uma roda da frente gigante e uma roda de trás tão pequena que o objeto quase chegava a ser engraçado. A roda dianteira girava sem parar, ping-ping-ping. Um garoto cruzou o gramado na direção dela, um menino loiro e gordinho vestindo uma camisola branca, e, ao vê-lo, senti um pavor instintivo. Ele agarrou o guidão da bicicleta e depois inclinou a cabeça como se tivesse ouvido algo, e eu gemi e me afastei do vidro. Ele se virou e olhou para mim com os olhos e os dentes prateados, com covinhas nas bochechas gordas de cupido, e eu acordei de supetão na minha cama com cheiro de naftalina, fazendo sons infelizes de medo com a garganta.

Quando a manhã chegou, e eu enfim despertei pela última vez, percebi que estava no quarto principal, sob um monte de cobertores, com o sol brilhando na minha cara. A impressão deixada pela minha mãe ainda marcava o travesseiro ao meu lado. Não me lembrava de ter corrido para lá na escuridão e fiquei feliz por isso. Com treze anos, eu era pouco mais que uma criança, mas ainda tinha o meu orgulho.

Fiquei como uma salamandra em cima de uma pedra — hipnotizado pelo sol e acordado sem estar consciente — até ouvir alguém abrir um zíper no outro lado do quarto. Olhei ao redor e vi o meu pai, abrindo uma mala sobre uma escrivaninha. Um movimento sutil nos cobertores chamou a atenção dele, que virou o rosto para me ver.

Ele estava nu. O sol da manhã iluminava o seu corpo pequeno e parrudo. Usava a máscara clara de plástico que eu vira pendurada na janela da sala na noite anterior. Ela amassava o rosto abaixo, apagando os seus traços reconhecíveis. Ele me encarou sem expressão, como se não soubesse que eu estava deitado na cama, ou talvez como se não me conhecesse. Seu pênis grosso descansava em meio a uma almofada de fios ruivos. Já o tinha visto pelado vezes suficientes, mas com a máscara ele parecia diferente, e a sua nudez era desconcertante. Ele olhou para mim e não falou nada — e aquilo também foi desconcertante.

Abri a boca para dar oi e bom-dia, mas não havia ar no meu peito. O pensamento de ele ser, de verdade, e não metaforicamente, uma pessoa que eu não conhecia me ocorreu. Não consegui encará-lo de volta, então desviei os olhos, saí de baixo dos cobertores e fui para a sala, não me permitindo correr.

Uma panela fez barulho na cozinha. Água saía de uma torneira. Segui os sons até a minha mãe, que estava enchendo um bule de chá na pia. Ela me ouviu caminhando e olhou para trás por cima do ombro. A visão da minha mãe me fez parar. Ela estava usando uma máscara preta de gato, com pedras brilhantes decorando as bordas e bigodes reluzentes. Não estava pelada, mas usava uma camiseta comprida com uma estampa de propaganda de cerveja. Suas pernas, no entanto, estavam nuas, e, quando se inclinou sobre a pia para fechar a água, tive um vislumbre da sua calcinha preta rendada. Fui tranquilizado pelo fato de ela ter sorrido para mim, e não me olhado como se nunca tivesse me visto.

— Tem omelete no fogão — falou ela.

— Por que você e o papai estão usando máscaras?
— É Dia das Bruxas, não é?
— Não — respondi. — É só na quinta que vem.
— Tem alguma lei que diz que não podemos começar mais cedo? — perguntou ela. Então parou na frente do fogão com uma luva de forno cobrindo uma das mãos e olhou novamente para mim. — Na verdade. *Na verdade.*
— Lá vem. O caminhão está dando ré. A caçamba está levantando. A merda vai escorrer a qualquer momento.
— Neste lugar, é sempre Dia das Bruxas. Nós chamamos de Casa das Máscaras. É o nosso nome secreto para ela. É uma das regras do chalé: enquanto estiver aqui, você tem que usar uma máscara. Sempre foi assim.
— Posso esperar até o Dia das Bruxas.
Ela tirou uma frigideira do forno, cortou um pedaço de omelete para mim e me serviu uma xícara de chá. Então sentou-se do outro lado da mesa para me ver comendo.
— Você tem que usar uma máscara. O povo do baralho viu você na noite passada. Vão te reconhecer. Você tem que usar uma máscara para que não te reconheçam.
— Por que não me reconheceriam? Eu reconheci você.
— Você acha que reconheceu — disse ela, os cílios longos vívidos e bem-humorados. — As pessoas do baralho não saberiam que é você usando uma máscara. É o calcanhar de aquiles deles. Eles têm que ver para crer. Não são pensadores muito profundos.
— Que engraçado — falei. — Que horas chega a pessoa que vai avaliar a mobília?
— Em algum momento. Mais tarde. Não sei, na verdade. Não sei nem se alguém vem avaliar a mobília mesmo. Pode ser que eu tenha inventado isso.
— Estou acordado há apenas vinte minutos e já estou entediado. Vocês não podiam ter arranjado uma babá para mim e vindo aqui para o seu bizarro fim de semana mascarado para conceber bebês sozinhos?
— Assim que falei aquilo, senti que estava começando a corar, mas fiquei feliz por ver que era capaz de provocá-la sobre as máscaras, e a calcinha preta, e o jogo burlesco que os dois achavam que eu era novo demais para entender.

Ela respondeu:

— Prefiro ficar com você por perto. Aqui, você não vai se meter em encrenca com aquela garota.

O rubor nas minhas bochechas encandeceu, da mesma forma que o carvão quando alguém sopra em cima deles.

— Que garota?

— Não sei qual. Jane Redhill ou a amiga dela. Provavelmente a amiga. A pessoa que você sempre torce para encontrar quando vai na casa do Luke.

Era Luke que gostava de Melinda, a amiga; eu gostava de Jane. Ainda assim, minha mãe chegara perto o suficiente para me deixar incomodado. Diante do meu silêncio ferido, o sorriso dela ficou ainda maior.

— Ela é de uma beleza petulante, não? A amiga da Jane? Acho que as duas são assim. A amiga, porém, faz mais o seu tipo. Qual é o nome dela? Melinda? O jeito que ela anda por aí naquele macacão largo de fazendeiro. Aposto que passa as tardes lendo em uma casa da árvore que construiu com o pai. Aposto que pega as próprias minhocas e joga bola com os outros meninos.

— É o Luke que gosta dela.

— Então é a Jane.

— Quem disse que tem que ser uma delas?

— Deve haver uma razão para você andar com o Luke. Além do Luke. — Então ela falou: — Jane passou lá em casa para vender assinaturas de revistas e juntar dinheiro para a igreja, uns dias atrás. Ela parece ser uma jovem muito íntegra. Uma mente voltada para a comunidade. Pena que não tem senso de humor. Quando você crescer um pouco, deveria dar uma paulada na cabeça do Luke Redhill e jogar o corpo na velha pedreira. Aquela Melinda vai cair direto nos seus braços. Os dois podem ficar de luto por ele juntos. O luto pode ser muito romântico.

— Ela pegou o meu prato vazio e se levantou. — Pegue uma máscara. Entre na brincadeira.

Minha mãe colocou o prato na pia e saiu. Terminei um copo de suco e vaguei até a sala atrás dela. Observei a porta do quarto principal no momento em que ela a atravessava. O homem que eu achava ser o meu pai ainda usava a máscara de gelo desfiguradora, mas vestira uma calça jeans. Por um segundo, nossos olhares se encontraram, o dele frio e estranho. De maneira possessiva, ele colocou uma das mãos nos quadris da minha mãe. A porta se fechou, e os dois desapareceram.

No outro quarto, sentei-me na beirada da cama e enfiei os pés nos tênis. O vento uivava pelos beirais da casa. Me senti triste e irritado, queria voltar para casa, não tinha a menor ideia do que fazer. Quando me levantei, observei de relance a máscara verde feita com as folhas de seda costuradas, mais uma vez virada de forma a encarar o quarto. Peguei-a e esfreguei os dedos nela, testando a sua suavidade. Quase sem pensar, eu a coloquei.

MINHA MÃE ESTAVA NA sala e tinha acabado de sair do banho.

— É você — falou. — Muito dionisíaco. Muito Pã. Deveríamos arranjar uma toalha. Você pode andar por aí com uma toga.

— Isso seria divertido. Até a hipotermia bater.

— Venta muito aqui, não é? Precisamos acender a lareira. Um de nós tem que ir na floresta para conseguir um bocado de lenha seca.

— Nossa, eu nem imagino quem vai ser.

— Espera. Vamos transformar isso em uma brincadeira. Vai ser legal.

— Com certeza. Nada como perambular no frio procurando galhos.

— Escuta. Não saia da trilha. Lá fora, na floresta, nada é real, com exceção da trilha. As crianças que se afastam dela nunca mais encontram o caminho de volta. Além disso... e essa é a parte mais importante... não deixe ninguém te ver, a não ser que esteja de máscara. Qualquer pessoa de máscara está se escondendo do povo do baralho, que nem a gente.

— Se a floresta é tão perigosa para crianças, talvez eu devesse continuar aqui, e você e o papai podem ir brincar de pegar madeira. Ele vai sair do quarto em algum momento?

Mas ela balançou a cabeça.

— Os adultos não podem pisar na floresta. A trilha não é segura para alguém da minha idade. Eu nem consigo vê-la. Quando a pessoa é velha como eu, ela desaparece. Só sei que existe porque o seu pai e eu costumávamos caminhar por ela quando vínhamos para cá durante a adolescência. Apenas os jovens podem encontrar o caminho entre as maravilhas e as ilusões na escuridão profunda da floresta.

Estava frio lá fora, e a luz do sol brilhava fraca sob um céu cor de pombo. Dei uma volta pela casa para ver se havia uma pilha de lenha.

Quando passei pelo quarto principal, meu pai bateu no vidro. Fui até a janela para ver o que ele queria e fiquei surpreso com o meu reflexo sobreposto ao rosto dele. Eu ainda usava a máscara de folhas de seda; por um momento, tinha me esquecido dela.

Ele abaixou a janela e se inclinou para fora, o rosto amassado pela concha de plástico claro, os olhos azuis invernais um pouco vidrados.

— Para onde você vai?

— Acho que vou dar uma olhada na floresta. A mamãe quer que eu pegue lenha para a lareira.

Ele colocou os braços sobre a janela e encarou o quintal. Observou algumas folhas da cor de ferrugem amontoadas formando percursos sobre a grama.

— Queria ir com você.

— Então vem.

Ele olhou para mim e sorriu pela primeira vez naquele dia.

— Não. Agora não. Mas faz o seguinte: vai na frente que talvez eu te encontre aí fora daqui a pouco.

— Ok.

— É engraçado. Assim que você vai embora daqui, esquece como esse lugar é... puro. Como é o cheiro do ar. — Ele encarou a grama e o lago por mais um segundo, então afastou o rosto, e os nossos olhares se encontraram. — E acaba esquecendo outras coisas também. Jack, escuta, não quero que se esqueça de...

A porta se abriu atrás dele, do lado oposto do cômodo. Meu pai ficou em silêncio. Minha mãe parou sob o batente. Usava uma calça jeans e um suéter, brincando com a fivela enorme do cinto.

— Garotos — disse ela. — Sobre o que estamos falando?

Meu pai não olhou para ela. Em vez disso, continuou me encarando e, abaixo do seu novo rosto de cristal derretido, pensei ter visto um olhar de vergonha, como se ele tivesse sido pego no flagra ao fazer algo um pouquinho constrangedor, como trapacear em um jogo de Paciência. Lembrei-me, então, de quando ela passou os dedos nos lábios dele, fechando um zíper imaginário, na noite anterior. Minha cabeça ficou estranha e tonta. Tive um pensamento repentino de que estava testemunhando outra parte de alguma brincadeira bizarra dos dois, e quanto menos eu soubesse sobre ela, mais feliz seria.

— Nada — respondi. — Só estava dizendo ao papai que ia dar uma volta. Estou indo agora. Dar uma volta. — Fui me afastando da janela conforme falava.

Minha mãe tossiu. Devagar, meu pai puxou o vidro da janela e a fechou, seu olhar ainda em mim. Ele girou o trinco — e aí pressionou a palma da mão no vidro, um gesto de despedida. Quando baixou a mão, uma marca de vapor permaneceu, uma mão fantasma que foi diminuindo até desaparecer. Meu pai puxou as cortinas.

ESQUECI DE CATAR LENHA praticamente no instante em que entrei na trilha. Àquela altura, tinha decidido que os meus pais queriam que eu saísse para poderem ficar com a casa só para eles, um pensamento que me deixou mal-humorado. No início da trilha, arranquei a máscara de folhas de seda e a pendurei num galho.

Caminhei olhando para baixo e com as mãos enfiadas no bolso do casaco. Por um tempo, a trilha seguiu em paralelo ao lago, visível além dos pinheiros em lacunas azuis de aparência congelante. Estava ocupado demais pensando que se os meus pais queriam agir de forma nada paternal e pervertida, deveriam ter inventado um jeito de virem para Big Cat Lake sem mim, e não notei a trilha fazendo uma curva e se afastando da água. Não olhei para cima até ouvir um ruído se aproximando: um zumbido metálico, o estalo de um quadro de bicicleta em movimento. Na minha frente, a trilha se dividia para desviar de um pedregulho do tamanho e no formato de um caixão enterrado de pé até a metade. Além da rocha, a trilha voltava a se unir e desaparecia entre os pinheiros.

Não sei por quê, mas fiquei nervoso. Havia alguma coisa na maneira como o vento soprava, fazendo as árvores se debaterem contra o céu. Havia o jeito frenético com que as folhas passavam pelos meus tornozelos, como se estivessem com pressa para sair do caminho. Sem pensar, me sentei atrás do pedregulho, de costas para a pedra, apertando os joelhos contra o peito.

Um segundo depois, o menino da bicicleta antiga — o garoto que pensei ter sido um sonho — passou pela minha esquerda sem nem olhar para mim. Estava usando a camisola da noite anterior. Um arnês claro mantinha um modesto par de asas de penas brancas preso às suas costas. Talvez estivesse usando as asas na primeira vez que o vi, mas não notei na escuridão. Conforme ele seguia, agitado, pude vislumbrar as bochechas com covinhas e as mechas douradas, traços marcantes em uma expressão de confiança serena. Seu olhar era frio, distante. Estava buscando algo. Eu o observei guiar com habilidade aquela bicicleta de Charlie Chaplin entre pedras e raízes, fazendo uma curva e sumindo.

Se eu não o tivesse visto na noite anterior, poderia pensar que era um garoto a caminho de uma festa a fantasia, embora estivesse frio demais para ficar perambulando por aí de camisola. Queria voltar para o chalé, sair do vento, ficar a salvo com os meus pais. Já estava cansado das árvores balançando e chiando ao meu redor.

Mas, quando me mexi, foi para continuar na direção que seguia antes, olhando com frequência por sobre o ombro para me certificar de que o ciclista não estava se aproximando. Não tinha coragem de voltar pela trilha sabendo que o menino na bicicleta antiquada estava lá em algum lugar, entre mim e a casa.

Corri, torcendo para encontrar uma estrada ou uma das outras moradias de verão ao redor do lago, ávido para estar em qualquer lugar que não fosse a floresta. Aparentemente, qualquer lugar ficava a menos de dez minutos de caminhada da rocha em formato de caixão. Havia uma placa — uma tábua curvada com as palavras QUALQUER LUGAR pintadas pregada no tronco de um pinheiro —, uma clareira na floresta onde pessoas haviam acampado um dia. Havia uns poucos gravetos carbonizados no fundo escuro de um anel de rochas. Alguém, talvez algumas crianças, construíra um abrigo entre um par de pedras. Elas tinham mais ou menos a mesma altura, inclinadas uma para a outra, e um compensado foi colocado sobre elas. Um tronco fora arrastado até a parte que encarava a clareira, providenciando tanto um lugar para sentar quanto uma barreira que precisava ser transposta para entrar no abrigo.

Parei perto das ruínas da antiga fogueira de acampamento tentando me localizar. Havia duas trilhas no lado oposto do acampamento. Não tinha muita diferença entre elas, ambas eram sulcos finos escavados no meio do mato, e nada indicava para onde elas levavam.

— Onde está tentando chegar? — falou uma garota à minha esquerda, a voz aguda de um sussurro bem-humorado.

Dei um salto e andei para trás, olhando ao redor. Ela saiu do abrigo com as mãos no tronco. Não a vira entre as sombras. Tinha cabelo preto e era um pouco mais velha do que eu — dezesseis anos, talvez —, e tive a impressão de que era bonita, mas era difícil saber com certeza. Usava uma máscara preta de lantejoulas com um leque de penas de avestruz se erguendo em um dos lados. Logo atrás dela, ainda mais escondido pela escuridão, estava um garoto, a metade superior do seu rosto oculta por uma máscara de plástico lisa da cor do leite.

— Estou procurando o caminho de volta — falei.

— De volta para onde? — perguntou a garota.

O garoto ajoelhado atrás dela deu uma boa olhada em seu traseiro na calça jeans desbotada. De forma consciente ou não, ela balançava os quadris de um lado para o outro.

— Minha família tem uma casa de veraneio perto daqui. Estava pensando se uma dessas trilhas me levaria até lá.

— Você pode voltar pelo caminho que veio — disse, mas de maneira maliciosa, como se já soubesse que eu estava com medo de seguir por lá.

— Prefiro ir por outro caminho — respondi.

— O que o trouxe aqui? — questionou o garoto.

— Minha mãe me mandou catar lenha.

Ele riu.

— Parece o início de um conto de fadas. — A garota lançou um olhar de desaprovação para ele, mas foi ignorada. — Um conto de fadas horrível. Seus pais não conseguem mais te alimentar, então mandam você se perder na floresta. Em algum momento, alguém vira a janta de uma bruxa. Assado em uma torta. Tome cuidado para não ser você.

— Quer jogar cartas com a gente? — perguntou a garota segurando um baralho.

— Só quero voltar para casa. Não quero que os meus pais fiquem preocupados.

— Sente-se e jogue com a gente — disse ela. — Vamos jogar por respostas. O vencedor pode fazer uma pergunta para os perdedores, e eles têm que responder honestamente, não importa o quê. Assim, se você me vencer, pode me perguntar como voltar para casa sem encontrar o garoto com a bicicleta velha, e vou ter que contar como.

O que significava que ela o vira e, de alguma forma, adivinhara o resto. A garota parecia satisfeita consigo mesma e se divertiu ao deixar claro que não era difícil me decifrar. Considerei aquilo por um momento e assenti.

— O que estão jogando? — perguntei.

— Um tipo de pôquer. É chamado de Mãos Frias, porque é o único jogo de cartas que dá para jogar quando está frio.

O garoto balançou a cabeça.

— É um dos jogos que ela inventa as regras conforme vamos jogando. — A voz dele, que às vezes afinava e engrossava, apesar de tudo, era familiar para mim.

Passei por cima do tronco e a garota se ajoelhou, escorregando para baixo do espaço escuro sob o teto de compensado para abrir espaço para mim. Ela falava o tempo inteiro, embaralhando o baralho bastante usado.

— Não é difícil. Dou cinco cartas para cada jogador, e todos podem ver as cartas. Quando termino, quem tiver a melhor mão ganha. Isso provavelmente soa simplista demais, mas tem um monte de regras divertidinhas da casa. Se você sorrir durante o jogo, o jogador à sua esquerda pode trocar uma das cartas dele por uma das suas. Se conseguir construir um castelinho com as primeiras três cartas que receber e os outros não conseguirem derrubá-lo com um sopro, pode dar uma olhada no baralho e escolher a carta que quiser. Se receber uma Desistência Sombria, os outros jogadores podem atirar pedras em você até morrer. Se tiver alguma pergunta, fique de boca fechada. Só o vencedor tem direito de fazer perguntas. Qualquer um que faz uma pergunta no meio do jogo perde na hora. Entendeu? Vamos começar.

Minha primeira carta foi um Valete Preguiçoso. Eu sabia disso porque estava escrito nela e porque tinha a ilustração de um valete de cabelos louros relaxando em almofadas de seda enquanto uma garota de harém lixava as unhas dos seus pés. Só depois que a garota me entregou a segunda carta — o Três de Anéis —, registrei mentalmente a coisa que ela dissera sobre a Desistência Sombria.

— Espera. O que é uma...

Ela ergueu as sobrancelhas e olhou sério para mim.

— Esquece — falei.

O garoto fez um som baixinho com a garganta. Ela gritou:

— Ele sorriu! Agora você pode trocar uma das suas cartas por uma das dele!

— Não sorri!

— Sorriu, sim — disse ela. — Eu vi. Pegue a rainha dele e dê o valete. Entreguei o Valete Preguiçoso e peguei a Rainha dos Lençóis. A carta mostrava uma mulher nua dormindo em uma cama de dossel, entre um emaranhado de roupas de cama. Ela tinha cabelo castanho liso, traços fortes e bonitos, e lembrava um pouco a amiga de Jane, Melinda. Depois disso, recebi o Rei das Ordinárias, um sujeito de barba ruiva carregando um saco de moedas rasgado, cujo dinheiro começava a cair. Tive quase certeza de que a garota da máscara preta pegara a carta da parte de baixo do baralho. Ela viu que eu tinha visto aquilo e me lançou um olhar de desafio.

Quando cada um de nós tinha três cartas, paramos e tentamos construir um castelinho que os outros não conseguiriam derrubar, mas nenhum ficou em pé. Depois, recebi a Rainha das Correntes e uma carta que explicava como jogar *cribbage*. Quase perguntei se não era um engano, mas então pensei melhor. Ninguém pegou uma Desistência Sombria. Eu nem sabia o que era aquilo.

— Jack venceu! — gritou a garota, o que me deixou um pouco nervoso, já que eu não tinha me apresentado. — Jack é o vencedor! — Ela se atirou na minha direção e me deu um abraço forte. Quando endireitou as costas, estava colocando as cartas no bolso do meu casaco. — Aqui, fique com a mão vencedora. Para se lembrar de como você se divertiu. Não importa. Esse baralho velho tem um monte de cartas faltando, de qualquer maneira. Eu sabia que você ia vencer!

— Claro que sabia — falou o garoto. — Primeiro ela inventa um jogo com regras que só ela consegue entender, depois trapaceia da forma que quiser.

A garota deu uma gargalhada alta e convulsiva, e senti a minha nuca ficar fria. Mas, na verdade, àquela altura, acho que eu já sabia, mesmo antes da risada, com quem eu estava jogando.

— O segredo para evitar perdas infelizes é entrar apenas em jogos que você mesmo inventa — falou ela. — Agora, vá em frente, Jack. Pergunte o que quiser. É um direito seu.

— Como posso voltar para casa sem pegar o mesmo caminho?

— Fácil. Siga pela trilha mais perto da placa de "qualquer lugar". Ela vai te levar para onde quiser. É por isso que diz qualquer lugar. Mas é bom ter certeza de que o chalé é o lugar para onde você quer ir mesmo, ou pode acabar não chegando lá.

— Certo. Obrigado. Foi um jogo legal. Eu não entendi direito, mas foi divertido. — E passei por cima do tronco.

Não tinha ido muito longe até ela me chamar de volta. Quando olhei para trás, ela e o garoto estavam lado a lado, debruçados no tronco, olhando para mim.

— Não se esqueça — disse ela. — Pode fazer uma pergunta para ele também.

— Eu conheço vocês? — perguntei.

— Não — respondeu ele. — Você não conhece de verdade nenhum de nós.

TINHA UM JAGUAR ESTACIONADO atrás do carro dos meus pais. O painel era de madeira de cerejeira polida e os assentos pareciam nunca terem sido usados. O carro dava a impressão de ter acabado de sair da concessionária. Já era quase noite e a luz minguava a oeste, atravessando o topo das árvores. Não parecia possível ser tão tarde.

Pulei por cima dos degraus, mas, antes que conseguisse chegar até a porta para entrar, ela se abriu e a minha mãe saiu, ainda usando a máscara preta de gatinha sexy.

— Sua máscara — falou. — O que fez com ela?

— Joguei fora — respondi. Não queria revelar que a deixara pendurada em um galho de árvore porque estava com vergonha de ser visto com ela. Mas gostaria que a máscara estivesse comigo agora, embora não soubesse dizer por quê.

Ela lançou um olhar ansioso para a porta e então se agachou à minha frente.

— Eu sabia. Estava observando você. Coloca isso. — Ela me ofereceu a máscara de plástico do meu pai.

Eu a encarei por um segundo, lembrando-me da forma como recuei quando a vi pela primeira vez e como ela transformara os traços do meu pai em algo frio e ameaçador. Mas, quando a coloquei, ela coube direitinho. Carregava uma leve fragrância do meu pai, café e o cheiro de maresia da loção pós-barba. Achei reconfortante tê-lo tão perto de mim.

Minha mãe falou:

— Vamos embora em alguns minutos. Voltar para casa. Assim que a mobília for avaliada. Vamos, entre. Está quase acabando.

Segui a minha mãe para dentro e então parei embaixo do batente. Meu pai estava sentado no sofá, sem camisa e descalço. Seu corpo parecia ter sido marcado por um cirurgião que preparava um procedimento. Linhas pontilhadas e setas mostravam a posição do fígado, do baço e dos intestinos. Seus olhos encaravam o chão, o rosto vazio.

— Pai? — perguntei.

Seu olhar se ergueu, indo para a minha mãe, depois para mim e voltando para o lugar de início. A expressão continuou apagada e incógnita.

— Shh — falou a minha mãe. — O papai está ocupado.

Ouvi saltos estalando pelas tábuas no chão à minha direita e olhei para o outro lado, conforme a pessoa que estava ali para avaliar a mobília saía do quarto principal. Eu pensara que seria um avaliador, mas, na verdade, era uma avaliadora, uma mulher de meia-idade com um casaco tweed e alguns cabelos brancos entre os louros ondulados. Seus traços eram severos e imperiais, as maçãs do rosto, altas e expressivas, as sobrancelhas arqueadas da nobreza britânica.

— Viu algo de que gostou? — perguntou a minha mãe.

— Você tem coisas maravilhosas — respondeu a avaliadora. Seu olhar passou pelos ombros nus do meu pai.

— Bem — falou a minha mãe. — Não se incomode comigo. — Ela deu um beliscão leve no meu braço e se virou para mim, sussurrando com o canto da boca: — Segura as pontas aí, garoto. Volto já.

Minha mãe lançou um sorriso pequeno e estritamente educado antes de entrar no quarto principal e desaparecer, deixando nós três sozinhos.

— Fiquei triste ao saber da morte de Upton — disse a avaliadora. — Sente falta dele?

A pergunta era tão inesperada e direta que me pegou de surpresa, ou talvez fosse o tom de sua voz, que não era nem um pouco simpático e parecia um pouco curioso demais, ávido por um pouco de luto.

— Acho que sim. Não éramos tão próximos — falei. — Mas, pelo menos, ele teve uma vida muito boa.

— É claro que sim.

— Eu ficaria feliz se metade das coisas desse tão certo para mim.

— É claro que vão dar — disse ela, colocando a mão na nuca do meu pai e massageando com carinho.

Era um gesto tão casual e íntimo que senti uma onda de enjoo assim que vi. Deixei o meu olhar se afastar — precisava ver outra coisa — e acabei encontrando o espelho no fundo do armário. As cortinas estavam apenas parcialmente fechadas, e, no reflexo, vi uma mulher do povo do baralho de pé atrás do meu pai, a Rainha de Espadas, seus olhos pretos soberbos e distantes, seus robes escuros pintados no corpo. Assustado, desviei o olhar do espelho e voltei a observar o sofá. Meu pai sorria de uma maneira meio sonhadora, esticando-se na direção das mãos que agora massageavam os ombros. A avaliadora me encarou com os olhos meio fechados.

— Esse não é o seu rosto — falou ela para mim. — Ninguém tem um rosto assim. Um rosto feito de gelo. O que está escondendo?

Meu pai congelou e o sorriso dele desapareceu. Ele se ajeitou e foi para a frente, tirando os ombros do alcance dela.

— Você viu todas as coisas — falou o meu pai para a mulher atrás dele. — Já sabe o que quer?

— Eu começaria com o que tem nesta sala — respondeu ela, repousando a mão de volta no ombro dele. Brincando com os cachos do cabelo por um segundo. — Posso pegar tudo, não é?

Minha mãe saiu do quarto, arrastando um par de malas, uma em cada mão. Ela viu a avaliadora com a mão na nuca do meu pai e deu uma risadinha perplexa — uma risada que tinha um som de *hã* e parecia continuar mais ou menos assim —, pegou as malas de novo, levando-as até a porta.

— Está tudo disponível — falou o meu pai. — Queremos fechar negócio.

— Quem não quer? — disse a avaliadora.

Minha mãe colocou uma das malas na minha frente e, com a cabeça, indicou que eu deveria pegá-la. Eu a segui pelo alpendre e então olhei para trás. A avaliadora estava debruçada sobre o sofá puxando a cabeça do meu pai para trás, sua boca na dele. Minha mãe passou na minha frente e fechou a porta.

Andamos pelo crepúsculo crescente até o carro. O garoto de camisola branca estava sentando no quintal, a bicicleta na grama ao lado dele. Ele esfolava um coelho morto com um pedaço de chifre, o estômago do animal aberto e fumegante. O menino olhou para a gente conforme passávamos e sorriu, mostrando dentes rosados de sangue. Minha mãe colocou um braço maternal ao redor dos meus ombros.

Depois de entrar no carro, ela tirou a máscara e a jogou no banco traseiro. Eu continuei com a minha. Quando respirava fundo, sentia o cheiro do meu pai.

— O que estamos fazendo? — perguntei. — Ele não vem?
— Não — disse ela, ligando o motor. — Ele vai ficar aqui.
— Como ele vai voltar para casa?

Ela me olhou de soslaio e sorriu com simpatia. Lá fora, o céu estava azul-quase-preto, e as nuvens eram de um tom escaldante de carmesim, mas já era noite no carro. Eu me virei no banco, fiquei de joelhos, para ver o chalé desaparecer entre as árvores.

— Vamos fazer uma brincadeira — disse a minha mãe. — Vamos fingir que você nunca conheceu o seu pai. Ele fugiu antes do seu nascimento. Podemos inventar historinhas engraçadas sobre ele. Ele tem uma tatuagem com o lema dos Marines, e outra, de uma âncora azul, da época... — A voz dela falhou, perdendo de repente a inspiração.

— Da época em que ele trabalhou em uma plataforma de petróleo.
Ela riu.

— Isso. E vamos fingir que a estrada é mágica. A Autoestrada da Amnésia. Quando chegarmos em casa, nós dois vamos acreditar nessa história, que ele fugiu antes de você nascer. Todo o resto vai parecer um sonho, aqueles sonhos tão reais quanto as lembranças. A história inventada provavelmente vai ser até melhor do que a real. Quer dizer, ele te amava muito e queria te dar o mundo, mas consegue se lembrar de qualquer coisa interessante que ele já tenha feito?

Tive que admitir que não.

— Consegue se lembrar do que ele fazia da vida?

Tive que admitir que não. Trabalhava com seguros?

— Não é legal? — perguntou ela. — Falando nisso, você ainda tem a mão vencedora?

— A mão vencedora? — questionei, e então me lembrei, encostando no bolso do meu casaco.

— Quero que a guarde bem. Essa é uma mão vencedora de verdade. Rei das Ordinárias. Rainha dos Lençóis. Você tem tudo, garoto. Sério, quando chegarmos em casa, ligue para a Melinda. — Ela riu de novo e então deu tapinhas carinhosos na sua barriga. — Teremos bons dias à frente, filho. Para nós dois.

Dei de ombros.

— Pode tirar a máscara agora, sabe? — falou ela. — A não ser que goste de usá-la. Você gosta?

Peguei o quebra-sol e o abaixei, abrindo o espelho. As luzes ao redor se acenderam. Analisei o meu novo rosto feito de gelo e o rosto abaixo, um vazio humano deformado.

— Claro — respondi. — Sou eu.

INTERNAÇÃO VOLUNTÁRIA

NÃO SEI PARA QUEM estou escrevendo isso e nem posso dizer quem espero que leia. De qualquer maneira, não é para a polícia. Não sei o que aconteceu com o meu irmão ou onde ele está. Nada que eu pudesse colocar aqui ajudaria a polícia a encontrá-lo.

Enfim, na verdade, isso não é sobre o desaparecimento dele... embora *envolva* uma pessoa desaparecida, e eu estaria mentindo se dissesse que não acho que há uma conexão entre as coisas. Nunca contei a ninguém o que sei sobre Edward Prior, que saiu da escola em um dia de outubro de 1977 e nunca chegou em casa para comer chili e batata assada com a mãe. Por muito tempo, um ano ou dois depois dele sumir, eu não queria pensar no meu amigo Eddie. Faria qualquer coisa para não pensar nele. Se eu cruzasse com alguém no corredor da escola que estivesse falando dele — *Ouvi dizer que ele roubou maconha e dinheiro da mãe e fugiu para a Califórnia!* —, eu fixava o meu olhar em um ponto distante e me fazia de surdo. E se uma pessoa me perguntasse diretamente o que eu achava que tinha acontecido com ele — de vez em quando alguém fazia isso, já que todos sabiam que éramos *compañeros* —, eu fechava a cara e, sem expressão, dava de ombros.

— Às vezes, quase chego a achar que me importo — dizia para essas pessoas.

Depois, parei de pensar em Eddie por causa do hábito propositalmente adquirido. Se, por acaso, acontecia algo que me fazia lembrar dele — se visse um garoto parecido com Eddie ou lesse alguma notícia de um adolescente desaparecido —, na mesma hora começava a pensar em outra coisa, sem nem perceber direito o que estava fazendo.

Nas últimas três semanas, porém, desde que Morris, o meu irmão mais novo, sumiu, percebo que tenho pensando em Ed Prior cada vez mais; não consigo, por maior que seja a minha força de vontade, desviar os pensamentos dele. A necessidade de falar com alguém sobre o que sei é maior do que consigo aguentar. Mas essa não é uma história para a polícia. Acredite em mim, não a ajudaria em nada, e pode acabar sendo ainda pior para mim. Sei tanto sobre a localização de Edward Prior quanto sei da localização de Morris — não posso dizer à polícia o que não sei —, mas, se compartilhasse essa história com um detetive, acho que ele me faria umas perguntas bem difíceis, e algumas pessoas (a mãe de Eddie, por exemplo, que ainda está viva e no terceiro casamento) passariam por um grande sofrimento emocional sem necessidade.

E é possível que eu acabasse com uma passagem só de ida para o mesmo lugar onde o meu irmão passou os dois últimos anos da vida: o hospital psiquiátrico Wellbrook Progressive Mental Health Center. Meu irmão entrara lá por livre e espontânea vontade, mas o Wellbrook tem uma ala para pessoas que precisaram ser internadas. Morris até trabalhava na instituição, arrastando um esfregão por quatro dias da semana, e nas manhãs de sexta, ia para a Ala do Governador, como era chamada, para limpar a merda das paredes. E o sangue.

Eu estou falando do meu irmão no passado? Imagino que sim. Não tenho mais esperanças de que o telefone vai tocar e Betty Millhauser, do Wellbrook, com a voz apressada e ofegante, me dirá que eles encontraram Morris em um abrigo para moradores de rua qualquer e que estão o trazendo de volta. Também não acho que alguém vai telefonar para me informar que o encontraram flutuando no Charles. Acho que ninguém vai telefonar e pronto, exceto para dizer que ainda não sabe de nada. O que quase poderia ser o epitáfio de Morris. E talvez eu tenha que admitir que estou escrevendo isso não para mostrar a uma pessoa, mas porque não consigo evitar, e uma página em branco é a única audiência segura para a história na minha cabeça.

MEU IRMÃO MAIS NOVO não falou até os quatro anos. Um monte de gente achava que ele era retardado. Um monte de gente na minha cidade natal,

Pallow, *ainda* acha que ele é retardado ou autista. Para falar a verdade, quando eu era garoto, meio que pensava a mesma coisa, mesmo com os meus pais dizendo que ele não era.

Quando tinha onze anos, Morris foi diagnosticado com esquizofrenia infantil. Depois vieram outros diagnósticos: depressão, transtorno de personalidade obsessivo-compulsiva, esquizofrenia com depressão aguda. Não sei se qualquer uma dessas palavras traduz com justiça quem ele era ou pelo que passava. Sei que mesmo quando o meu irmão encontrara as palavras, não as usava com frequência. Ele sempre foi pequeno para a idade, um menino com ossos frágeis, mãos finas com dedos longos, um rosto élfico. E sempre foi indiferente de uma forma curiosa, seus sentimentos submersos demais para criar qualquer atiçamento na sua cara. Ele parecia não piscar. Às vezes, meu irmão me lembrava uma daquelas conchas cônicas e cheias de espinhos, com um interior rosado e lustroso curvado para dentro e fora de vista, um mistério tensionado e profundo. Você poderia colocar uma concha assim no ouvido e imaginar que estava escutando o fundo de um vasto oceano tempestuoso — mas era só um truque da acústica. O som que você ouviria era o ribombar baixo e apressado do nada que havia lá dentro. Os médicos tinham os diagnósticos de Morris e, quando eu estava com quatorze anos, esse era o meu.

Como era suscetível a infecções no ouvido horríveis, Morris não podia sair de casa durante o inverno... o que, de acordo com a minha mãe, começava quando a World Series acabava e terminava quando a temporada de beisebol tinha início. Qualquer um que já teve filhos pode dizer como é difícil manter uma criança pequena feliz e ocupada por qualquer período de tempo quando ela não pode ir para a rua. Meu próprio filho tem doze anos e mora na casa da minha ex em Boca Raton, nós vivemos como uma família até ele ter sete anos, e me lembro de como um dia frio e chuvoso podia ser cansativo, com todos trancados em casa. Para o meu irmão mais novo, todo dia era frio e chuvoso, mas, diferente das outras crianças, não era difícil mantê-lo ocupado. Ele mesmo *se ocupava*, descendo até o porão assim que chegava da escola para trabalhar com um cuidado tranquilo, pelo restante da tarde, em um dos seus projetos imensos, amplos, tecnicamente complicados e intrinsicamente inúteis.

Era obcecado pelas torres e pelos templos detalhistas que construía com copos descartáveis. Tenho uma lembrança do que pode ser a primeira vez que ele criou alguma coisa com os copos. Era noite, e todos nós, meus pais, Morris e eu, estávamos reunidos na frente da televisão para um dos poucos rituais que tínhamos como família: assistir a M*A*S*H. No entanto, quando o segundo comercial começou, a gente tinha parado de prestar atenção nas artimanhas de Alan Alda e companhia para prestar atenção no meu irmão.

Meu pai estava sentado no chão ao lado dele. Acho que, no início, ele deve ter ajudado Morris com a construção. Meu pai era um pouco autista também, um homem tímido e atrapalhado que não tirava o pijama durante o fim de semana e que, tirando a minha mãe, quase não tinha contato social com o mundo. Ele nunca demonstrou qualquer sinal de estar desapontado com Morris, e frequentemente parecia bastante contente quando ficava deitado ao lado do meu irmão, desenhando com ele mundos cheios de sol e figuras de pauzinho. Dessa vez, porém, ele não se envolveu e deixou Morris trabalhar sozinho, tão curioso quanto nós para ver como aquilo terminaria. Morris construía, empilhava e arrumava, seus longos dedos finos indo para cá e para lá, colocando os copos tão rápido que quase parecia um truque de mágica ou um robô funcionando em uma linha de montagem... sem hesitar, aparentemente sem pensar, sem nunca derrubar um copo por acidente. Às vezes, ele não estava nem olhando para o que as mãos faziam; em vez disso, encarava o pacote dos copos para ver quantos ainda restava. A torre foi ficando cada vez mais alta, os copos voando até ela tão rápido que, de vez em quando, eu percebia que tinha prendido a respiração de incredulidade.

Um outro pacote de copos descartáveis foi aberto e usado. Quando terminou — o que aconteceu quando Morris havia usado todos os copos de plástico que o meu pai conseguira encontrar —, a torre estava tão alta quanto o meu irmão e era cercada por uma muralha com o portão aberto. Por causa do espaço entre os copos, parecia haver janelas finas para arqueiros nas laterais da torre, e tanto o topo da torre quanto o da muralha pareciam ter ameias. Aquilo impressionou a gente, ver Morris construir aquela coisa com tanta velocidade e segurança, mas, no fundo, não era uma estrutura fabulosa. Qualquer criança de cinco anos poderia fazer a mesma coisa. O único ponto extraordinário é que ela indicava ambições latentes bem maiores. Dava para ver que Morris podia ter continuado aquilo com facilidade, adicionando torres menores, outras construções e até um vilarejo rústico de copos descartáveis. E quando os copos acabaram, Morris olhou em volta e riu, um som que acho que nunca tinha ouvido dele antes — um barulho alto, quase penetrante, sem prática, e mais inquietante do que prazeroso. Ele riu e bateu palmas para si mesmo, só uma vez, da mesma forma que um marajá bate palmas para dispensar um servo.

O outro aspecto que aquela torre tinha de bem diferente em relação ao trabalho de uma criança da mesma idade era que qualquer moleque de cinco anos teria construído aquilo com um único propósito: dar um belo chute e ver o colapso de som seco dos copos. Sei que era o que eu queria fazer, mesmo sendo três anos mais velho: marchar até ela e acertá-la com os pés pela simples alegria de derrubar uma coisa grande que fora construída com muito cuidado, um Godzilla infantil.

Toda criança emocionalmente normal tem essa vontade. Para ser honesto, acho que essa vontade era um pouco maior em mim do que nas outras. Minha compulsão por arrebentar coisas continuou até a idade adulta e, por fim, incluiu a minha esposa, que não apreciava o hábito e deixou o seu descontentamento claro com o divórcio, e o advogado que parecia ter icterícia, e todo o calor emocional de um triturador de madeira, mas que operava com a mesma eficiência mecânica dessa máquina no tribunal.

Morris, no entanto, logo perdeu o interesse por seu trabalho finalizado e pediu suco. Meu pai o levou até a cozinha murmurando que ele compraria um monte de pacotes de copos descartáveis para Morris brincar no dia seguinte, para ele fazer um castelo ainda maior do que a torre. Eu não podia acreditar que Morris tinha deixado a torre parada lá. Era uma tentação impossível de resistir. Saí do sofá, dei um passo atrapalhado na direção dela — e então a minha mãe agarrou o meu braço e me segurou. Fui hipnotizado pelo seu olhar, que trazia consigo um aviso sombrio: *Nem pense nisso*. Nenhum de nós falou nada, e, no segundo seguinte, eu me livrei do aperto dela e saí da sala.

Minha mãe me amava, mas quase nunca dizia isso, e, em geral, mantinha uma distância emocional segura de mim. Ela me entendia de uma forma que o meu pai não conseguia. Certa vez, quando estava brincando nas profundezas da lagoa Walden, atirei uma pedra em um garoto menor que jogara água em mim. A pedra acertou o braço dele com um *thwack* na carne e criou um roxo feio. Minha mãe me proibiu de nadar pelo resto do verão, embora a gente tenha continuado a ir na Walden toda tarde de sábado para que Morris pudesse nadar cachorrinho; alguém convencera os meus pais de que nadar era terapêutico para ele, então a minha mãe seguia firme na sua decisão de que ele deveria nadar e na decisão de que eu não deveria. Ela me mandava ficar sentado na areia ao lado dela, e eu não podia me afastar muito da toalha de praia. Tinha permissão para ler, mas não para brincar ou mesmo conversar com as outras crianças. Lembrando agora, é difícil me sentir ressentido por ela ter sido tão severa comigo naquela e em outras ocasiões. Ela viu, melhor que os outros, muito do que eu tinha de pior, e aquilo a preocupava. Ela tinha noção do meu potencial, mas, em vez de ficar empolgada e cheia de esperança, isso só a fez ser mais dura comigo.

O que Morris criou na sala em meia hora foi apenas um indício do que faria em uma área com o triplo do tamanho e com quantos copos descartáveis quisesse. No ano seguinte, ele meticulosamente construiu uma autoestrada elevada — a coisa serpenteava por todo o porão, espaçoso e bem iluminado, mas, se colocada em linha reta, teria medido quase cinquenta metros —, uma esfinge gigante e um iglu redondo enorme, grande o suficiente para nós dois ficarmos sentados lá dentro, com uma entrada embaixo que eu precisava me contorcer um pouco para passar.

A partir disso, não foi difícil para ele começar a criar gigantescas, ainda que impessoais, metrópoles de LEGO, inspirado pelas silhuetas dos prédios de cidades de verdade. Um ano depois, ele se diplomou em dominós, erguendo catedrais delicadas com dezenas de colunas de marfim perfeitamente equilibradas, chegando a meio caminho do teto. Quando tinha nove anos, Morris ficou famoso por um tempo, ao menos em Pallow, quando a *Chronicle* de Boston fez uma reportagem sobre ele. Meu irmão empilhara mais de dezoito mil peças de dominó no ginásio da escola para deficientes intelectuais que frequentava. Ele as dispôs de maneira a formarem um grifo gigante lutando com uma fileira de cavaleiros, e o Canal Cinco gravou o momento em que Morris desfazia a escultura, filmou aquele enorme tombo crepitante. As peças caíram de maneira que pareciam flechas sendo atiradas, e o grifo pareceu retalhar um dos cavaleiros arfantes com cota de malha; três colunas de dominós vermelhos tombaram, e todo mundo achou que pareciam feridas. Por uma semana, sofri espasmos de uma inveja venenosa e sombria, saía de um cômodo quando ele entrava, não conseguia aguentar tanta atenção voltada para Morris, mas o meu ressentimento foi tão irrelevante para ele quanto a sua fama. Meu irmão era indiferente aos dois na mesma medida. Desisti de sentir raiva ao ver que isso fazia tanto sentido quanto gritar para dentro de um poço, e, no fim, o resto do mundo se esqueceu de que, por um segundo, Morris fora alguém interessante.

Quando comecei o primeiro ano do ensino médio e passei a andar com Eddie Prior, Morris construía fortalezas de caixas de papelão que o meu pai trazia do armazém em que trabalhava como despachante de mercadorias. Praticamente desde o início, aquilo era diferente do que fazia com os copos descartáveis. Enquanto os outros projetos pareciam ter começos e fins claros, ele nunca parecia terminar de verdade qualquer um dos planos com as caixas. Uma coisa seguia a outra, um abrigo se transformava em um castelo, que se transformava em um conjunto de catacumbas. Ele pintava a parte de fora, decorava o interior, colocava carpete, cortava janelas e portas que abriam e fechavam. Então, um dia, sem aviso ou explicação, Morris desmontava partes enormes do que havia construído e começa a reorganizar toda a estrutura, seguindo padrões arquitetônicos bem diferentes.

Além disso, o trabalho com os copos ou o LEGO sempre o acalmara, enquanto os projetos que fazia com as caixas o deixavam inquieto e insatisfeito. A última morada de papelão estava sempre a poucas caixas do fim e, até ele terminá-la do jeito que queria, a *coisa* colossal e ameaçadora que estava montando no porão tinha um poder curioso e infeliz sobre o meu irmão.

Eu me lembro de entrar em casa em uma tarde de domingo, fazendo barulho com as minhas botas de neve no chão da cozinha, para pegar alguma coisa na geladeira, e de olhar de relance pela porta do porão e ver a escada... e então de ficar congelado no lugar, sem fôlego. Morris estava sentado de lado no último degrau, os ombros quase chegando às orelhas, o rosto formando uma careta e branco como gesso, uma cor não natural. A palma da mão pressionava a testa com força, como se estivesse grudada lá. Mas o que me deixou mais assustado, o que notei conforme descia devagar os degraus na direção dele, é que, embora estivesse frio no porão, as bochechas de Morris estavam cobertas de suor, a frente da camiseta branca encharcada com uma mancha em forma de V. Quando estava a três degraus de distância, prestes a chamar o nome dele, seus olhos se abriram. Um segundo depois, a expressão de dor aguda começou a desaparecer, o rosto foi relaxando, se acalmando.

— O que aconteceu? — perguntei. — Está tudo bem?

— Tudo — respondeu sem inflexão na voz. — Só... me perdi por um minuto.

— Perdeu a noção do tempo?

Ele pareceu precisar de um instante para processar aquilo. Suas pálpebras se apertaram, o olhar ficou mais afiado. Morris lançou um olhar vago para o forte, que, naquele momento, era uma série de vinte caixas formando um grande quadrado. Mais ou menos metade delas estava pintada de amarelo-fluorescente, com janelas redondas cortadas nas laterais. Esses buracos eram cobertos por folhas de plástico filme. Morris usara um secador de cabelo em cada uma delas, de forma que o plástico estava reto e esticado, sem rugas. Essa parte do forte era um resquício do submarino amarelo que ele tentara construir. Um periscópio feito com um tubo de papelão saía do topo de uma caixa enorme. As outras caixas, no entanto, estavam pintadas em tons vivos de vermelho e preto com uma tela dourada e esvoaçante de uma caligrafia parecida com árabe nos lados. As janelas dessas caixas foram cortadas no formato de sinos, que na mesma hora traziam à mente palácios de déspotas no Oriente Médio, garotas em haréns, Aladim.

Morris franziu as sobrancelhas e balançou a cabeça devagar.

— Eu entrei e não conseguia sair. Nada parecia certo.

Olhei para o forte, que tinha uma entrada em cada canto e janelas cortadas em todas as caixas. Quaisquer que fossem as deficiências do meu irmão, não conseguia imaginá-lo ficando tão confuso lá dentro a ponto de não saber onde estava.

— Por que não foi até uma janela para ver onde estava?

— Não tinha janelas onde eu me perdi. Escutei alguém falando e tentei seguir a voz, mas estava longe demais e não dava para saber de onde vinha. Não era você, era? Não parecia com a sua voz, Nolan.

— Não! — falei. — Que voz? — Olhei ao redor enquanto dizia aquilo, me perguntando se estávamos sozinhos no porão. — O que a voz disse?

— Não dava para ouvir sempre. Às vezes, chamava o meu nome. Às vezes, me mandava continuar. Em um momento, a voz disse que havia uma janela à frente. Falou que eu veria girassóis do outro lado. — Morris parou e deixou escapar um suspiro fraco. — Talvez eu tenha visto no fim de um túnel... a janela e os girassóis... mas fiquei com medo de me aproximar, então dei meia-volta e foi aí que a minha cabeça começou a doer. Em pouco tempo, encontrei uma das saídas.

Na hora, achei que havia uma boa chance de Morris ter sofrido um pequeno ataque psicótico enquanto rastejava no forte, algo não de todo impossível. Apenas um ano antes, ele começara a pintar as mãos de vermelho porque dizia que aquilo o ajudava a *sentir* sons. Quando estava em um lugar com música tocando, ele fechava os olhos, colocava as mãos escarlates acima da cabeça, como antenas, e balançava o corpo em uma espécie de dança do ventre com espasmos.

Também fiquei nervoso pela possibilidade bem menor de realmente *ter* alguém no porão, um psicopata que ficava entoando nomes que talvez, naquele exato momento, estivesse escondido em um dos cantos apertados do forte de Morris. De qualquer forma, aquilo me assustou. Peguei a mão do meu irmão e disse para ele subir comigo, para que pudesse contar o que tinha acontecido para a nossa mãe.

Quando relatou a história, ela pareceu aflita. Colocou a mão na testa de Morris.

— Você está todo suado! Vamos para o quarto, Morris. Vou pegar uma aspirina para você. Quero que se deite um pouco. Podemos falar sobre isso depois de ter descansado por um minuto.

Eu queria dar uma olhada no porão naquele instante para ver se havia alguém lá embaixo, mas a minha mãe me enxotou, fazendo cara feia sempre que eu abria a boca. Os dois desapareceram lá em cima, e fiquei sentado ao balcão da cozinha, de olho na porta do porão, em estado de preocupação inquieta, pela maior parte da hora seguinte. Aquela porta era a única forma de sair do porão. Se eu tivesse ouvido o barulho de pés subindo a escada, teria pulado do banco gritando. Mas ninguém apareceu, e quando o meu pai chegou, fomos lá embaixo juntos. Não havia ninguém escondido atrás do boiler ou do aquecedor. Na verdade, nosso porão era organizado e bem iluminado, com poucos esconderijos bons. O único lugar que um intruso poderia usar para isso era o forte de Morris. Andei ao redor dele, chutando algumas caixas e enfiando a cabeça em algumas janelas. Meu pai disse que eu deveria entrar para dar uma olhada e então riu da expressão na minha cara. Quando subiu a escada, corri atrás dele. Não queria estar no porão quando ele apagasse as luzes.

CERTA MANHÃ, EU ESTAVA guardando os livros na minha bolsa de ginástica antes de ir para a escola e duas folhas de papel dobradas caíram do *Visions of American History*. Eu as peguei e dei uma olhada, sem reconhecê--las no início — duas folhas de papel mimeografadas, com perguntas datilografadas e grandes espaços em branco onde uma pessoa deveria escrever as respostas. Quando percebi o que tinha em mãos, quase soltei o palavrão mais cabeludo que conhecia, com a minha mãe praticamente do meu lado... um erro que teria resultado em um puxão de orelha e um interrogatório que eu preferia evitar. Era um teste para ser feito em casa, distribuído na sexta passada, com prazo de entrega para aquela manhã.

Na última semana, eu mal prestara atenção à aula de história. Tinha uma garota que era meio punk e usava saia jeans rasgada e meias arrastão vermelhas que sentava do meu lado. Ela tinha pernas inquietas e, se eu me inclinasse para a frente, de vez em quando conseguia ver de relance sua calcinha surpreendentemente branca pela visão periférica. Se alguém nos lembrara do teste em sala de aula, eu não tinha ouvido.

Minha mãe me deixou no colégio. Segui pelo asfalto congelado, a barriga doendo. História dos Estados Unidos. No segundo tempo. Não tinha como. Nem conseguira ler os dois últimos capítulos pedidos em classe. Sabia que eu deveria me sentar em algum lugar e tentar preencher um pouco do teste, fazer uma leitura dinâmica, dar umas respostas ruins. Mas não conseguia ficar parado, não conseguia suportar ver o teste outra vez. Me senti dominado por um desespero paralisante, por aquela sensação horrível e enjoativa de que não havia saída, de que o meu destino estava selado.

Entre o estacionamento asfaltado e os campos pisoteados e cobertos de neve mais além, havia uma fileira de colunas grossas de madeira que um dia sustentara uma cerca, retirada há muito tempo. Um garoto chamado Cameron Hodges, da minha aula de história dos Estados Unidos, estava sentado em uma delas, com alguns amigos em volta. Cameron tinha cabelo louro e usava óculos com lentes fundo de garrafa redondas, atrás das quais pairavam olhos azuis inquisitivos e sempre marejados. Ele fazia parte da lista honorária e do conselho estudantil, mas, apesar desses defeitos graves, era quase popular. As pessoas gostavam dele sem que Cameron se esforçasse de verdade para isso. Em parte era devido ao fato de que ele não fazia um escarcéu sobre o quanto sabia, não era o tipo de pessoa que sempre levantava a mão para responder a uma pergunta particularmente difícil. No entanto, tinha algo além disso também — uma certa razoabilidade, uma mistura de calma com um senso quase principesco de honra, que o fazia parecer mais maduro e experiente do que o restante de nós.

Eu gostava de Cameron — até cheguei a votar nele para o conselho estudantil —, mas não tínhamos muito em comum. Não conseguia me ver andando com ele… e com isso quero dizer que não conseguia imaginar alguém como Cameron interessado em uma pessoa como eu. Era difícil me conhecer, eu era pouco comunicativo, suspeitava das intenções dos outros e era hostil quase que por reflexo. Naquela época, se alguém passasse por mim e risse, eu sempre olhava para a pessoa, só para ver se o motivo da risada era eu.

Conforme me aproximava dele, vi que Cameron estava com o exame na mão. Os amigos conferiam as respostas de acordo com as dele:

— Modernização do plantio de algodão no Sul, é, foi o que coloquei também.

Eu estava passando atrás de Cameron. Sem pensar, me inclinei na direção dele e puxei o teste das suas mãos.

— Ei! — disse Cameron, tentando pegar as folhas de volta.

— Preciso copiar — falei, a voz rouca. Virei de costas para que ele não pudesse recuperar o teste. Eu estava corado, ofegante, chocado por fazer aquilo, mas fazendo mesmo assim. — Devolvo na aula de história.

Cameron desceu da coluna. Veio na minha direção com as mãos erguidas, os olhos chocados e suplicantes, aumentados de forma não natural pelas lentes.

— Nolan. Não faz isso. — Não sei dizer por quê, mas fiquei surpreso ao ouvi-lo falar o meu nome. Nem tinha certeza de que ele sabia como eu me chamava. — Se as suas respostas ficarem iguais às minhas, o sr.

Sarducchi vai saber que você copiou o trabalho, e nós dois vamos tirar zero. — Havia um tremor audível na voz dele.

— Não começa a chorar — falei, de forma mais grosseira do que queria. Acho que estava realmente preocupado de que Cameron fosse se debulhar em lágrimas, mas acabou parecendo uma provocação. Os outros meninos riram.

— É — disse Eddie Prior, que apareceu de repente entre Cameron e mim. Ele colocou a mão no meio da testa de Cameron e o empurrou, e o outro caiu feio de bunda no chão e soltou um grito. Os óculos escaparam do seu rosto e deslizaram para longe em uma poça de gelo. — Vira homem. Ninguém vai saber. Ele vai te devolver o trabalho.

E aí Eddie colocou o braço sobre os meus ombros e começamos a caminhar juntos. Ele falou com o canto da boca, como se fôssemos dois condenados em um filme conversando sobre uma grande fuga no pátio da cadeia.

— Lerner — disse ele, me chamando pelo sobrenome. Ele chamava todo mundo pelo sobrenome. — Quando você terminar, deixa eu dar uma olhada nisso também. Devido a circunstâncias imprevisíveis além do meu controle, a saber, o escroto tagarela que namora a minha mãe, tive que sair de casa na noite passada e acabei jogando totó com os meus primos até altas horas. Resultado: não consegui passar da segunda pergunta da porcaria do teste.

Embora Eddie Prior tirasse seis e setes em todas as provas menos em marcenaria e acabasse indo para a detenção quase toda semana, ele era carismático de uma maneira própria, como Cameron Hodges. Parecia impossível tirá-lo do sério, um traço que deixava muita gente impressionada. Além disso, estava sempre tão bem-humorado, tão pronto para se divertir, que ninguém conseguia ficar irritado com ele. Se um professor o expulsasse da sala por fazer um ou outro comentário ignorante, Eddie dava de ombros devagar, de uma maneira de quem-pode-entender-qualquer-coisa-nesse-mundo-louco, pegava os livros com cuidado e saía — lançando um último olhar manhoso para os colegas de forma que sempre causava uma reação em cadeia de risadinhas. Na manhã seguinte, o mesmo professor que o enxotara estaria jogando bola com ele no estacionamento da escola enquanto os dois falavam mal do Celtics.

Na minha opinião, o que separa os populares dos impopulares — a única característica que Eddie Prior e Cameron Hodges tinham em comum — é uma noção profunda de si mesmo. Eddie sabia quem era. Ele se aceitava. Seus fracassos não o incomodavam mais. Cada palavra que dizia saía sem pensar, uma expressão pura da sua verdadeira personalidade. Por outro lado, eu não tinha uma imagem clara de mim mesmo e estava sempre observando os outros atentamente, com esperança e medo de perceber um sinal claro de quem viam quando olhavam para mim.

Então, no momento seguinte, conforme Eddie e eu nos afastávamos de Cameron, passei por aquela mudança psicológica abrupta e improvável que é o cerne da adolescência. Eu tinha acabado de arrancar o teste das mãos de Cameron, desesperado para encontrar uma saída da armadilha que armei para mim mesmo e um bocado horrorizado com o que estava disposto a fazer para me salvar. Em teoria, ainda estava desesperado e horrorizado — mas fiquei satisfeito por andar com o braço de Ed Prior sobre os meus ombros, como se fôssemos amigos de infância saindo do bar às duas da manhã. Ouvir ele se referindo de maneira casual ao namorado da mãe como escroto tagarela me deu um choque de surpresa e felicidade; parecia uma piada tão primorosa quanto qualquer coisa dita por Steve Martin. Cinco minutos atrás, eu teria pensado ser impossível o que fiz a seguir. Entreguei o teste de Cameron para ele.

— Você já respondeu duas perguntas? Pode pegar. Não parece que vai demorar tanto tempo. Dou uma olhada quando terminar — falei.

Ele sorriu, e duas covinhas no formato de vírgulas apareceram na gordura de bebê das suas bochechas.

— Como você se meteu nessa, Lerner?

— Esqueci que a gente tinha um teste. Não consigo prestar atenção na aula. Sabe a Gwen Frasier?

— Sim. Uma garota feia pra cacete. O que tem ela?

— Uma garota feia pra cacete que não usa calcinha — falei. — Ela se senta do meu lado e está sempre abrindo e fechando as pernas. Então, a boceta dela fica me encarando durante metade da aula. Como é que vou prestar atenção em história assim?

Ele gargalhou tão alto que as pessoas por todo o estacionamento viraram para ver.

— Ela provavelmente só está arejando as partes para secar as feridas de herpes. Melhor ficar de olho nela, parceiro. — E então ele riu mais ainda, riu até enxugar as lágrimas que escorriam dos olhos. Eu ri também, uma coisa que não era fácil para mim, e senti um arrepio nas minhas terminações nervosas.

PELO QUE ME LEMBRO, ele nunca me devolveu o teste de Cameron, e acabei entregando o trabalho completamente em branco — nesse ponto, minha memória é um pouco nebulosa. Depois daquela manhã, no entanto, eu estava sempre atrás de Eddie. Ele gostava de falar do irmão mais velho, Wayne, que tinha passado quatro semanas de uma pena de três meses em um centro de detenção juvenil por ter explodido o carro de alguém, e que depois escapou e agora vivia sempre em movimento pela estrada, sem endereço fixo. Eddie dizia que Wayne ligava de vez em quando para se gabar de todas as bocetas que estava pegando e todas as caras que estava arrebentando. Mas ele era vago em relação ao trabalho do irmão mais velho. Ajudando em fazendas no Illinois, falou certa vez. Roubando carros em Detroit, disse em outra ocasião.

A gente passava muito tempo com uma garota de quinze anos chamada Mindy Ackers, que era babá de um bebê em um apartamento de porão no outro lado da rua, em frente à casa de dois andares de Eddie. O lugar fedia a mofo e urina, mas a gente ficava tardes inteiras lá, fumando cigarros e apostando em jogos de damas, enquanto o bebê engatinhava pelado ao redor dos nossos pés. Em outros dias, Eddie e eu pegávamos a trilha que atravessava o bosque atrás do Christobel Park até a passagem de pedestres acima da Rota 111. Eddie sempre levava um saco de papel pardo cheio de lixo roubado do apartamento em que Mindy trabalhava como babá, um saco contendo fraldas cheias de merda e caixas ensopadas de comida chinesa azeda. Ele jogava bombas de lixo nos caminhões que passavam abaixo. Certa vez, mirou uma fralda em um enorme caminhão semirreboque com chamas vermelhas pintadas no capô e chifres de touro no lugar onde a plaquinha com a marca do automóvel deveria estar. A fralda explodiu no quebra-vento do lado do passageiro e uma mancha de diarreia amarela se espalhou pelo vidro. O sistema de freio a ar chiou, com fumaça saindo dos pneus. O motorista apertou a buzina para a gente, um barulho tremendo que fez o meu coração martelar de alarme. Nós puxamos um ao outro e saímos correndo, rindo.

— Foge, balofo, acho que ele vai vir atrás da gente! — berrou Eddie.

Eu corri pela simples alegria de correr. Não achava que alguém se daria ao trabalho de sair de um caminhão para correr atrás da gente, mas era eletrizante fingir que sim.

Depois, quando diminuímos a velocidade e estávamos caminhando pelo Christobel Park, nós dois ofegando, Eddie falou:

— Não tem tipo mais vil de forma humana do que o caminhoneiro. Nunca encontrei um que não cheirasse a um balde de mijo depois de uma longa viagem.

Não fiquei completamente surpreso ao saber que o namorado da mãe de Eddie — o escroto tagarela — era um caminhoneiro de longa viagem.

Às vezes, Ed ia lá em casa, quase sempre para ver TV. A nossa televisão pegava melhor que a da casa dele. Meu amigo fazia perguntas sobre Morris, queria saber tudo sobre o que havia de errado com ele, estava interessado em ver o seu trabalho no porão. Eddie se lembrava de ter visto Morris derrubando o grifo de dominó na TV, mesmo que fizesse uns dois anos que aquilo tinha acontecido. Ele nunca falou em voz alta, mas acho que ficou entusiasmado com a ideia de conhecer um *savant*. Ele não ficaria tão animado em conhecer o meu irmão se ele tivesse os braços ou as pernas amputadas ou se fosse um anão. Eddie queria um pouco de *Acredite se quiser!* na sua vida. No fim, as pessoas costumam receber o que querem da vida, só que mais do que conseguem aguentar, não é?

Em uma das primeiras visitas à minha casa, fomos dar uma olhada na última versão do forte de Morris. Meu irmão tinha mais ou menos quarenta caixas grudadas umas às outras para formar uma rede de túneis no formato de um polvo monstruoso, com oito passagens longas que levavam até uma caixa central enorme que um dia abrigara um televisor gigantesco. Teria feito sentido pintar aquilo para *parecer* um polvo — um kraken ameaçador — e, na verdade, vários dos "membros" com aparência de tromba foram pintados de um amarelo-esverdeado, com discos vermelhos para indicar as ventosas. Mas outros braços eram sobras de antigos fortes — um foi feito com os restos do submarino amarelo, outro fora de um projeto de nave espacial e era branco, com quilhas e vários adesivos da bandeira dos Estados Unidos. E a caixa enorme no meio do polvo não tinha pintura nenhuma, só estava revestida de uma grande malha de arame, que fora moldada para parecer um par de chifres. Todo o resto do forte parecia um brinquedo de criança... com uma aparência espetacular, mas, ainda assim, um brinquedo, uma coisa que talvez o pai o tenha ajudado a construir. Foi esse último detalhe, aqueles chifres de malha de arame inexplicáveis, *inexplicáveis*, que deixavam o forte com uma cara de obra de alguém que era completamente maluco.

— Que incrível — falou Eddie no fim da escada, olhando o forte por cima, mas pude ver, por uma certa perda de brilho nos olhos dele, que não ficou tão impressionado assim, que estava esperando mais.

Eu odiava vê-lo decepcionado, por qualquer motivo que fosse. Se Eddie queria que o meu irmão fosse um *savant*, então eu também queria. Me agachei diante de uma das entradas.

— Você precisa entrar para ter o efeito completo. É sempre mais legal do lado de dentro do que do lado de fora.

E, sem olhar para ver se ele me seguiria, entrei.

Eu era um garoto de quatorze anos grande, atrapalhado, de ombros largos, com talvez 55 quilos... mas ainda era um moleque, e não um adulto, com as proporções e a flexibilidade de um menino. Mas, em geral, não entrava nos fortes de Morris. Tinha descoberto bem cedo, ao me arrastar para dentro de um dos seus primeiros projetos, que não gostava muito deles, sentia um toque de claustrofobia. Agora, no entanto, com Eddie atrás de mim, fui em frente, como se engatinhar em um dos esconderijos de papelão de Morris fosse meu passatempo favorito.

Passei por um túnel serpenteante atrás do outro. Em uma das caixas havia uma prateleira com um pote de geleia; moscas zumbiam dentro dele, batendo contra o vidro de leve e de forma um pouco frenética. A acústica fechada da caixa ampliava e distorcia o som dos insetos, de forma que, às vezes, o zumbido parecia estar dentro da minha cabeça. Eu as analisei por um instante, de sobrancelhas franzidas, um pouco perturbado por aquela visão — Morris ia deixá-las morrerem ali? — e então continuei. Atravessei uma passagem larga na qual as paredes foram cobertas por estrelas, luas e gatos de Cheshire que brilhavam no escuro — uma galáxia de neon inteira me cercava. As paredes tinham sido pintadas de preto e, a princípio, eu não conseguia vê-las. Por um segundo rápido e nauseante, tive a impressão de que não havia parede alguma, como se eu estivesse engatinhando pelo espaço vazio sobre uma rampa apertada e invisível, nada acima ou abaixo de mim sabe-se lá por qual distância, e, se eu caísse da rampa, não haveria nada para impedir a minha queda. Ainda era possível ouvir as moscas zumbindo no pote de geleia, embora eu as tivesse deixado para trás há um bom tempo. Fiquei tonto, estiquei a mão e os meus dedos encostaram na lateral da caixa. Logo, a impressão de estar rastejando por um espaço vazio infinito acabou, embora ainda sentisse um pouco de vertigem. A próxima caixa era a menor e mais escura de todas, e conforme eu a atravessava, minhas costas rasparam em uma série de sininhos pendurados no teto. O som das badaladas baixas e rápidas me assustaram tanto que quase gritei.

Mas consegui ver uma abertura circular adiante, que dava em um lugar iluminado por luzes inquietas em tom pastel. Entrei.

A caixa no centro do kraken de papelão de Morris era grande o suficiente para abrigar uma família de cinco pessoas e um cachorro. Uma *lava lamp* que funcionava a pilhas criava bolhas em um canto, bolas vermelhas de plasma se levantando e mergulhando pelo fluido laranja viscoso. Morris tinha coberto a parte de dentro da caixa gigantesca com papel de embrulho brilhante. Faíscas e filamentos de luz corriam de lá para cá em ondas frágeis, folhas douradas, magentas e verdes se encontrando e desaparecendo. Era como se, no longo percurso engatinhado até o centro do forte, eu tivesse diminuído aos poucos, até ficar do tamanho de um rato, e tivesse chegado a um pequeno cômodo suspenso dentro de um globo de discoteca. Aquela visão me fez tremer de espanto. Minhas têmporas latejaram, e aquelas luzes estranhas que não paravam quietas começaram a incomodar os meus olhos.

Não tinha visto Morris desde que chegara em casa e pensei que ele estivera fazendo alguma coisa com a minha mãe. Mas ele estava esperando lá na caixa central enorme, de joelhos e de costas para mim. Do lado dele havia um gibi e uma tesoura. Ele tinha cortado a contracapa e a colocado em uma moldura branca de papelão, e agora estava grudando a moldura na parede com pedaços de fita adesiva. Ele me ouviu entrar e olhou rápido para mim, mas não me deu oi e logo voltou a pendurar a foto.

Ouvi barulhos de alguém se arrastando na passagem atrás de mim e cheguei para o lado para abrir caminho. Um segundo depois, Eddie passou a cabeça pela abertura circular e observou a caixa com cobertura metálica. Seu rosto estava vermelho, e ele sorria daquela maneira que formava covinhas nas bochechas.

— Puta merda — falou. — Olha só para esse lugar. Quero comer uma garota aqui.

Ele passou o restante do corpo para dentro da caixa e se ajoelhou.

— Que forte do caralho — disse Eddie para as costas de Morris. — Eu morreria por um forte assim, na sua idade. — Ele ignorara o fato de que, aos onze anos, Morris era velho demais para continuar brincando em caixas de papelão.

Meu irmão não respondeu. Eddie me lançou um olhar de soslaio e dei de ombros. Meu amigo continuou olhando ao redor, absorvendo tudo, o queixo caído em uma expressão óbvia de prazer, enquanto a tempestade de luzes douradas e prateadas se erguia em silêncio ao nosso redor.

— Engatinhar até aqui foi louco — falou Eddie. — Nolan, o que achou do túnel revestido de pelos pretos? Pensei que, quando chegasse no final, ia sair da boceta de uma gorila.

Eu ri, mas olhei para ele confuso e sem entender. Não me lembrava de um túnel coberto de pelos — e Eddie estava bem atrás de mim, seguira pelo mesmo caminho que eu.

— E tinha também os mensageiros do vento — disse ele.

— Eram sinos — falei, corrigindo-o.

— Ah, é?

Morris terminou de pendurar a foto e, sem falar com a gente, engatinhou até uma saída triangular. Antes de seguir adiante, no entanto, olhou para a gente uma última vez. Quando falou, dirigiu-se a mim.

— Não me siga. Volte pelo caminho que veio. — E então: — Esse caminho não faz o que deveria fazer. Tenho que trabalhar mais nele. Ainda não está pronto.

Olhei para Eddie para pedir desculpas, estava preparando uma declaração que fosse algo como *Desculpa, meu irmão às vezes é meio bizarro mesmo*. Mas Eddie dera a volta por mim e analisava a foto que Morris tinha pendurado na parede. Ela mostrava uma família de Sea Monkeys juntos e bem próximos — criaturas peladas e barrigudinhas com antenas longas da cor de carne e rostos humanos.

— Olha — falou Eddie. — Morris pendurou uma foto da família verdadeira dele.

Eu ri. Eddie não levava ética pessoal muito a sério, mas nunca teve dificuldade em me fazer rir.

EU ESTAVA SAINDO DE casa — era sexta-feira, no início de fevereiro —, quando Eddie me ligou e disse para não ir na casa dele, para, em vez disso, encontrá-lo na passarela em cima da 111. Alguma coisa na sua voz, uma rouquidão, um tom lento, chamou a minha atenção. Ele não falou nada de estranho, mas, de vez em quando, sua voz me pareceu prestes a se quebrar, e fiquei com a impressão de que se esforçava para reprimir um surto de tristeza.

A passarela ficava a vinte minutos a pé da minha casa, descendo a Christobel Avenue, atravessando o parque e depois pegando a trilha pelo bosque. A trilha era um caminho decorado com pedras azuis trituradas, que subia pelas encostas sob os galhos nus de bétulas e bordos. Depois de mais ou menos quinhentos metros, o caminho acabava na passarela. Eddie estava debruçado no peitoril, observando os carros abaixo, acelerando na pista que seguia para leste.

Ele não olhou para mim quando me aproximei. Alinhados na parede de proteção estavam três tijolos farelentos e, assim que cheguei ao lado do meu amigo, ele empurrou um bem devagar. Por um instante, senti um choque nervoso, mas o tijolo atingiu o final de um caminhão de nove eixos que seguia abaixo, sem danificar nada. O veículo transportava uma carga de canos de aço. O tijolo caiu sobre o cano mais acima, que estalou alto, depois foi descendo pela lateral, dando início a uma série de batidas melódicas e gongos vibrantes, um martelo atirado nos tubos de metal de um gigantesco órgão. Eddie abriu a boca em um sorriso enorme, acolhedor e impossivelmente simpático que deixava o espaço entre os seus dentes da frente à mostra. Ele olhou para mim para ver se eu tinha gostado da musicalidade inesperada produzida pelo bombardeio ao caminhão. Foi aí que vi o olho esquerdo dele, cercado por um anel roxo com manchas amareladas.

Quando falei, mal reconheci a minha voz, que estava aguda e falhando.

— O que aconteceu?

— Olha isso — disse ele, pegando uma polaroide do bolso do casaco. Ainda sorria, mas, quando me passou a fotografia, não olhou para mim. — Delicie-se. — Foi como se eu não tivesse dito nada.

A imagem mostrava dois dedos de uma garota, as unhas pintadas de um prateado suave. Eles pressionavam um pedaço de tecido xadrez vermelho e preto na fissura entre as suas pernas. Dava para ver as coxas nas laterais da foto, borrada, a pele branca demais.

— Apostei dez jogos seguidos com Ackers — falou ele. — Se ela perdesse o décimo jogo, teria que tirar uma foto batendo siririca. Ela foi para o quarto, então não cheguei a ver ela tirando a foto. Mas Ackers quer repetir a dose para recuperar a foto. Se eu apostar outros dez jogos seguidos, vou fazer ela bater siririca bem na minha frente.

Eu me virei, de forma a ficarmos lado a lado debruçados no parapeito, de frente para o tráfego. Observei a foto sem muita atenção por mais um segundo, sem pensar em nada, sem saber como reagir ou o que dizer. Mindy Ackers era uma garota normal com cabelo ruivo frisado, muita acne e uma paixonite enorme por Eddie. Se ela perdesse os próximos dez jogos de damas para ele, seria de propósito.

Naquele momento, no entanto, o que ela tinha feito ou não para diverti-lo era bem menos interessante do que como Eddie acabara com o olho esquerdo daquele jeito... algo que, aparentemente, ele não queria discutir.

— Doideira — falei, por fim, e coloquei a foto no pé do parapeito de cimento. Sem pensar, uma das minhas mãos foi parar em cima de um dos tijolos.

Um semirreboque passou a toda debaixo da gente, o motor latindo conforme o motorista mudava para uma marcha menor e mais barulhenta. A fumaça preta de diesel rodopiava pela neve, que estava caindo em flocos grandes e ondulados. Quando tinha começado a nevar? Eu não sabia ao certo.

— O que aconteceu com o seu olho? — perguntei, tentando de novo, surpreso com a minha coragem.

Ele limpou o nariz com as costas da mão. Ainda sorria.

— Aquele monte de bosta com quem minha mãe está saindo me pegou dando uma olhada na carteira dele. Como se eu fosse roubar o vale-refeição. Ele vai se deitar cedo, precisa ir para o Kentucky antes do sol nascer, então vou ficar na rua até... ah, espera. Tem um caminhão-tanque vindo.

Olhei para baixo e vi outro semirreboque acelerando na nossa direção, puxando um enorme reservatório de combustível.

— Temos uma chance de explodir aquilo — falou Eddie. — Cento e vinte mililitros de C-4. Se acertarmos esse filho da puta no lugar certo, podemos acabar com a estrada inteira.

Havia um tijolo no parapeito bem na frente dele, e esperei Eddie empurrá-lo para acertar o caminhão-tanque quando passasse por baixo. No entanto, ele colocou a mão sobre a minha, que ainda repousava em cima do outro tijolo. Senti uma pontada de alarme, mas não tentei tirar a mão dali. Provavelmente, esse é um fato que vale a pena ser apontado. O que aconteceu a seguir foi porque eu deixei.

— Espera — falou ele. — Calma. Sem errar. *Agora*.

Assim que o caminhão entrou embaixo da passarela, Eddie empurrou a minha mão. O tijolo acertou o caminhão-tanque abaixo com um *tunk* sonoro, atingindo-o com força e desviando para a pista da esquerda, onde, naquele momento, um Volvo vermelho acabava de emparelhar com o caminhão. O tijolo acertou o para-brisa — tive tempo de ver uma teia de aranha de estilhaços se espalhar pelo vidro —, e então o carro desapareceu embaixo da passarela.

Nós dois demos meia-volta e corremos para o parapeito do outro lado. Meus pulmões pararam de funcionar e, por um segundo, não consegui forçar ar nenhum para dentro do peito. Quando o Volvo atravessou por baixo da passarela, já estava virado para a esquerda, na direção do acostamento. O automóvel saiu da estrada um instante depois e desceu a rampa nevada a mais ou menos cinquenta quilômetros por hora. No fundo do vale formado pela rampa da estrada, havia alguns bordos jovens. O Volvo acertou um, e o para-brisa inteiro voou em uma única peça rachada, passando por cima do capô e aterrissando na neve.

Eu ainda me esforçava para puxar o ar quando a porta do passageiro se escancarou. Uma mulher loura e matrona usando um sobretudo vermelho preso na cintura saiu. Ela cobria um olho com uma luva e gritava, puxando a porta detrás.

— Amy! — berrava. — Meu Deus, Amy!

Então Eddie agarrou o meu cotovelo. Ele me fez virar e me empurrou na direção da trilha, chiando:

— Vamos sair daqui, porra!

Ele me empurrou de novo conforme saíamos da passarela e entrávamos na trilha do bosque, me empurrou com tanta força que caí com um joelho nas pedras azuis trituradas — agulhas finas de dor pulsaram pela minha rótula —, mas Eddie logo me puxou pelo cotovelo e me apressou. Não pensei. Só corri. Com a pulsação trovejando nas têmporas e o rosto queimando no ar frio, eu corri.

SÓ VOLTEI A PENSAR quando chegamos no parque e diminuímos a velocidade. Estávamos indo, sem nem termos conversado nem nada, para a minha casa. Meus pulmões doíam com o esforço de ter corrido usando as botas de neve e por ter respirado ar frio.

Ela foi até a porta traseira gritando *Meu Deus, Amy!* Uma pessoa no banco de trás, uma garotinha. A loura alta e corpulenta tinha uma luva sobre o olho. Será que um caco de vidro entrara ali? Nós tínhamos cegado ela? Além disso: a mulher saiu do banco do passageiro. Por que o motorista não saiu? Ele estava consciente? Estava *morto*? Minhas pernas não paravam de tremer. Eu me lembrei de Eddie empurrando a minha mão, me lembrei do tijolo escorregando sob a minha palma de uma ponta à outra e me lembrei da maneira como ele bateu na lateral do caminhão-tanque e desviou para o para-brisa do Volvo. Não dava para voltar atrás. Percebi aquilo e o pensamento me atingiu como uma revelação. Olhei para a mão que empurrara o tijolo e vi uma foto nela, Mindy Ackers tocando o triângulo de algodão entre as pernas. Não me lembrava de ter pego a fotografia de volta. Mostrei-a para Eddie sem dizer nada. Ele olhou para a foto com os olhos confusos, perplexos.

— Pode ficar — disse ele. Essas eram as primeiras palavras ditas por qualquer um de nós desde que ele berrara *Vamos sair daqui, porra!*

Passamos pela minha mãe quando chegamos em casa. Ela estava parada ao lado da caixa de correio, batendo papo com o nosso vizinho, e, sem pensar, encostou na minha nuca quando passamos, um roçar de dedos leve e íntimo que me fez tremer.

Não falei nada até entrarmos, tirando as botas e o casaco no hall. Meu pai estava no trabalho. Eu não sabia onde Morris estava e não me importava. A casa, escura e silenciosa, tinha a placidez de um lugar vazio.

Enquanto desabotoava a jaqueta de veludo cotelê, falei:

— Deveríamos ligar para alguém. — Parecia que a minha voz vinha de outro lugar, não do meu peito e da minha garganta, mas do canto do cômodo, de baixo da pilha de chapéus que havia ali.

— Ligar para quem?

— Para a polícia. Para ver se estão bem.

Eddie parou de tirar a jaqueta jeans e olhou para mim. Com aquela luz fraca, seu olho roxo parecia um trágico acidente de maquiagem.

Por alguma razão, continuei falando.

— Podemos dizer que estávamos na passarela e vimos o acidente. Não precisamos falar que nós que fizemos aquilo.

— Nós *não* causamos ele.

— Bem... — falei, mas não sabia o que dizer em seguida. Era uma declaração tão ousadamente falsa que não consegui pensar em nenhuma resposta que não parecesse uma provocação.

— O tijolo desviou — disse Eddie. — Como isso pode ser culpa nossa?

— Eu só quero saber se todo mundo está bem. Tinha uma garotinha no banco de trás...

— Porra nenhuma.

— Bem... — Minha voz vacilou de novo, mas me forcei a continuar. — *Tinha*, Eddie. A mãe estava gritando o nome dela.

Ele parou por um instante e me analisou com cuidado, com uma expressão infeliz e de avaliação truculenta. Então, deu de ombros de uma forma rígida e voltou a tirar as botas de qualquer jeito.

— Se você chamar a polícia, eu me mato — falou. — E aí vai ter que viver com isso também.

Senti como se tivesse um grande peso sobre o meu peito, comprimindo os pulmões. Tentei falar. Minha voz saiu em um sussurro falho.

— Estou falando sério.

— Eu também — respondeu Eddie. — Eu me mato. — Parou outra vez, então falou: — Sabe quando eu disse que o meu irmão me ligou na época em que estava nadando em dinheiro por causa dos carros que roubava em Detroit?

Assenti.

— Era mentira. Lembra quando falei que ele me ligou para dizer que comeu gêmeas ruivas enquanto estava no Minnesota?

Depois de um segundo, voltei a assentir.

— Era mentira também. Sempre foi mentira. Ele nunca me ligou. — Eddie respirou fundo, tremendo um pouco ao inalar. — Não sei onde ele está ou o que anda fazendo. Ele só me telefonou uma vez, enquanto ainda estava no centro de detenção. Dois dias antes de fugir. Estava estranho. Tentava não chorar. Disse para eu nunca fazer qualquer coisa que me fizesse acabar lá. Me obrigou a prometer. Disse que te faziam de bicha lá dentro. Que tinha um monte de negões bichas de Boston, que se juntavam para comer você. E aí ele desapareceu e ninguém sabe o que aconteceu com ele. Mas acho que se o meu irmão estivesse bem em algum lugar, já teria me ligado. Eu e ele, a gente era unha e carne. Ele não ia me deixar com essa dúvida. Eu conheço o meu irmão, e ele não ia querer ser a puta de ninguém. — Eddie chorava agora, sem fazer barulho. Enxugou as bochechas com a manga comprida da camisa e então me encarou com aquele olhar firme e marejado. — E eu não vou parar em um centro de detenção juvenil por causa de um acidente idiota que nem foi culpa minha. Ninguém vai me transformar em uma bicha. Já aconteceu uma coisa assim comigo uma vez. Aquele merda, filho da puta do Tennessee da minha mãe... — A voz falhou, e ele desviou o olhar, um pouco ofegante.

Não falei nada. A visão de Eddie Prior com lágrimas correndo pelo rosto afastou todos os argumentos que eu poderia dar para a polícia e me deixou completamente mudo.

Com a voz baixa e trêmula, ele continuou:

— Não dá para desfazer aquilo. Aconteceu. Foi um acidente idiota. O tijolo desviou. Não é culpa de ninguém. Não importa quem se machucou, a gente vai ter que viver com isso, agora. Temos que ficar quietos. Ninguém nunca pensaria que tivemos qualquer coisa a ver com aquilo. Peguei os tijolos debaixo da ponte. Tem um monte deles se soltando. A não ser que alguém tenha visto a gente, todo mundo vai pensar que ele simplesmente caiu. Mas, se quiser ligar mesmo para alguém, só me avisa antes, porque não vou deixar fazerem comigo o que fizeram com o meu irmão.

Demorou alguns segundos para eu conseguir juntar ar suficiente para falar.

— Esquece — respondi. — Vamos ver um pouco de TV e nos acalmar. Terminamos de tirar as roupas de inverno e fomos para a cozinha... e quase tive um encontrão com Morris, que estava parado sob o batente da porta aberta do porão, segurando um rolo de fita adesiva marrom. A cabeça estava inclinada, em uma pose de quem ouvia os segredos do universo, os olhos arregalados com a curiosidade de cabeça-oca de sempre.

Eddie me empurrou para o lado com o cotovelo, agarrou a gola alta da camisa preta de Morris e o jogou na parede. Os olhos esbugalhados do meu irmão ficaram ainda maiores. Ele olhou para o rosto vermelho de Eddie com uma confusão vazia idiota. Agarrei o pulso de Eddie, tentei fazê-lo soltar a gola, mas não consegui.

— Estava escutando a gente, retardadinho? — perguntou Eddie.

— Eddie, Eddie, não importa o que ele ouviu. Esquece isso. Ele não vai contar para ninguém. Solta ele.

Então Eddie o soltou. Morris encarou o rosto dele, piscando, a boca mole aberta. Olhou de soslaio para mim — o que foi isso? — e aí deu de ombros.

— Tive que desmontar o polvo — falou. — Eu gostava de todos aqueles membros indo para o centro. A forma como pareciam os raios de uma roda. Mas não importa por onde você entra, sempre sabe para onde está indo, e não saber é melhor. Não é tão fácil de ser feito, mas é melhor. Tenho ideias novas, agora. Dessa vez, vou começar do meio e ir para as bordas, do jeito que as aranhas fazem as teias.

— Incrível — falei. — Vai nessa.

— Meu novo projeto vai precisar do maior número de caixas que já usei. Espera só para ver.

— Mal podemos esperar, não é, Eddie?

— É — disse ele.

— Estarei lá embaixo trabalhando se alguém precisar de mim — informou Morris, e passou pelo espaço apertado entre Eddie e eu, pisando forte na escada do porão.

Fomos até a sala. Liguei a TV, mas não conseguia me concentrar na programação. Eu me sentia fora de mim, como se estivesse no fim de um longo corredor e, na outra ponta, conseguisse ver Eddie e eu sentados no sofá, só que não era eu, era uma figura de cera oca feita conforme a minha imagem.

Eddie falou:

— Desculpa por eu ter pegado pesado com o seu irmão.

Eu queria que Eddie fosse embora, queria ficar sozinho, deitado na minha cama, na escuridão silenciosa e sossegada do meu quarto. Mas não sabia como pedir para ele ir embora.

Em vez disso, com os lábios um pouco dormentes, falei:

— Se o Morris contar... e ele não vai contar, juro... mesmo que tenha escutado a gente, ele não entenderia sobre o que estávamos falando... mas se ele contar para alguém... você não... você...

— Se eu me mataria? — perguntou Eddie. Ele deu um ronco zombeteiro com a garganta. — Porra, não. Eu mataria *ele*. Mas ele não vai contar para ninguém, né?

— Não — falei. Minha barriga doía.

— E você não vai contar para ninguém — disse ele alguns minutos depois. Já estava ficando tarde, a luz começava a minguar à nossa volta.

— Não — respondi.

Ele ficou de pé e deu um tapinha na minha perna enquanto saía.

— Preciso ir. Vou jantar na casa do meu primo. Vejo você amanhã.

Esperei até ouvir a porta se fechar no hall. Então, foi a minha vez de ficar de pé, a cabeça tonta e aturdida. Fui até o hall e comecei a subir a escada. Quase atropelei Morris. Ele estava sentado no sexto degrau, as mãos sobre os joelhos, o rosto de um vazio tranquilo. Com as roupas escuras, apenas a sua face branca de cera era visível nas sombras do cômodo. Meu coração parou quando o vi ali. Por um momento, fiquei acima dele, observando-o. Meu irmão me encarou de volta, sua expressão bizarra e indecifrável como sempre.

Então ele tinha escutado o resto, incluindo o que Eddie disse sobre matá-lo se Morris contasse para alguém. Mas eu achava mesmo que ele não conseguia entender a gente.

Desviei e segui para o meu quarto. Fechei a porta e entrei embaixo das cobertas ainda usando as mesmas roupas, exatamente como me imaginara fazendo. O cômodo girou e rodopiou à minha volta até eu quase ficar enjoado, e tive que puxar o cobertor por cima da cabeça para bloquear aquele movimento sem sentido e desorientador do mundo.

* * *

NA MANHÃ SEGUINTE, PROCUREI no jornal por alguma informação do acidente — *garotinha em coma depois de emboscada na passarela* —, mas não havia nada.

NAQUELA TARDE, LIGUEI PARA o hospital, falei que estava me perguntando sobre o acidente na 111 do outro dia, o carro que saiu da estrada, cujo para-brisa caiu e no qual algumas pessoas se machucaram. Minha voz não estava firme, era nervosa, e a recepcionista do outro lado da linha começou a me interrogar — por que eu precisava saber? Com quem ela estava falando? —, e desliguei.

DEPOIS DE ALGUNS DIAS, eu estava no meu quarto, procurando por um pacote de chiclete nos bolsos do meu casaco de inverno, quando encontrei um quadrado de pontas afiadas feito de algum material escorregadio parecido com plástico. Tirei-o do bolso e vi a polaroide de Mindy Ackers batendo siririca. Aquela visão revirou o meu estômago. Abri uma gaveta e joguei a foto lá dentro. Só olhar aquilo me deixou sem ar, lembrando-me do Volvo batendo na árvore, a mulher saindo, a luva sobre o olho, *Meu Deus, Amy!* Àquela altura, minha memória sobre o acidente estava ficando mais incerta. Às vezes, eu imaginava que vira sangue manchando o para-brisa rachado na neve. Outras vezes, pensava ter ouvido o grito agudo de uma criancinha em sofrimento. Essa era uma impressão bem difícil de esquecer, pois alguém gritara durante o acidente, disso eu tinha certeza, alguém além da mulher. Talvez eu.

DEPOIS DAQUILO, EU NÃO queria mais andar com Eddie, mas era impossível ignorá-lo. Ele se sentava do meu lado durante as aulas e me passava recados. Eu tinha que responder esses recados para que não pensasse que estava me afastando dele. Ele aparecia na minha casa depois da escola sem avisar e assistíamos à TV juntos. Eddie trouxe o tabuleiro de damas e preparava jogos enquanto *Guerra, sombra e água fresca* passava na televisão. Hoje vejo — e talvez visse na época — que ele estava fazendo um esforço constante para se manter por perto, para ficar de olho em mim. Ele sabia que não poderia permitir que eu me afastasse, que se não fôssemos mais amigos, eu poderia fazer qualquer coisa, até confessar. E sabia também que eu não tinha culhões para acabar a amizade, que eu não conseguiria deixar de atendê-lo se ele tocasse a campainha. Que era da minha natureza seguir com aquela situação, não importando quão desconfortável fosse, em vez de tentar mudar as coisas e arriscar um confronto direto.

Então, certa tarde, mais ou menos três semanas depois do acidente na Rota 111, encontrei Morris no meu quarto, ao lado da cômoda. A gaveta de cima estava aberta. Ele segurava uma caixa de lâminas de estiletes em uma das mãos; tinha um monte de porcarias como aquela lá, barbante, grampeadores, um rolo de fita adesiva e, às vezes, quando Morris precisava de algo para o seu forte sem fim, ele atacava os meus suprimentos. Na outra mão estava a polaroide da virilha de Mindy Ackers. Ele a segurava bem perto do nariz, encarando-a com os olhos redondos e confusos.

— Não mexe nas minhas coisas — falei.

— Não é uma pena que não dê para ver o rosto dela? — perguntou ele.

Arranquei a foto da mão de Morris e a joguei na cômoda.

— Mexe nas minhas coisas de novo e eu te mato.

— Você está parecendo o Eddie — disse Morris, virando o rosto e me encarando. Já fazia alguns dias que eu não via o meu irmão com frequência. Ele passava ainda mais tempo no porão do que o normal. Seu rosto fino e delicado estava mais magro do que eu me lembrava e, naquele momento, percebi quão pequeno e frágil, quão infantil o seu corpo era. Ele já tinha quase doze anos, mas podia passar fácil por uma criança de oito. — Vocês ainda são amigos?

Eu estava cansado de me preocupar o tempo todo, então falei sem pensar.

— Não sei.

— Por que não manda ele ir embora? Por que não faz ele ir embora? — Morris estava quase perto demais de mim, olhando para a minha cara com os olhos redondos como pratos.

— Não consigo — falei, e virei o rosto, porque não podia mais encarar o seu olhar preocupado e perplexo. Senti que aquilo era o máximo que conseguia aguentar, meus nervos em farrapos. — Gostaria de conseguir. Mas não dá para fazê-lo se afastar. — Eu me debrucei sobre a cômoda e coloquei a testa na borda dela por um momento. Com um suspiro mais rouco do que costumava ouvir, falei: — Ele não pode me deixar escapar.

— Por causa do que aconteceu?

Olhei para ele. Morris estava do meu lado, as mãos juntas sobre o peito, as pontas dos dedos se movendo nervosamente. Então ele entendia... talvez não tudo, mas um pouco. O suficiente. Ele sabia que a gente tinha feito uma coisa horrível. Sabia que a tensão daquilo estava acabando comigo.

— Vê se esquece o que aconteceu — falei com a voz mais forte agora, chegando perto do ponto de ameaça. — Vê se esquece o que ouviu. Se alguém descobrir... Morris, você não pode contar para ninguém. Nunca.

— Eu quero ajudar.

— Não dá — falei, e a verdade dessa declaração, dita de maneira simples, me pegou em cheio. Com um tom de voz infeliz e fraco, acrescentei, por fim: — Vá embora. Por favor.

O rosto de Morris se fechou um pouco e ele baixou a cabeça, parecendo magoado por um segundo. Mas então disse:

— Estou quase terminando o novo forte. Agora já consigo ver como ele vai ficar. — Então, fixou o olhar cativante e esbugalhado em mim de novo. — Estou construindo para você, Nolan. Porque quero que se sinta melhor.

Deixei escapar um suspiro leve que era quase uma risada. Por um instante, chegamos perto de conversar como irmãos que se amavam e se preocupavam um com o outro, como quase iguais; por alguns segundos, me esqueci dos delírios e das fantasias de Morris. Eu me esqueci que a realidade, para o meu irmão, era uma coisa vislumbrada apenas de vez em quando através dos vapores que impulsionavam os seus sonhos acordados. Para Morris, a única resposta possível para a infelicidade era construir um arranha-céu de caixas de ovo.

— Valeu, Morris — falei. — Você é legal. Só precisa sair do meu quarto.

Ele assentiu, mas ainda estava com o rosto fechado quando passou por mim e foi na direção do hall. Eu o observei descendo a escada, sua sombra de espantalho subindo e descendo na parede, aumentando a cada passo que ele dava na direção da luz abaixo e de algum futuro que ele construiria uma caixa por vez.

MORRIS FICOU NO PORÃO até a hora da janta — minha mãe precisou gritar três vezes até ele subir —, e, quando se sentou à mesa, suas mãos estavam cobertas de um pó branco parecido com gesso. Ele voltou para o porão assim que os pratos foram colocados de molho na pia. Ficou lá até quase nove da noite, e só parou quando a minha mãe berrou dizendo que era hora de dormir.

Passei pela porta do porão aberta uma vez, pouco antes de me deitar, e parei. Senti o cheiro de algo que, a princípio, não consegui identificar — era como cola, ou tinta fresca, ou gesso, ou uma combinação dos três.

Meu pai entrou em casa batendo os pés. Nevara um pouco, e ele fora limpar os degraus.

— O que é isso? — perguntei, enrugando o nariz.

Ele parou à porta do porão e cheirou profundamente.

— Ah — respondeu o meu pai. — Morris mencionou que ia fazer algo com papel machê. Não tem como saber o que aquele menino vai inventar para se divertir, né?

MINHA MÃE ERA VOLUNTÁRIA em um asilo de idosos, então toda quinta ela ia até lá para ler as cartas dos velhinhos que já não enxergavam tão bem e tocava piano, martelando as teclas para que até o pessoal meio surdo pudesse ouvir, e, durante aquelas tardes, eu era deixado como único responsável pela casa e pelo meu irmão mais novo. Quando a quinta seguinte chegou, não deu nem dez minutos após ela ter saído de casa, Eddie bateu na porta.

— Ei, parceiro — disse ele. — Adivinha só. Mindy Ackers acabou de me dar uma lavada em cinco jogos. Tenho que devolver a foto para ela. Está com você, não é? Espero que tenha cuidado bem dela para mim.

— Pode ficar com aquela coisa nojenta — falei, um pouco aliviado por ser uma visita rápida. Era raro conseguir me livrar de Eddie em tão pouco tempo. Ele arrancou as botas e me seguiu até a cozinha. — Vou pegar a foto, está lá no quarto.

— Provavelmente, na mesa de cabeceira, seu pervertido — disse Eddie, rindo.

— Estão falando da fotografia de Eddie? — perguntou Morris, a voz flutuando do fundo da escada do porão. — Está comigo. Queria dar uma olhada nela. Está aqui embaixo.

Devo ter ficado mais surpreso do que Eddie por aquelas palavras. Tinha deixado claro para Morris que não queria que ele ficasse mexendo nas minhas coisas, e não era do feitio dele desobedecer a uma ordem.

— Morris, eu mandei você não mexer nas minhas coisas!

Eddie parou em cima da escada, olhando para o porão.

— O que está fazendo com ela, seu punheteirozinho? — berrou ele para Morris.

Meu irmão não respondeu, e Eddie desceu a escada comigo logo atrás. Ele parou no terceiro degrau e colocou as mãos na cintura, observando todo o porão.

— Caramba — disse ele. — Que legal.

De uma parede à outra, o lugar era preenchido por um labirinto de caixas de papelão. Morris repintara *todas* elas. As caixas mais perto do pé da escada eram do branco cremoso de leite integral, mas, conforme a rede de túneis se alongava pelo cômodo, as caixas assumiam um tom azul-claro, então violeta e depois cobalto. As caixas no canto mais distante eram completamente pretas, representando um horizonte noturno artificial.

Vi caixas menores com atalhos para todos os lados. Vi janelas, cortadas no formato de estrelas e sóis estilizados. A princípio, pensei que elas tinham folhas de um estranho plástico laranja grudadas com fita adesiva atrás. Mas então notei como pulsavam e brilhavam de leve e percebi que eram folhas de plástico transparente, iluminadas por uma fonte interna irregular de luz laranja — com certeza, a *lava lamp* de Morris. Mas a maioria das caixas não tinha janela, sobretudo conforme você se afastava da escada e seguia para os fundos do porão. Estaria escuro dentro do forte.

No canto a noroeste do porão, erguendo-se acima de todas as outras caixas, havia uma enorme lua crescente feita de papel machê e pintada de um branco céreo com um toque luminescente. A lua tinha lábios comprimidos e um único olho triste que parecia nos encarar com uma expressão desfocada de decepção. Eu estava tão despreparado para aquela visão tão incrível — era realmente imensa —, que levei um minuto para perceber que olhava para a caixa gigante que fora o centro do polvo de Morris. Na época, ela fora enrolada por uma malha de arame, moldada como chifres tortos. Eu me lembro de pensar que a gigantesca e deformada escultura de grade era prova irrefutável de que o miolo já mole do meu irmão estava se deteriorando. Agora, vi que sempre tinha sido uma lua, qualquer um com olhos poderia ter visto aquilo... menos eu. Acho que esse sempre foi um dos meus maiores defeitos. Se algo não fizesse sentido de imediato, eu nunca conseguia olhar além do que me deixara confuso para ver um padrão maior, fosse em uma escultura ou na forma da minha vida.

No pé da escada ficava a entrada para as catacumbas de papelão de Morris. Era uma caixa alta, com um metro e vinte de altura, de lado, as abas abertas como portas duplas. Uma cortina preta de musselina fora grampeada lá dentro, bloqueando a minha visão do interior do túnel que levava para dentro do labirinto. Ouvi uma música distante, que ecoava de algum lugar, uma melodia hipnotizante que reverberava baixinho. *As formigas vão marchando de uma em uma, viva! Viva!* Levei um segundo para perceber que a música vinha de algum lugar de dentro dos túneis.

Fiquei tão impressionado que não consegui permanecer irritado com Morris por ter roubado a foto de Mindy Ackers. Fiquei tão impressionado, que não consegui nem falar. Foi Eddie quem quebrou o silêncio.

— Não dá para acreditar naquela lua — disse ele. Ele soava da mesma forma que eu me sentia: sem fôlego pela surpresa. — Cacete, Morris, você é um gênio.

Morris foi para o lado, o rosto inexpressivo, o olhar sobre aquela vasta desordem.

— Sua foto está dentro do meu novo forte. Pendurei na minha galeria. Não sabia que você ia querer de volta. Mas pode pegar, se quiser.

Eddie olhou para Morris de soslaio e o sorriso dele ficou ainda maior.

— Você escondeu a foto lá e quer que eu encontre. Rapaz, você é um bostinha bizarro mesmo, sabia disso, Morrie? — Ele desceu os últimos três degraus quase fazendo uma dança *à la* Gene Kelly. — Onde fica a galeria? Lá no fundo, dentro da lua?

— Não — respondeu Morris. — Não vá naquela direção.

— É — disse Eddie, e riu. — *Tá certo.* Que outras fotos pendurou lá? Um monte de pôsteres de mulher pelada? Tem um cantinho especial para bater uma?

— Não quero falar mais nada. Não quero estragar a surpresa. Você deveria entrar e dar uma olhada.

Eddie olhou para mim. Eu não sabia o que dizer, mas fiquei surpreso ao sentir uma espécie de ansiedade trêmula com um toque de nervosismo. Queria e não queria ver Eddie desaparecer no forte brilhante e confuso de Morris. Eddie balançou a cabeça — *Dá para acreditar nessa merda?* — e se agachou. Começou a engatinhar para dentro, então olhou para mim de novo. Fiquei perplexo ao ver um afã quase infantil no rosto dele. Por alguma razão, aquele olhar me deixou preocupado. Eu mesmo não tinha um pingo de vontade de me arrastar para o interior apertado e escuro do imenso labirinto de Morris.

— Você tem que vir comigo — falou Eddie. — A gente tem que ver isso junto.

Concordei, sentindo-me fraco — não havia palavras no vocabulário da nossa amizade para dizer *não* —, e desci os últimos degraus da escada do porão. Eddie afastou a cortina de musselina preta e a música ecoou de um grande túnel circular, um cano de papelão com quase noventa centímetros de diâmetro. "*As formigas vão marchando de três em três, viva! Viva!*" Desci o último degrau, comecei a me abaixar para seguir Eddie... e Morris apareceu do meu lado e agarrou o meu braço, o punho bem apertado.

Eddie não olhou para trás, não viu nós dois daquela maneira. Ele falou:

— *Ca*-ralho. Tem alguma dica?

— Siga a música — disse Morris.

A cabeça de Eddie se moveu para cima e para baixo em compreensão, como se aquilo devesse ter sido óbvio. Ele encarou o longo e escuro túnel circular diante de si.

Com um tom de voz perfeitamente normal, Morris me falou:

— Não vá. Não o siga.

Eddie começou a rastejar para dentro do labirinto.

— Eddie! — falei, sentindo uma pontada repentina e inexplicável de alarme. — Eddie, espera! Volta para cá.

— Puta merda, está escuro aqui — disse ele, como se não tivesse me ouvido. Na verdade, tenho certeza de que *não* me ouviu, de que ele não conseguia mais me ouvir praticamente do momento em que entrou no labirinto.

— Eddie! — gritei. — Não entra aí!

— É melhor que tenha umas janelas mais à frente — murmurou Eddie... falando consigo mesmo. — Se eu começar a me sentir claustrofóbico, vou me levantar e destruir essa porra. — Ele respirou fundo. — Beleza. Vamos nessa.

Morris soltou o meu braço. Olhei para ele, mas o meu irmão encarava o forte vasto, o tubo de papelão pelo qual Eddie entrara. Dava para ouvir o meu amigo passando por ele, afastando-se da gente; eu o escutei chegando do outro lado, em uma caixa grande, com mais ou menos um metro e vinte de altura e uns sessenta centímetros de comprimento. Ele bateu nela — encostou em uma das paredes com o ombro, talvez — e a caixa se moveu de leve. Um túnel de papelão levava para a direita e outro para a esquerda. Eddie escolheu o que ia em direção à lua. Do pé da escada do porão, eu conseguia ver o seu progresso, conseguia ver as caixas tremendo um pouco quando Eddie passava por elas, conseguia ouvir as batidas abafadas do corpo dele nas paredes, de vez em quando. Então, eu o perdi por um ou dois segundos, não pude localizá-lo até ouvir a sua voz.

— Estou *vendo* vocês — cantarolou ele, e eu o escutei batendo no plástico grosso.

Olhei em volta e vi o rosto dele atrás de uma janela em formato de estrela. Ele sorria daquele jeito que deixava o espaço de David Letterman entre os dentes à mostra. Eddie me mostrou o dedo do meio. A luz vermelha de fornalha que era a *lava lamp* de Morris surgia e desaparecia ao seu redor. Então, Eddie continuou. Nunca mais o vi.

Mas o escutei. Por mais um tempo, consegui ouvi-lo se movimentando pelo labirinto, indo mais ou menos na direção da lua, para os cantos mais distantes do porão. Por sobre o cantarolar abafado da música — *embaixo, no chão, fugindo da chuva* —, ainda dava para escutar Eddie encostando nas paredes do labirinto. Vi uma caixa tremer. Uma vez, ouvi ele atravessar uma folha de plástico-bolha que deveria estar presa no chão de um dos túneis. Bolhas estouraram com um som agudo e seco, como um monte de estalinhos, e Eddie disse:

— Porra!

Depois disso, perdi outra vez a noção de onde ele estava. Então, sua voz surgiu novamente — longe, à minha direita, do outro lado de onde o ouvi pela última vez.

— Merda. — Foi tudo que ele disse. Naquele momento, pensei ter notado um toque de irritação, uma falta de ar.

Um segundo depois, Eddie voltou a falar, e senti uma onda de desorientação e tontura que me deixou com os joelhos tremendo. Agora, a voz parecia vir da *esquerda*, o que era impossível, pois teria sido como se ele tivesse viajado trinta metros no espaço de uma respiração.

— Sem saída — disse ele, e um túnel bem distante à esquerda tremeu enquanto Eddie o atravessava.

Então, perdi a localização do meu amigo de novo. Mais de um minuto se passou até eu notar que as minhas mãos se fecharam em punhos suados e que minha respiração estava praticamente parada.

— Ei — falou Eddie de algum lugar, e pensei ter ouvido um toque de inquietação na sua voz. — Tem mais alguém aqui dentro comigo? — Ele estava a uma boa distância de mim. Achei que a voz parecia vir de uma das caixas mais perto da lua.

Um longo silêncio se seguiu. Àquela altura, a música já tinha terminado e voltado a tocar do início. Pela primeira vez, parei para escutá-la, escutá-la *de verdade*. A letra não era igual à da música que eu me lembrava de ter cantado nos acampamentos. Em certo momento, uma voz baixa entoava:

As formigas vão marchando de duas em duas, viva! Viva!
As formigas vão marchando de duas em duas, viva! Viva!
As formigas vão marchando de duas em duas,
Atravessando o planalto de Leng,
E todas acabam debaixo do chão!

Na versão que eu lembrava, aparentemente havia alguma coisa sobre uma formiguinha parar para tirar uma pedra do sapato. Aquilo estava me deixando nervoso, o jeito que a música tocava sem parar.

— Que fita é essa? — perguntei a Morris. — Por que só tem uma música?

— Não sei — respondeu ele. — A música começou hoje de manhã. Não parou desde então. Ficou tocando o dia inteiro.

Virei o rosto e o encarei, um formigamento gelado de medo se espalhando pelo meu peito.

— Como assim, *não parou*?

— Eu nem sei de onde ela está vindo — disse Morris. — Não fui eu que fiz isso.

— Não é de um toca-fitas?

Meu irmão balançou a cabeça e senti pânico pela primeira vez.

— Eddie! — gritei.

Não houve resposta.

— Eddie! — gritei de novo, e comecei a caminhar pelo porão, passando por cima das caixas, indo na direção da lua, onde ouvi a voz dele pela última vez. — Eddie, responda!

De um ponto impossivelmente distante, ouvi uma coisa, parte de uma frase:

— Trilha de migalha de pão.

Nem parecia a voz de Eddie — as palavras foram ditas em um tom recortado e desdenhoso, quase parecia uma daquelas vozes sobrepostas que você escuta naquela música louca e sem sentido dos Beatles, "Revolution 9" —, e eu não conseguia localizar de onde ela vinha, não sabia se estava na minha frente ou atrás de mim. Eu virava sem parar, tentando entender de onde a voz vinha, quando a música parou de repente, com as formigas marchando de nove em nove. Dei um grito de surpresa e olhei para Morris.

Ele segurava o estilete — usando com certeza uma das lâminas que pegou da minha cômoda — e estava de joelhos, cortando a fita adesiva que prendia a primeira caixa do labirinto à segunda.

— Pronto. Ele se foi — informou o meu irmão. — Acabou. — Ele puxou a entrada do labirinto, achatou a caixa e a colocou de lado.

— Do que está falando?

Ele não olhava para mim. Estava começando a desmontar metodicamente a sua obra, cortando fitas, achatando caixas e as empilhando perto da escada. Ele continuou:

— Eu queria ajudar. Você falou que Eddie não se afastaria, então o *obriguei* a fazer isso. — Morris ergueu o olhar por um segundo e me encarou com aqueles olhos que sempre pareciam ler os meus pensamentos. — Ele precisava sumir. Não ia deixar você em paz nunca.

— Meu Deus. — Respirei. — Eu sabia que você era louco, mas não tanto assim. Como assim, ele precisava sumir? Ele está aqui. Tem que estar. Ainda está nas caixas. Eddie! — gritei com a voz um pouco histérica. — Eddie!

Mas ele *tinha* sumido, e eu sabia. Sabia que ele entrara nas caixas de Morris e engatinhara por elas até chegar em outro lugar, um lugar que não era o nosso porão. Comecei a andar ao longo do forte, olhando nas janelas, chutando caixas. Comecei a desmontar as catacumbas, arrancando a fita adesiva com as mãos, revirando caixas para ver o que havia nelas. Ia rápido de lá para cá e tropecei uma vez, amassando um dos túneis.

As paredes de uma das caixas estavam cobertas por retratos de cegos: pessoas com os olhos brancos e leitosos e rostos enrugados, um homem negro com uma guitarra apoiada nos joelhos e óculos de sol redondos sobre o nariz, crianças cambojanas com pedaços de pano cobrindo os olhos. Como não havia janelas cortadas no papelão ali, as fotos não seriam vistas por ninguém que estivesse passando lá dentro. Em outra caixa, tiras de papel pega-moscas rosado — pareciam pedaços empoeirados de caramelo — se penduravam do teto, mas não havia nenhuma mosca grudada nelas. Em vez disso, vários vaga-lumes estavam presos lá, ainda vivos, brilhando amarelo-esverdeado por um segundo e então se apagando. Na época, não pensei que estávamos em março e que teria sido impossível encontrar vaga-lumes. O interior de uma terceira caixa estava pintado com um azul-celeste pálido, com revoadas de melros desenhados de maneira infantil. No canto da caixa estava o que, a princípio, pensei ser um brinquedo de gato, um conjunto de penas escuras com bolinhas de poeira ao redor. Quando inclinei a caixa, no entanto, um pássaro morto saiu de dentro dela. O bicho estava seco, os olhos desaparecidos, deixando apenas órbitas escuras que pareciam queimaduras de cigarro. Quase gritei ao ver aquilo. Meu estômago se revirou e senti gosto de bile no fundo da garganta.

Então Morris pegou o meu cotovelo e olhou para a escada.

— Você não vai encontrar ele assim — falou. — Por favor, sente-se, Nolan.

Eu me sentei no último degrau. Àquela altura, estava me esforçando para não chorar. Continuava esperando que Eddie fosse aparecer de algum lugar, morrendo de rir — *Caramba, cara, peguei você* —, e, ao mesmo tempo, parte de mim sabia que ele nunca mais poderia fazer algo parecido.

Levei um tempo para perceber que Morris se ajoelhara na minha frente, como um homem prestes a pedir a noiva em casamento. Meu irmão me olhou com atenção.

— Talvez, se eu montar tudo de novo, a música recomece. E aí você pode entrar e procurar por ele — falou. — Mas não acho que vai conseguir sair. Tem portas lá que só dão para um caminho. Entende, Nolan? É maior do lado de dentro do que parece. — Ele não desviou o olhar, com aqueles olhos estranhamente brilhantes e redondos, e então se forçou a dizer: — Não quero que você entre, mas monto tudo outra vez se quiser.

Eu o encarei. Ele me encarou de volta, esperando, a cabeça inclinada naquele ângulo curioso, ouvindo, como um passarinho sobre um galho escutando o som das gotas de chuva caindo nas árvores. Eu o imaginei remontando com cuidado o que tinha acabado de desmontar nos últimos dez minutos... e então pensei na música ganhando vida em algum lugar dentro das caixas, dessa vez gritando: EMBAIXO! NO CHÃO! FUGINDO! DA CHUVA! Acho que, se aquela música começasse de novo, sem aviso, eu ia gritar, não seria capaz de me conter.

Balancei a cabeça. Morris se virou e voltou a desmontar a sua criação.

Fiquei sentado no último degrau por quase uma hora, observando Morris desmontar com cuidado o forte de papelão. Eddie nunca saiu. Nenhum outro som veio lá de dentro. Ouvi a porta dos fundos se abrindo e a minha mãe entrando, pisando nas tábuas acima. Ela gritou o meu nome, mandando-me ajudá-la com as compras. Subi, trouxe as bolsas para dentro, guardei a comida na geladeira. Morris subiu para a janta e depois voltou para o porão. Destruir uma coisa é sempre mais rápido do que construir. Isso é verdade para tudo, menos para o casamento. Quando dei uma olhada rápida na escada do porão, às 19h45, vi três pilhas arrumadas de caixas achatadas, cada uma com mais ou menos um metro e vinte de altura, e uma vastidão de chão de concreto. Morris estava no pé da escada, varrendo. Ele parou e olhou para mim — daquela maneira impenetrável e alienígena —, e tremi. Então, ele voltou a trabalhar, movimentando a vassoura em golpes compactos pelo chão, varrendo, varrendo, varrendo.

Morei naquela casa por outros quatro anos, mas nunca mais pisei no porão de Morris depois daquele dia, evitava completamente o lugar, da melhor forma que podia. Quando saí de casa para ir para a faculdade, a cama de Morris ficava lá embaixo e ele quase nunca subia. Meu irmão dormia em uma cabaninha que construíra de garrafas vazias de Coca-Cola e pedaços de isopor azul cortados com muito esmero.

A lua foi a única parte do forte que Morris não desmontou. Poucas semanas depois de Eddie desaparecer, meu pai a levou para a escola de deficientes mentais que o meu irmão frequentava, onde ela ganhou o terceiro prêmio — cinquenta dólares e uma medalha — em uma mostra de artes. Não sei o que aconteceu com a lua depois disso. Assim como Eddie Prior, ela nunca mais voltou.

EU ME LEMBRO DE três coisas das semanas que se seguiram ao desaparecimento de Eddie.

Eu me lembro da minha mãe abrindo a porta do meu quarto, pouco depois da meia-noite, no dia em que ele desapareceu. Eu estava enrolado na cama, sob a coberta, completamente desperto. Minha mãe usava um roupão de chenile rosa com um nó frouxo na cintura. Apertei os olhos quando a vi parada no batente, iluminada pela luz do corredor.

— Nolan, a mãe de Ed Prior telefonou agora. Ela está ligando para os amigos dele. Não sabe onde o filho está. Não o viu desde que saiu para a escola. Falei que ia perguntar se você sabia de alguma coisa. Ele veio aqui hoje?

— Encontrei Eddie na escola — falei, e depois fiquei mudo, sem saber como prosseguir ou o que seria seguro admitir.

Minha mãe deve ter pensado que eu tinha acabado de acordar de um sono profundo e que estava grogue demais para pensar. Ela perguntou:

— Vocês conversaram?

— Não sei. Acho que só trocamos um alô. Não me lembro de mais nada. — Sentei na cama, piscando por causa da luz. — Na verdade, a gente não tem se falado muito nos últimos tempos.

Ela assentiu.

— Bem. Talvez seja melhor assim. Eddie é um bom garoto, mas é meio mandão, não acha? Ele não dá muito espaço para você ser você mesmo.

Quando voltei a falar, havia um leve toque de tensão na minha voz.

— A mãe dele chamou a polícia?

— Não se preocupe — respondeu a minha mãe interpretando o meu tom de forma errada, imaginando que eu estava preocupado com o bem-estar de Eddie, quando, na verdade, estava preocupado com o meu bem-estar. — Ela só acha que Eddie está em algum lugar com uns amigos. Acho que ele já deve ter feito isso antes. O garoto discute muito com o namorado dela. Ela falou que uma vez, Eddie desapareceu por um fim de semana inteiro. — Minha mãe bocejou e cobriu a boca com as costas da mão. — Mas é normal que ela fique nervosa, depois do que aconteceu com o filho mais velho. Ele desaparecendo do centro de detenção e da face da Terra daquele jeito.

— Talvez seja uma tradição de família — falei, a voz embargada.
— Hum? O quê?
— Desaparecer — respondi.
— Desaparecer — disse ela, e então, após um segundo, voltou a assentir. — Acho que qualquer coisa pode ser tradição de família. Até isso. Boa noite, Nolan.
— Boa noite, mãe.

Ela estava fechando a porta devagar, mas parou e colocou a cabeça para dentro do quarto.

— Te amo, filho. — Ela só dizia isso quando eu menos esperava e estava menos preparado. Senti uma pontada dolorida na parte detrás dos olhos. Tentei responder, mas, ao abrir a boca, percebi que a garganta estava com um nó tão grande, que não conseguia forçar o ar a sair. Quando enfim consegui desatar o nó, minha mãe já tinha ido embora.

ALGUNS DIAS DEPOIS, DURANTE a aula, fui chamado para a diretoria. Um detetive chamado Carnahan estava atrás da escrivaninha do vice-diretor. Não me lembro de muita coisa do que ele me perguntou ou como respondi. Lembro que os olhos de Carnahan eram da cor de gelo — um azul muito claro — e que ele nem olhou para mim durante o interrogatório de cinco minutos. Lembro também que ele errou o sobrenome de Eddie duas vezes, chamando-o de Edward Peers em vez de Edward Prior. Eu o corrigi na primeira vez, mas deixei passar na segunda. Durante aqueles cinco minutos, fiquei em um estado de tensão alta e vertiginosa; meu rosto parecia anestesiado por procaína e, quando falei, mal conseguia mexer os lábios. Tinha certeza de que Carnahan notaria aquilo e acharia peculiar, mas não aconteceu. Por fim, ele me aconselhou a dizer não às drogas, voltou o olhar para alguns papéis que tinha à sua frente e ficou em silêncio completo. Por quase um minuto, continuei sentado, sem saber o que fazer. Então ele olhou para cima e ficou surpreso por eu ainda estar lá. O detetive fez um gesto para me dispensar, disse que eu estava liberado e pediu para eu mandar a próxima pessoa entrar.

Quando me levantei, perguntei:

— Vocês têm alguma ideia do que aconteceu com ele?

— Eu não me preocuparia muito. O irmão mais velho do sr. Peers fugiu do centro de detenção juvenil no verão passado e não foi visto desde então. Pelo que ouvi falar, os dois eram próximos. — Carnahan encarou os documentos na mesa de novo, mudando-os de posição. — Ou talvez o seu amigo tenha decidido pegar a estrada sozinho. Ele já desapareceu algumas vezes antes. Você sabe o que dizem. A prática leva à perfeição.

Quando saí, Mindy Ackers estava sentada no banco encostado na parede da recepção. Ao me ver, ela logo ficou de pé, sorriu e mordeu o lábio inferior. Feia e usando aparelho, Mindy não tinha muitos amigos e sem dúvida sentia muita falta de Eddie. Eu não a conhecia tão bem, mas sabia que o maior desejo da garota era que Eddie gostasse dela, então Mindy ficava feliz com as gozações que Eddie fazia às custas dela, pois pelo menos era uma chance de ouvi-lo rir. Eu gostava dela e sentia pena da garota. Nós dois tínhamos muito em comum.

— Oi, Nolan — disse ela, com um olhar que era tão esperançoso quanto suplicante. — O que o policial falou? Eles sabem onde ele está?

Naquele momento, senti uma onda de algo que era quase raiva, não dela, mas de Eddie; um desdém profundo pela maneira como ele ria e fazia piadas às custas dela.

— Não — respondi. — Eu não me preocuparia com ele. Garanto que, onde quer que esteja, Eddie não está preocupado com você.

Vi a dor surgir nos seus olhos e então virei o rosto e segui em frente, sem olhar para trás, já desejando não ter dito nada. E daí se ela sentia falta dele? Nunca mais falei com Mindy depois daquilo. Não sei o que aconteceu com ela depois da escola. Você conhece alguém por um tempo e aí, um dia, um buraco aparece embaixo da pessoa e ela desaparece para sempre.

TEM OUTRA COISA DE que me lembro pouco depois do desaparecimento de Eddie. Como disse, eu tentava não pensar no que tinha acontecido e evitava conversas sobre ele. Não era tão difícil quanto você pode imaginar. Com certeza, aqueles que se importavam estavam tentando me dar espaço, conscientes de que um amigo próximo sumira sem nem se despedir. No fim do mês, era quase como se eu não *soubesse* nada sobre o que acontecera com Edward Prior... ou talvez até como se eu nunca o tivesse conhecido. Eu conseguia bloquear as memórias que tinha dele — a passarela, os jogos de damas com Mindy, as histórias sobre o irmão mais velho, Wayne — atrás de uma muralha com tijolos mentais cuidadosamente colocados. Estava pensando em outras coisas. Queria arranjar um emprego e considerava entregar um currículo no supermercado. Queria gastar dinheiro, queria sair mais de casa. O AC/DC iria para a cidade em junho, e queria ingressos para o show. Tijolo depois de tijolo depois de tijolo.

Então, em uma tarde de domingo no início de abril, estávamos todos, a família inteira, nos preparando para ir comer carne assada com batatas na casa da minha tia Neddy. Eu estava no segundo andar, me vestindo para o jantar de domingo, e a minha mãe gritou me mandando procurar os sapatos bons de Morris no quarto dele. Entrei no quartinho do meu irmão — a cama feita com muito esmero, uma folha branca de papel presa ao cavalete, os livros da estante arrumados em ordem alfabética — e abri a porta do armário. Logo em frente estava uma fileira arrumada dos sapatos de Morris e, no final, vi as botas de neve de Eddie, aquelas que ele tinha tirado no hall antes de descer para o porão e desaparecer para sempre no enorme forte. Pela visão periférica, as paredes do quarto pareceram se expandir e se retrair como um par de pulmões. Fiquei tonto e pensei que ia perder o equilíbrio e cair se largasse a maçaneta.

Então a minha mãe apareceu no corredor.

— Eu estava chamando você. Encontrou?

Girei a cabeça e olhei para ela por um segundo. Então, voltei a olhar para o armário. Eu me inclinei, peguei os mocassins de Morris e fechei a porta.

— Sim — falei. — Aqui. Desculpe. Apaguei por um minuto.

Ela balançou a cabeça.

— Os homens dessa família são exatamente iguais. Seu pai vive em outro planeta metade do tempo, você entra em transe e o seu irmão...

Juro por Deus que qualquer dia desses, seu irmão vai entrar em um dos fortes para nunca mais sair.

MORRIS PASSOU NO TESTE de escolaridade de ensino médio pouco depois de completar vinte anos e ocupou diversos cargos em uma longa série de trabalhos braçais, morando por um tempo no porão dos meus pais e depois em um apartamento em New Hampshire. Ele fritou hambúrgueres no McDonald's, empilhou engradados em uma fábrica de refrigerantes e limpou o chão de um shopping center antes de, por fim, se estabelecer como frentista.

Quando ele faltou ao trabalho no posto de gasolina por três dias seguidos, seu chefe ligou para os meus pais e eles foram visitar Morris. Meu irmão tinha se livrado de toda a mobília e pendurado lençóis brancos no teto de todos os cômodos, criando uma rede de passagens com paredes esvoaçantes. Meus pais o encontraram no fim de um desses corredores ondulantes, sentado nu em um colchão. Ele disse que, se seguisse o caminho certo pelo labirinto de lençóis, chegaria a uma janela que dava para uma videira enorme, e colinas distantes de pedra branca, e um oceano escuro. Disse que havia borboletas, e uma cerca velha, e que queria ir para lá. Disse que tentou abrir a janela, mas que estava trancada.

No entanto, só havia uma janela no apartamento dele, que dava para o estacionamento dos fundos. Três dias depois, Morris assinou uma papelada que a minha mãe levou para ele e aceitou a internação voluntária no Wellbrook Progressive Mental Health Center.

Meu pai e eu ajudamos Morris com a mudança. Era início de setembro, e a sensação era de que estávamos arrumando o dormitório de Morris na faculdade. O quarto dele ficava no terceiro andar e o meu pai insistiu em carregar sozinho o pesado baú com dobradiças de bronze. Quando ele o colocou aos pés da cama de Morris, seu rosto redondo e delicado estava desagradavelmente pálido e o corpo, coberto de suor. Ele ficou um tempo sentado, segurando o pulso. Quando perguntei se estava tudo bem, meu pai respondeu que tinha dobrado o pulso de mau jeito enquanto carregava o baú.

Exatamente uma semana depois, meu pai se levantou da cama de forma repentina o suficiente para acordar a minha mãe. Ela abriu os olhos e o encarou. Ele segurava o mesmo pulso e sibilava como se estivesse fingindo que era uma cobra, os olhos esbugalhados e as veias surgindo nas têmporas. Ele morreu uns bons dez minutos antes da ambulância chegar, de infarto fulminante. Minha mãe o seguiu um ano depois. Câncer uterino. Ela recusou qualquer tratamento agressivo. Um coração doente, um útero envenenado.

Eu moro em Boston, a quase uma hora do Wellbrook. Adquiri o hábito de visitar o meu irmão mais novo no terceiro sábado de todo mês. Morris gostava de ordem, de rotina, de hábitos. Ficava feliz de saber com exatidão quando eu iria. Caminhávamos juntos. Ele fez uma carteira de *Silver Tape* para mim, e um chapéu com um monte de tampinhas de garrafa raras. Não sei o que aconteceu com a carteira. O chapéu fica no arquivo do meu escritório, aqui na universidade. Às vezes, eu o pego e o encosto no rosto. Ele tem o cheiro de Morris, que, para ser sincero, é o odor da poeira seca do porão da casa dos meus pais.

Morris arranjou um emprego na zeladoria do Wellbrook e trabalhava, na última vez que o vi. Eu estava por perto e apareci em um dia útil, saindo da rotina para variar. Me mandaram procurar ele na área de carga, lá fora, logo atrás do refeitório.

Ele estava no estacionamento dos funcionários, perto de uma caçamba de lixo. O pessoal da cozinha tinha jogado caixas de papelão vazias ali, e agora havia uma montanha delas encostada na parede. Pediram para Morris ir achatá-las e prendê-las com barbante para o caminhão de reciclagem.

Era início do outono, com um pouco de luz laranja começando a aparecer nas copas dos carvalhos enormes que havia atrás do prédio. Fiquei parado ao lado da caçamba, observando Morris trabalhar um pouco. Meu irmão não tinha notado que eu estava ali. Ele segurava uma grande caixa branca, aberta de ambos os lados, com as duas mãos, virando-a para cá e para lá, encarando-a sem expressão. Seu cabelo castanho pálido se arrepiava na nuca por causa do seu redemoinho. Ele cantarolava para si mesmo, com a voz baixa e levemente desafinada. Quando ouvi a canção, fiquei de joelhos bambos, o mundo girando ao meu redor. Tive que me segurar no canto da caçamba para me firmar.

— *As formigas vão marchando... de uma em uma...* — entoava ele. Morris virou a caixa de um lado para outro em suas mãos. — *Viva. Viva.*

— Pare com isso — mandei.

Ele virou a cabeça e olhou para mim — sem me reconhecer, no início, acho. Então, alguma coisa se esclareceu nos seus olhos, e os cantos da boca formaram um sorriso.

— Ah, oi, Nolan. Quer me ajudar a achatar umas caixas?

Andei com as pernas fracas até ele. Não pensava em Eddie Prior fazia sei lá quanto tempo. Meu rosto estava completamente suado. Peguei uma caixa, achatei-a e a coloquei na pequena pilha que Morris estava formando.

Conversamos por um tempo, mas não me lembro sobre o quê. Como as coisas iam. Quanto dinheiro ele tinha economizado.

Então, ele falou:

— Você se lembra daqueles fortes que eu costumava construir? No porão?

Senti uma pressão gelada, uma espécie de peso, afundando a parte de dentro do meu peito.

— Claro. Por quê?

Por um tempo, Morris não respondeu. Achatou outra caixa. Por fim, perguntou:

— Você acha que eu o matei?

Era difícil respirar.

— Eddie Prior? — O simples fato de dizer aquele nome me deixava zonzo, e uma tontura terrível se espalhou das minhas têmporas para a nuca.

Morris olhou para mim sem entender e crispou os lábios.

— Não. O papai. — Como se devesse ter sido óbvio. Naquele momento, ele me deu as costas, ergueu outra caixa grande e a encarou com os olhos pensativos. — O pai sempre trazia caixas como essa do trabalho. Ele sabia. Como é empolgante segurar uma caixa sem saber o que há dentro dela. O que pode haver dentro dela. Um mundo inteiro pode se esconder ali. Do lado de fora, quem poderia dizer? Do lado de fora sem graça.

Terminamos de empilhar a maioria das caixas. Eu queria acabar com o serviço, voltar para dentro, jogar um pouco de pingue-pongue no salão de jogos, deixar aquele lugar e aquela conversa para trás.

— Não vai amarrar as caixas? — questionei.

Morris olhou para a pilha de papelão e respondeu:

— Esqueci o barbante. Tudo bem. Deixe-as aqui. Resolvo isso depois.

Já estava anoitecendo quando saí, o céu acima do Wellbrook uma superfície lisa e sem nuvens de um violeta bem claro. Morris ficou na janela grande do salão de jogos e me deu tchau. Ergui a mão para me despedir e voltei para casa, e eles me ligaram três dias depois para dizer que ele tinha sumido. O detetive que me visitou em Boston para ver se eu sabia qualquer coisa que poderia ajudar a polícia a encontrá-lo deu um jeito de aprender o nome do meu irmão, mas a investigação do seu desaparecimento foi tão malsucedida quanto a busca do sr. Carnahan por Edward Prior.

Pouco depois de Morris ter sido declarado formalmente como pessoa desaparecida, Betty Millhauser, a coordenadora responsável pelo caso do meu irmão, telefonou para dizer que teriam que guardar os seus pertences até "ele voltar" — algo dito com um tom tão estridente de otimismo que achei doloroso —, e que se eu quisesse, poderia ir até lá pegar algumas coisas e levá-las para casa. Respondi que daria uma passada no Wellbrook assim que tivesse uma oportunidade, o que acabou acontecendo em um sábado, o mesmo dia em que eu visitaria Morris se ele ainda estivesse lá.

Um enfermeiro me deixou sozinho no pequeno quarto do terceiro andar. Paredes brancas, um colchonete sobre uma cama de metal. Quatro pares de meia na cômoda, quatro calças de moletom, dois pacotes fechados de cuecas. Uma escova de dentes. Revistas: *Popular Mechanics*, *Reader's Digest* e um exemplar de *High Plains Literary Review*, que publicara um ensaio meu sobre os versos cômicos de Edgar Allan Poe. No armário, encontrei um blazer azul que Morris modificara, colocando pisca-piscas em volta de toda a peça. Um fio elétrico estava enfiado em um dos bolsos. Ele usou o blazer na festa de Natal do Wellbrook. Era a única coisa no quarto que não parecia completamente anônimo, o único item que me fez pensar nele, então o guardei.

Parei na administração para agradecer Betty Millhauser por me deixar entrar no quarto de Morris e para informar que estava indo embora. Ela me perguntou se eu tinha dado uma olhada no armário dele na zeladoria. Falei que nem sabia que ele tinha um armário, onde ficava a zeladoria? No porão.

O porão era um espaço vasto com pé-direito alto, chão de cimento e paredes de tijolos beges. Aquele único cômodo enorme era dividido ao meio por uma grade de aço pintada de preto. Em um dos lados, ficava uma área pequena para os zeladores. Uma fileira de armários, uma mesa de cartas, banquinhos. Uma máquina de Coca-Cola zumbia encostada na parede. Não dava para ver o restante do porão — as luzes estavam apagadas do outro lado da grade divisória —, mas ouvi um aquecedor roncando baixinho em algum lugar da escuridão, ouvi água correndo pelos canos. O som me fez lembrar o que você escuta quando coloca uma concha na orelha.

No pé da escada havia uma pequena saleta. As janelas mostravam uma escrivaninha bagunçada, coberta de pilhas de papéis. Um homem negro parrudo usando macacão verde estava sentado atrás dela revirando as folhas do *Wall Street Journal*. Ele me viu perto dos armários, se levantou, saiu da saleta e trocamos um aperto de mão — suas mãos eram fortes e cheias de calos. O nome dele era George Prine e era o zelador-chefe. Ele me indicou o armário de Morris e ficou um pouco atrás, braços cruzados sobre o peito, me vendo mexer nas coisas de Morris.

— Era bem fácil conviver com o seu garoto — disse Prine, como se Morris fosse meu filho e não o meu irmão. — De vez em quando, ele se perdia no próprio mundinho particular, mas é assim que as coisas são por aqui. Mas fazia bem o trabalho. Não batia o ponto e ficava de bobeira, amarrando os sapatos e batendo papo com os outros, que nem alguns fazem. Quando ele batia o cartão, estava pronto para o trabalho.

Não havia quase nada no armário de Morris. Seu macacão, suas botas, um guarda-chuva e um livro fino com a capa toda amassada chamado *Planolândia*.

— Claro que, depois que ele saía do trabalho, era outra história. Ele passava horas aqui. Começou a construir alguma coisa com aquelas caixas dele e se desligava tanto que se esquecia da janta, se a gente não avisasse.

— O quê? — perguntei.

Prine sorriu, um pouco intrigado, como se eu devesse saber do que ele estava falando. O homem passou por mim e foi até a grade, ligando um interruptor. As luzes se acenderam no outro lado. Depois da divisória, havia uma vastidão de chão debaixo de um teto de tubos de canos. Essa área extensa estava coberta de caixas ligadas em um forte de criança enorme e confuso, com ao menos quatro entradas diferentes, túneis, tubos e janelas em formatos estranhos e deformados. O lado exterior das caixas foi decorado com pinturas de folhas e flores, com joaninhas do tamanho de pires.

— Gostaria de trazer os meus filhos aqui — disse Prine. — Deixar se arrastarem aí dentro por um tempo. Ia ser uma diversão só.

Dei meia-volta e comecei a caminhar na direção da escada... tremendo de frio, respirando com dificuldade. Mas então, conforme passei por George Prine, um impulso tomou conta de mim, agarrei o braço dele e apertei, talvez mais forte do que era a minha intenção.

— Não deixe os seus filhos chegarem perto disso — falei, a voz um sussurro estrangulado.

Ele colocou a mão sobre o meu pulso e, de forma gentil, mas também firme, tirou a minha mão do braço dele. Seus olhos me observaram com um ar calmo de uma análise cuidadosa, da maneira que um homem olharia para uma cobra que retirou do mato, segurando-a pela cabeça para que não pudesse picá-lo.

— Você é tão doido quanto ele — falou. — Já pensou em se mudar para cá?

CONTEI ESSA HISTÓRIA COM a maior quantidade de detalhes que consegui, e agora vou esperar para ver se, com essa confissão, consigo fazer Eddie Prior voltar para o meu inconsciente. Descobrirei se consigo retornar aos meus dias de hábitos seguros e repetição irrefletida: aulas, trabalhos, leituras, responsabilidades com o Departamento de Literatura. Reconstruir aquela muralha tijolo por tijolo.

Mas não sei com certeza se o que foi destruído pode ser reerguido. O cimento está velho demais, a muralha não foi erguida corretamente. Nunca fui o construtor que o meu irmão era. Nos últimos tempos, tenho ido muito à biblioteca da minha cidade natal, Pallow, para ler um monte de jornais antigos em microficha. Estou procurando um artigo, alguma nota, sobre um acidente na Rota 111, um tijolo que acertou um para-brisa, um Volvo que saiu da pista. Quero descobrir se alguém se machucou seriamente. Se alguém morreu. A ignorância já foi o meu refúgio. Agora, acho impossível suportá-la.

Então, talvez, eu esteja escrevendo isso para outra pessoa, afinal. Passou pela minha cabeça que talvez George Prine tenha razão. Talvez a pessoa a quem devo mostrar isso é Betty Millhauser, a ex-coordenadora do meu irmão.

Se eu morasse no Wellbrook, pelo menos estaria em um lugar em que poderia sentir uma conexão com Morris. Gostaria de ter alguma conexão com alguém ou alguma coisa. Poderia ficar no antigo quarto dele. Poderia ficar com o antigo trabalho dele, o antigo armário.

E se isso não for suficiente — se as drogas, e as sessões de terapia, e o isolamento não puderem me salvar de mim mesmo —, sempre há outra possibilidade. Se George Prine ainda não tiver demolido o último labirinto de papelão de Morris, se o forte ainda estiver lá no porão, sempre posso rastejar para dentro dele qualquer dia desses e fechar a cortina às minhas costas. Existe sempre essa opção. Tudo pode ser uma tradição de família. Até desaparecer.

Mas não vou fazer nada com essa história, ainda. Vou colocá-la em um envelope pardo e guardá-la no fundo da gaveta direita da minha escrivaninha. Vou deixá-la de lado e tentar recuperar a minha vida de onde ela parou, pouco antes do desaparecimento de Morris. Não vou mostrá-la a ninguém. Não vou fazer nenhuma bobagem. Posso continuar por mais um tempo me arrastando pela escuridão, pelos espaços apertados da minha própria memória. Quem sabe o que pode surgir depois da próxima curva? Pode haver uma janela à frente, que talvez dê para um campo de girassóis.

AGRADECIMENTOS

ESTE LIVRO FOI ORIGINALMENTE publicado pela PS Publishing, na Inglaterra. Devo agradecimentos àqueles que se doaram tanto para que a primeira edição fosse lançada: Christopher Golden, Vincent Chong e Nicholas Gevers. Acima de tudo, no entanto, quero expressar a minha gratidão e o meu amor pelo editor Peter Crowther, que assumiu um risco com *O telefone preto e outras histórias* sem saber nada sobre mim, exceto que gostava das minhas histórias.

Sou grato a todos os editores que apoiaram o meu trabalho com o passar dos anos, incluindo, mas não se limitando, a Richard Chizmar, Bill Schafer, Andy Cox, Stephen Jones, Dan Jaffe, Jeanne Cavelos, Tim Schell, Mark Apelman, Robert O. Greer Jr., Adrienne Brodeur, Wayne Edwards, Frank Smith e Teresa Focarile. Peço desculpas se deixei alguém de fora. E um obrigado especial em voz alta para Jennifer Brehl e Jo Fletcher, minhas editoras na William Morrow e na Gollancz, respectivamente; um cara não poderia querer duas editoras melhores.

Agradeço também ao meu webmaster, Shane Leonard. Da mesma forma, valorizo todo o trabalho que o meu agente, Mickey Choate, fez por mim. Agradeço aos meus pais, ao meu irmão e à minha irmã, e, claro, à minha tribo, que eu amo demais: Leanora e os moleques.

E que tal um pequeno agradecimento a você, leitor, por escolher esse livro e me dar a chance de ficar sussurrando no seu ouvido por algumas horas?

Tanto Gene Wolfe quanto Neil Gaiman escondem histórias em suas Introduções, mas acho que ninguém colocou uma nos Agradecimentos. Pode ser que eu seja o primeiro. A única forma que consigo pensar em retribuir o seu interesse é oferecendo mais uma história:

A MÁQUINA DE ESCREVER DE SHERAZADE

Desde que Elena conseguia se lembrar, o pai ia para o porão toda noite após o trabalho, e não saía até ter datilografado três páginas na barulhenta máquina de escrever elétrica da IBM que comprara durante a faculdade, quando ainda acreditava que seria um escritor famoso um dia. Ele estava morto fazia três dias quando a filha escutou a máquina no porão na hora de sempre: uma explosão rápida de *bang-bang-bang*, seguida por um silêncio de espera, preenchido apenas pelo zumbido idiota da máquina.

Elena desceu os degraus para dentro da escuridão, as pernas fracas. O som da IBM enchia o negrume com cheiro de bolor, então as próprias sombras pareciam vibrar com a corrente elétrica, como acontece antes de uma tempestade. Ela alcançou o abajur ao lado da máquina de escrever do pai e o ligou exatamente quando a Selectric explodiu outra vez com um barulho nervoso de *bang-bang*. Ela gritou, e depois gritou de novo quando viu as teclas se movendo sozinhas, a bola de tipos cromada batendo no rolo preto.

Na primeira vez que Elena viu a máquina de escrever funcionando sozinha, achou que ia desmaiar de susto. A mãe quase desmaiou de verdade quando Elena mostrou aquilo para ela, na noite seguinte. Quando a máquina ganhou vida e começou a escrever, a mãe de Elena ergueu as mãos, gritou e ficou com as pernas fracas, e a filha teve que segurá-la para impedir que a mulher caísse.

Mas, após alguns dias, elas se acostumaram, e depois aquilo se tornou empolgante. A mãe teve a ideia de colocar um papel na máquina, pouco antes dela ligar sozinha às oito da noite. A mãe de Elena queria ver o que o objeto escrevia, se era uma mensagem para elas do além: *O túmulo é frio. Amo vocês e sinto saudades.*

Mas era apenas outro conto. Ele nem começava do início. A página abria no meio de uma frase.

Foi a mãe de Elena que teve a ideia de chamar o jornal local. Uma produtora do canal cinco foi dar uma olhada. Ela ficou até a máquina ligar sozinha e escrever algumas poucas frases, então se levantou e subiu rápido a escada. A mãe de Elena correu atrás dela, cheia de perguntas ansiosas.

— Controle remoto — disse a produtora, de forma curta e grossa. Ela olhou para trás com uma expressão de desgosto. — Quando você enterrou o seu marido, senhora? Há uma semana? Qual é o seu problema?

Nenhuma das outras emissoras de televisão se interessou. O homem do jornal disse que não parecia algo que teriam interesse em publicar. Até alguns parentes suspeitaram que aquilo fosse uma brincadeira de mau gosto. A mãe de Elena foi para a cama e ficou lá por muitas semanas, derrubada por uma enxaqueca terrível, abatida e confusa. E, no porão, toda noite, a máquina de escrever continuava, colocando palavras no papel com explosões sonoras trepidantes.

A filha do homem morto ajudava a Selectric. Ela aprendeu o momento certo de colocar uma folha em branco, para que, toda noite, a máquina produzisse três páginas novas de história, da mesma maneira de quando o pai estava vivo. De fato, a máquina parecia esperar por ela, zumbindo de forma jovial, até ter uma folha nova para manchar de tinta.

Bem depois de ninguém mais querer saber da máquina de escrever, Elena continuava indo até o porão à noite, para ouvir o rádio, dobrar a roupa e colocar uma nova folha de papel na IBM se fosse necessário. Era uma forma simples de passar o tempo, doce e sem precisar pensar muito, como visitar o túmulo do pai todo dia com flores novas.

Além disso, ela começou a gostar de ler as histórias depois de finalizadas. Histórias sobre máscaras, e beisebol, e pais, e filhos... e fantasmas. Algumas eram histórias de fantasmas. Ela gostava mais daquelas. Aquilo não era a primeira coisa que você aprendia em todos os cursos de escrita criativa? Escrever sobre algo que conhece? O fantasma na máquina escrevia sobre os mortos com imensa autoridade.

Depois de um tempo, tornou-se necessário encomendar as fitas da máquina, pois elas já não eram vendidas nas lojas. Então, até a IBM parou de fabricá-las. A bola de tipos ficou gasta. Ela a substituiu, mas então o carro começou a ficar preso. Certa noite, ele parou e não queria se mover, e uma fumaça grossa se formou debaixo do tampo de ferro. A máquina bateu letra após letra, uma em cima da outra, com uma espécie de fúria insana, até que Elena correu e a desligou.

Ela a levou para um homem que consertava velhas máquinas de escrever e outros aparelhos. Ele a devolveu em condições perfeitas de funcionamento, mas a máquina nunca mais escreveu sozinha. Naquelas três semanas em que ficou na oficina, ela perdeu o hábito.

Quando pequena, Elena perguntara ao pai por que ele ia até o porão toda noite para inventar coisas, e ele respondera que era porque não conseguia dormir até ter escrito. Escrever esquentava a imaginação dele para o trabalho de criar uma noite cheia de sonhos bons. Agora, Elena ficava inquieta pela ideia de que a morte dele poderia ser algo intranquilo, sem sono. Mas não havia nada a fazer.

Ela estava na casa dos vinte anos quando a mãe morreu — uma mulher velha e infeliz, afastada não apenas da família, mas do mundo inteiro —, então decidiu se mudar, o que significava vender a propriedade e tudo que havia nela. Elena mal tinha começado a organizar a bagunça no porão quando se viu sentada em um degrau relendo as histórias que o pai escrevera após a morte. Durante a vida, ele desistira de mandar os seus escritos para as editoras, cansara-se da rejeição. Mas o seu trabalho pós-morte parecia a Elena ser bem mais — vivo — do que os primeiros contos, e as histórias de assombrações e do sobrenatural pareciam especialmente cativantes. Durante as semanas seguintes, ela juntou os melhores contos em um livro e começou a enviá-lo para editoras. A maioria respondeu que não havia mercado para coletâneas de autores desconhecidos, mas, depois de um tempo, um editor de uma editora pequena falou que havia gostado das histórias, que o pai tinha um bom talento para o fantástico.

— Não é mesmo? — respondeu ela.

Essa é a história que ouvi de um amigo do mercado editorial. Ele não sabia os detalhes mais importantes, a ponto de chegar a me irritar, então não sei dizer quem, por fim, publicou o livro, ou quando, ou mesmo qualquer detalhe sobre essa curiosa coletânea. Queria saber mais. Como um homem fascinado pelo oculto, eu gostaria de adquirir um exemplar.

Infelizmente, o título e o nome do autor desse livro tão improvável não são de conhecimento do público.

Este livro foi impresso pela Vozes, em 2022, para a
HarperCollins Brasil. O papel do miolo é pólen
natural 70g/m² e o da capa é cartão 250g/m².